»Wenn Du willst, dass ein Buch gut wird,

dann lass es liegen«

Ernest Hemingway

Der falsche Fürst

ein historischer Roman
von Meddi Müller

Viel Spaß
beim Lesen!

Charles
VERLAG

Druck: Booksfactory
Lektorat: Sonja Rudorf
Umschlaggestaltung: Marcel Dax
Titelbild: © panthermedia.net /ulkan

ISBN 987-3-940387-78-3

Bibliographische Information der Deutschen Nationalbibliothek
Die Deutsche Nationalbibliothek verzeichnet diese Publikation in der Deutschen Nationalbibliografie, detaillierte bibliographische Daten sind im Internet über http://dnb.dbb.de abrufbar

Der Autor

Meddi Müller wurde 1970 in Frankfurt am Main geboren und ist im Hauptberuf Feuerwehrmann bei der Berufsfeuerwehr Frankfurt. Er hat die historischen Romane »Der Gewürzhändler zu Frankfurt«, «Der Türmer«, »Glanzgold«, »Unter Verdacht«, »Im Schatten der Schwester« und »Frankfurt muss brennen« veröffentlicht. »Der falsche Fürst« ist sein sechster abendfüllender Roman. Etliche seiner Kurzgeschichten wurden in verschiedenen Magazinen und Büchern veröffentlicht. Mehr über ihn finden Sie unter: www.meddimueller.com

Der Überfall

Semplet aliquid haeret -

Etwas bleibt immer hängen

Es war eine schwülwarme Sommernacht im Jahre 1636. Der lange Krieg hatte das Land noch immer fest in seinem Würgegriff.

Die Männer kamen wie aus dem Nichts. Plötzlich standen sie im Zimmer. Alles ging so schnell. Johannes Wagner, Sohn der mittellosen Leibeigenen Bernwardt und Martha Wagner, schreckte in seinem kleinen Bett hoch. Die Dunkelheit in der kargen Holzhütte, die umgeben von ausgedörrtem Boden in einem kleinen Dorf vor den Toren der Stadt Frankfurt lag, hielt den knapp zehnjährigen Jungen noch gefangen. Verschlafen, die blonden Haare wirr vom Kopf abstehend, versuchte er, Schärfe in den Blick seiner blauen Augen zu bekommen. Eben noch hatte er auf einer saftig grünen Wiese gespielt, alles war schön und warm gewesen. Jetzt, aus seinen Träumen gerissen, lag er, nur bekleidet mit einem alten abgetragenen Hemd, das zudem noch schmutzig und löchrig war, auf seinem Strohlager. Um ihn herum standen mehrere fremde Männer und sagten seltsame Dinge.

»Wo kommt der denn jetzt auf einmal her?«, hörte Johannes einen der Männer sagen.

»Wusstet Ihr, dass sie ein Kind haben?«, fragte ein Anderer.

»Natürlich, ich hatte es nur vergessen«, sagte ein Dritter.

Johannes spürte eine eiskalte Hand im Nacken. Aber da war keine Hand. Nur die Angst. Diese Männer wirkten bedrohlich. Der Junge spürte instinktiv, dass sein Leben in Gefahr war. Starr saß er in seinem Nachtlager und bat den lieben Gott zu machen, dass es aufhört.

»Und jetzt?«

»Verdammt!«

»Meint Ihr, er hat etwas gesehen?«

»Kann man nicht wissen.«

»Was sollen wir mit ihm machen?«

»Ersäuft ihn im Bach!«

»Aber er ist doch noch ein Kind!«

»Das uns an den Galgen bringen kann, vergiss‘ das nicht, Schrummbiegel!«

»Ihr seid wirklich grausam, mein Herr.«

»Vielen Dank. Ich fühle mich geehrt.«

»Edgar, erledigt das!«

»Wieso ich?«

»Weil ich es sage!«

»Aber ich wollte meinen Saft auch noch loswerden.«

»Pech gehabt.«

»Herr, darf ich derweil, ... wo ihr doch mit ihr fertig seid ... da dachte ich ...«

»Na gut, aber mach schnell.«

Edgar schaute seinen Herrn ungläubig an und rührte sich nicht vom Fleck.

»Was ist? Willst du Wurzeln schlagen?«, fuhr dieser Edgar an. »Geh und wirf den Balg in den Fluss, ich muss zurück nach Frankfurt, man wartet auf mich. Wir haben heute Abend ein Bankett.«

Zögerlich trat Edgar auf Johannes zu, während die beiden anderen Männer den Raum so schnell verließen, wie sie ihn betreten hatten. Der Junge saß immer noch wie gelähmt in der Ecke und verschanzte sich hinter seiner löchrigen Decke. Der Mann, der auf Johannes zukam, stank fürchterlich. Eine Fahne aus Alkohol, Zwiebeln und modrigem Geruch umgab ihn. Johannes ekelte sich. Jetzt, wo sich seine Augen an die Dunkelheit gewöhnt hatten, konnte er mehr erkennen. Der Mann war gekleidet wie ein Soldat. Er trug langes, zotteliges Haar und hatte einen löchrigen Bart, der nicht das ganze Gesicht bedeckte. Sein Wams war in der Körpermitte von einem schmutzigen Rot. Die Ärmel waren braun. Auf seiner Brust trug er ein Wappen, und in seiner Hand hielt er einen Dolch.

Sekunden später hatte Edgar den Jungen mit einem schnellen Griff eingefangen. Johannes versuchte zwar, sich zu wehren, hatte aber mit seiner schmächtigen Gestalt gegen den großen Mann keinerlei Aussicht auf Erfolg. Er schlug wild um sich, traf zwar den Angreifer, doch seine kindlichen Schläge blieben ohne Wirkung. Der Riese umschlang den Jungen mit seinen kräftigen Armen, packte ihn und trug ihn ins Nachbarzimmer. Dort wartete schon Schrummbiegel mit einem Seil. Johannes wurde mitsamt seiner Decke gefesselt, sodass er sich nicht mehr rühren konnte. Die Fesseln schnürten ihm ins Fleisch seiner jungen Haut und zwangen ihn zur Regungslosigkeit. An Flucht war nicht zu denken. Er lag auf dem gestampften Lehmboden der Hütte und starrte seine Peiniger an. Ohne dass er es wollte, brannten sich die Gesichter dieser Männer in sein zehnjähriges Gehirn ein. Dort würden sie für immer sein und ihn bis ans Ende seiner Tage verfolgen. Der Anführer, an dem der Junge von Edgar vorbei geschleift wurde, war sehr viel kleiner als die beiden anderen und von gedrungener Statur, aber nicht so schmutzig wie seine Helfer. Er trug auch ein andersfarbiges Wams. Seines war blau. Es zierte indes dasselbe Wappen. Unter dem Wams trug der Mann ein Kettenhemd, das ihm fast bis zu den Knien reichte. Johannes konnte eine grüne Hose und schwere, schwarze Stiefel erkennen.

Der Anführer trug sein blondes Haar lang und hatte ein glatt rasiertes Gesicht. Über seinem linken Auge hatte er eine kleine Narbe, und als er sich umdrehte und Johannes direkt ansah, erschrak der Junge. Seine Augen waren unterschiedlich gefärbt. Das linke war blau und das rechte braun. Eine angsteinflößende Laune der Natur.

Tränen der Wut rannen Johannes über das schmale Gesicht. Dann sah er seine Eltern. Sie lagen regungslos auf dem harten Boden. Sein Vater starrte ihn mit offenen Augen an.

»Vater, so helft mir doch!«, rief Johannes, doch sein Vater rührte sich nicht. Er starrte ins Nichts. Er war tot. Dem Jungen schnürte es die Kehle zu.

»Mutter«, schrie, nein - krächzte Johannes. »Hilfe!«

Doch seine Mutter konnte ihm nicht helfen. Auch sie lag regungslos, mit seltsam leeren Augen, die sonst so hell geleuchtet hatten, auf dem Boden. Blut lief ihr über das Gesicht. Eine Strähne ihres dunkelblonden Haares hing ihr unbeachtet in die Stirn. Johannes sah noch, wie sich Schrummbiegel auf sie legte, gierig keuchte und mit seiner Hüfte auf und ab wippte. Seine Mutter zuckte im selben Rhythmus. Ihr Gesicht war dabei ausdruckslos. Johannes wusste nicht, was hier geschah. Er wusste nur, dass seine Mutter wie eine Fremde auf ihn wirkte.

Schnell war die Sache erledigt. Der Mann, der sich an Johannes Mutter vergangen hatte und die gleiche Kleidung trug wie Edgar, ließ von seinem Opfer ab. Johannes sah im dämmrigen Licht, dass seine Mutter weinte.

»Na, Bürschchen. Wie fühlt man sich so wehrlos?« Schrummbiegel hatte sich über den Jungen gebeugt, während er noch an seiner Hose nestelte.

Er war hässlich. Dünnes Haar, faule Zähne und pockennarbige Haut. Über seiner Oberlippe wucherte ein Bart, in dem noch Essensreste hingen. Sein Atem stank erbärmlich. Der Schurke lachte böse. Johannes spuckte ihm ins Gesicht.

»Du kleine Ratte«, schrie Schrummbiegel. »Dir werde ich ...«

Statt weiter zu reden, schlug er Johannes. Er trug einen schweren Ring, mit dem er dem Kind eine klaffende Wunde über dem linken Auge zufügte. Sofort lief das Blut über das zarte Gesicht des Jungen. Es tat weh, doch Johannes lächelte trotzdem.

»Ganz so wehrlos war er dann wohl doch nicht«, erkannte Edgar.

»Halt's Maul und wirf das dreckige Balg in den Fluss, wie es der Hauptmann gesagt hat.«

Edgar hob Johannes kommentarlos auf und legte ihn über seine Schulter. Der Junge wehrte sich nach Kräften, kam aber gegen den Hünen nicht an. Beinahe gemütlich trottete der mit dem Bündel in Richtung des Flusses. Um sie herum begrüßten die ersten Vögel unbeeindruckt und laut zwitschernd den Tag. Die Hütte, die Johannes mit seinen Eltern bewohnte, lag abseits am Rande eines kleinen Wäldchens. Die Wagners waren sehr arm und mussten sich deshalb mit der engen und zugigen Unterkunft begnügen. Für ein Haus im Dorf hatte es nie gereicht. Manchmal musste Bernwart Wagner Vater stehlen, damit sie wenigstens eine dünne Suppe zum Essen hatten. Aber wenigstens hatten sie den großen Krieg bisher überlebt.

Bis zum Fluss mussten sie ein ganzes Stück laufen. Als sie außer Hör- und Sichtweite der Hütte waren, legte Edgar den Jungen sanft ab. Der große Mann blickte in die völlig verängstigten Augen des Buben und hockte sich vor ihn.

»Jetzt beruhige dich erst mal, Junge«, sprach er mit tiefer Stimme.

Johannes versuchte zwar, sich zu beruhigen, erkannte aber nicht ganz den Sinn darin. Sein Leben war verwirkt, da war es ziemlich schwierig, sich zu beruhigen.

»Ich werf' dich nich' in den Fluss«, sprach der Riese ruhig.

»Erschlagt Ihr mich etwa?«, fragte der Junge und blickte ihn mit erstaunten Kinderaugen an.

»Ich tu' dir gar nix.«

Johannes war verwirrt. Noch vor wenigen Augenblicken wollte dieses Monster seiner Mutter wehtun, und jetzt verschonte er sein Leben. Argwohn beschlich Johannes. Was hatte dieser Mensch mit ihm vor?

»Ich sag' dir was, mein Kleiner. Ich hab' das mit deinen Eltern nich' gewollt. Aber wenn der Hauptmann sich was in den Kopf gesetzt hat, sind wir einfachen Soldaten machtlos. Er ist nun mal mein Befehlshaber, was soll ich tun? Ich hätte deiner Mutter nie ein Leid angetan ... und dir schon lange nicht.«

Johannes starrte den Fremden ungläubig an.

»Ich lass' dich laufen und erzähl' den anderen, dass du tot bist. Du musst mir nur eines versprechen.«

»Alles!«

»Du musst weit weglaufen und darfst dich hier niemals wieder blicken lassen. Ist das klar?«

Johannes nicke heftig.

»Wenn dich der Hauptmann irgendwo wiedererkennt, sind wir beide so gut wie tot. Hast du mich verstanden?«

»Jawohl, hab' ich!«, bestätigte Johannes. Seine Stimme zitterte.

Edgar löste die Fesseln, wickelte den Jungen aus der Decke und füllte sie mit Steinen. Dann band er das Seil darum und warf das Ganze in den Fluss, wo es schnell versank.

»So, und jetzt lauf, so schnell du kannst, ich halte die Anderen noch eine Weile auf.«

Johannes lief los, doch Edgar rief ihn wieder zurück.

»Ja?«

Der Mann kramte umständlich in seinem Wams. Sekunden später hatte er gefunden, was er gesucht hatte und hielt es Johannes entgegen.

»Hier hast du ein paar Münzen«, sagte er. »Pass gut drauf auf und sei sparsam, dann kannst du eine Weile davon leben. Und halt dich von Hauptmann August von Bremer fern. Merk' dir diesen Namen!«

Johannes spürte eine tiefe Dankbarkeit. Er schaute Edgar an und suchte nach den richtigen Worten. Edgar lächelte. Beide verstanden sich wortlos.

»Jetzt lauf um dein Leben, Junge!«

Edgar sah dem Flüchtenden noch eine Weile nach, bis er an einer Flussbiegung hinter einer Baumgruppe verschwand. Wenigstens dieses Leben hatte er retten können, wenn es ihm schon nicht bei dem völlig unschuldigen Bauern geglückt war, den sein Herr aus reiner Lust gemeuchelt hatte.

»Auf die habe ich schon ewig ein Auge geworfen«, hatte er am Morgen gesagt, als er verkündete, sich heute Nacht eine Frau zu holen. »Das Luder macht mich verrückt. Ich muss sie haben und heute Nacht wird sie mir gehören.«

Eines Tages würde der Hauptmann seine Rechnung bezahlen müssen, da war sich Edgar sicher. Dann würden ihm all sein Geld und sein Einfluss nichts mehr nutzen.

Hilfe

Amicus optima vitae possessio –
Der Freund ist das beste Gut im Leben

Johannes rannte, bis ihm seine Beine den Dienst versagten. Er folgte dem Lauf des Flusses, in dem er eigentlich hätte ertränkt werden sollen. Die Nidda, wie man den Fluss nannte, gab ihm Sicherheit. An ihren Ufern würde er sich bestimmt nicht verlaufen. Spät in der Nacht legte er sich abseits des Flusses auf den Boden, wo er alsbald erschöpft in einen unruhigen Schlaf fiel. In seinen Träumen holten ihn die schrecklichen Ereignisse des vergangenen Tages ein. Sein Schlaf war keineswegs erholend. Alpträume, die ihn immer aus dem Schlaf hochschrecken ließen quälten ihn bis zum Morgengrauen. Mit den ersten Sonnenstrahlen wachte er endgültig auf und rannte weiter. Doch schnell gab er das Rennen auf, weil ihn die Kraft verließ. Er hielt dennoch nicht an. Immer weiter folgte er dem Fluss. Das Ufer war dicht bewachsen, sodass er nur langsam vorankam. Ab und an löschte er seinen Durst im Fluss. Doch schnell kam die Furcht zurück, vom Hauptmann von Bremer und seinen Soldaten entdeckt zu werden, und trieb ihn an.

Den ganzen Tag schlug er sich durch das Dickicht am Flussufer. Sein Heimatdorf Heddernheim lag jetzt weit hinter ihm. Wo genau er sich befand, wusste der Junge nicht. Es machte ihm aber nichts aus. Er war am Leben, und das allein zählte.

Am späten Nachmittag sank er völlig erschöpft in das weiche, hochstehende Gras des Niddaufers. Irgendwo im Nirgendwo. Sein schmaler Brustkorb hob und senkte sich schnell. Johannes spürte seinen Herzschlag. Der Lebensstrom pochte kräftig in seinem Hals. Schweiß rann in Bächen über sein Gesicht. Ohne etwas dagegen tun zu können, schlief er mit dem Gedanken an seine Mutter alsbald ein.

Als er im Morgengrauen erwachte, blickte er in ein dunkles Augenpaar. Johannes schreckte hoch und wollte sofort die Flucht ergreifen, doch hinter ihm war der Fluss. Hastig suchte er nach einem Fluchtweg, sah sich aber in der Falle. Panik ergriff ihn.

Er starrte den Mann an. Der war groß und sah irgendwie freundlich aus, was Johannes ein wenig beruhigte. Ein Lächeln umspielte die Lippen des Fremden und ließ seine grünen Augen leuchten. Er trug einen Hut zum Schutz gegen die Sonne, unter dem rotes Haar zu erkennen war. Seine Kleidung war zweckmäßig.

»Ruhig, mein Junge«, sagte der Fremde mit sanfter Stimme. »Ich will dir nichts tun.«

Johannes sagte nichts, er sah sich weiter nach einem Fluchtweg um.
»Warum bist du so ängstlich?«, wollte der Mann wissen.
Johannes schwieg.
»Verstehst du mich?«
Nun nickte Johannes zögerlich.
»Na, das ist doch schon mal was. Kannst du auch sprechen?«
Abermals nickte Johannes.
»Gut«, sagte der Fremde zufrieden und lachte leise. »Ich bin Paul Ehrmann. Ich bin nur ein einfacher Bauer. Ich will dir nichts antun. Ich sorgte mich nur um dich. Du musst zugeben, dass es für einen Jungen in deinem Alter nicht normal ist, im Morgengrauen am Ufer herumzuliegen. Und dazu noch mutterseelenallein.«
Johannes schwieg und musterte den Mann.
»Willst du mir nicht deinen Namen verraten?«
»Jo … Johannes.«
»Prima, Jo-Johannes. Nun kennen wir schon mal unsere Namen.« Paul lächelte freundlich. »Du siehst aus, als ob du Hilfe nötig hättest.«
Da konnte Johannes nicht widersprechen. Er wollte dem freundlichen Mann erzählen, was passiert war. Doch beim Gedanken an die schrecklichen Ereignisse konnte er nicht anders, als in Tränen auszubrechen. Jetzt, wo er sich das erste Mal mit dem Erlebten wirklich auseinandersetzte, brach es aus ihm heraus. Er heulte wie ein Schlosshund und schämte sich nicht dafür. Als die Tränen versiegten, fing Johannes an zu erzählen. Paul Ehrmann war schockiert ob des Berichtes des Jungen. Ihm fehlten die Worte. Wut, Mitleid und Angst mischten sich in ihm. Wie konnte man einem kleinen Jungen so etwas antun? Wie konnte man *Irgendjemandem* so etwas antun?
»Weiß du was, Johannes?«, sagte Ehrmann schließlich, als er sich wieder ein wenig gefasst hatte, »du kommst jetzt erst mal mit zu mir auf den Hof und dann sehen wir weiter.«

Die Familie Ehrmann besaß einen kleinen, aber gut bewirtschafteten Hof in Dortelweil, etwa einen Tagesmarsch vor den Toren der Stadt Frankfurt. Das Dorf war ein beschauliches Örtchen, umgeben von Wiesen und Feldern, das sich der Stadt Frankfurt zum Lehen verschrieben hatte. Als Gegenleistung profitierte man von den Vorzügen Frankfurts und vor allem vom Geld der wichtigen Stadt am Main.
Der Hof der Familie Ehrmann kam Johannes riesig vor. Er lag am Rand des Ortes. Er umschloss vier aus Fachwerk und Stein gebaute Häuser, die kreisförmig angeordnet waren. Sie durchfuhren einen

Torbogen, der unter einer der Scheunen hindurchführte. Drei Nutzgebäude und ein Wohnhaus umfasste das neue Zuhause Johannes'. Das Wohnhaus lag direkt vor ihnen. Flankiert wurde es zu beiden Seiten von den Ställen. Aus dem rechten Gebäude hörte Johannes Tiere rufen. Schweine, Kühe und Schafe glaubte er zu erkennen. Das linke Gebäude diente als Lager für Getreide, Futter und Gerätschaften. Am linken Rand des Hofes, der aus gestampftem Lehm und erstaunlich sauber war, stand sogar ein eigener Brunnen. Alle Gebäude waren in ausgezeichnetem Zustand. So viel Reichtum war Johannes nicht gewohnt. Mit großen Augen schaute er über den Hof.

Über den staubtrockenen Boden liefen Hühner, Katzen und Gänse. Paul und Johannes fuhren über den Hof. Staunend saß der kleine Junge auf dem Kutschbock. Paul schien reich zu sein. Vor dem Wohngebäude stoppte er, sprang elegant vom Kutschbock und half Johannes beim Absteigen. Der Junge schaute sich um. Dienstbare Geister hasteten umher. Mägde und Knechte, die geschäftig taten beim Anblick ihres Herrn. Ein einfacher Bauer schien Paul Ehrmann dann doch nicht zu sein. Johannes war es reichlich egal. Sicher würde er hier übernachten können und etwas zu essen bekommen. Dann würde er weitersehen.

»Komm mit, ich stelle dich meiner Frau vor«, sagte Ehrmann und führte Johannes in das Hauptgebäude, wo sie wenig später in die Küche gelangten.

An der Kochstelle in der Mitte des Raumes stand eine Frau, die in etwa das Alter des Bauern hatte. Sie war hübsch anzusehen. Ein farbenfrohes Kleid umspielte ihre schmale Figur. Ihr langes, braunes Haar war zu einem Zopf geflochten und hing ihr fast bis zur Hüfte. Als sie die beiden erblickte, huschte ein Lächeln über ihr Gesicht. Johannes fielen die blauen Augen auf, die denen seiner Mutter ähnelten. Die Stupsnase der Bäuerin kräuselte sich, als sie lächelte. Johannes fasste sofort Vertrauen zu der Frau mit den zierlichen, fein geschwungenen Gesichtszügen.

»Sei gegrüßt, Liebster«, sagte sie und küsste ihren Mann flüchtig auf die Wange. Sie schaute Johannes an, der schüchtern am Eingang stehen geblieben war. »Und? Wen hast du da zum Essen mitgebracht?«

»Das ist Johannes«, klärte der Bauer seine Frau auf. »Ich habe ihn völlig entkräftet an der Nidda gefunden. Der arme Junge musste mit ansehen, wie seine Eltern ermordet wurden und entging nur knapp selbst dem Tod.«

»Das ist ja schrecklich«, entfuhr es Erika. »Oh mein Gott, Johannes. Du armes Kind.«

Johannes war das alles sehr unangenehm, er schämte sich.

»Du bleibst jetzt erst einmal bei uns, bis wir deine Verwandten aufgetrieben haben«, beschloss Erika. »Komm, setz' dich und iss erst mal etwas. Du siehst ja halb verhungert aus.«

Erika tischte dem Jungen eine kräftigende Mahlzeit auf und setzte sich neben ihn. Johannes schlang das Essen hinunter. Erst jetzt bemerkte er, wie hungrig er war. Später führte ihn die freundliche Bauersfrau in ein kleines Zimmer im oberen Stockwerk des Hauses und zeigte ihm sein Lager. Es war das Zimmer vom letzten Knecht, der sich mitten in der Nacht vom Hof geschlichen hatte, wie Erika berichtete. Es war spärlich eingerichtet, doch bot es weitaus mehr Komfort als die schäbige Hütte, in der er mit seinen Eltern gehaust hatte.

Es hatte sogar ein richtiges Bett mit einer strohgefüllten Matratze. Ein kleiner Schrank stand auf dem holzbeplankten Boden an der fensterlosen, rechten Wand. Gegenüber dem Bett und unter dem Fenster, durch das warmes Licht fiel, befand sich eine Anrichte, auf der ein Krug mit Wasser und eine dazugehörige Schüssel standen. Der Raum maß in etwa fünf auf fünf Meter und kam Johannes riesig vor.

»Es ist zwar nicht das Allerfeinste, aber fürs Erste wird es genügen«, hatte Erika darüber abfällig, ja fast schon entschuldigend gesagt. Johannes sagte nichts. Für ihn war es ein Palast.

Den ganzen Tag über kümmerte sich die Frau des Bauern rührend um den Neuankömmling. Sie zeigte ihm alles auf dem Gehöft und erklärte ihm nicht ohne Stolz, dass sie Bauern mit eigenem Besitz waren und deshalb sehr gut zurecht kamen. Sie zeigte ihm die Stallungen mit den Tieren. Die Säue hatten gerade geworfen und säugten ihre Ferkel. Die Schafe, die Johannes gehört zu haben glaubte, konnte er nicht sehen, dafür aber eine kleine Gruppe Ziegen. Die waren ihm ohnehin lieber. Die Zicklein waren verspielt und tollten keck hinter der Scheune in einem Gehege. Überall liefen Hühner frei herum. Auf dem Misthaufen, der ebenfalls hinter dem Stall war, stand stolz ein Hahn und krähte in die Welt hinaus, wer hier seiner Meinung nach das Sagen hatte.

Als Johannes am Abend erschöpft auf sein Lager fiel, kam er zu dem Schluss, dass er wohl tot sein müsse und es sich um das Paradies handelte, in dem er sich nun befand.

Ein neues Zuhause

Quid sit futurum cras, fuge quaerere –
Was Morgen bevorstehen wird, vermeide zu fragen

»Wie kann man einem Kind so etwas antun?«, fragte Erika.

»Indem man ein paar Männer befehligt. Es ist Krieg, Erika. Jeder kleine Befehlshaber nutzt seine Macht schamlos aus.«

»Wer so etwas tut, ist kein Mensch, sondern ein wildes Tier.«

»Da gebe ich dir Recht, meine Liebe. Wollen wir nur hoffen, dass man uns und unserer Gerlinde so etwas nicht antut.«

»Gott bewahre«, rief Erika und bekreuzigte sich. »Aber was machen wir jetzt mit dem Bub?«

»Wir behalten ihn so lange bei uns, wie er will. Ein Maul mehr lässt sich schon noch stopfen.«

»Aber sollten wir nicht nach Verwandten suchen, die ihn aufnehmen können?«

»Nein, nein«, wehrte Paul ab. »Das wäre viel zu gefährlich für Johannes. Wenn wir ihn zu Verwandten bringen, wird von Bremer über kurz oder lang erfahren, dass er noch am Leben ist und ihn töten.«

»Daran habe ich noch gar nicht gedacht.«

Das Ehepaar Ehrmann beschloss, dem kleinen Johannes so viel Zeit zu geben, wie er benötigte, um Vertrauen zu ihnen zu fassen. Sie würden ihn auf dem Hof verstecken und ihn beschützen, so lange es ging.

Johannes dankte seinen Rettern auf seine Weise. Er zeigte sich wohlerzogen und willig, alle anfallenden Arbeiten auf dem Hof zu verrichten. Etwas anderes hatten die Ehrmanns auch nicht von ihm erwartet. In der gleichaltrigen Gerlinde fand Johannes eine Spielkameradin. Gerlinde sah ihrer Mutter sehr ähnlich. Auch sie hatte diese zarten Züge und das Kräuseln des Nasenrückens, wenn sie lachte oder auch nur lächelte. Das widerspenstige Haar flocht sie, wie Erika, zu einem Zopf, der jedoch etwas kürzer als der ihrer Mutter war. Aber wenn die Beiden nebeneinander herliefen, sah es aus, als wäre Gerlinde eine Miniaturausgabe ihrer Mutter.

Das Mädchen war sehr verspielt. Schnell brach das Eis zwischen den beiden Kindern. Am besten gefiel Johannes, dass Gerlinde so ganz anders war als die Mädchen seines Alters aus seinem Dorf. Sie war sich nicht zu schade, auch einmal im Schmutz zu spielen oder durch den nahen Fluss zu waten, nur um zu sehen, wie das Dorf von dort aussah. Sie war abenteuerlustig und frech.

Die beiden Kinder stritten sich so gut wie niemals. Johannes sah in ihr die Schwester und den Bruder, den er nie gehabt hatte. In kindlichem Entdeckungsdrang erforschten sie die Winkel und Ecken des großen Gehöftes und in die umliegenden Wälder und Wiesen.

Nach wenigen Wochen fühlte sich Johannes als vollwertiges Familienmitglied. Den Knechten und Mägden auf dem Hof wurde er als Mündel eines verstorbenen Vetters des Bauern vorgestellt, was unangenehme Fragen nach dem fremden Kind im Keim erstickte.

So wuchs er im Schoße der Familie Ehrmann heran. Sein Leben verlief, wie man es sich für einen Jungen in seinem Alter wünschte. Er arbeitete auf dem Hof und half im Haushalt, wo er konnte. Nach einiger Zeit bekam er die Pflege der Tiere übertragen. Er hatte sich darum zu kümmern, dass sie ausreichend zu Fressen hatten, ihre Ställe sauber waren und auch, dass sie beizeiten geschlachtet wurden. Schon bald konnte er kleine Tiere wie Hühner und Gänse eigenständig zu Nahrung verarbeiten. Nur bei den größeren Tieren wie den Ziegen und Schweinen zeigte sich seine schmale Statur als Hindernis. Hier musste ihm ein Erwachsener zur Hand gehen.

Die Verantwortung, die ihm Bauer Ehrmann mit einer ungewohnten Selbstverständlichkeit übertrug, stärkte sein Selbstvertrauen und ließ ihn alsbald vergessen, warum er eigentlich hier war. Zumindest am Tage. Abends, in seinem stillen Kämmerlein, kam die Erinnerung zurück. Er sah die Gesichter seiner Eltern vor sich. Dann schloss er die Augen und versuchte die Erinnerung an beide so gut es ging aufrecht zu erhalten. Sie fehlten ihm schrecklich. Ihm war, als hätte man ein Stück aus ihm herausgerissen. Es verging keine Nacht, in der er nicht von Albträumen heimgesucht wurde. Sie waren schrecklich und angsteinflößend. Doch Johannes wollte trotzdem nicht, dass die Träume ausblieben, denn sie hielten die Erinnerung an den Hauptmann August von Bremer und seinen Adjutanten Schrummbiegel lebendig. Der Junge war beseelt vom Gedanken der Rache. Er schwor, es den widerlichen Vergewaltigern eines Tages heimzuzahlen. Doch bis dahin musste er sich in Geduld üben. Er dankte dem Herrn dafür, dass er ein neues Zuhause gefunden hatte, aber so freundlich die Familie Ehrmann ihn auch aufgenommen hatte und versuchte, ihm das Gefühl zu geben, zu ihnen zu gehören, so sehr fehlten ihm seine Eltern, seine treu sorgende Mutter und sein stets um das Wohl seiner Lieben besorgter Vater.

Von Bremer hatte sie ihm genommen.

Und dafür würde er eines Tages büßen müssen. Aber Johannes hatte nicht vor, ihn zu töten, denn der Tod ist keine Strafe. Er wollte ihn vernichten und so lange am Leben erhalten, bis seine Schuld getilgt war. Eines Tages würde die Stunde der Abrechnung kommen.

Johannes wuchs zu einem stattlichen jungen Mann heran. Zwölf Jahre lebte er nun schon auf dem Gehöft der Ehrmanns und zählte jetzt zweiundzwanzig Jahre. Man schrieb den Monat Juli im Jahr 1648. Endlich hatte der lange Krieg ein Ende gefunden, man war gerade dabei, die Friedensverträge auszuarbeiten, die das sinnlose Morden beenden sollten. Das endlose Kämpfen hatte die Bevölkerung beinahe ausgelöscht, Hunger und Elend über das ganze Land gebracht. Zwar hatte der Krieg die Ehrmanns weitestgehend verschont, doch wurde man hie und da von ihm gestreift, wenn eine kämpfende Truppe an ihrem Hof vorbeizog und Verpflegung einforderte, oder wenn fahrendes Volk von den schrecklichen Ereignissen im Lande erzählte. Der lange Krieg schien endlich vorüber, doch die Probleme des Alltags blieben.

»Dieser gottverdammte Hintermann«, schimpfte eines Tages Paul am Tisch beim gemeinsamen Abendbrot.

»Hattest du schon wieder Streit mit ihm?«, schlussfolgerte Erika missmutig und runzelte die Stirn.

Seit Monaten schwelte zwischen Paul und dem Besitzer des Gehöftes am anderen Ende Dortelweils ein Zwist. Es war unmöglich zu bestimmen, welcher der beiden Dickköpfe den Streit begonnen hatte, aus dem sich mittlerweile eine Dauerfehde entwickelt hatte. Anfangs blieb es bei verbalen Scharmützeln, doch irgendwann hatte einer der beiden begonnen, dem anderen etwas zu zerstören. Zu Beginn nur Kleinigkeiten - mal wurde dem Kontrahenten ein Gattertor aus den Angeln gehoben oder ein Zaun zerbrochen.

Kleinigkeiten.

Aber der Disput schaukelte sich über Monate hinweg hoch. Eine Aktion des Einen verursachte eine Gegenaktion des Anderen. Der vorläufige Höhepunkt war die Zerstörung von acht Bienenstöcken der Ehrmanns an diesem Morgen. Fast der gesamte Bestand war hinüber.

»Woher willst du denn wissen, dass es Hintermann gewesen ist?«, fragte Johannes.

»Wer denn sonst?« Paul war außer sich vor Wut. »Dem werde ich es zeigen.«

»Was hast du vor, Paul?«, fragte Erika in Sorge darüber, dass ihr Mann eine Dummheit begehen könnte.

»Es ihm heimzahlen, diesem ...«

Johannes war skeptisch. Es könnte genauso gut ein Landstreicher auf Nahrungssuche gewesen sein. Er traute Hintermann zwar auch nicht über den Weg, aber das ging dann doch zu weit. Es wäre schon ziemlich dreist, sich an den Bienenstöcken zu vergreifen. Zumal durch den Verlust der Völker eine gute Einnahmequelle der Ehrmanns ausfiel; da hörte der Spaß auf. Selbst Hintermann wusste das. Johannes hatte so seine Zweifel, ob Hintermann wirklich so weit gehen würde. Paul hingegen war sich sicher.

»Johannes, begleitest du mich?«, fragte er und warf sich eine Jacke über die Schultern.

»Wohin?« Aber Johannes wusste die Antwort bereits.

»Wir gehen zum Hintermann und stellen ihn zur Rede.«

»Paul, du weißt doch überhaupt nicht, ob er damit etwas zu tun hat. Das gibt doch nur wieder neuen Ärger«, gab Erika zu bedenken.

Paul und Johannes ignorierten die Warnungen der Bauersfrau und machten sich noch am selben Tag auf den Weg zum Hof des Bauern Hintermann.

Unheil

Si tacuisses, philosophus mansisses –

Wenn Du geschwiegen hättest, wärst Du Philosoph geblieben

Es war schon spät, die Dämmerung schritt voran und hüllte das Dorf an der Nidda in ein warmes Licht. Der Weg zum benachbarten Gehöft war nicht allzu weit. Hätten die beiden Männer eine Nacht über die Ereignisse geschlafen, so hätte ihr Leben vielleicht eine andere Wendung genommen, doch so geschah es im Monat August des Jahres 1648, dass Johannes Wagner und Paul Ehrmann an einem warmen Abend das Gehöft des Bauern Hintermann am westlichen Ende Dortelweils betraten, um ihn für seine schändliche Tat zur Rede zu stellen.

»Hintermann!«, rief Paul gegen das dunkel daliegende Gebäude, das zwar ähnlich groß wie das der Ehrmanns war, jedoch in wesentlich schlechterem Zustand. Auch war der Hof nicht gepflastert. Man sah überall tiefe Furchen von Wagenrädern und Löcher, die von Pferdehufen stammten. Der Hof war an den Ecken voll von Unkraut, und das Gemäuer rissig. Auch die Dächer von Scheune und Haupthaus bedurften der dringenden Beachtung. Johannes hätte wetten können, dass es bei den Hintermanns ins Haus regnete.

Paul rief erneut nach dem Bauern.

Nichts geschah.

Johannes nutzte die Gelegenheit, sich auf dem Gehöft ein wenig umzusehen. Er erinnerte sich, wie ihm Paul einst von dem guten Boden des Hintermannschen Gutes vorgeschwärmt hatte.

»Wenn ich das Land der Hintermanns hätte, wäre ich heute der reichste Bauer weit und breit«, hatte er zu ihm gesagt.

Umso mehr wunderte es ihn, dass sich der Hof nun in solch schlechtem Zustand befand.

»Hintermann«, hörte Johannes Paul erneut brüllen. »Komm raus und stell dich deinen Missetaten.«

»Was schreist du hier so 'rum?«, hörte man eine Männerstimme. »Dir ist wohl was von deinem Acker nicht bekommen, Ehrmann.«

Johannes und Paul schauten sich um, konnten aber Hintermann nirgends sehen.

»Hier oben bin ich, ihr blinden Bauern.«

Die beiden Männer reckten ihre Köpfe. Sie sahen Hintermann auf dem Giebel des Wohnhauses. Der Mann war hager und trug verschlissene

Kleidung. Trotz der schlechten Lichtverhältnisse konnte man sehen, dass sein Gesicht schmutzig war. In der rechten Hand hielt er einen Hammer.

»Komm herunter, ich habe mit dir zu reden«, befahl Paul.

»Wer bist du, dass du mir zu sagen hast, was ich zu tun habe, Nachbar? Ich bleibe hier oben, denn ich habe zu tun. Es wird regnen und mein Dach ist löchrig wie ein Käse. Also was ist? Mir pressiert's.«

»Also gut«, Paul straffte seinen Körper, um seinen Entschlossenheit zu präsentieren. »Ich bin gekommen, um Entschädigung für meine Bienenstöcke einzufordern.«

»Von mir?«

»Von wem denn sonst?«

»Du spinnst ja, Ehrmann«, lachte Hintermann. »Was hab' ich mit deinen Bienenstöcken zu schaffen? Ich hab' selbst genug davon.«

»Du hast sie allesamt zerstört, du Verbrecher. Ich hetze dir den Richter auf den Hals, wenn du mir den Schaden nicht ersetzt.«

»Ich würde dir ja den Schaden ersetzen, wenn ich es gewesen wäre. Aber da ich es nicht war, kannst du mir nichts.«

»Wer soll es denn sonst gewesen sein?«, schrie Paul. »Du sabotierst mich doch schon seit Monaten.«

»Du bist ja verrückt, Ehrmann. Außerdem hast *du* angefangen, meine Zäune zu zerstören.«

»Das ist doch ...«, Paul fehlten die Worte.

»Wir können ihm nichts beweisen, Paul«, raunte Johannes seinem Ziehvater zu.

»Aber ich weiß, dass er es war.«

»Gar nichts weißt du. Du vermutest. Das ist nicht genug.«

»Aber wer soll es denn sonst gewesen sein?«

»Vielleicht ein Landstreicher«, mutmaßte Johannes. »Oder ein Gesetzloser auf der Suche nach etwas Essbarem. Es gibt viele Möglichkeiten, Paul. Was wir brauchen, sind Beweise. Wenn wir die haben, kommen wir wieder und halten sie ihm unter die Nase, dann muss er zahlen, wenn er nicht im Kerker landen will.«

»Aber ...«, setzte Paul an.

Johannes, der seinen Ziehvater an Größe mittlerweile überragte, schaute Paul tief in die Augen. Nicht zuletzt, um den Zorn des Bauern zu zügeln, war er mitgekommen.

Paul musste zugeben, dass Johannes Recht hatte.

»Was ist jetzt, Ehrmann?«, rief Hintermann von oben herab, der interessiert den Zwist beobachtet, aber nichts vom Gesagten verstanden hatte. »Ich hab zu tun, wie du siehst. Pass halt besser auf dein Zeug auf.«

»Ich krieg dich noch, verlass‘ dich drauf, du Lump«, rief Paul dem sich abwendenden Hintermann in den Rücken. Dieser hielt in der Bewegung inne und drehte sich um.

»Willst du mir etwa drohen, du Wicht?«

»Paul, lass gut sein…«, beschwichtigte Johannes.

»Was ist denn hier los?«, rief jetzt Beate, die Frau des Bauern Hintermann, die nun aus dem Haus kam, um zu sehen, was woher der Lärm kam. Ihr Anblick war alles andere als schön. Ihr Mund beherbergte nur noch vereinzelt Zähne, und sie war fett. Sie trug tagein tagaus dasselbe Kleid mit derselben verdreckten Schürze darüber. Über ihrer Oberlippe wuchs ein stattlicher Damenbart. Ihre Haare waren aschgrau und standen unfrisiert in alle Himmelsrichtungen von ihrem Kopf ab. Johannes lief ein Schauer über den Rücken. Sie stand breitbeinig im Hof. In der linken Hand hielt sie ein totes Huhn, das schlaff herabhing.

»Der Ehrmann droht mir, Beate«, sagte Hintermann trotzig. »Er meint, ich hätt' ihm seine Bienenstöcke zerdeppert.«

»Warum hättest du das denn tun sollen, Heribert?«, fragte Beate dümmlich und wischte sich mit dem Handrücken über den Mund.

»Hab' ich ja gar nicht.«

»Und wo ist dann jetzt das Problem?«

»Frag' doch die Zwei da unten«, sagte Hintermann und zeigte auf Paul und Johannes.

Beate schaute die Männer fragend an.

»Ich krieg' dich noch, Hintermann«, zischte Paul. »Verlass dich drauf.«

Hintermann lächelte böse und sagte leise: »Da musst du schon früher aufstehen.«

Unter wildem Fluchen wollte Paul sich daran machen, das Dach zu erklimmen, aber Johannes hielt ihn zurück.

»Lass mich los, ich bring ihn um, den verdammten Drecksack.«

»Paul, hör auf damit«, sagte Johannes beruhigend.

Der Wütende versuchte noch einen Moment lang sich loszureißen, gab es dann aber doch auf.

»Wir sprechen uns noch«, rief er mit erhobener Faust hinauf zum Dach und stieg auf sein Pferd. Johannes war froh, dass sein Ziehvater am Ende dann doch so vernünftig blieb und sich nicht zu etwas hinreißen ließ. Das Ehepaar Hintermann schaute den beiden Besuchern noch eine Weile hinterher, dann gingen sie wenig beeindruckt wieder an ihre Arbeit.

Den gesamten Nachhauseweg ließ sich Paul über den verhassten Nachbarn aus und überlegte, wie man dem Hintermann endlich das Handwerk legen könnte. Johannes versuchte, dabei immer beruhigend auf Paul einzuwirken, da er Angst hatte, dass der sich zu einer Dummheit hinreißen lassen würde.

Noch in derselben Nacht brannte das Gehöft der Hintermanns bis auf die Grundmauern nieder. Nur Beate Hintermann überlebte das Inferno. Heribert Hintermann und die gerade einmal dreijährigen Zwillinge Klaus und Karl Hintermann wurden Opfer der nach Zerstörung gierenden Flammen.

Angeklagt

Discite moniti -

Lernt, ihr Ermahnten

Paul erreichte die Nachricht von dem Brand am nächsten Morgen auf dem Feld. Ein Büttel aus Frankfurt, den Paul schon das ein oder andere Mal in ihrer Gegend gesehen hatte, überbrachte sie ihm. Er kam mit seinem Gefolge und einer Kutsche. Er selbst saß auf einem imposanten Streitross.

»Seid Ihr der Bauer Paul Ehrmann?«, fragte der Büttel in offiziellem Tonfall und stieg elegant von seinem riesigen Pferd. Er trug einen schwarzen Mantel und einen Dreispitz auf dem Kopf. Er hatte einen durchdringenden Blick und einen kurz geschorenen Bart. Sein kerniges Gesicht flößte sofort Respekt ein.

»Ja, der bin ich«, antwortete Paul und stellte die Feldarbeit ein. »Wer will das wissen?« Er holte ein Tuch hervor und wischte sich den Schweiß von der Stirn. Gestützt auf seine Harke, wartete er darauf, dass der Büttel sein Anliegen vortrug.

»Ich komme im Auftrag des Rates der freien Stadt Frankfurt.«

»Und?«

»Ich ermittle in der Mordsache Hintermann und ...«

»Was?«, unterbrach Paul den Mann.

»Ich sagte, dass ich in der Mordsache Hintermann ermittle und ...«

»Habe ich Euch richtig verstanden, dass Hintermann ermordet wurde?«

»Wenn Ihr mich nicht ständig unterbrechen würdet, Bauer Ehrmann, dann könnte ich vielleicht mit meinen Ausführungen zur Klärung Eurer Fragen beitragen.«

»Was redet der so geschwollen daher?«, mischte sich Johannes ein, der hinzugekommen war.

»Der behauptet, der Hintermann wäre ermordet worden.«

»Verdient hat er's«, war der unbedachte Kommentar Johannes'.

Der Büttel wurde sofort hellhörig.

»Was habt Ihr da eben gesagt?«

»Ich sagte ...«

»Dummes Geschwätz«, fuhr Paul ihm über den Mund. »Der Junge hat das nicht so gemeint.«

»Das sehe ich anders, Ehrmann«, erwiderte der Büttel. »Ich muss Euch bitten, mit mir zu kommen.«

»Wohin?«

»Zum Amtmann Böhmer.«

»Ihr seid wohl übergeschnappt«, rief Paul. »Ich habe mit der Sache nichts zu tun. Sucht den wahren Täter und lasst mich damit in Ruhe.«

»Für mich ist die Sache ganz einfach«, entgegnete der Mann trocken. »Ihr seid des Mordes an Heribert Hintermann beschuldigt, also werdet Ihr dem Amtmann vorgeführt, um Euch zu den Vorwürfen zu äußern.«

»Wie stellt Ihr Euch das vor, Büttel?«, protestierte Paul. »Ich habe ein Land zu bestellen.«

»Es tut mir Leid«, sagte der Büttel ohne Bedauern in der Stimme. »Die Vorwürfe wiegen derart schwer, dass mir keine andere Wahl bleibt. Ich bitte Euch inständig, keinen Widerstand zu leisten, ansonsten müssen meine Männer Gewalt anwenden.«

Erst jetzt sahen Paul und Johannes die Männer am Feldrand. Allesamt von großem Wuchs und kräftiger Statur. Sie trugen lange dunkle Mäntel und Helme. Unter den Mänteln entdeckte Johannes Degenspitzen. Erschrocken sah er seinen Ziehvater an.

»Wer erhebt solche schwachsinnigen Vorwürfe?«, rief Johannes mit zittriger Stimme.

»Die Witwe Hintermann behauptet, dass nur er in Betracht käme.« Der Büttel deutete auf Paul. »Sie berichtete mir von Eurem unerfreulichen Besuch am gestrigen Abend. Sie beschuldigt Euch, das Haus niedergebrannt und somit den Tod der Familie billigend in Kauf genommen, wenn nicht sogar beabsichtigt zu haben. Bauer Hintermann und die Zwillinge sind bei dem Brand ums Leben gekommen und Ihr, Bauer Ehrmann, seid dringend der Tat verdächtigt.«

»Ihr glaubt diesem Waschweib, ohne mich vorher zu befragen?«, erwiderte Paul erregt.

»Mitnichten, Bauer Ehrmann«, wies der Büttel die Vorwürfe zurück. »Wir bringen Euch nur zu einer Anhörung, um die Ereignisse aufzuklären.«

»Und dazu müssen wir bis zum Amtmann?«

»Beim Amtmann liegt nun einmal die Gerichtsbarkeit in solch schwerwiegenden Fällen. Das habe ich nicht so bestimmt. Also folgt Ihr mir nun oder muss ich Gewalt anwenden?«

»Nur unter Protest.«

»Ich nehme es zur Kenntnis«, erwiderte der Büttel ungerührt und führte Paul ab.

»Moment!«, rief Johannes. »Er ist unschuldig!«

»Wir haben einen Verdacht und dieser muss entkräftet oder bewiesen werden.« Langsam wurde der Büttel ungeduldig und wandte sich zu

Paul. »Wenn Ihr unschuldig seid, habt Ihr nichts zu befürchten, Ehrmann.«

Paul und Johannes tauschten einen besorgten Blick aus.

»Nun gut«, Paul rammte die Harke in den Boden. »Ich komme mit. Johannes, kümmere dich solange um die Arbeiten am Hof. Du weißt, was zu tun ist. Ich bin bald wieder zurück.«

Johannes schaute den Reitern des Landvogtes hinterher, die seinen Ziehvater in einer geschlossenen Kutsche, einem Verbrecher gleich, abtransportierten. Wut auf die Witwe Hintermann stieg in ihm auf. Dann aber musste er zugeben, dass Paul nicht ganz unschuldig an der Eskalation der Dinge war. Dennoch glaubte er keine Sekunde daran, dass sein Ziehvater ein Brandstifter und Mörder war. Kurzentschlossen machte er sich auf den Weg zu Hintermanns Gehöft, um zu schauen, was passiert war. Als er dort eintraf, fand er die Witwe Hintermann auf dem Rand des Brunnens inmitten des abgebrannten Hofes sitzend vor. Sie hatte ein verweintes Gesicht. Johannes nahm es zur Kenntnis. Mitleid konnte er keines empfinden. Zu groß war sein Zorn. Die Bäuerin bemerkte den jungen Mann nicht gleich, sodass er sich ihr unbemerkt nähern konnte. Als er vor ihr stand, räusperte er sich.

»Was willst du denn hier?«, rief sie, als sie Johannes erkannte. Rotz hing an ihrer Nase. Johannes wandte angewidert den Blick ab. »Du hast doch deinem Vater bestimmt geholfen. Ich sollte dich genauso dem Amtmann melden.«

»Paul hat das nicht getan«, stieß Johannes aus. Er konnte seine Wut nur mühsam kontrollieren.

»Ach nein«, schrie die fette Witwe und spie dabei Spucke in Johannes‘ Richtung. »Wer sonst sollte so etwas tun? Und angedroht hat er es auch.«

»Das war im Zorn dahin gesagt. Paul wäre niemals zu so einer Tat fähig.«

»Und alles nur wegen der paar lumpigen Bienenstöcke«, flüsterte Beate vor sich hin. »Es sollte doch nur ein Denkzettel sein.«

»Also ist er es doch gewesen?«

Die Witwe Hintermann nickte.

»Kindsköpfe«, stieß Johannes aus.

»Wer konnte denn ahnen, dass der Ehrmann gleich unser Haus in Brand setzt?«

»Das hat er nicht.«

»Doch, das hat er.«

»Hast du Beweise, Weib?«

»Ich … ja … nein.«
»Also, was jetzt?«
»Ich hab ihn gesehen.«
»Was *genau* hast du gesehen?«
»Wie er davonrannte.«
»In der Nacht?«
»Ja.«
»Im Dunkeln?«
Die Witwe zögerte.
»Ich habe ihn gesehen.«
»Du lügst, Weib.«
»Nein!«
»Du kommst jetzt mit zum Amtmann und wir klären das auf der Stelle.«
»Einen Teufel werde ich tun«, rief die Witwe und sprang auf. Mit einem Schritt war sie bei Johannes und hielt ihm ein Messer an den Hals. »Dein Vater wird in der Hölle schmoren. Aber vorher wird er auf dem Scheiterhaufen brennen, so wie mein Heribert und meine unschuldigen Kinder gebrannt haben.«
»Du rachsüchtige Schlange«, knurrte Johannes trotz des Messers an seiner Kehle. »Gar nichts hast du gesehen, du willst nur, dass jemand für den Tod deiner Familie blutet, und da kommt dir Paul gerade recht.«
»Denk, was du willst, Johannes«, presste Beate durch ihre faulen Zähne. »Er wird genauso sterben wie mein Mann und meine Kinder. Dafür werde ich sorgen. Er hat es getan, ich weiß es.«
»Einen Dreck weißt du, Weib!«
Johannes wandte sich ab und ließ die verbitterte Witwe stehen. Er konnte seine Zeit nicht damit vergeuden, die rachsüchtige Bäuerin davon zu überzeugen, dass es besser wäre, die Wahrheit zu sagen. Er musste Paul helfen.

»Was soll der Krach?«, rief Roderich Böhmer, der Amtmann, wütend und ließ widerwillig von seiner Gespielin ab. Er war gerade dabei, die neue Magd auf ihre Qualitäten im Bett zu testen, als im Hof seines Gutes der Lärm begann. Wütend, den drallen Körper der jungen Elsa nicht genießen zu können, schwang er sich aus dem Bett und lief ans Fenster. Er spähte hinaus, während er sich umständlich die Hose über den nackten Hintern zog.

Der Amtmann war eine ganze Portion Mensch. Im wahrsten Sinne des Wortes. Er hatte das Gewicht eines Mastschweines und sah im Gesicht auch fast so aus. Eine riesige runde Nase, die zerfurcht war von Narben, die unzählige Pickel aus seiner Jugend dort hinterlassen hatten. Auf dem Kopf trug er eine wilde Lockenpracht, die von schmutzigem Blond war. Sein Kopf schien direkt in den Oberkörper überzugehen. Kein schöner Anblick. Aber er war der Amtmann und hatte Geld und Macht.

Böhmer stand nun am Fenster und schwitzte, während er beobachtete, wie die Gefangenenkutsche des Büttels in Begleitung mehrerer Reiter vorfuhr und direkt vor dem Eingang des Hauptgebäudes zum Stehen kam. Der Büttel rief lautstark Anweisungen und schickte sich an, das Haus zu betreten. Böhmer seufzte und drehte sich zur Magd um. Sie lag nackt im Bett und schaute ihn fordernd an. Das Mädchen war ausnehmend hübsch und schien sich nicht an der abstoßenden Äußerlichkeit ihres neuen Herrn zu stören. Sie war ihm zu Diensten, wie es sich gehörte. Mit vollem Körpereinsatz. Natürlich nicht ohne Berechnung. Ihr würde es an nichts fehlen im Haus des Amtmannes. Dafür würden ihre Schönheit und ihre Bereitschaft, das Bett mit Böhmer zu teilen, schon sorgen.

»Was ist los?«, fragte sie. »Ich dachte, wir sind ungestört.«

»Das dachte ich auch.« Böhmer bemerkte, wie seine Erektion sich verabschiedete und beschloss, die Magd später zu beglücken. Solange dieser Büttel sich im Haus herumtrieb, hatte er ohnehin keine Ruhe. »Bleib' genau so liegen, bis ich wieder bei dir bin«, befahl er deshalb.

Die Magd lachte frivol und zog die Decke über ihren nackten Leib. Böhmer schleppte seinen Körper zur Tür hinaus, nachdem er seine Kleidung einigermaßen geordnet hatte. Er donnerte die Treppe hinunter, von wo aus er bald den Büttel in der Eingangshalle stehen sah.

»Was wird gewollt?«, rief er von oben. Sein Tonfall ließ unmissverständlich erkennen, dass der Besuch unerwünscht war.

»Entschuldigt die Störung, Amtmann«, entgegnete der Büttel unterwürfig. »Aber wir haben den Brandstifter dingfest machen können und ihn sofort hierher gebracht.«

»Was für ein Brandstifter?«

»Na, der Brandstifter, der den Hintermann Hof angesteckt hat.« Der Büttel hatte sich schon gedacht, dass Böhmer mal wieder nicht im Bilde war. Wenn der Fettsack die Finger von den Mägden lassen und seinen Geschäften etwas mehr Aufmerksamkeit schenken würde, wäre seine Arbeit nicht immer so mit Mühsal belastet.

»Ach ja, das Feuer von heute Nacht«, schien sich Böhmer zu erinnern. »Das ging aber schnell. Sehr gute Arbeit, Roderich. Werft ihn in den Kerker, ich kümmere mich dann später um ihn.«

»Wir sollen noch heute nach Frankfurt mit ihm fahren?«

»Hörst du schlecht, Büttel?«

»Nein, Herr. Verzeiht mir meine vorlauten Worte, aber wollt Ihr nicht zuerst mit ihm reden? «

»Weshalb? Ihr habt gesagt, dass er es war. Dann ist doch alles klar.«

»Nun ja«, der Büttel zögerte. »Er wird nur beschuldigt; Beweise indes fehlen mir.«

»Von wem wird er beschuldigt?«

»Von der Witwe Hintermann.«

»Was genau sagt sie?«

»Dass sie ihn gesehen hat, und dass es Streit zwischen Ehrmann und Hintermann gegeben hat.«

»Na also«, Böhmer nickte zufrieden. »Was willst du noch?«

»Ich dachte ...«

»Du denkst?«, unterbrach Böhmer seinen Gehilfen. »Das ist ja das Allerneuste. Fort mit ihm.« Der Amtmann machte eine wedelnde Handbewegung und schickte sich an, zurück in seine Stube zu gehen, wo der warme Körper Elsas lag. Er spürte, wie sein Glied steif wurde, was seine Ungeduld befeuerte.

Roderich wollte noch etwas erwidern, doch der Amtmann, der es nicht für nötig gehalten hatte, die hölzerne Treppe komplett hinabzusteigen, war schon wieder auf dem Weg zurück in sein Zimmer, um sein Werk an der Magd zu vollenden. Dem Büttel blieb nichts anderes übrig, als den armen Teufel nach Frankfurt in den Kerker zu werfen.

Die Reise in die Stadt würde bis zum Abend dauern. Mit dem klapprigen Gefangenenwagen kam man auf den holprigen Straßen kaum voran. Gerade jetzt, wo es angefangen hatte zu regnen. Er musste sich sputen, wollte er beizeiten am Oppenheimer Tor sein, das als Kerker diente. Am Schlimmsten war, dass der Amtmann meistens vergaß, wo seine Gefangenen hinkamen und wer überhaupt eingesperrt wurde, da er kein Buch darüber führte. Dies bedeutete, dass die armen Teufel meist im Kerker jämmerlich verreckten, bevor sie die Gelegenheit auf einen Prozess bekamen, den der Amtmann eigentlich abhalten musste. Wenn der Büttel sich die Leute, die er nach Frankfurt brachte, nicht merken würde, wären sie allesamt verloren.

Zuflucht

Aquila non captat muscas –
Der Adler fängt keine Fliegen

Johannes eilte zur Residenz des Amtmannes. Immer und immer wieder musste er an die Worte der Bäuerin Hintermann denken. Ihr Gesichtsausdruck hatte sich in sein Gedächtnis gebrannt.

Der Hass war deutlich sichtbar gewesen.

Je länger er darüber nachdachte, desto mehr verstand er die Witwe. Er hatte sogar Verständnis dafür, dass sie seinen Ziehvater angeklagt hatte. Aber sie hatte falsches Zeugnis abgelegt. Das konnte er nicht dulden. Doch dann kam ihm der Gedanke, was wäre, wenn sie Recht hätte. Wenn Paul nun wirklich den Hof der Hintermanns angezündet hatte? Hatte er wirklich neben seiner Frau geschlafen, wie er behauptete? Oder war er doch des Nachts aus dem Haus geschlichen und hatte sich für die Bienenstöcke gerächt?

Johannes zweifelte.

Endlich traf er am Hof des Amtmannes ein. Der Würdenträger bewohnte ein wunderschönes Anwesen. Das Haus war groß. Es hatte drei Flügel und glich einem Schloss. Es war kunstvoll aus Stein gefertigt, zu beiden Seiten von kleinen Türmen mit Zinnen gesäumt. Es flößte Ehrfurcht ein.

Hinter dem Haus konnte man noch einen Teil der Stallungen sehen, deren Fundamente aus Stein und der Rest aus Holz gefertigt war.

Um zum Haus zu gelangen, musste man durch einen Torbogen einem Kiesweg folgen. Der Weg führte durch einen kleinen Park und zeugte vom Reichtum des Besitzers. Eine Heerschar von Angestellten kümmerte sich um die Residenz. Johannes überlegte, wie es wohl wäre, einen solchen Flecken Erde zu besitzen. Und vor allem, wie es der Amtmann geschafft hatte, diesen Reichtum in Kriegszeiten zusammenzutragen, wo ein jeder ums Überleben kämpfte.

Er suchte nach der Kutsche, mit der Paul abtransportiert worden war. Als er sie nirgends entdecken konnte, wurde er nervös. Sich umschauend ging er zum Haupthaus hinüber, wo er sich nach seinem Ziehvater erkundigen wollte. Er betätigte den kunstvoll gefertigten Schlagbolzen an der großen Tür und wartete ab.

Wenig später öffnete ein Diener die Tür. Johannes wurde tatsächlich zum Amtmann vorgelassen, der sich gerade einer üppigen Mahlzeit hingab.

»Setzt Euch, junger Mann«, begrüßte Böhmer Johannes kauend. Der wuchtige Mann saß an einem reich gedeckten Tisch und hatte einen verschmierten Latz um seinen kaum vorhandenen Hals gebunden. Der Raum, in dem sie sich befanden, war prachtvoll eingerichtet. An den Wänden hingen Jagdtrophäen aller Art. Ein Kamin, der in der kalten Jahreszeit für wohlige Wärme sorgte, befand sich an der Stirnwand. Sein leeres, vom Ruß geschwärztes Loch gaffte Johannes an, als wollte es sagen: »Komm näher Bursche, damit ich dich besser sehen kann.«

Der Amtmann war allein. Es war ein grotesker Anblick, wie der fette Mann einsam vor dem reich gedeckten Tisch saß, wo überall im Land das Volk Hunger litt. Der Umfang des Leibes hielt den Würdenträger zu weit weg von Tisch, als dass er mit seinen kurzen Armen das Essen unfallfrei in seinen breiten Mund schieben konnte.

Johannes setzte sich und beobachtete Böhmer mit einer Mischung aus Ekel vor seiner Erscheinung und Bewunderung für die vor ihm liegenden erlesenen Speisen.

»Nehmt Euch«, lud Böhmer den jungen Mann mit einer ausladenden Handbewegung ein, da er dessen dessen Blick richtig gedeutet hatte.

Johannes zögerte.

»Nur zu.«

Johannes hatte noch sie so viele Leckereien auf einem Fleck gesehen. Da lagen Wachteln, Tauben, Hühnerbeine, Weintrauben und gebratene Äpfel neben Fisch, Kartoffeln und Entenbraten. Johannes fragte sich unweigerlich, wer noch zum Essen kam. Unmöglich konnte es sich um die Tafel für einen allein handeln. Aber als er sich umschaute, fand er nur ein Gedeck am Tisch, und das lag vor dem Amtmann, der sich von Johannes nicht aufhalten ließ und schmatzend weiter aß. Auch Johannes konnte der verführerischen Tafel nicht widerstehen und nahm die Einladung des Amtmannes an.

»Nun?«, fragte der dicke Mann kauend nach einer Weile. »Was kann ich für dich tun, mein Junge?«

»Ich bin auf der Suche nach Paul Ehrmann«, antwortete Johannes zwischen zwei Bissen. Das Essen sah nicht nur gut aus, es war sogar das schmackhafteste, was Johannes jemals gegessen hatte. Er stopfte sich so viel in den Mund, wie er nur konnte.

»Und wie soll ich da helfen?«, wollte Böhmer wissen.

»Euer Büttel hat ihn heute Morgen verhaftet, da dachte ich, Ihr solltet wissen, wo er ist.«

»Weshalb hat er ihn verhaftet?«

»Brandstiftung.«

»Ach ja, ... jetzt weiß ich, von wem du redest. Der Bauer, der den Hintermannhof angesteckt hat.«

»Haben soll«, korrigierte Johannes.

»Wer denn sonst? Die Witwe hat ihn doch gesehen, wie ich gehört habe.«

»Sie lügt!«

»Das klären wir später.«

»Kann ich zu ihm?«

»Das wird schwierig sein.«

»Warum?«

»Er müsste mittlerweile im Kerker in Frankfurt sitzen.«

Johannes verschluckte sich fast an einem Stück gebratener Taube.

»Wieso denn in Frankfurt?«

»Weil ich dort alle meine Gefangenen hinbringen lasse«, antwortete Böhmer ungerührt.

»Wann gedenkt Ihr, ihn anzuhören?«

»Wann es mir beliebt.«

»Und wann beliebt es Euch?«, wollte Johannes wissen.

»Willst du mir vorschreiben, wie ich mein Amt zu führen habe, Bauernlümmel?«, fuhr der fette Würdenträger Johannes an.

»Natürlich nicht, Herr«, beschwichtigte Johannes sofort. »Aber ich will doch nur, dass meinem Vater nicht unnötig Leid im Kerker zugefügt wird. Bei dem Gedanken, dass er mit den Ratten um seine Mahlzeit kämpfen muss, bin ich doch sehr besorgt.«

»Ach, so schlimm ist das auch wieder nicht. Ihr Bauern seid ja den Umgang mit Tieren gewöhnt.« Der Leib des Mannes vibrierte, als er laut über seinen hässlichen Scherz lachte. Sein Mund stand weit offen, und unzerkautes Essen fiel aus seinem Schlund. Johannes kämpfte gegen einen Würgereiz und legte seinen angebissenen Taubenbraten zurück auf den Teller.

»Herr, ich möchte Euch dringend bitten, meinen Vater schnell anzuhören, sonst ...«

»Sonst was, Bursche?«, rief Böhmer und knallte die Hand krachend auf den Tisch. Überraschend schnell sprang er auf. »Willst du Würmchen mir drohen?«

»Nein, nein«, rief Johannes schnell und hob beide Arme. »Ich wollte nur sagen, dass wir sonst Probleme mit der Arbeit auf dem Hof bekommen.«

»Man hat mir berichtet, Paul Ehrmann ist nicht dein richtiger Vater Ihr seid also ein Waisenkind.«

»Ja. Er hat mich vor einigen Jahren aufgenommen, als ich ...«, weiter wollte Johannes nicht reden.

»Was kümmert's dich dann?«

»Wie bitte?« Johannes glaubte, sich verhört zu haben.

»Dir kann es doch egal sein. Er ist nicht dein Vater, also erbst du nichts.«

»Was?« Johannes war schockiert.

»Hast du was mit deinen Ohren?«

»Mit meinen Ohren ist alles in Ordnung. Allein glaube ich jedoch, ihnen nicht trauen zu können bei dem, was Ihr da redet.«

»Vorsicht, Freundchen. Hüte deine vorlaute Zunge, sonst lasse ich sie dir abschneiden.«

»Ich möchte Euch nur bitten, ihn schnellstmöglich anzuhören. Dann wird sich sicher alles aufklären.«

»Ja, ja«, sagte Böhmer und setzte sich zurück an die Tafel, wo er sofort wieder zu essen begann. »Ich kümmer' mich drum und jetzt lass er mich allein.«

Wer's glaubt, dachte Johannes. Laut sagte er: »Kann ich ihn denn besuchen?«

»Wen?« Der Amtmann schaute auf. Sein Mund war verschmiert mit Fett. Ein Stück Kartoffel hing an seinem Kinn.

»Paul Ehrmann«, sagte Johannes unterkühlt.)

»Ach so«, der Amtsmann lachte laut. »Hatte ich schon fast vergessen.« Er wedelte mit einem Hühnerbein. »Was weiß ich. Geh‘ und frag‘ im Kerker nach.«

Johannes gab es auf. Es schien sinnlos, sich weiter mit diesem Kretin zu beschäftigen. So wie sich die Sache darstellte, würde er sich selbst um einen gerechten Prozess für Paul kümmern müssen. Von Böhmer war nicht viel zu erwarten.

Er verabschiedete sich von dem selbstgefälligen Bauernfürsten und machte sich auf den Weg zurück zum Hof, wo er Erika ins Bild setzen wollte.

Auf dem Weg dorthin dachte er darüber nach, was der Amtmann ihm bezüglich seines Erbes gesagt hatte. Und zum ersten Mal erkannte er, dass er nichts besaß. Schlimmer noch war die Tatsache, dass sich an diesem Zustand auch nichts ändern würde. Er hatte nichts, war nichts und würde niemals etwas sein. Wenn Paul starb, würde er weiterhin der Knecht sein, auch wenn er in den letzten zwölf Jahren wie der Sohn der Ehrmanns gelebt hatte. Es würde vor dem Gesetz nichts nützen. Wer würde dann den Hof erhalten? Erika würde es vielleicht eine Weile schaffen, doch war sie auf Dauer gesehen ohne einen Ehemann de facto rechtlos. Doch er kam als Haushaltsvorstand nicht infrage. Er war nicht blutsverwandt mit den Ehrmanns.

Er war… Nichts!

Johannes verdrängte den Gedanken schnell wieder, er hatte jetzt andere Sorgen. Er musste seiner Ziehmutter die schlechte Kunde überbringen.

»Wer da?«, bellte der schlecht gelaunte Wachmann, ohne sich von seinem Stuhl zu erheben.

»Ich möchte zu Paul Ehrmann«, antwortete Johannes. Er war gleich am nächsten Tag nach Frankfurt gereist. Sofort hatte er sich zur Hauptwache begeben, wo man ihn rüde abwies und zum Kerker am Oppenheimer Tor schickte. Er fragte sich durch und fand schließlich jemanden, der ihm den Weg zeigte. Dort stand er nun vor einem stinkenden Wachmann. Sein Anblick war alles andere als eine Augenweide. Die letzten Zähne saßen schwarz in seinem Mund und versprühten einen fauligen Atem. Sein schlecht rasiertes Gesicht war voller Pickel und die Kleidung war starr vor Dreck. Zottelig hing sein dünnes Haar an seinem Kopf herunter. Er würde selbst bei Frauen, die sich dafür bezahlen ließen, nicht landen können. Aber hier im dunklen Keller des Frankfurter Kerkers war er der große Herrscher und zeigte es auch.

»Verzieh' dich, Bursche.«

»Aber ich will kurz mit ihm sprechen.«

»Jetzt nicht.«

»Weshalb?«

»Weil ich es sage!«

»Das ist doch kein Grund.« Johannes hob das Kinn und verschränkte demonstrativ die Arme vor der Brust.

»Du hast wohl was mit den Ohren, Bauernlümmel«, rief der Wärter. »Ich sagte, dass du Leine zieh'n sollst, sonst setzt ‘s was.«

Johannes zeigte sich standhaft.

»Ich gehe hier nicht eher weg, bevor man mir gesagt hat, wie es Paul Ehrmann geht.«

»Ihm geht es gut«, sagte der Wärter. »Und jetzt hau' ab, bevor ich dich zu ihm sperre.«

»Ich glaube Euch nicht.«

Des Wärters Geduld war erschöpft. Er schnappte Johannes am Wickel und warf ihn kurzerhand auf die Straße. Der junge Mann stolperte über einen Straßenköter und fiel der Länge nach hin. Geradewegs in einen frischen Haufen Müll, den die Wäscherin gegenüber dem Kerkerturm soeben ausgeleert hatte. Der Wärter amüsierte sich darüber prächtig. Breitbeinig stand er in der Eingangstür des Oppenheimer Tores und lachte über den Bauernjungen aus Dortelweil. Johannes blieb nichts anderes übrig, als gedemütigt davon zu ziehen.

»Geh' weg, du stinkender Bauernlümmel«, keifte die Wirtin. »So kommst du mir hier nicht rein.«

So erging es Johannes bei jedem Wirtshaus, bei dem er sich für die Nacht ein Lager suchen wollte. Er wurde überall abgewiesen, weil er nach Essensresten und Fäkalien roch. Der Sturz am Oppenheimer Tor war folgenschwerer als gedacht. Jetzt stand er auf dem Römerberg und wusste nicht wohin. Bald war Sperrstunde. Bis dahin musste er zusehen, wo er bleiben konnte. Die Dämmerung hatte sich schon längst zur dunklen Nacht gewandelt, als er einen letzten Versuch unternahm. Mutlos betrat er eine Wirtsstube am Mainufer. Johannes richtete sich schon auf einen Hinauswurf ein, als ihn der Wirt ansprach.

»Wer hat Euch denn in Scheiße gebadet, Junge?«

»Der Wärter am Oppenheimer Turm«, sagte Johannes und versuchte halbherzig, sich den Schmutz von der Kleidung zu klopfen.

»Ah, der dicke Heinz.« Der Wirt lachte. »Das sieht ihm ähnlich. Mach' dir nichts draus, Bursche. Der kann nichts dafür. Der ist so hässlich, dass sich das Wasser freiwillig kräuselt, wenn er hineinguckt, nur um nicht von diesem Spiegelbild verseucht zu werden.«

In der Ecke lachte jemand. Johannes schaute in die Richtung, aus der das Lachen kam. Dort saß ein buckliges Männlein und kicherte fröhlich.

Der Wirt war von freundlichem Gemüt. Seine Kleidung war überraschend sauber. Er überragte Johannes um eine halbe Haupteslänge und hatte schwarzes, dichtes Haar. In seinem runden Gesicht saß ein fröhliches dunkelbraunes, fast schwarzes Augenpaar. Buschige Augenbrauen wucherten darüber. Um den Mund herum trug der füllige, aber nicht dicke Mann einen Bart, der auf ein erträgliches Maß gestutzt war.

»Ich habe gehört, dass er früher in einer Schlachterei gearbeitet hat«, sagte das Männlein aus der Ecke über den Gefängniswärter. »Die Schweine sind durch seinen bloßen Anblick tot umgefallen.«

Wieder lachten der Wirt und der kleine Mann, der der einzige Gast war, herzlich. Der Wirt zeigte dabei eine erstaunlich intakte Zahnreihe. Johannes fand ihn auf Anhieb sympathisch.

»Einmal war er bei den Freudendamen in Bornheim«, fuhr der kleine Mann fort. »Als er wieder weg war, haben die Weiber einen Eid geleistet. Alle Weiber würden verschweigen, wenn Heinz sich ihre Dienste erkaufte. Sie hatten Angst, dass die anderen Freier sonst keine Lust mehr hatten, sich mit ihnen einzulassen.«

Johannes schmunzelte und fragte sich, wie lange das so weiter gehen würde, als der Wirt sagte: »So, Junge. Was kann ich für dich tun?«

»Ich brauche ein Lager für die Nacht.«

»Sollst du haben. Und ein Bad, nehme ich an«, sagte der Wirt. »Ich heiße übrigens Walter.«

An diesem Abend vergaß Johannes für einen kurzen Moment seine Sorgen. Nachdem er sich gesäubert hatte, ging er in die Wirtsstube und setzte sich an einen Tisch. Da nicht viele Gäste im Lokal waren, gesellte der Wirt sich zu ihm. Man saß in gemütlicher Runde am Tisch und erzählte allerlei lustige Anekdoten.

Das Wirtshaus war sauber und erstaunlich gut eingerichtet. Scheinbar lief das Geschäft gut. Das Essen war hervorragend und das Bier nicht verwässert. Der Raum war groß genug, um acht schweren, dunklen Holztischen Platz zu geben. Der Steinboden war gefegt und frei von Flecken. An den Wänden hingen sogar ein paar Gemälde. Einzig die Tatsache, dass kaum Kundschaft im Saal war, ließ Johannes ein wenig grübeln. Doch ihm war es letztendlich sogar recht, denn so verbrachte er den vergnüglichsten Abend seit langem. Am Ende des Abends bot Walter Johannes sogar an, dass er für ihn in der Schenke arbeiten könne. Johannes lehnte dankend ab. Dennoch versprach er, auf das Angebot zurückzukommen, sollte er es jemals benötigen.

Am nächsten Morgen machte sich Johannes wieder auf den Weg zum Oppenheimer Tor. Als er durch die Stadt lief, erreichten ihn vielerlei Eindrücke. Er bestaunte die besondere Atmosphäre der großen, reichen Stadt. Die Häuser, die rechts und links von ihm emporragten, waren allesamt Zeugen des Reichtums der Einwohner. Frankfurt hatte die Kriege der letzten dreißig Jahre sehr gut überstanden.

Freilich hatte man die Stadt auch mehrfach belagert, doch stand sie unter dem Schutz des Kaisers, der in der Not seine Truppen schickte und die Eindringlinge in die Flucht hatte schlagen lassen. Aber auch die Gerüche Frankfurts blieben dem jungen Knecht nicht verborgen. Schon am frühen Morgen liefen die Schweine frei umher. Die Straßen waren voll vom Dreck der hier lebenden Menschen. Sie erleichterten sich einfach am Straßenrand, was die Sache nicht besser machte. Ihren Müll warfen sie aus dem Fenster. Der Gestank war an manchen Stellen kaum auszuhalten. Da lobte sich Johannes doch die frische Luft auf dem Lande. Dennoch hatte Frankfurt eine gewisse Anziehungskraft. Hier musste man herkommen, wenn man etwas werden wollte. Er wurde sich wieder seiner Situation bewusst und seufzte resigniert bei dem Gedanken an seine Zukunft.

Als er endlich am Gefängnisturm ankam, sah er sich einem anderen, nicht minder ungepflegten Wärter gegenüber. Johannes versuchte erneut, zu Paul vorgelassen zu werden.

»Gut, dass du kommst, Junge«, hörte Johannes den Mann zu seiner Überraschung sagen. »Dann kannst du deinen Vater gleich mitnehmen.«

Johannes zeigte sich erfreut und folgte dem Wärter. Wer hätte gedacht, dass sich die Sache so schnell aufklärt, war Johannes' Gedanke, als sie den Turm betraten.

Der Wärter blieb vor einer Tür stehen. »Hast du keinen Wagen dabei, Junge? Das wird sonst ziemlich beschwerlich.«

»Wie bitte? Ich verstehe die Frage nicht ganz.«

»Du willst doch deinen Vater nicht bis nach Dortelweil schleppen.«

»Warum kann er nicht laufen?«

»Weil Tote in der Regel nicht laufen können«, antwortete der Wärter trocken und öffnete die Tür mit den Worten: »So, hier ist er.«

Johannes war wie vom Donner gerührt.

»Was soll das heißen?«

»Ich dachte, du weißt Bescheid.«

»Gar nichts weiß ich«, rief Johannes. »Was ist passiert?«

»Er hat den Kürzeren gezogen - beim Streit ums Essen.«

Johannes merkte, wie es ihm die Luft abschnürte. Ihm war heiß und kalt zugleich. Er trat näher an den Körper heran, der auf einem klapprigen Holztisch lag. Eingewickelt in ein schmutziges Leichentuch. Johannes öffnete es zögernd. Entsetzt musste er feststellen, dass es sich tatsächlich um Paul Ehrmann handelte. Johannes hielt die Hand an den Mund, um nicht laut zu schreien. Pauls Gesicht war übel zugerichtet. Verkrustetes Blut bedeckte es. Man hatte sich noch nicht einmal die Mühe gemacht, ihn zu säubern. Seine Augen waren geschwollen, seine Nase zertrümmert. Am Hals sah Johannes Würgemale.

Tränen suchten sich ihren Weg über das Gesicht des jungen Mannes. Seine Trauer vermischte sich schnell mit Wut. Wut über den sinnlosen Tod seines Ziehvaters, der zu ihm wie ein leiblicher Vater gewesen war. Nun lag er da, gemeuchelt von einem Verbrecher wegen eines Tellers Suppe und einem Kanten Brot.

»Wenn es dich beruhigt«, sagte der Wärter. »Wir werden den Täter sicherlich mit dem Tod bestrafen.«

»Das macht ihn nicht wieder lebendig«, flüsterte Johannes.

»Was ist nun?«, drängelte der Wärter. »Nimmst du ihn jetzt mit?«

Johannes bat um Aufschub, der ihm bis zum Mittag gewährt wurde.

Vor der Tür des Oppenheimer Tores angelangt, wusste Johannes nicht, was er tun sollte. Zunächst lief er planlos durch die Gassen der Stadt. Der Schock über den Verlust des geliebten Menschen saß zu tief, als dass er einen klaren Gedanken hätte fassen können. Nach einer Weile funktionierte sein Gehirn wieder, und er begann nachzudenken. Schließlich kam er zu dem Schluss, dass der Einzige, der ihm helfen konnte, Walter, der Wirt war. Sicherlich würde er sich von ihm ein Fuhrwerk leihen können. Also ging er zurück zum Wirtshaus, um den Wirt um Hilfe zu bitten.

»Natürlich helfe ich dir, Johannes«, war die Antwort Walters, dem der Junge leid tat. »Bring‘ den Wagen und den Gaul zurück, wenn du deinen Vater nach Hause gebracht und beerdigt hast. Ich brauche ihn nicht so häufig.«

»Vielen Dank, Walter. Du weißt nicht, was mir das bedeutet.«

Der Wirt wischte den Kommentar mit einer Handbewegung fort. Es schien für ihn selbstverständlich, einem in Not Geratenen zu helfen.

»Würdest du mich vielleicht begleiten?« bat Johannes. »So könntest du deinen Wagen und dein Pferd gleich wieder mit zurücknehmen. Außerdem wäre ein wenig Beistand nützlich, wenn ich es seiner Frau beibringe.«

Walter überlegte kurz und willigte dann ein. Ihm war der junge Mann von Anfang an sympathisch gewesen. Eigentlich kannte er Johannes kaum, aber irgendetwas gefiel dem Wirt an dem jungen Mann, sodass er ihm gerne half. Also machten sie sich auf den Weg, die Leiche Paul Ehrmanns zu seiner Witwe zu bringen. Walter versuchte den gesamten Weg über, Johannes ein wenig aufzuheitern, was ihm aber noch nicht einmal ansatzweise gelang.

Spät am Nachmittag erreichten sie den Ortseingang Dortelweils. Walter bemerkte, wie Johannes immer angespannter wurde. Er vermied es, ihn anzusprechen. Es war schwer genug für ihn. Johannes gab knappe Anweisungen, wo der Hof der Ehrmanns zu finden sei und lotste Walter so zu seinem Heim.

»Da vorne nach rechts und schon sind wir da«, sagte Johannes und zeigte auf die Abbiegung. Walter nickte nur und lenkte den Wagen geschickt über den holprigen Weg. Als sie die letzte Biegung nahmen, stockte ihnen der Atem. Das, was sie vor sich sahen, war nicht das, was sie erwartet hatten. Statt des Ehrmanschen Hofs sahen sie vor sich die Überreste des einst so gepflegten Anwesens. Es war abgebrannt.

Auf die schiefe Bahn

Mundus vult decipi, ergo decipiatur -
Die Welt will betrogen sein, also soll sie betrogen werden

Johannes war am Boden zerstört. Soviel Unheil innerhalb so kurzer Zeit war für ihn kaum zu ertragen. Walter blieb auf dem Kutschbock sitzen und wartete, nachdem Johannes abgesprungen war und durch die Trümmer des Hofes schritt. Schließlich kniete Johannes inmitten der Reste seines einstigen Zuhauses und weinte lautlos.

»Jetzt weißt du, wie es sich anfühlt, wenn man alles verloren hat.«

Johannes erschrak, als er die Worte hörte, die von Beate Hintermann ausgesprochen wurden. Die Bäuerin stand am Hofeingang und grinste böse. Ihr Haar war wie immer ungeordnet und ihre Kleidung verschmutzt. Ihr Gesicht war eine irre Fratze.

Johannes stand auf und drehte sich langsam um.

»Was hast du gesagt, Weib?«, stieß er mühsam beherrscht aus, ohne sie anzuschauen.

»Du hast mich wohl verstanden, Johannes. Auge um Auge - Zahn um Zahn. So steht's geschrieben. Wir sind quitt.«

»Heißt das etwa, dass *du* das Feuer gelegt hast?«

»So wie Paul es bei uns getan hat. Wo ist der Lump überhaupt? Ich hoffe, er sitzt im Kerker und wird von den Ratten angeknabbert.«

»Er ist tot, du Hexe. Durch deine Anschuldigungen kam er in das Oppenheimer Tor, wo er ermordet wurde.«

»Tja, jeder, wie er es verdient«, erwiderte die Bäuerin gleichgültig. »Er hat meine Buben und meinen lieben Heribert ermordet, und nun ist er selbst ermordet worden.« Die Bäuerin lachte verächtlich. »Gott, der Gerechte hat es so gewollt.«

»Wo sind Gerlinde und Erika?«, wollte Johannes wissen.

Die Brandstifterin schaute diabolisch und zeigt mit dem Kinn auf die Trümmer des Ehrmannschen Hofes. »Schau doch mal da drin nach, vielleicht kannst du noch was von ihnen erkennen.«

Johannes war wie vom Donner gerührt.

»Heißt das, …?«

»Wie du mir – so ich dir.«

Beim Anblick der gehässigen Fratze der Witwe Hintermann setzte etwas in Johannes aus. Er verlor die Kontrolle über sich und sein Handeln. Mit blinder Wut drosch er auf die Witwe ein. Sie schrie und riss die Arme vors Gesicht, doch Johannes drang immer und immer wieder mit seinen Fäusten durch. Bald stürzte das hässliche Weib und lag vor ihrem Peiniger, der sie nun auch noch mit Tritten malträtierte. Johannes traf sie immer wieder am Kopf. Dann bekam er einen Stein zu fassen. Er setzte sich auf das fette Weib und zerschmetterte der Frau den Schädel.

Er kam erst wieder zu sich, als er Walter bemerkte, der ihn nur mit Mühe festhalten konnte. Vor ihm auf dem Boden lag die reglose Beate Hintermann.

»Mein Gott!«, entfuhr es ihm, als er seine blutverschmierten Hände sah. »Was habe ich getan?«

»Das, was jeder vernünftige Mann getan hätte«, sagte Walter kühl.

»Was soll ich denn jetzt machen?«

»Viele Möglichkeiten hast du nicht, Junge. Du hast kein Zuhause und du hast eine Frau erschlagen. Da bleibt nicht viel, was du tun kannst.«

»Du meinst …?«

»Lauf! Lauf, so schnell du kannst.«

»Aber was ist mit meiner Familie?«

»Sie sind alle tot, wenn ich das richtig verstanden habe«, bemerkte Walter. »Es wird sich schon jemand finden, der sie begräbt. Es wird nicht lange dauern, bis man unbequeme Fragen stellt. Spätestens dann solltest du von hier verschwunden sein.« Walter kramte in seinen Taschen. »Hier hast du etwas Geld, das wird dir ein paar Tage helfen. Dann bist du auf dich allein gestellt.«

Johannes starrte wieder auf seine blutverschmierten Hände. Einige Münzen glänzten darin im letzten Sonnenlicht des Tages.

»Danke, Walter«, bekam er heraus. »Ich werde es zurückbezahlen.«

»Vergiss es! Und jetzt hau endlich ab. Ich werde nämlich auch das Weite suchen, ich habe keine Lust auf Ärger.«

Eine kurze Umarmung zum Abschied, und die Männer stoben in verschiedene Richtungen davon. Walter schaffte es, nachdem er Pauls toten Körper einfach in den Hof gelegt hatte, unerkannt Dortelweil zu verlassen. Niemand hatte ihn gesehen.

Johannes machte sich auf dem Weg nach Norden. Er wollte in den Wäldern des Taunus Unterschlupf suchen. Er konnte sein Ziel am Horizont sehen. Dunkel lag das Gebirge vor ihm. Er machte sich auf in eine ungewisse Zukunft, fest entschlossen, sich nicht vom Schicksal besiegen zu lassen.

Als der Morgen graute, hatte Johannes bereits die Ausläufer des Taunus erreicht. Auf seinem Weg dorthin war ihm keine Menschenseele begegnet. Er hatte absichtlich Ansiedlungen gemieden. Johannes nutzte den friedlichen Moment des Sonnenaufgangs, um sich über seine Situation klar zu werden. Er setzte sich auf einen umgestürzten Baumstamm und schaute in das Morgenrot, das die Stadt Homburg zu seinen Füßen in ein goldbraunes) Licht tauchte.

Was sollte er nun mit seinem Leben anfangen?

Er war ein Mörder, ohne Obdach, ohne Familie und Besitz, ohne irgendwelche Rechte.

Er hatte nur die paar Münzen von Walter und das, was er am Leibe trug.

Seine Lage war unerfreulich, wenn man ihn auch nicht wegen des Mordes an Beate Hintermann suchen würde. Niemand außer Walter hatte gesehen, wie er sie erschlagen hatte. Man würde die Leiche finden und zusammen mit seiner Familie begraben. Vielleicht würde man rätseln, wie die Bäuerin dort hingekommen war und warum sie nun tot, mit zerschmettertem Gesicht im Gehöft lag. Aber am Ende würde sich keiner um die unbeliebte Bäuerin scheren. Insgeheim würde man froh sein, dass sie endlich weg war.

Beim Gedanken an seine tote Familie ergriff den jungen Mann tiefe Trauer. Zum zweiten Mal hatte man ihm das Zuhause genommen und geliebte Menschen ermordet. Er machte sich Vorwürfe, weil er seinen Ziehvater nicht davon abgehalten hatte, an diesem schicksalhaften Abend zu den verhassten Nachbarn) zu gehen. Hätte er es verhindert, wäre noch alles im Lot.

Er stützte den Kopf in seine Hände und versuchte, die Verzweiflung abzuschütteln. Er schien verflucht zu sein.

Schon bald weinte er ungehemmt.

»Kann ich helfen, Herr?«, hörte er plötzlich eine Stimme über sich.

Johannes schreckte auf. Geblendet von der Sonne, konnte er nicht erkennen, wer da vor ihm auf einem Pferd saß. Erst als der Reiter abstieg, konnte Johannes einen Mann im mittleren Alter ausmachen. Er trug teure Kleidung und machte auf Anhieb einen gefälligen Eindruck. Sein Kopf, auf dem strohblondes Haar wuchs, wurde durch einen Dreispitz gegen das Wetter geschützt. Die grüngrauen Augen des Mannes, die von Lachfalten flankiert wurden, blickten ehrlich besorgt.

»Nein, nein. Alles in bester Ordnung.« Johannes zog die Nase geräuschvoll hoch, stand auf und ordnete seine Garderobe.

»Dem schien mir aber nicht so, wenn Ihr mir die Dreistigkeit erlaubt, zu urteilen«, setzte der Fremde nach. »Kann ich Euch irgendwie helfen?«

»Nun«, antwortete Johannes gefasst, »es wäre schön, wenn Ihr jemanden wüsstet, bei dem ich Arbeit und Unterkunft finden kann.«

»Ihr seht mir nicht aus, als wäret Ihr schon länger ohne Lohn und Brot«, vermutetet der Fremde. »Was ist geschehen?«

»Mit Verlaub, mein Herr, darüber möchte ich nicht reden.«

»Das ist Euer gutes Recht.« Er zog die Schultern nach oben. »Verzeiht, ich war unhöflich. Mein Name ist Reginald Hollerbusch. Zufällig bin ich immer auf der Suche nach jungen Männern, die sich nicht scheuen, harte Arbeit zu verrichten. Wenn Ihr an reichlich Lohn und Brot interessiert seid, hört Euch mein Angebot an. Wenn nicht, vergesst, mich je getroffen zu haben.«

Johannes wurde neugierig. Der Fremde hatte eine faszinierende Ausstrahlung. Seine Eleganz und ausgesuchte Höflichkeit machte seine Gesellschaft angenehm. Johannes fasste seltsamerweise sofort Vertrauen zu Hollerbusch.

»Es wird mir nicht schaden, mir Euer Angebot anzuhören.«

Hollerbusch lachte kurz auf.

»Nein, natürlich nicht. Ich muss Euch aber warnen. Es ist keine gewöhnliche Arbeit.«

»Lasst hören.«

»Dazu müsstet Ihr mir nach Homburg folgen.«

»Ich hatte ohnehin vor, dorthin zu gehen.«

»Na dann, folgt mir …«, Hollerbusch schaute Johannes fragend an.

»Oh, verzeiht. Johannes ist mein Name. Johannes Wagner.«

»Nun denn, junger Johannes, schwingt Euch auf mein Pferd. Es ist stark genug, uns beide zu tragen.«

Johannes gehorchte und kletterte auf den Rücken des Tieres. Hollerbusch erklomm ebenfalls den Araber und trieb ihn an.

»Ein schönes Pferd habt Ihr da, Herr Hollerbusch«, bemerkte Johannes nach einer Weile.

»Ja, das ist es«, stimmte Reginald Johannes zu. »Ich habe es aus Spanien.«

»Ihr habt Spanien bereist?« Johannes war beeindruckt.

»Nicht nur Spanien. Ich habe fast die ganze Welt bereist, mein Freund. Venezien, Konstantinopel, Britannien und das heilige Land habe ich gesehen. Ich war sogar in Jerusalem am Grabe Christi.«

»Wie kommt es dann, dass ich Euch hier in der Provinz treffe?«, fragte Johannes skeptisch.

»Zuhause ist es eben doch am schönsten.«

»Da stimme ich Euch zu.«

Gemächlich schritt das Pferd voran. Reginald erzählte einige Anekdoten von seinen Reisen. Johannes lauschte gespannt dem unterhaltsamen Bericht, und die Zeit verging wie im Fluge. Als sie Homburg erreicht hatten, stand die Sonne im Zenit. Zielstrebig führte Hollerbusch das Pferd auf einen großen Platz. Es war gerade Markt und die Menschen drängten sich zwischen den Händlern, die ihre Waren feilboten.

Eng standen die Buden, durch die sich die kauflustigen Homburger schlängelten. Hier und da rief ein Händler seine Waren aus, um Kundschaft anzulocken. Johannes war sofort in den Bann geschlagen. Er hatte solch einen Markt nur einmal gesehen, als er mit Paul einst in Frankfurt gewesen war. Schon damals hatte ihn das Gewimmel fasziniert.

»So, werter Freund«, sagte Hollerbusch und stieg ab. »Mit dem Pferd kommen wir ab hier nicht mehr weiter.«

Johannes stieg ebenfalls ab und Reginald band das Tier fest.

»Ihr könnt sogleich mit Eurer Arbeit anfangen, Herr Wagner«, schlug Hollerbusch vor.

Johannes hatte das Angebot schon fast vergessen.

»Gerne, Herr. Nur sagt mir, worum es geht. Vielleicht bin ich gar nicht geeignet für die Arbeit, die Ihr mir bietet. Ich möchte Euch nicht enttäuschen.«

»Es ist ganz einfach«, beruhigte Hollerbusch den jungen Mann. »Ihr müsst einfach nur das tun, was ich Euch sage und keine Fragen stellen. Seht es als Prüfung. Ich entscheide dann hinterher, ob Ihr wirklich geeignet seid oder eben nicht. Auf jeden Fall werdet Ihr Euren Lohn erhalten. Zumindest für den heutigen Tag.«

Johannes war verwirrt. Von so einer seltsamen Arbeit hatte er noch nie gehört. Aber wenn es ihm etwas einbrachte, war es ihm gleich, was er tun musste.

»Bereit?«, fragte Hollerbusch, und Johannes nickte. »Gut, dann passt auf. Seht Ihr den Mann mit der eleganten Robe dort drüben bei dem Obststand?«

»Den mit dem Dreispitz in der Hand?«, vergewissert sich Johannes.

»Ja, genau den«, bestätigte Hollerbusch. »Seht Ihr auch die Frau, die neben ihm steht?«

Johannes nickte.

»Ich möchte, dass Ihr die Frau anrempelt. Und zwar so fest, dass ihr die Tasche, die sie trägt, aus der Hand fällt und sich der Inhalt auf dem Markt verteilt.«

»Warum?«, fragte Johannes.

»Ich hatte doch gesagt, Ihr sollt keine Fragen stellen«, erwiderte Hollerbusch. »Aber wenn es Euch beruhigt: Es sind alte Bekannte von mir, und ich möchte mir einen Scherz mit ihnen erlauben. Ihr seid doch kein Spielverderber, oder?«

Johannes zögerte. Er schenkte der Erklärung Hollerbuschs zwar keinen Glauben, dennoch sagte er: »Nun gut, ich will es tun.«

»Prima, dann los. Das wird ein Spaß. Anschließend treffen wir uns wieder hier.«

Johannes grinste und lief los. Er schlenderte zu dem Paar herüber und bemühte sich dabei sehr um Unauffälligkeit. Kurz bevor er sie erreichte, nahm er Kurs auf die Frau. Er schaute an ihr vorbei und tat so, als könne er sie nicht sehen. Tatsächlich peilte er sie aus dem Augenwinkel an. Noch ein paar Schritte und ...... Rumms! Wie erwartet verlor die Frau die Kontrolle über ihre prall gefüllte Einkaufstasche, deren Inhalt nun überall auf dem Platz verteilt lag.

»Oh, verzeiht mir vielmals meine Ungeschicklichkeit«, entschuldigte sich Johannes gestenreich und tatsächlich überzeugend. Sofort kam es zu einem Durcheinander um sie herum. Der Mann, der die Dame begleitet hatte, sprang ihr zur Seite.

»Habt Ihr keine Augen im Kopf, Mann?«, beschimpfte er Johannes.

»Verzeiht!«, sagte Johannes reumütig und half dabei, den Inhalt der Tasche aufzuklauben. Auch der Mann half, nicht ohne Johannes weitere Verwünschungen an den Kopf zu werfen. Einige Passanten und der Besitzer des Standes, bei dem die beiden gerade eingekauft hatten, halfen mit. Schnell war wieder alles an seinem Platz, und die Wege der Beteiligten trennten sich. Johannes ging wie vereinbart zum Treffpunkt zurück, wo Hollerbusch bereits auf ihn wartete.

»Und, wie war ich?«, fragte Johannes grinsend.

»Perfekt, mein Herr.« Reginald schien zufrieden. »Hier Euer Anteil.«

Er warf Johannes einen schweren Beutel zu, der mit Münzen gefüllt schien. Ungläubig schaute Johannes den Beutel an. Er öffnete ihn, schüttete den Inhalt in seine Hand und zählte das Geld.

»Das sind fünf Gulden«, stellte Johannes erschrocken fest.

»Wir haben einen richtig fetten Fisch geangelt. Das kommt nicht alle Tage vor.«

Johannes war entsetzt. Ihm dämmerte, was da vorhin auf dem Markt geschehen war. Er hatte sich zum Handlanger eines Taschendiebes gemacht. Wie konnte er nur so dumm gewesen sein? Er hatte sich von dem vermeintlich weltgewandten Kerl blenden und sich vor seinen Karren spannen lassen. Er war schockiert.

»Ich werde das Geld zurückbringen«, sagte er entschlossen und setzte sich in Bewegung.

»In Ordnung, mein junger Freund«, erwiderte Reginald. »Aber bevor Ihr das tut, hört mich an.« Er baute sich vor Johannes auf und fuhr dann fort. »Wir haben dem Mann nur einen Bruchteil seines Vermögens gestohlen. Zugegeben, das war Unrecht, und unser Opfer wird sich sicherlich auch darüber ärgern. Aber er wird, wenn er sich wieder beruhigt hat, an seine Schatulle gehen, einen neuen Beutel mit Geld füllen und ihn an seinen Gürtel hängen. Ihr hingegen habt keine solche Schatulle. Ihr habt, wenn wir es mal auf den Punkt bringen: Nichts! Mal abgesehen von diesen fünf Gulden in Eurer Hand.«

Johannes schwieg.

»Ihr habt Talent, das muss man sagen«, sprach Hollerbusch weiter und grinste. »Ihr habt für die perfekte Ablenkung gesorgt. Und denkt auch darüber nach, wie lange und hart Ihr auf dem Feld als Knecht schuften müsstet, um den gleichen Lohn zu erhalten. Vorausgesetzt, Ihr findet eine Stelle als Knecht. Ihr könntet auch umherirren und von Käfern, Wurzeln und Baumrinde leben. Mit dem Geld in Eurer Hand habt Ihr Euer Auskommen für die nächsten Wochen erwirtschaftet. Damit könnt Ihr in Saus und Braus leben. Es liegt bei Euch. Entweder Ihr folgt mir, oder Ihr geht Eures Weges. Ich biete Euch an, ein besseres Leben zu führen, als es jetzt der Fall ist. Ein weitaus besseres!«

Johannes wiegte das Geld in seiner Hand. Verführerisch glänzte es in der Mittagssonne. Es fühlte sich angenehm an. Ein Gefühl der Macht überkam ihn.

»Wer ist der Nächste?«, hörte sich der junge Mann sagen.

Hollerbusch quittierte das mit einem gefälligen Grinsen.

Johannes hatte tatsächlich großes Talent. Es machte ihm sogar Spaß, wie er erschrocken feststellte. Nach weiteren drei Varianten des Tricks, die sie kreativ einsetzten, war Schluss. Zuerst hatten sie es auf einen reichen Händler abgesehen, von dem Reginald wusste, dass er immer viel Geld unter dem Ladentisch verbarg. Diesmal schaffte es Johannes, es wie zufällig aussehen zu lassen, dass er in die Ware stolperte. Überall waren die Besen, Bürsten und Rechen des Standes verteilt. Johannes stiftete weitere Unruhe, als er hektisch versuchte, den Stand wieder aufzuräumen. Hierbei stellte er sich so dämlich an, dass der Standbesitzer gar nicht anders konnte, als nur nach ihm zu schauen.

Erneut nutzte Hollerbusch das Durcheinander, die Umherstehenden, die das Treiben verfolgten, zu bestehlen.

Nach dem erfolgreichen Beutezug saßen die beiden wieder auf dem breiten Pferderücken und verließen Homburg. Sie ritten eine Weile wortlos, bis sie den Wald erreicht hatten. Hier stiegen sie ab, da die Wege zu steil wurden. Das Pferd konnte die beiden Männer nun nicht mehr gefahrlos tragen. Johannes folgte Reginald, ohne dass dieser ihn dazu aufgefordert hatte. Er hatte aber auch nichts Gegenteiliges gesagt, also lief Johannes ihm in der Hoffnung auf einen Schlafplatz hinterher.

Die Wege wurden immer beschwerlicher, und bald liefen sie durch dichtes Unterholz. Das Pferd hatte einige Probleme an den Engstellen, kam aber hindurch. Es dämmerte. Johannes wollte nun doch wissen, was Reginald weiter plante.

»Halt«, rief er deshalb. »Eine Pause, bitte!«

»Schon außer Atem, mein junger Freund?« Reginald schien nicht im Geringsten abgekämpft, hielt aber trotzdem an.

»Ich würde gerne wissen, wo wir hingehen.«

»In unser Lager«, antwortete Reginald.

»Ist das am Ende der Welt?«

»Beinahe.«

»Und was ist mit mir?«

»Ich hatte eigentlich vor, Euch bei mir aufzunehmen.«

»Was bedeutet das?« Johannes verstand jetzt gar nichts mehr.

»Nun«, erklärte Reginald, »Ihr seid nun ein Gesetzloser so wie wir alle.«

»Wir?«

»Ja, ich und meine Freunde, zu denen wir auf dem Weg sind.«

»Wie viele seid ihr?«

»So um die fünfzehn. Männer und Frauen.«

»Alles Gesetzlose?«

»Sagen wir lieber … Freigeister.«

»Ich würde gerne wissen, worauf ich mich hier einlasse.« Johannes verschränkte die Hände über der Brust.

»Setzt Euch.«

Johannes gehorchte. Reginald band das Pferd an einen Baum und nahm ihm gegenüber Platz.

»Als ich Euch heute Morgen fand, saht Ihr mir doch sehr verzweifelt aus. Ein so junger Mann alleine am Waldesrand zur frühen Stunde und weinend. Ihr müsst zugeben, dass dies den Eindruck erwecken musste, Ihr seid verzweifelt.«

Johannes nickte beschämt.
»Solche Leute sind für mein, nennen wir es einmal: Geschäft, genau die Richtigen. Ich nehme an, Ihr befindet Euch in argen Schwierigkeiten.«
Johannes öffnete den Mund, Reginald hielt ihn aber davon ab zu sprechen.
»Ich will es nicht hören. Euer Verhalten genügt mir. Es ist mir einerlei, wer, wen oder was Ihr bestohlen, verraten oder getötet habt. Ihr habt heute auf dem Marktplatz großes Talent bewiesen, das ich einfach fördern muss.«
»Verzeiht mir, wenn ich Euch unterbreche«, wandte Johannes ein. »Aber ich hatte eigentlich nicht vor, den Rest meines Lebens im Wald zu verbringen und Bauern zu betrügen.«
»Das wollte keiner von uns.« Reginald schaute Johannes traurig an. »Aber die Umstände haben uns dazu gezwungen.«
Reginald kramte in seiner Tasche und beförderte einen großen Beutel hervor. Er schien schwer zu sein.
»Wollen wir doch mal schauen, wie viel wir hier haben.«
Er schüttete den Inhalt des Beutels auf den Boden und begann zu zählen.
»Insgesamt siebenundzwanzig Gulden«, verkündete er kurz darauf. »Nicht schlecht für einen Tag.«
Johannes starrte auf das Geld.
»Dein Anteil beträgt neun Gulden. Ebenso wie meiner. Der Rest geht in die Gemeinschaft.«
»Was nutzt mir das viele Geld, wenn ich es nicht ausgeben kann?«
Reginald lachte auf.
»Unterschätze die Macht des Guldens nicht, mein Freund. Kein Händler fragt, woher Geld stammt, wenn du es ihm gibst. Selbst wenn du es ihm vorher stibitzt hast.«
Johannes zögerte.
»Ich mache Euch ein Angebot.«
»Ich höre.«
»Ihr bleibt so lange bei uns, wie Ihr wollt, helft uns bei unseren Geschäften. Ich verspreche Euch, dass Ihr sofort gehen könnt, wenn Ihr es fordert, und ich werde nicht den geringsten Versuch unternehmen, Euch zu halten. Euer Anteil bleibt bei einem Drittel. Damit könnt Ihr machen, was Ihr wollt.«
Der junge Mann hob die Brauen.

»Verzeiht, wenn ich Zweifel hege«, blieb er unentschlossen. »Ich kenne Euch erst seit wenigen Stunden. Jetzt schon solch eine Entscheidung zu treffen, scheint mir doch verfrüht. Und wer sagt Euch denn, dass ich nicht direkt zum nächsten Büttel renne und Eure Siedlung für einen kleinen Obolus verrate?«

Hollerbusch schob die Unterlippe nach vorne und sagte: »Ich biete es Euch nur an, macht, was Ihr für richtig haltet. Ich bin der Überzeugung, dass Ihr in unsere kleine Gemeinschaft hervorragend hineinpasst. Ich habe eine gute Menschenkenntnis. Und Ihr habt das Talent, ein Dieb zu sein, wie ich es bei keinem Zweiten je gesehen habe.« Er hob die Hände. »Ich zwinge Euch zu nichts.« Dann wurde sein Blick hart. »Und seid gewiss: Mit Verrätern bin ich nicht zimperlich. Solltet Ihr also auf die Idee kommen, unser Dorf an einen Büttel zu verraten, werde ich Euch finden.«

Johannes sah an Hollerbuschs Miene, dass diese Worte keine leere Drohung waren. Er horchte kurz in sich hinein und sagte dann: »Gut, ich bin dabei!«

Mit anderen Augen

De omnibus dubitandum –

An allem ist zu zweifeln

Reginald führte Johannes noch eine ganze Weile durch unwegsames Gelände. Wie aus dem Nichts standen sie plötzlich auf einer Lichtung. Johannes hielt die Hand vor sein Gesicht, um sich vor der tief stehenden Sonne zu schützen. Was er auf dieser Lichtung sah, hätte er nicht erwartet. Mehrere Häuser standen dort eng beieinander, allesamt aus Holz errichtet. Es handelte sich aber nicht wirklich um ein Dorf, dazu war es zu klein. Auch konnte Johannes keine Straßen erkennen. Ein schmaler Trampelpfad schlängelte sich um die Häuser, die allesamt unterschiedlich aussahen. Sie machten einen robusten und komfortablen Eindruck. Zumindest auf den ersten Blick.

»Willkommen zu Hause«, sagte Reginald und ging weiter.

Johannes blieb stehen und ließ die Kulisse auf sich wirken. Er war beeindruckt. Endlich konnte er sich aus seiner Starre lösen und eilte Reginald hinterher. Sie liefen den einzigen Weg entlang und kamen an den ersten kleinen Häusern vorüber. Diese wirkten gleichsam bewohnt, und doch fehlte es an Kleinigkeiten. Johannes fühlte sich wie in einer anderen Welt. Alles schien so eingerichtet zu sein, als würde man nur vorübergehend bleiben. Oder so, dass man schnell von hier verschwinden konnte.

»Du wirst wohl am besten erst einmal bei mir wohnen, bis wir etwas Eigenes für dich gebaut haben.«

Johannes gab keine Widerworte und folgte Reginald zu dessen Haus, das ganz am Ende der Siedlung stand. Es war im gleichen unbeholfenen Stil erbaut wie die anderen Häuser, aber durchaus schön anzusehen. Die Behausung hatte sogar eine hölzerne Veranda, auf der ein Kind spielte. Als es Reginald sah, sprang es auf und lief ihm entgegen.

»Papa!«, rief es und hüpfte in seine Arme.

Johannes schätzte das Mädchen mit den braunen Haaren auf etwa fünf Jahre. Es war schmal, aber durchaus gut genährt. Die runden grünen Augen strahlten ihren Vater an. Sie trug ein rotes Kleid, das, wie Johannes überrascht feststellte, aus feinem Stoff gefertigt war. Der Saum des Kleides war verschmutzt.

»Darf ich vorstellen«, sagte er mit dem Kind auf dem Arm zu Johannes. »Mein Sonnenschein Sybille. Sag Guten Tag zu Johannes, Sybille.«

»Guten Tag, Johannes.«

»Hallo, mein Kleines.« Johannes fand das Mädchen bezaubernd. Es reichte ihm gerade einmal bis zu den Hüften und sah in seinem roten Kleid einfach zauberhaft aus. Das Gesicht war schmutzig, aber sehr hübsch. Er streichelte dem Mädchen lächelnd über den Kopf, woraufhin es beschämt den Blick senkte.

»Da bist du ja endlich, Reginald«, sprach plötzlich eine Frauenstimme.

»Ja, da bin ich. Auch ich freue mich, dich zu sehen, Weib.« Reginald grinste Johannes an und rollte mit den Augen. In der Haustür stand die Gattin des Diebes. Sie war recht groß gewachsen und von erhabener Erscheinung. Natürlicher Stolz umspielte sie und gab ihr eine Unnahbarkeit, die Johannes frösteln ließ. Ihr kräftiges, strohblondes Haar war zu einem Zopf gebunden. Sie hatte die grünen Augen an ihre Tochter vererbt. In der Abendsonne leuchteten sie hell.

»Scher' dich zurück ins Haus, Weib, und richte noch ein Lager her, wir haben einen Gast«, scheuchte Reginald die Frau.

»Gott zum Gruße«, sagte Johannes freundlich und lüftete seinen Hut. »Mein Name ist Johannes, und Euer Gatte riet mir, mich Euch anzuschließen.«

»Das sieht ihm ähnlich«, kommentierte sie. »Ich bin Magdalena. Kommt rein. Aber streift Euch vorher die Stiefel ab.«

Magdalena verschwand im Haus.

»Sie ist in Ordnung«, sagte Reginald. »Nur mag sie keine Fremden, sie sieht immer zuerst das Schlechte.«

Na, das kann ja heiter werden, dachte sich Johannes und folgte Reginald ins Haus, nicht, ohne sich zuvor die Stiefel abzustreifen.

Im Haus erwartete ihn die nächste Überraschung. Die Einrichtung war erlesen, der Boden aus feinen Steinplatten getäfelt, die Möbel waren kunstvoll gefertigt. Alles war sehr sauber, hell und wohldurchdacht eingerichtet. Es duftete nach frisch gebratenem Fleisch und frischem Gemüse. Johannes lief das Wasser im Mund zusammen. Reginald wies ihm einen Platz zu, während Magdalena ein weiteres Gedeck brachte. Sie setzten sich alle an den großen Tisch. Reginald sprach ein kurzes Tischgebet und verteilte dann das Essen. Es gab frisch gebratenen Truthahn, Süßkartoffeln und Kohl. Das Essen war sogar mit erlesenen Gewürzen verfeinert und schmeckte ausgezeichnet. Johannes nahm sich mehrfach Nachschlag und hing nun pappsatt in seinem Stuhl.

»Ich hoffe, es hat Euch geschmeckt, Johannes«, sagte Reginald, der ähnlich gesättigt aussah wie Johannes.

»Ich darf ohne Übertreibung sagen, dass dies eine der besten Mahlzeiten meines Lebens war. Kompliment an die Köchin.«

Magdalena wurde rot und machte sich eilig daran, den Tisch abzudecken.

»Nach dem Essen pflege ich mir immer ein Pfeifchen zu stopfen«, wechselte Reginald das Thema. »Mögt Ihr mich nicht nach draußen begleiten?«

»Gerne!«

Die beiden Männer traten vor das Haus, wo sich Reginald seine Pfeife mit Tabak füllte. Sie setzten sich auf eine Bank, die an der Hauswand lehnte, und genossen eine Weile schweigend die Abendluft. Es war angenehm warm, und die Tiere des Waldes spielten ihr abendliches Konzert. Ab und an kam ein Bewohner der Siedlung des Weges. Sie grüßten Reginald und sprachen ein paar Worte mit ihm. Einige gaben ihm einen Beutel, der, wie Johannes vermutete, mit Geld gefüllt war. Einige der Anwesenden beäugten Johannes mit Argwohn. Doch niemand sagte etwas dazu. Sie schienen dem Urteil ihres Anführers, wenn auch mit Skepsis, zu vertrauen.

»Verzeiht, wenn ich etwas zu neugierig bin, Reginald«, sagte Johannes nach einer Weile. »Aber mir brennen einige Fragen auf der Seele.«

»Nur zu, mein junger Freund«, ermutigte Reginald seinen Gast.

»Mir scheint, ich bin hier in einer Art ...«, Johannes zögerte und suchte nach den richtigen Worten, um sein Gegenüber nicht zu beleidigen. »... Räubernest gelandet, das trifft es wohl am ehesten.«

Reginald lachte und verschluckte sich dabei am Rauch seiner Pfeife. Das Lachen ging in ein kräftiges Husten über. Johannes machte sich schon Sorgen um das Wohlbefinden Reginalds, als dieser sich endlich wieder beruhigte.

»Verzeiht«, sagte er, immer noch nach Luft ringend, »aber Ihr seid zu komisch.«

Johannes sah ihn fragend an

»Aber wenn ich so darüber nachdenke ...« Reginald machte eine kurze Pause und sagte dann:. »Ich glaube, das trifft es wohl tatsächlich am ehesten.«

»Ich wollte Euch nicht zu nahe treten«, beeilte Johannes sich zu sagen.

»Ich glaube, ich bin Euch eine Erklärung schuldig, mein lieber Johannes. Wie Ihr ja bereits wisst, lebe ich von Diebstahl und allerlei anderem Ungesetzlichem. Ein sehr einträgliches Geschäft, will ich meinen. Ein weiterer Vorteil ist, dass man viel freie Zeit hat. Nach solch ertragreichen Tagen wie heute kann ich mich bestimmt drei bis vier

Wochen auf die faule Haut legen. Wenn mein Lebensstil nicht so aufwendig wäre, würde ich wahrscheinlich auch noch länger mit den Einnahmen dieses Tages auskommen. Doch ich bin ein Verschwender.«

Er zog ein paar Mal an seiner Pfeife und blies den Rauch in Schwaden in den Wald hinaus.

»Aber es ist natürlich nicht alles Gold, was glänzt«, fuhr er fort. »Der Haken an dieser Art des Daseins ist, dass ich in ständiger Gefahr lebe, geschnappt zu werden. Und wenn das passiert, ist nicht nur mein Leben verwirkt, sondern auch das meiner Familie und meiner Freunde, mit denen ich dieses kleine Fleckchen Erde bewohne.« Reginald wurde nachdenklich. »Johannes, ich will ehrlich zu Euch sein. Unser Beruf, wenn wir ihn mal so nennen wollen, birgt viele Gefahren. Wir sind nicht gerade beliebt in der Bevölkerung. Wenn man uns erwischt, ist uns der Strick sicher. Wir müssen ständig auf der Hut sein und dürfen uns nicht den allerkleinsten Fehler erlauben. Dass ich Euch hierher gebracht habe, war ein sehr großes Risiko. Nicht zuletzt deshalb war Magdalena vorhin ein wenig unfreundlich zu Euch.«

»Ich kann es ihr nicht verdenken.«

»Dennoch denke ich, dass ich richtig gehandelt habe. Irgendetwas sagt mir, dass Großes in Euch steckt. Fragt mich nicht, was es ist, aber ich denke, Ihr seid von Gott gesandt.«

»Ihr übertreibt.«

»Nein, durchaus nicht«, beharrte Reginald. »Mein Gefühl trügt mich nie.«

»Ich hoffe, diesmal auch nicht.«

»Ich will Euch erklären, wie die ganze Sache hier läuft. Erst danach entscheidet Ihr, ob Ihr bleiben wollt oder nicht.«

»Einverstanden.«

»Zunächst einmal müsst Ihr wissen, dass wir hier eine Gemeinschaft sind, die sich gegenseitig unterstützt. Loyalität ist oberstes Gebot. Wir sind wie eine große Familie zueinander. Jeder hier hat eine Vergangenheit. Wer was wo und wie angestellt hat, ist nicht von Belang. Solange Ihr Euer Geheimnis bewahren wollt, wird Euch keiner danach fragen, so wie Ihr niemanden nach dem seinen fragen dürft. Das ist die allererste Grundregel hier in unserem kleinen Dorf. Habt Ihr die verstanden?«

Johannes nickte und hörte weiter gespannt zu.

»Wir leben alle von Taschendiebstahl, Trickbetrug und sonstigen krummen Geschäften, die uns Gewinn bringen. Dennoch sind alle Dinge, die Ihr hier im Ort seht, auf legalem Weg erstanden. Dies ist von absoluter Wichtigkeit. Keine Spur darf hierher führen. Wir versuchen, in erster Linie Geld zu erbeuten, denn das lässt sich nicht nachverfolgen. Sollten dennoch Wertgegenstände erbeutet werden, so verstecken wir diese an einem anderen, sicheren Ort. Solange, bis ein Käufer gefunden ist.« Reginald hielt kurz inne. »Wenn es Euch zu schnell geht, gebt Bescheid.«

»Nein, nein«, sagte Johannes. »Ich kann Euch schon folgen.«

»Gut. Grundsätzlich arbeiten wir an ständig wechselnden Ortschaften. Wir waren heute in Homburg, da dürfen wir nun mindestens drei Monate nicht mehr tätig werden. Je öfter wir an ein und demselben Ort arbeiten, desto größer ist die Gefahr, erwischt zu werden. Auch die Größe der Stadt ist entscheidend. In einem kleinen Ort, wo jeder jeden kennt, ist es viel zu gefährlich für Unsereins. Wir suchen die Masse. Wo viele Menschen sind, es eng und hektisch zugeht, ist unser Arbeitsplatz, denn hier wird man so gut wie nie erwischt. Wenn Ihr Euch entscheidet, bei uns zu bleiben, werde ich Euch alle Kniffe und Tricks beibringen, die Ihr benötigt, um ein langes und erfolgreiches Leben als Dieb zu führen. Wie sieht es aus, mein Freund?«

»Darf ich eine Nacht darüber schlafen?«

»Ich sehe, Ihr seid ein Mann mit Verstand. Das gefällt mir. Seid Gast in meiner bescheidenen Behausung, und teilt mir morgen Eure Entscheidung mit.«

»Das werde ich.«

Die beiden Männer begaben sich zur Nachtruhe. Friedvoll schlief Johannes in dem bequemen Bett, das ihm sein Gastgeber zur Verfügung gestellt hatte. Als er am nächsten Morgen aufwachte, beschäftigte ihn die Frage, ob er bereit war, ein Leben als Vogelfreier zu führen. Konnte er damit umgehen, bei jeder seiner Taten erwischt zu werden und zu enden wie Paul? War es das, was er wollte? Sicher nicht. Doch was blieb ihm übrig? Sollte er zurückgehen in irgendeine Stadt und sich als Knecht in Abhängigkeit verdingen, und dabei irgendwann verarmt und von der Arbeit zerschunden sterben? Oder wollte er den Weg des Gesetzlosen gehen? Er wog das Für und Wider in Gedanken ab. Letztendlich kam er zu dem Schluss, dass der Weg der Gesetzlosigkeit der einzige war, der ihm eines Tages Reichtum und Unabhängigkeit bescheren würde. Und nur so bot ihm sich die Gelegenheit, eines Tages seines Lebensabend mit ausreichenden finanziellen Mitteln zu verbringen. Und da war da noch der immer währende Gedanke an die Rache an den Mördern seiner Eltern, der ihn nicht ruhen ließ. Dafür benötige er Geld und Macht. Er hatte keine Wahl. Er würde bleiben.

Beim Frühstück, das sehr üppig ausfiel, teilte Johannes Reginald seine Entscheidung mit.

»Sehr schön. Ich freue mich sehr über Eure Entscheidung, mein lieber Johannes.«

»Ich hoffe, es war die richtige.«

»Da bin ich mir sicher. Aber es liegt noch viel Arbeit vor uns.«

»Das dachte ich mir. Ich habe da auch noch die ein oder andere Frage.«

»Die ich Euch mit Freuden beantworten werde. Nach dem Frühstück.«

Johannes verstand und labte sich an den vor ihm ausgebreiteten Köstlichkeiten. Nachdem sich die Männer gestärkt hatten, räumte Magdalena den Tisch ab und machte sich an den Abwasch. Die ganze Zeit über hatte sie nicht ein Wort gesagt. Johannes sprach Reginald darauf an.

»Ach, macht Euch keine Sorgen. Sie ist Fremden gegenüber sehr misstrauisch. Wer will es ihr verdenken? Sie kennt Euch nicht und ist deshalb nur vorsichtig. Ich hingegen sage, wenn Ihr uns hättet schaden wollen, wäre dies schon längst geschehen.«

»Was macht Euch da so sicher?«, widersprach Johannes.

Kurz huschte ein Ausdruck des Zweifels über Reginalds Gesicht. Dann aber lächelte er.

»Nennt es Eingebung. Ich vertraue Euch.«

»Dann will ich Euch nicht enttäuschen.«

»Dann ist ja alles geklärt. Kommt mit, ich zeige Euch unsere kleine Siedlung.«

Gemeinsam spazierten sie zwischen den Häusern hindurch. Reginald erklärte Johannes, wer wo wohnte. Doch dieser konnte sich auf die Schnelle nicht alle Namen merken. Ab und an trat einer der Bewohner vor sein Haus und grüßte höflich. Der ein oder andere ließ sich auf einen kleinen Plausch mit Reginald ein. Keine Spur von Hektik war zu erkennen, bei keinem der Bewohner. Johannes war beeindruckt.

»Sind denn alle hier im Ort Diebe?«

»Sagen wir es so: Wir leben nicht von sonst gebräuchlicher Arbeit. Wir sind kreativ und leben ganz gut davon, wie Ihr seht.«

»Hat das Dorf denn auch einen Namen?«

Reginald schaute Johannes entgeistert an.

»Habe ich etwas Falsches gesagt?«, fragte er deshalb.

»Nein, nein. Nur hat noch nie jemand diese Frage gestellt.«

»Das ist aber merkwürdig. Ein Zuhause muss man doch benennen können.«

»Da habt Ihr Recht, mein junger Freund. Ich werde das heute Abend bei der Versammlung einmal ansprechen. Mal sehen, wie die anderen darauf reagieren.«

»Versammlung?«

»Natürlich. Ihr müsst Euch noch den Fragen der übrigen Bewohner stellen. Erst dann kann entschieden werden, ob Ihr wirklich in unsere Gemeinschaft aufgenommen werden könnt.«

»Ich dachte, Ihr seid der Anführer.«

»Das bin ich auch. Aber ich möchte keinen Ärger, wenn jemandem Eure Nase nicht gefällt. Deshalb müssen bei Neuankömmlingen immer alle einverstanden sein, damit hinterher niemand einen Grund zur Klage hat.«

»So ein Verfahren ist mir neu.«

»Das haben schon die alten Griechen so gemacht.«

»Was sind Griechen?«

»Sagt bloß, Ihr kennt Griechenland nicht?«

»Nein, tut mir leid. Nie gehört.«

»Da werde ich wohl Simon bitten müssen, sich Eurer anzunehmen.«

»Wer ist Simon?«

»Ihn haben wir bei unserem Rundgang noch nicht getroffen. Er war einmal Mönch und Lehrmeister. Sein Haus ist voll von Büchern und sein Kopf ist voller Wissen. Er hat uns lesen und schreiben beigebracht und allerlei unnützes Zeugs. Aber es macht Spaß, mit ihm zu lernen. Ihr werdet sehen.«

»Schreiben und lesen«, murmelte Johannes beeindruckt.

Reginald lächelte gütig. Er hatte den jungen Mann schon jetzt in sein Herz geschlossen.

Was ihm wohl widerfahren ist, dass er ohne Heimat war?, fragte sich Reginald im Stillen. Aber er selbst hatte die Regel, dass niemand nach seiner Vergangenheit gefragt werden durfte, aufgestellt, und er würde sich daran halten.

»Kommt, lasst uns ihm einen Besuch abstatten.« Er ging los. »Simon wird Euch gefallen.«

Wenig später erreichten die beiden Diebe eine kleine Hütte am Waldrand. Die Hütte stand nicht im Häuserverbund der Siedlung, sondern ein wenig außerhalb. Sie war wie all die anderen Häuser aus Holz. Fehlerhaft, aber stabil gezimmert. Johannes fiel auf, dass dieses

Haus etwas Besonderes hatte. Es war größer als die anderen und geschmackvoller erbaut. Moos überwucherte das Dach und es standen Blumen vor dem Haus, die es einladend wirken ließen. Man sah sofort, dass hier ein besonderer Mensch leben musste. Über der Tür hing ein kunstvoll gefertigtes Kruzifix, das so wenig in das Räubernest zu passen schien wie eine Konstablerwache.

Reginald klopfte an die schwere Holztür und wartete auf eine Reaktion.

Kurz darauf wurde die Tür entriegelt und geöffnet.

Vor ihnen stand Simon. Ein riesiger Mann mit einem imposanten Bauch und langem Bart. Sein Haar war bereits ergraut, aber noch immer füllig. Es schien dem Mönch schwer zu fallen, es zu bändigen. Inmitten des Gesichtes saß ein grellblaues Augenpaar unter monströsen Augenbrauen und fixierte die Besucher. Der Mönch trug einen schweren Lederschurz und hielt einen Holzhammer in der linken Hand. Die Gesichtszüge des Mannes waren von Skepsis geprägt, zeigten aber auch zahlreiche Lachfalten um die Augen, die einiges gesehen zu haben schienen. Eine gewisse Würde ging von der Gestalt aus, die Johannes nur schwer einordnen konnte.

»Was gibt's?«, blaffte er.

»Ich bin's, Simon«, antwortete Reginald.

Simon schaute Johannes scharf an, sagte aber nichts.

»Ich bin Johannes«, stellte sich der Neue vor. »Reginald hat mir von Eurem Wissen erzählt, und dass Ihr den Bewohnern des Dorfes lesen und schreiben beigebracht habt.«

»So, hab ich das?«

»Willst du mich einen Lügner heißen?«, empörte sich Reginald.

»Natürlich nicht, Reginald. Wollte nur mal sehen, wie du reagierst.« Ein breites Grinsen wühlte sich durch den Bart des Riesen und ließ ihn plötzlich sanft aussehen. »Kommt rein in die gute Stube.«

Johannes war beeindruckt. Simons Haus war stilvoll und ebenso feudal eingerichtet wie das von Reginald. Scheinbar war das Diebesgeschäft tatsächlich sehr einträglich. Sofort fielen dem jungen Mann die vielen Bücher auf, die überall an den Wänden auf Regalen standen. Johannes schaute sich staunend um. In der Mitte des Raumes stand ein schmaler Tisch, der von zwei Bänken flankiert wurde. Die Möbel waren elegant geschwungen und robust verarbeitet.

»Setzt Euch, meine Herren«, bat der Hausherr. »Was kann ich für Euch tun?«

»Im Moment eigentlich gar nichts, Simon«, sprach Reginald für beide. »Ich wollte dir nur Johannes vorstellen. Ich möchte, dass er bei uns aufgenommen wird.«

»So so«, sinnierte Simon und zog die Stirn in Falten. Da war es wieder, dieses Misstrauen, das Johannes schon bei Magdalena aufgefallen war.

»Ich werde heute Abend bei der Versammlung einen entsprechenden Antrag stellen«, fuhr Reginald fort. »Ich hoffe sehr, dass Johannes unser aller Wohlwollen findet. Wir haben gestern in Homburg siebenundzwanzig Gulden erbeutet.«

»Siebenundzwanzig Gulden?« Simon schürzte die Lippen. »Nicht schlecht für einen grünen Jungen.«

»Du hättest ihn sehen sollen, Simon. Wie ein alter Hase hat er die Leute auf dem Markt abgelenkt.«

»Kann ich wirklich bei Euch lesen und schreiben lernen, Simon?«, wechselte Johannes das Thema.

»Sofern Ihr bei uns aufgenommen werdet«, antwortete der Mönch. »Was ja noch nicht geschehen ist. Man soll das Fell nicht verkaufen, bevor der Bär erlegt ist. Diesen Ratschlag gibt es schon einmal kostenlos.«

»Ja, natürlich«, sagte Johannes bußfertig.

»Das wird schon werden«, sagte Reginald zuversichtlich und klopfte Johannes auf die Schultern.

An diesem Abend fand unter freiem Himmel die angekündigte Versammlung statt. Es waren nur Männer anwesend. Sie saßen auf einer kleinen Lichtung, die sich einige Fuß hinter Reginalds Haus befand. Man musste einen kleinen Abhang hinunter durch einen schmalen Streifen aus kleinen Bäumen, um den Versammlungsplatz zu erreichen. Einige Männer saßen auf großen Steinen, lehnten an Bäumen oder standen einfach in der Gruppe. Reginald hatte Johannes in der Siedlung herumgeführt und auch die umliegenden Ländereien mit einbezogen. Immer wieder hatte ihn Reginald zur Verschwiegenheit ermahnt. Er ließ keinen Zweifel daran, dass ein Verrat ernsthafte Konsequenzen für Johannes haben würde. Doch dieser dachte nicht im geringsten an Verrat.

Wo, wenn nicht hier, war er sicher vor seiner Vergangenheit?

Und hier war er jemand!

Die Versammlung wurde von Reginald eröffnet.

»Männer, bevor wir die anstehenden Dinge besprechen, möchte ich euch einen jungen Mann vorstellen, den ich gerne in unsere Gemeinschaft eingliedern möchte. Johannes, tritt bitte an meine Seite.«

Johannes stellte sich neben seinen Mentor.

»Dieser junge Mann wurde von mir gestern in verzweifeltem Zustand am Wegesrand entdeckt. Sofort erkannte ich seine prekäre Lage. Er fragte nach Arbeit, und ich verhalf ihm zu neun Gulden, die wir uns von den Pfeffersäcken Homburgs geborgt haben.«

Gelächter brandete auf.

»Er zeigte sich sehr geschickt in der Ablenkung und verhalf mir zu einer fetten Beute, die auch euch zugute kommt.«

Leiser Applaus.

»Ich führte ihn in die grundlegenden Dinge unserer Gemeinschaft ein. Ich verschwieg ihm nicht, dass er, wenn er bei uns bleibt, als Vogelfreier anzusehen ist. Ich verschwieg ihm auch nicht, dass er mit dem Gesetz in Konflikt geraten könnte und Gefahr läuft, in den Kerker oder gar an den Galgen zu kommen. All dies hat ihn nicht abgeschreckt, und er hat sich dazu entschlossen, bei uns zu bleiben, sofern ihr zustimmt.« Nach einer kurzen, aber wirkungsvollen Pause fügte er hinzu: »Meine Stimme hat er.«

»Was macht Euch so sicher, junger Johannes?«, rief einer der Räuber. Ein großer Mann, den Johannes auf Mitte Dreißig schätzte, mit zerschlagenem Gesicht.

»Welche Wahl habe ich?«, antwortete Johannes. »Ein Leben als Landstreicher, Tagelöhner oder Bettler. Oder das hier. Dann entscheide ich mich doch eher für ein sattes Leben in Angst, als für ein hungriges in Sicherheit. Ich bin mir sehr wohl bewusst, auf was ich mich hier einlasse. Dennoch möchte ich bei euch bleiben und lieber mein Leben als Dieb, Betrüger und Verbrecher fristen, als in Elend zu vegetieren.« Johannes schaute in die Runde. Alle Augen ruhten auf ihm. Als niemand sprach, fügte er an: »Und ich bin sonst alleine auf der Welt.«

»Gibt es noch weitere Fragen?«, wollte Reginald wissen.

»Ist er nicht ein bisschen jung?«, fragte ein Mann, der im Schatten eines Baumes kniete und sein Gesicht verbarg.

Johannes wollte antworten, doch Reginald war schneller. »Mit wie vielen Jahren hast du angefangen, Peter?«

»Das spielt doch keine Rolle«, antwortete der Angesprochene, der nun aufstand und vortrat. Er schien der Älteste unter den Räubern zu sein. Er hatte schlohweißes Haar.

»Nun, wenn du diese Frage stellst, schon«, beharrte Reginald.

»Mit zwölf.«

»Johannes, wie alt seid Ihr?«

»Zweiundzwanzig, glaube ich.«

»So, glaubt Ihr?«

»So genau weiß das niemand, meine Eltern wurden ermordet und ich wuchs …«

»Halt ein, Junge!«, rief Reginald. »Das will hier keiner wissen.«

»Verzeiht, ich vergaß.«

»Schon gut«, wiegelte Reginald ab, dann wandte er sich an die Versammlung, klatschte in die Hände und sagte: »Also Männer, wie denkt ihr darüber?«

»Ich möchte mich beraten«, forderte Peter.

»Das ist dein gutes Recht«, gab Reginald zu. »Johannes, wenn du uns eine Zeit alleine lassen würdest …«

»Sicher. Ich gehe so lange zurück ins Haus. Wenn ihr soweit seid, lasst es mich wissen.«

»Einverstanden.«

Johannes ging zurück in das Haus seines Mentors und wartete dort eine gefühlte Ewigkeit auf Nachricht.

Tatsächlich war die Beratung nur sehr kurz gewesen. Peters Bedenken waren schnell zerstreut. In Reginald hatte Johannes einen sehr mächtigen Fürsprecher. Zumal er den Neuankömmling ohnehin bereits in die Geheimnisse der Gemeinschaft eingeführt hatte und sich dieser dazu entschlossen hatte, ihr angehören zu wollen. Reginald verbürgte sich für Johannes und pries sein kriminelles Talent in den höchsten Tönen. Man würde durch ihn mehr Nutzen als Schaden haben, versicherte der Anführer vollmundig. Einige der Anwesenden hegten leise Zweifel, die aber allesamt durch Reginald entkräftet werden konnten. Man beschloss deshalb, dem Urteil des Anführers zu vertrauen. Anschließend besprach man noch die ein oder andere Aktualität und schickte dann nach Johannes, um ihm die Aufnahmeentscheidung mitzuteilen. Und wo man gerade so schön zusammensaß, feierte man sogleich ausgiebig die Aufnahme des neuen Mitgliedes der Gemeinschaft.

Neue Wege

Barbarus hic ego sum, quia non intellegor ulli –
Ein Barbar bin ich hier, weil ich von niemandem verstanden werde.

Johannes wohnte bis auf Weiteres bei Reginald. Es war angedacht, in naher Zukunft für ihn eine eigene Unterkunft zu errichten. Die Kosten würden aus der Gemeinschaftskasse getragen werden. Doch sollte Johannes sich erst ein paar Monate im Kreise der Diebe beweisen, ob er solch einen Aufwand wert war. Der junge Dieb fügte sich in das Familienleben harmonisch ein, und selbst Magdalena legte alsbald ihr Misstrauen ab.

Reginald lehrte Johannes jeden Tag einige Kniffe seines Geschäftes. Er unterrichtete ihn in der Kunst, die Geldbeutel vom Gürtel des Trägers zu entfernen, ohne dass dieser es bemerkte. Nach einigen Tagen Übung konnte Johannes bereits recht passabel diese Handgriffe anwenden. Auch das Ausspähen der geeigneten Opfer brachte Reginald seinem gelehrigen Schüler bei. Johannes saugte alle Informationen begierig auf. Er erlernte die Berufsstände der Menschen an ihrer Kleidung zu erkennen. Er teilte sie in verschiedene Kategorien ein. Ein Apotheker beispielsweise gehörte in die Kategorie *Lohnenswert*, wohingegen ein Knecht in die Kategorie *Zeitverschwendung* fiel.

So ging es einige Wochen lang. Reginald hatte in Johannes einen sehr aufmerksamen und talentierten Schüler gefunden, der schnell die Regeln und Kniffe des Geschäftes verinnerlicht hatte. Reginald ging sogar so weit zu sagen, dass ein neuer Meister herangezogen wurde.

Doch ohne ausgiebiges Üben würde auch das größte Talent verkümmern, weshalb Reginald eines Morgens zu seinem Schüler kam und sagte: »Komm mit, Johannes.« Er warf seinem Schüler ein Bündel zu.

»Wo gehen wir hin?«

»Arbeiten!«

»Aber ich bin noch nicht so weit.«

»Oh doch, das bist du.«

»Ich weiß nicht …«

»Aber ich. Komm jetzt, wir müssen vor Einbruch der Dunkelheit zurück sein.«

Johannes fügte sich und folgte seinem Meister.

Er stieg zu Reginald auf den Einspänner, mit dem sie nach zwei Stunden Usingen erreichten. Die kleine Stadt am Fluss Usa sollte als Johannes' Feuerprobe gelten.

»Schau dich zuerst genau um«, riet Reginald. »Sobald du ein Opfer gefunden hast, sagst du mir Bescheid, und ich assistiere dir.«

»Du meinst: *Ich* assistiere *dir*.«

»Nein, wir machen es so, wie ich gesagt habe. Du wirst heute zeigen, was du in den letzten Wochen gelernt hast. Ich vertraue dir.«

Johannes spürte, wie ihm ein Kloß in den Hals rutschte. Er war aufgeregt. Doch dann sagte er sich, dass dieser Tag hatte kommen müssen und fügte sich. Er schnaufte kurz durch. Langsam stieg er vom Wagen und schlenderte zusammen mit Reginald über den mit Menschen gefüllten Marktplatz. Zuerst hielt Johannes Ausschau nach den Bütteln. Bald hatte er sie in der Menge ausgemacht und hielt sich von ihnen fern. Dann hielt er nach der Kategorie *Lohnenswert* Ausschau.

Nach einer Weile stieß er Reginald mit dem Ellbogen in die Seite und zeigte mit dem Kinn auf einen Mann, der eindeutig *Lohnenswert* war.

Ein beleibter Kerl in teuren Gewändern schleppte sich von Stand zu Stand. In seinem Gefolge befanden sich mehrere Mägde, die ihm die Waren hinterher trugen. An seinem Gürtel hingen mehrere Geldbeutel, die prall gefüllt waren.

»Nur einen nehmen«, raunte Reginald Johannes zu und war schon auf dem Weg zu dem dicken Mann. Johannes hatte Mühe, ihm zu folgen. Der Nachwuchsdieb erinnerte sich aber schnell an eine Lektion, in der Reginald ihm eingebläut hatte, dass jede Gelegenheit schnell und kompromisslos genutzt werden musste.

Schon war Reginald bei seinem Opfer und fiel wie zufällig gegen ihn. Der Dicke zeigte aber erstaunliche Standfestigkeit. Er strauchelte zwar, stürzte aber nicht. Johannes hielt die Luft an. Reginald aber reagierte blitzschnell. Da es ihm nicht gelang, den dicken Mann in einen der Stände zu werfen, nur um ihn mit Johannes Hilfe wieder herauszuwuchten und dabei zu bestehlen, setzte er auf eine andere Karte.

»Kannst du nicht aufpassen, Bursche«, blaffte der Mann Reginald an. »Was fällt Euch ein?«, echauffierte er sich weiter. »Wer denkst, wer ich bin?«

»Ein fetter Mann, der mich anrempelt?«

»Das ist doch ...« Der Dicke bekam einen hochroten Kopf. Umstehende beobachteten entsetzt und neugierig die Szenerie.

»Herr Bürgermeister, ist Euch etwas zugestoßen«, fragte ein Händler unterwürfig, der hinter seinem Stand hervorgetreten war. Reginald ordnete die Situation sofort neu und gab Johannes mit den Blicken zu verstehen, dass sich die Vorgehensweise geändert hatte. »Reagiere auf die Umstände und passe dich der Situation an«, lautete eine seiner Lektionen.

Johannes beherzigte diesen Rat und schlich sich zu dem Stand des herbeigeeilten Händlers. Während Reginald weiter auf den Dicken einschimpfte und dabei nicht mit derben Flüchen geizte, erleichterte Johannes im Rücken der Szenerie den unvorsichtigen Händler um seine Tageseinnahmen.

»Aber aber, meine Herren«, mischte er sich anschließend dreist ein. »Wer wird denn gleich solch ein Aufhebens um einen kleinen Rempler machen?«, rief er mit kräftiger Stimme zwischen die beiden Streithähne. »Ich habe alles beobachtet und kann nur sagen, dass beide Schuld trifft.«

»Wie bitte?«, fragte Reginald.

»Ihr habt beide nicht auf Euren Weg geachtet, da Ihr zu vertieft in die Waren dieses Tuchhändlers wart. Da seid Ihr nun mal zusammengestoßen. Es ist doch nichts passiert, oder? Man muss sich doch nicht streiten. Das bringt doch nur Verdruss, edle Herren.«

Die beiden Streithähne und der unterwürfige Händler schauten Johannes entgeistert an und schwiegen.

»Also, vertragt Euch. Ihr seid doch keine Kinder.« Johannes machte eine ausholende Bewegung und schaute in den Himmel. »Der Tag ist viel zu schön für einen hässlichen Streit. Gebt Euch die Hand und zieht Eures Weges.«

Zögernd hielt Reginald dem dicken Bürgermeister die Hand hin. Ebenso zögerlich ergriff dieser die zur Versöhnung gereichte Hand.

»Na also!«, rief Johannes und klopfte beiden auf die Schulter.

Man vertrug sich und ging auseinander.

»Was sollte das denn?«, fauchte Reginald, als sie wieder auf dem Wagen saßen. Sie hielten es für angebracht, Usingen zu verlassen, um nicht erwischt zu werden. Nach dem Auftritt mit dem Bürgermeister waren ihre Gesichter zu auffällig geworden.

»Naja, ich dachte, dass es vielleicht besser wäre, wenn wir den Händler *und* den Bürgermeister ein wenig erleichtern.«

»Heißt das, du hast …?«

Weiter kam Reginald nicht. Johannes zog drei prall gefüllte Beutel hervor und warf sie seinem Freund zu.

»Ich bin beeindruckt.« Reginald nickte anerkennend »Selbst *ich* habe nicht gesehen, wie du den fetten Würdenträger bestohlen hast.«

»Ich hatte einen guten Lehrer.«

Reich an Beute trafen sie am frühen Abend in ihrem Lager ein. Johannes fühlte sich gut. Von jetzt an würde er für sich selbst sorgen können.

Schon wenige Wochen später machte sich Johannes auf den Weg, um zum ersten Mal allein auf Raubzug zu gehen. Er beschränkte sich auf einfachen Taschendiebstahl. Ausgesucht dafür hatte er sich die Frankfurter Buchmesse, die jedes Jahr auf dem Römerplatz stattfand. Hier war es herrlich eng. Viele Leute aus aller Herren Länder trafen sich auf dem weitläufigen Platz im Herzen der Stadt am Main. Johannes suchte sich seinen Weg durch die engen Gassen. Da die Anreise fast einen ganzen Tag gedauert hatte, beschloss er, zunächst einmal für eine passende Unterkunft zu sorgen. Dies konnte schwierig werden zu Messezeiten, aber er wusste schon, an wen er sich wenden konnte. Wenig später traf er an der ihm wohlbekannten Schenke am Mainufer ein.

»Johannes, mein lieber Freund«, rief Walter beim Anblick des Besuchers. »Komm herein. Wie ist es dir ergangen?«

»Wie du siehst, lebe ich noch, und wie ich sehe, geht es dir auch recht gut.« Johannes tätschelte den runden Bauch des Wirtes, der einiges an Umfang gewonnen hatte.

»Ich kann nicht klagen.«

»Ich auch nicht. Ich hoffe, du hattest nicht allzu viel Ärger wegen der Sache von damals.«

Verstohlen schaute sich Walter um. Trotz Messe waren nur wenige Gäste in der Wirtsstube. Er sprach dennoch leise zu Johannes.

»Ich konnte in Erfahrung bringen, dass deine Eltern ein ordentliches Begräbnis bekommen haben. Aber ich muss dir noch etwas nicht Unwesentliches mitteilen.« Walter schaute sich verstohlen um, zögerte und suchte nach den passenden Worten. Dann sagte er leise: »Du bist tot.«

»Ich bin was?«, rief Johannes.

»Leise, Junge«, zischte der Wirt und machte eine beschwichtigende Geste. »Es ging nicht anders. Sonst hätte man dich verfolgt.«

»Und die Witwe Hintermann? Wie hast du ihren Tod erklärt?«

»Hat sich aus Kummer das Leben genommen.«

»Wie hast du denn das hinbekommen?«

»Ich habe sie aufgeladen und einen Abhang hinuntergeworfen Jeder denkt, sie hat sich in den Tod gestürzt.« Der Wirt zwinkerte Johannes zu. »Verzweifelte Witwe, … du verstehst.«
Johannes staunte und Walter grinste. Johannes fiel in das Grinsen ein. Der Gedanke gefiel ihm.
»Wie bin ich denn gestorben?«, wollte der junge Mann wissen.
»Genauer gesagt bist du verschollen. Man hat dich aber alsbald für tot erklärt, um den Nachlass zu regeln.«
»Wer hat den Nachlass erhalten?«, wollte Johannes wissen.
Walter lehnte sich zurück und verzog das Gesicht: »Der miese Hund von Böhmer hat ihn sich unter den Nagel gerissen.«
»Der Amtmann?«, stieß Johannes aus.
»Tut mir leid, Junge«, sagte Walter. »Aber da es keine Erben gab, stand ihm das Land deiner Zieheltern zu. So ist es nun mal.«
»Dieser widerliche Fettsack«, kommentierte Johannes und nahm einen großen Schluck von seinem Wein.
»Wie dem auch sei. Am besten, wir reden nicht mehr darüber«, wischte der Wirt das Thema beiseite. »Jetzt bist du erst einmal hier und ich freue mich, dass es dir gut ergangen ist. Wie lange wirst du bleiben?«
»Nur bis morgen, ich suche eine Unterkunft. Hast du ein Zimmer für mich?«
»Es ist zwar Messe und wir haben die letzte Besenkammer vermietet, aber für dich wird sich noch etwas finden. Ich denke, du kannst diese eine Nacht in meinem Haus unterkommen. Und jetzt setz‘ dich und stärke dich mit Bier und Eintopf.«
»Gerne.«
Als Johannes sich gestärkt hatte, setzte sich Walter zu ihm und sie erzählten sich gegenseitig, wie es ihnen in der Zeit seit ihrem letzten Zusammentreffen ergangen war. Johannes erfand die Mär, dass er sich als Gelegenheitsarbeiter verdingte und davon recht ordentlich leben konnte. Ob Walter ihm glaubte, war nicht zu erkennen. Doch Johannes fürchtete, dass sein Freund eine Ahnung hatte, womit er seinen Lebensunterhalt bestritt. Wenig später bewahrheitete sich diese Vermutung.
»Johannes, ich möchte dir ein Geheimnis anvertrauen«, sagte der Wirt schließlich.
»Das ehrt mich, mein Freund.«
»Die Wirtsstube ist nur eine meiner Einnahmequellen. Ich führe da noch ein paar andere Geschäfte, die sehr lukrativ sind und für die ich

immer gute und erfahrene Leute suche. Ich denke, wir beide wissen, dass diese Geschäfte ein wenig… wie soll ich sagen… nicht ganz den hiesigen Gesetzen entsprechen.«

»Wie kommst du darauf, dass ich der Richtige dafür bin?«

»Ich mache das schon eine Weile, und ich erkenne die Fähigkeiten eines Mannes sofort. Auch sehe ich, wenn jemand in unserem Geschäft gearbeitet hat.«

»Woran?«, wollte Johannes wissen, der noch nicht bereit war, seine wahre Profession zu offenbaren.

»Nun, mein Sohn, das will ich dir sagen. Als du den Raum betratst, hast du dich sorgfältig umgesehen. Auch während unserer Begrüßung hast du immer die Umgebung beobachtet. Du hast dich mit dem Rücken zur Wand und dem Gesicht zur Tür gesetzt, obwohl bessere Tische frei waren. Außerdem zeigt deine Kleidung keinerlei typische Abnutzungsspuren eines Knechtes, obwohl sie dich als solchen zu erkennen gibt. Deine Hände sind geschmeidig und frei von Schwielen und Hornhaut. Deine Haut ist nicht verbrannt und deine Sprache gewählt.« Er machte eine kurze Pause und schaute seinen Freund an. »Soll ich weiter machen?«

Johannes war beeindruckt.

»Ich gebe mich geschlagen. Es erschreckt mich, wie verräterisch ich doch bin.«

»Nur für die Augen eines Kenners.«

»Dann bin ich beruhigt.«

»Mein Angebot steht, mein Freund. Solltest du es dir überlegen, weißt du immer, wo ich zu finden bin. Meine Kontakte sind hervorragend.«

»Ich denke, ich bleibe fürs Erste dort, wo ich bin. Dennoch danke ich dir und werde mir dein Angebot merken.«

Der Beutezug auf der Frankfurter Buchmesse war sehr einträglich, und Johannes kehrte tags darauf in den Taunus zurück. Er gab seinen Teil an die Gemeinschaft ab und vertiefte die Lektionen seines neuen Handwerks.

Ein paar Tage später befand er sich mit Reginald auf dem Weg zu einem der umliegenden Bauernhöfe. Sie saßen auf dem Kutschbock des Einspänners und schauten dem Pferd dabei zu, wie es gemächlich voranschritt. Reginald nutzte die Gelegenheit, Johannes eine weitere Lektion zu erteilen.

»Wir bestehlen niemals die Bauern in unserer näheren Umgebung«, fing er an. »Im Gegenteil, sie genießen sogar unseren Schutz. Wir sind auf sie angewiesen.«

»Warum bewirtschaften wir nicht unser eigenes Land?«, wollte Johannes wissen.

»Das wäre zu aufwendig. Wir würden nichts anderes mehr machen können. Ein wenig Gemüse hinterm Haus geht ja noch. Aber Ackerbau und Viehzucht, Mehl herstellen, Eisen bearbeiten und Pferdewagen reparieren, das können wir nun mal nicht. Dazu sind wir einfach nicht ausgebildet. Vergiss nicht, welche Leute in unserem Dorf wohnen. Es sind allesamt Gestrandete der Gesellschaft.«

»Auch Simon?«

»Auch Simon.«

Zum wiederholten Male fragte sich Johannes, was den Mönch dazu getrieben hatte, in einem Räuberdorf zu leben. Aber er erinnerte sich auch an die goldene Regel, niemanden nach seiner Herkunft und Lebensgeschichte zu befragen. Vielleicht würde er ja eines Tages den Mönch dazu bringen, ihm seine Geschichte zu erzählen. Bis dahin blieb er neugierig.

»Haben wir denn niemanden, der ein Handwerk beherrscht?«, nahm er wieder das Gespräch auf.

»Nur Heinrich, den Schreiner. Alle anderen sind …«

»… Gestrandete der Gesellschaft«, vollendete Johannes.

»Deshalb ist es so wichtig, dass wir alles, was wir zum Leben benötigen, auch kaufen. Zum einen hilft das den Händlern und Bauern in unserer Gegend. So geben wir ihnen etwas von unserer Beute ab, damit sie die Mäuler stopfen können, die sie zu stopfen haben. Und obendrein haben wir eine gewisse Sicherheit, dass uns niemand an die Büttel verrät.«

»Wissen die denn über uns Bescheid?« Johannes erschrak bei dem Gedanken.

»Nein, natürlich nicht. Aber sie fragen auch nicht. Denn wir zahlen gute Preise, weil wir es uns leisten können. Und wer gut zahlt, wird gern gesehen.«

»Was sagst du, wenn dich jemand fragt, woher du kommst?«

»Gar nichts.«

»Das verstehe ich nicht.«

»Ich ignoriere diese Fragen und wechsle einfach das Thema.«

»Mmmh«, macht Johannes skeptisch.

»Was lässt dich zweifeln?«

»Ich bin selbst in einem Dorf aufgewachsen. Dort blieb nichts geheim. Ich meine, wenn ich als kleiner Junge etwas angestellt habe, konnte ich sicher sein, dass irgendjemand meinen Eltern davon erzählte.«

»Was willst du damit sagen?«

»Dass die Leute immer neugierig sind und sich über andere das Maul zerreißen; und sei es nur, damit von ihren eigenen Verfehlungen abgelenkt wird. Wenn mit dem Finger auf andere gezeigt wird, kann niemand auf sie selbst zeigen.«

»Ich glaube, ich verstehe, auf was du hinaus willst. Aber das zeigt mir nur, dass wir immer auf der Hut sein müssen, wenn wir weiter in unserer Gemeinschaft leben wollen, ohne entdeckt zu werden.«

»Vielleicht ist genau diese Denkweise das Problem.«

»Wie bitte?«

»Ist nicht das Offensichtliche eher das Unsichtbare?«

»Johannes, du sprichst in Rätseln.«

»Ich sehe das so: Wenn wir weiter aus dem Dorf ein Geheimnis machen und irgendjemand, sei es ein Wandersmann, ein Jäger oder Landstreicher, das Dorf entdeckt, ist es schwieriger, der Obrigkeit zu erklären, was wir dort machen, so ganz ohne offizielle Erlaubnis. Das wirft nur Fragen auf, die wir nicht beantworten können. Und wenn etwas von Geheimnissen umwittert ist, lenkt es die Aufmerksamkeit auf sich. Was ich meine, ist, dass wir einen Plan haben müssen, was passiert, wenn jemand das Dorf entdeckt und nachfragt. Denn früher oder später wird ein Jäger oder ein verirrter Reisender uns finden. Dann müssen wir gewappnet sein.«

»Die wenigen, die sich bis hierher verirrt haben, haben es bitter bereut«, sagte Reginald ungerührt. Johannes traute sich nicht, nachzufragen, was mit ihnen geschehen war. Vermutlich gab es in der Umgebung das ein oder andere unmarkierte Grab. Dennoch griff er seine Idee wieder auf.

»Es wäre einfacher, wenn wir aus der Gesetzlosigkeit herauskämen, zumindest, was die Siedlung angeht.«

»Und wie, wenn ich fragen darf, willst du so etwas anstellen?«

»Ganz einfach, wir brauchen nur eine Urkunde und einen Eintrag in das entsprechende Verzeichnis.«

»Und wie bitte schön sollen wir das nun wieder anstellen?«

»Keine Ahnung. War nur so eine Idee.«

Schweigend fuhren sie weiter. Doch Johannes bemerkte, wie sich Reginald über seine Idee Gedanken machte. Es schien ihm nur logisch, sich nicht weiter zu verstecken. Aber er war immer noch neu in der

Gemeinschaft, deshalb wollte er sich nicht allzu sehr aufdrängen mit seinen Ideen. Er beschloss deshalb, erst einmal nicht mehr mit neuen Vorschlägen aufzuwarten. Obwohl ihm so einiges im Kopf umherschwirrte.

»Seid mir gegrüßt, Reginald«, rief der Bauer freundlich, als sie endlich das Gehöft erreichten. »Wen habt Ihr denn dabei?«, fragte er, als er Johannes sah.

»Das ist Johannes«, antwortete Reginald einsilbig.

»Willkommen, Johannes«, grüßte der Bauer, der sich als Godehardt vorstellte.

Johannes meinte erkennen zu können, welche Fragen dem Bauern durch den Kopf schossen.

Woher kommt ihr?

Was ist Eure Aufgabe?

Was könnt Ihr mir bieten?

Wo habt ihr euer Geld her?

Doch der Bauer blieb stumm.

Genau hier sah Johannes das Problem. Wenn keiner etwas Genaues wusste, erfand irgendein geschwätziger Mensch etwas; und sei es nur, um sich wichtig zu machen.

Die beiden Diebe kauften reichlich allerlei Waren des Bauern. Hauptsächlich Essbares. Der Vorrat sollte für einige Zeit reichen. Der Bauer war zufrieden mit dem Geschäft und bat beim Abschied um baldige Wiederbeehrung.

Auf dem Rückweg konnte Johannes nicht anders, als das Thema wieder aufzugreifen.

»Reginald, verzeih' mir meine Hartnäckigkeit, aber ich möchte nochmals auf die Sache mit den Fragen, die die Bauern beschäftigen, zurückkommen.«

Reginald verdrehte die Augen, was Johannes nicht verborgen blieb.

»Johannes, der Einzige, der hier zu viel fragt, bist du.«

»Aber es ist doch offensichtlich, dass der Bauer wissen wollte, woher ich auf einmal komme.«

»Er hat aber nicht danach gefragt.«

»Sich selbst mit Sicherheit schon.«

»Das ist mir einerlei«, erwiderte Reginald gleichgültig. »Er hat nur unser Geld gewollt. Alles andere ist ihm egal, glaube mir, Junge.«

»So sicher bin ich mir da nicht«, beharrte Johannes. »Es liegt in der Natur des Menschen, neugierig zu sein.«

»Johannes, ich möchte über das Thema nicht mehr sprechen.« Reginalds Tonfall war ungewohnt scharf. Johannes sah es für besser an, zu schweigen - fürs Erste.

Am Abend saßen die beiden Männer vor dem Haus. Reginald rauchte seine Pfeife. Beide genossen den Sonnenuntergang, als Peter des Weges kam.

»Reginald, hier ist der Anteil meiner Beute«, sprach er knapp, warf dem Anführer einen Beutel zu und ging weiter seinen Weg.

Johannes wurde argwöhnisch.

»Entschuldige, wenn ich erneut unangenehme Fragen stelle, aber ich kann damit nicht hinter dem Berg halten.«

»Was ist denn nun schon wieder?« Reginald wurde es so langsam zu viel mit dem Burschen, der alles hinterfragte. Auf der anderen Seite regte er ihn zum Nachdenken an, was nicht das Schlechteste war.

»Wer kontrolliert die Dorfbewohner?«

»Was meinst du?«

»Naja, sie kommen ab und an vorbei, wenn sie auf Beutezug waren, und werfen dir ihren Anteil zu. Du steckst ihn ein und legst ihn in die Gemeinschaftskasse. Ist doch richtig, oder?«

»Ja, so wird es gemacht«, bestätigte Reginald.

»Woher weißt du, ob es wirklich ein Drittel der Beute ist?«

Reginald schwieg eine Weile.

»Ich weiß es nicht.«

»Aha.«

»Was – Aha?«

»Naja, ich denke, wir haben es hier nicht mit den ehrlichsten Menschen zu tun. Als ich eben in Peters Augen blickte, überkam mich ein seltsames Gefühl.«

»Was für ein Gefühl?«

»Ich sah das schlechte Gewissen in seinen Augen.«

»Du kannst also das schlechte Gewissen in den Augen der Menschen sehen«, spottete Reginald.

»Ja, .. Nein … natürlich nicht …«, Johannes suchte nach einer Erklärung. »Ich glaube einfach, dass Peter nicht alles abgibt, was der Gemeinschaft zusteht.«

»Johannes, sei vorsichtig mit dem, was du sagst«, warnte Reginald. »Das könnte Ärger geben. Du bist noch nicht lange genug hier, um solche Anschuldigungen auszusprechen. Erst heute Morgen diese

Fragerei und nun das. Hüte deine Zunge, sonst schneidet sie dir jemand heraus.«

Bei der Ernsthaftigkeit in Reginalds Stimme lief Johannes ein Schauder über den Rücken. Er zweifelte nicht daran, dass die Leute hier im Dorf in der Lage wären, dies auch wirklich zu tun. Er ermahnte sich im Stillen, seine Worte künftig bedächtiger zu wählen. Aber er blieb dabei, dass er dem Diebesvolk im Dorf nicht über den Weg traute.

Tags darauf schickte Reginald Johannes zu Simon. Voller Vorfreude machte sich der junge Mann auf den Weg zum Haus des Mönches. Johannes klopfte an die Tür, die schnell von dem Riesen geöffnet wurde.

»Da bist du ja, Junge«, begrüßte er den Neuen freundlich.

»Ja, da bin ich. Reginald schickt mich.«

»Ich weiß. Er bat mich, dir ein bisschen was beizubringen.«

»Ich freue mich bereits darauf«, sprach Johannes und trat an dem Mönch vorbei.

»Das erleichtert mir die Arbeit«, erwiderte der Hüne.

Die beiden Männer setzten sich an einen Tisch, und Simon erklärte seinem neuen Schüler die Regeln des Unterrichts.

»Wir machen es so, wie ich es sage«, sprach er eindringlich. »Du wirst nur Fragen zum Thema stellen. Was richtig und falsch ist, entscheide ich. Du wirst Übungen von mir bekommen, die du in deinem Kämmerlein machen wirst. Ab heute kommst du jeden Tag zu mir, es sei denn, du bist auf Beutezug. Wir lernen so lange, wie ich es für notwendig erachte. Keine Minute länger, aber auch keine Minute kürzer. Der Unterricht kostet dich drei Gulden pro Woche.«

»Drei Gulden?«, rief Johannes entsetzt.

»Das ist mein Preis. Bezahl' ihn oder geh'.«

Simon wartete einen Moment auf Johannes' Reaktion. »Mit dem, was ich dir beibringe, kannst du viel Macht erlangen. Bedenke also, was es dir wert ist, rechnen, lesen und schreiben zu können und nebenbei etwas über Geschichte, Handel, Recht und Medizin zu erfahren.«

»Drei Gulden sind gerechtfertigt«, entschied Johannes.

»Na, dann kann es ja losgehen.«

Johannes spürte, wie er in Euphorie verfiel.

Wie schnell er wohl lernen würde?

Wie schwer würde es werden?

Schreiben und lesen zu können, würde ihn auf eine höhere Ebene katapultieren. Er malte sich im Geiste die Möglichkeiten aus, die ihm dieses Wissen eröffnete. Ihm wurde bei dem Gedanken daran schwindelig.

Simon holte eine Schreibfeder, Tinte und einige Blätter Pergament hervor. Dann zeichnete er ein A auf eines der Blätter.

»Schreib das hundertmal ab«, sagte er und verließ den Raum.

Johannes blieb alleine zurück, starrte die Schreibutensilien an und wusste nicht so genau, was er machen sollte. Er griff nach der Feder und schaute sie sich eingehend an. Dann öffnete er das Tintenfass, wobei es ihm fast aus den Fingern glitt. Gerade noch konnte er verhindern, dass sich die Flüssigkeit über den Tisch ergoss. Er atmete kurz durch und erforschte weiter das Schreibwerkzeug. Intuitiv tauchte er die Spitze der Feder in das Tintenfass. Er zog sie wieder heraus und setzte zum Schreiben an. Aber er drückte zu fest auf, sodass nur ein schwarzer Fleck auf dem Papier erschien. Er brauchte etliche Anläufe, um die für ihn ungewohnte Bewegung durchzuführen.

Es war frustrierend.

Aber Johannes gab nicht auf. Wieder und wieder versuchte er, das A nachzuzeichnen, ohne wirklich zu wissen, was es bedeutete. Nach einigen holprigen Versuchen schaffte er es, ein der Vorlage ähnliches Gebilde auf das Pergament zu kritzeln. Stolz betrachtete er sein Werk. Am Mittag hatte er alle Pergamentblätter mit dem Buchstaben vollgeschrieben. Ob es die geforderten einhundert waren, vermochte er nicht zu sagen. So weit konnte er nicht zählen. Der Schüler rief nach seinem Lehrmeister, der kurz darauf erschien.

Mit von der Tinte geschwärzten Händen überreichte Johannes sein Werk. Simon betrachtete das Ergebnis. Er nickte zufrieden.

»Gut gemacht, Junge«, lobte er Johannes.

»Du nimmst das Fass, die Feder und einen Stapel Pergamente mit nach Hause und schreibst mir bis morgen früh noch mal so viele A 's.«

»Was sind A's?«, wollte Johannes wissen.

»A ist der erste Buchstabe des Alphabets, mein unwissender Schüler. Das ist der, den du soeben hundertfach geschrieben hast.«

»Oh, das wusste ich nicht.«

»Ich hätte dir vielleicht doch ein bisschen was erklären sollen. Ich dachte nicht, dass du so unbedarft bist. Hat dir denn niemand etwas gezeigt?«

»Nein. Niemand.«

»Eine Schande ist das. Aber jetzt bist du ja in meiner Obhut. Wir werden das schon hinbekommen. Aber es ist noch ein weiter Weg.«

Johannes übte weiter fleißig. Schon bald konnte er erste kurze Wörter erkennen und lesen. Das Lernen machte ihm sehr viel Spaß. Doch nach einigen Wochen schmolz sein bescheidenes Vermögen dahin.

»Reginald, ich brauche Geld«, sagte er deshalb eines Morgens beim Frühstück zu seinem Mentor.

»Dann musst du dafür arbeiten, mein Junge.«

»Das ist mir klar«, erwiderte Johannes. »Aber ich möchte ungern alleine auf Raubzug gehen.«

»Das leuchtet mir ein. Durch deine Lektionen bei Simon sind die Lektionen bei mir ein wenig zu kurz gekommen in den letzten Wochen. Beide sind aber sehr wichtig.«

»Hilfst du mir?«

»Selbstverständlich.«

So machten sich die beiden Diebe auf, um im weit entfernten Friedberg ein wenig für ihren Unterhalt zu arbeiten. Die Reise dorthin dauerte einen ganzen und einen halben Tag.

Johannes gefiel das Leben auf der Reise. Besonders am frühen Morgen. Er erfreute sich an den Schönheiten der Natur. Wenn im Morgengrauen die ersten Sonnenstrahlen und die Vögel den Tag begrüßten und die aufgehende Sonne und der Nebel die Ländereien um ihn herum in ein bizarres Gebilde verwandelten, fühlte er sich wohl in dieser Welt. Frieden war nach den schrecklichen Jahren der Religionskriege seit 1618 ein seltenes Gut geworden. Die Menschen kamen nur sehr langsam wieder zurück zu einem normalen Leben. Wenn man bedenkt, dass fast ein ganzes Menschenleben lang nur Mord und Totschlag herrschte, war es umso schöner, in Friedenszeiten zu leben. Doch wer die Geschichte dieses Landes ein wenig kannte, der wartete nur auf den nächsten Krieg.

Deshalb genoss Johannes die Zeit am frühen Morgen.

»Auf, wir müssen weiter«, riss Reginald den jungen Denker aus seinen Tagträumen.

Johannes schaffte es nur mit Mühe, seine Habseligkeiten zu packen und wieder auf sein Pferd zu steigen.

»Wir werden heute in Friedberg eintreffen«, erklärte Reginald. »Dort werden wir die gleichen Kniffe wie einst in Homburg anwenden und zusehen, dass wir schnell wieder wegkommen. In Friedberg habe ich bisher immer gute Beute gemacht.«

Johannes grinste breit. Er verspürte sogar eine gewisse Vorfreude.

In Friedberg angekommen, schlenderten die beiden Diebe zunächst über den Markt, um auszuspähen, wo das Meiste zu holen war.

»Siehst du den Pfeffersack da drüben?«, raunte Reginald Johannes zu.

»Meinst du den mit dem komischen Hut?«

»Genau den. Bereit?«

»Bereit!«

Johannes biss kräftig in einen Apfel, schluckte aber nicht herunter. Dann schlenderte er auf besagten Mann zu. Kurz bevor er ihn erreichte, täuschte er ein Stolpern vor und fiel in den Mann hinein. Dieser kam ins Straucheln und fiel schließlich Reginald genau in die Arme.

»Mein Herr«, sagte Reginald überrascht. »Was ist mit Euch? Ist Euch schlecht?«

»Nein, im Gegenteil«, erwiderte der Angerempelte erbost. »Dieser Tölpel stieß mich gegen Euch. Verzeiht, es war nicht meine Schuld. Dem werde ich ...«

Der Mann wollte auf Johannes losgehen, doch hielt er im Schritt inne. Er entdeckte den jungen Mann, der ihn angestoßen hatte, am Boden liegend, mit Schaum vor dem Mund, einen Feixtanz aufführend. Schnell hatte sich eine illustre Menge um den Kranken gebildet. Alle starrten ihn an, als sei er vom Mond gefallen. Keiner war in der Lage, ihm zu helfen. Immer mehr Menschen liefen zusammen. Johannes bot ihnen eine Schau, die sie ihren Enkelkindern noch erzählen würden. Den Saft des zerbissenen Apfels ließ er langsam aus dem Mund quellen, sodass es aussah, als würde er weißen Schaum erbrechen. Selbst Reginald war beeindruckt, denn diese Variante war so nicht abgesprochen. Dennoch nutzte er die sich bietende Gelegenheit und schnappte sich so viele Geldbeutel von den Herumstehenden wie möglich. Nach ein paar Minuten beruhigte sich Johannes und schien wieder gesundet. Er saß benommen an einen Obststand gelehnt und gab an, es gehe ihm schon wieder gut. Sobald die Menge bemerkte, dass es nichts mehr zu sehen gab, löste sie sich auf.

»Was sollte denn das werden vorhin?«, fragte Reginald wenig später am vereinbarten Treffpunkt, weit außerhalb der Stadtmauern Friedbergs.

»Wie viel mehr hat es uns eingebracht?«, fragte Johannes, ohne auf die Frage seines Mentors einzugehen.

»Das war nicht abgesprochen.«

»Aber es hat die Leute zusammengetrieben und uns reichlich Beute beschert, oder?«

»Du musst das vorher mit mir absprechen.«

»Zähl die Beute!«, forderte Johannes.

Reginald zögerte und warf dem Lehrling einen tadelnden Blick zu. Dennoch holte er die Beute hervor. Vor ihnen lagen nicht weniger als zehn Beutel. Alle prall gefüllt mit Münzen.

»Und du wolltest nur den Beutel des Pfeffersacks«, grinste Johannes.

»Ich gebe zu, dass es sich gelohnt hat«, sagte Reginald zögernd

»Und wir sind nur einmal das Risiko eingegangen, ertappt zu werden. Das, was da vor uns liegt, langt für zwei Raubzüge.«

Am Ende hatten sie tatsächlich über vierzig Gulden erbeutet. Und das mit einem einzigen Fischzug. Johannes jubilierte, und Reginald musste zugeben, dass die Idee seines Lehrlings gut war. Er ermahnte sich künftig, mehr über solche Dinge nachzudenken, die das Risiko, erwischt zu werden, minimierten.

»Du bist wirklich ein talentierter, junger Mann«, lobte Reginald. »Wir werden deinen Trick bei der nächsten Versammlung vorstellen und den anderen ans Herz legen.«

Johannes war stolz auf das Erreichte. Die beiden Diebe fuhren zufrieden zurück in ihr Versteck. Dank Johannes' Einfallsreichtum sogar einen halben Tag früher als erwartet.

Die Monate verstrichen wie Tage und wurden schnell zu einem Jahr. Johannes lernte schnell, sowohl bei Reginald als auch bei Simon. Er wurde immer geschickter bei den Beutezügen und dadurch auch immer erfolgreicher und wohlhabender.

Mit seinem geweckten Talent hatte er schnell mehr Geld erbeutet, als er brauchte. Er versteckte den Überschuss unter einer losen Diele und sparte für schlechte Zeiten, die jedoch weit entfernt waren.

Jetzt, wo Johannes im Dorf anerkannt war, drängte es ihn, seine Vorstellungen von der Zukunft den anderen vorzutragen.

Wieder einmal saß er zusammen mit Reginald vor dessen Haus und rauchte Pfeife.

»Wie viel Geld besitzt eigentlich die Gemeinschaft?«, fragte er nach einer Weile seinen Mentor.

Reginald war auf die Frage nicht vorbereitet. Er paffte den Rauch seiner glimmenden Pfeife in die Abendluft hinaus und schaute nachdenklich in den Wald hinein, der im warmen Abendlicht glänzte.

»Keine Ahnung«, antwortete er schließlich teilnahmslos.

»Du weißt nicht, wie viel Geld wir haben?«, fragte Johannes überrascht.

»Warum sollte ich?«, wies der Dieb den Vorwurf zurück. »Außerdem hat noch nie jemand danach gefragt. Wenn etwas für die Gemeinschaft benötigt wird, gehe ich an die Truhe und hole Geld heraus.«

»Niemand hat je nach dem Stand der Gemeinschaftskasse gefragt?« Johannes traute seinen Ohren nicht.

»Bis heute«, antwortete Reginald vorwurfsvoll.

»Da ist doch was faul.«

»Was redest du denn jetzt schon wieder?«

»Ich meine, dass du doch sehr sorglos mit der ganzen Sache umgehst.«

»Johannes, du bist gerade mal ein Jahr bei uns und stellst andauernd irgendetwas anderes infrage. Das ist gefährlich. Wenn einer der anderen davon Wind bekommt, kann das zu einem ernsthaften Problem werden.«

»Reginald, verstehe mich nicht falsch«, unternahm Johannes einen Schlichtungsversuch, »aber ich fürchte, deine ach-so-hoch-gelobten Mitstreiter haben dich genau aus diesem Grund zu ihrem Anführer gemacht.«

»Was meinst du denn jetzt schon wieder?«, stieß Reginald wütend aus und sprang auf. »So langsam wird mir das zu viel mit dir. Sieh dich vor.«

»Reginald, ich will dir nichts Böses«, beteuerte Johannes. »Im Gegenteil, ich will dir die Augen öffnen.«

»Ach, lass‘ mich in Ruhe mit deinem Firlefanz«, zischte Reginald und ging ins Haus. Vor der Tür drehte er sich um und richtete den Zeigefinger wütend auf Johannes. »Das Geld der Gemeinschaft kommt auch der Gemeinschaft zu gute. Das weißt du genau, oder was denkst du, wovon wir die Ausgaben für den Bau und die Reparatur der Häuser nehmen, für die Feste, die wir feiern oder die Kinder oder der neue Wagen, der für alle zur Verfügung steht? Wenn jemand seinen Anteil nicht ordnungsgemäß abgibt, bestiehlt er sich damit nur selbst.«

Reginald ließ Johannes alleine zurück, und bevor er im Haus verschwand, fügte er hinzu: »Ich glaube, es ist besser, du baust dir langsam dein eigenes Haus. Selbstverständlich bekommst du dafür Geld aus der Gemeinschaftskasse.«

Johannes blieb verstört zurück. Er hatte es doch nur gut gemeint. War Reginald so naiv zu glauben, dass seine Kumpane ihn nicht betrügen würden; in einem Dorf, das von Betrügern bewohnt wurde?

Am Abend saßen die Männer des Dorfes beisammen. Gruppiert um ein großes Lagerfeuer, besprachen sie ihre vergangenen Beutezüge und Organisatorisches wie Einkaufslisten und anfallende Reparaturen. Als all diese Dinge eingehend geklärt waren, ergriff Reginald das Wort.

»Männer, wir haben in naher Zukunft viel Arbeit vor uns«, begann er. »Johannes ist jetzt schon seit über einem Jahr bei uns und macht seine Sache, wie ich finde, ausgezeichnet. Ich denke, es ist an der Zeit, dass er sein eigenes Zuhause erhält. Wie wir alle hat er das Recht auf sein eigenes Heim. Ich bitte euch deshalb, ihm mit Rat und Tat zur Seite zu stehen.«

Zustimmendes Gemurmel kam aus den Reihen. Insgesamt elf Männer umfasste der Rat des Dorfes. Mit den dazugehörigen Familienmitgliedern lebten insgesamt vierundzwanzig Menschen im Dorf. Sofort fingen alle an, durcheinander zu reden und zu planen. Wer macht was? Wohin und wie groß soll das Haus gebaut werden? Was braucht ein junger, alleinstehender Mann wie Johannes? Die Männer hatten diese Unterhaltung schon etliche Male geführt und waren sich schnell einig, wie das Ganze vonstatten gehen sollte. Johannes war beeindruckt von dem Tatendrang und ihrer Hilfsbereitschaft. Als keine Arbeit mehr zu verteilen war, entstand eine kurze Gesprächspause. Johannes glaubte, nun den richtigen Zeitpunkt erkannt zu haben, und sprang auf.

»Ich habe einen Vorschlag zu machen«, sprach er und schaute in die Gesichter der Männer, die ihn mit unverhohlener Neugierde betrachteten. »Wir sollten unserem Dorf eine Legitimation geben.«

»Was heißt das?«, rief einer der Männer.

»Ich bin der Meinung, dass wir uns sicherer fühlen könnten, wenn wir unserem Dorf einen Namen und eine urkundliche Bestätigung geben.«

»Spinnt der?«, rief Peter und erhob sich.

»Lasst mich erst erklären«, versuchte Johannes die Wogen zu glätten, bevor sie tosten.

»Da bin ich aber gespannt«, rief einer der Männer. Es war Heinrich, der Schreiner des Dorfes.

»Heinrich, du bist doch das beste Beispiel«, erkannte Johannes.

»Du spinnst wirklich«, rief der Erwähnte. »Was hab ich denn damit zu tun?«

»Du bist doch hier für die Schreinerarbeiten zuständig, und du, Karsten, bist so etwas wie unser Schmied. Simon unser Lehrer und Reginald unser Bürgermeister. Wir alle hier haben ein Vorleben, und in diesem Leben hatten wir alle unsere Berufe.«

»Und du warst wohl Marktschreier?«, rief Peter und erntete Gelächter.
»Nein, ich bin ein einfacher Knecht. Aber die braucht es auch.«
»Ich glaube, wir sollten ihm zuhören«, stellte sich Simon dem jungen Redner zur Seite. Sein Wort hatte Gewicht, und alle fügten sich. Johannes warf Simon einen dankbaren Blick zu und fuhr fort: »Wenn wir es irgendwie schaffen, einen Gutsherrn zu finden oder zu bestechen, der uns in seine Besitztümer mit übernimmt, könnten wir ganz offiziell hier ein Dorf gründen. Noch ist es eine versteckte Ansiedlung. Das Problem ist, dass die Leute in der Gegend nur keine Nachforschungen anstellen, wo wir herkommen, wenn wir etwas bei ihnen kaufen. Aber irgendwann gibt es bestimmt jemanden, der nachforscht oder zufällig auf uns stößt. Bisher hatten wir großes, fast schon teuflisches Glück.«
Simon zuckte bei der Erwähnung des Satans zusammen.
»Wenn wir aber eine Urkunde haben und uns offiziell eintragen lassen, dann ist es egal, was wir hier machen. Keiner wird Fragen stellen.«
»Und was, wenn hier jemand herziehen will?«, wandte Heinrich ein.
»Dann müssen wir einen Grund finden, ihn nicht hierher zu lassen.«
»Wie stellst du dir das vor?«, wollte Reginald wissen.
Johannes überlegte fieberhaft. Daran hatte er nicht gedacht.
»Ich weiß es nicht.«
»Er weiß es nicht«, höhnte Peter. »Du bist ein Träumer, mein Junge. Du kommst hierher, wo wir seit vielen Jahren leben und meinst, du könntest alles auf den Kopf stellen. Ich bin dafür, dass alles so bleibt, wie es ist.«
»Aber dann entwickelt sich das Dorf nicht«, gab Johannes zu bedenken.
»Was soll sich denn hier entwickeln, Junge?«, wollte Heinz wissen.
»Wenn wir alle richtig zusammenarbeiten und uns nur ein paar Gedanken machen, könnten wir ausreichenden Wohlstand erreichen.«
»Bursche, uns geht es weitaus besser als den meisten im Lande.«
»Sicher, aber es könnte noch besser sein.«
»Mir genügt es.«
»Mir auch.«
»Und mir schon lange.«
Johannes wurde gewahr, dass ihm die Felle davon schwammen. Er würde für seinen Vorschlag keine Mehrheit finden, weshalb er aufgab. Gegen die Verbohrtheit der Männer kam er nicht an. Niedergeschlagen zog er sich zurück. Ihm schien sein Vorschlag der einzige Weg zu sein,

die Sicherheit aller zu verbessern. Doch scheinbar war er der einzige Mann im Dorf, der das so sah.

Am nächsten Morgen saß Johannes wieder bei Simon. Er las in einer kunstvoll gefertigten Bibel. Es fiel ihm täglich leichter, die Buchstaben zu Worten zusammenzufügen. Johannes lernte schnell. Vor einigen Tagen hatte Simon begonnen, den Unterricht nicht mehr nur auf das Lesen und Schreiben zu begrenzen. Sie würden nun auch mit dem Rechnen beginnen können. Johannes beschied sich ohnehin seit einiger Zeit nicht mehr darauf, nur zu lesen. Er interpretierte auch das Gelesene. Bald fing er sogar das ein oder andere Mal eine Diskussion mit Simon über die verschiedenen Bibelstellen an. Sehr zur Freude des Mönches, der endlich einen ebenbürtigen Gesprächspartner gefunden hatte. Seit einiger Zeit waren sie sogar dazu übergegangen, ein wenig Schach zu spielen. Simon brachte seinem Schüler die Grundzüge des Spieles bei, und schon bald war er ein ernstzunehmender Gegner geworden.

»Simon, darf ich dich etwas fragen?«, sagte Johannes während einer Partie des königlichen Spiels.

»Alles, mein Freund.«

»Warum hören die Männer mir nicht richtig zu?«

»Weil sie anders denken als du«, erkannte Simon.

»Bist du denn wenigstens auf meiner Seite?«

»Teilweise. Aber ich muss zugeben, dass ich den Sinn in deinen Vorschlägen nicht so ganz sehe. Was soll es bringen, unser Dorf bekannt zu machen?«

»Es führt uns aus unserem Schattendasein und der Gesetzlosigkeit heraus.«

»Wie soll das gehen?«

»Warum versteht mich niemand?«, jammerte Johannes. »Je öffentlicher wir sind, desto weniger wird man nach uns suchen.«

»Das halte ich jetzt aber für blanken Unsinn, Johannes.«

»Ich bin davon überzeugt, dass es funktionieren würde. Wenn wir es schaffen, ein richtiges Dorf zu gründen, können wir uns vielleicht sogar das Marktrecht erkaufen und irgendwann aufhören, Leute zu bestehlen.«

Simon lachte laut, was Johannes kränkte.

»Sei mir nicht böse, Junge.« Der Mönch zuckte mit den Schultern. »Aber das alles hört sich nach harter, ehrlicher Arbeit an. Ich glaube kaum, dass du damit jemals auf offene Ohren stoßen wirst. Wenn du auf mich hörst, musst du einen anderen Weg finden.«

»Was ist damit, dass wir unsere Arbeitsweise überdenken?«, machte Johannes einen Schwenk zu seinem nächsten revolutionären Gedankengang.

»Was genau meinst du?«

»Jeder hat seine eigene Arbeitsweise. Warum werfen wir nicht all diese verschiedenen Ansätze in einen Topf, mischen sie ordentlich durch und machen daraus die perfekte Art des Beutezugs. Wir könnten dadurch das Risiko, erwischt zu werden, minimieren und gleichzeitig den Ertrag erhöhen. Das käme allen zugute.«

»Das hört sich schon vernünftiger an«, rief Simon.

»Für mich hört sich das eher nach etwas anderem an«, widersprach Peter, als Johannes den Vorschlag bei der nächsten Versammlung vorstellte.

»Und nach was, wenn ich fragen darf?«

»Nach Klugscheißerei!«

»Was soll das, Peter?«, beschwerte sich Reginald. »Johannes macht sich nur Gedanken darüber, wie wir erfolgreicher sein können.«

»Und ich meine, er denkt zu viel.«

»Wenigstens denkt er.«

»Was soll das heißen?«

»Dass so manch einer hier nicht denkt.«

»Meinst du etwa mich?«

»Wer sich den Schuh anzieht, soll ihn tragen.«

»Sieh dich vor, Reginald.«

»Willst du mir drohen, Peter?«

»Dieser Grünschnabel kommt hierher und meint, er könnte sofort das Zepter übernehmen.«

»Das war nie meine Absicht«, wies Johannes den Vorwurf zurück.

»Du tust es aber, Bursche. Und ich sage euch, dass der Junge geschickt wurde.«

»Was?«, rief Johannes. »Du spinnst doch.«

»Ich vertraue ihm nicht.« Peter sprach zu seinen Kameraden und ignorierte Johannes. »Ich sage, er ist ein Spion.«

Ein Raunen ging durch die Versammlung.

»Peter, du gehst zu weit«, rief Reginald. »Ich ...«

»Lass nur, Reginald«, schritt Johannes ein und trat vor. »Wenn Peter es so haben will ...« Er baute sich vor der Gruppe auf. »Wie sieht es mit deiner Ehrlichkeit aus, Peter?«

»Was soll das denn jetzt?«, erwiderte der Angesprochene.

»Ich sage, dass du nicht deinen vollen Anteil ablieferst.«

»Du kleiner ...« Peter hatte urplötzlich ein rotes Gesicht und schäumte vor Wut. Er wollte auf Johannes losstürmen, wurde aber von seinen Kumpanen zurückgehalten. Johannes indes sprach unbeirrt weiter.

»Ich sah schon mehrfach, dass du nur einen Beutel abgabst und drei weitere an deinem Gürtel trugst. Das sagt mir, dass du mindestens einen zu wenig abgegeben hast. Und das mehrfach!«

Peter schien verunsichert und wehrte sich nur noch halbherzig gegen die Umklammerung. Seine Mitstreiter wurden ebenfalls hellhörig.

»Johannes, hör auf«, schritt Reginald ein. »Ich will keine Unruhe hier im Dorf. Wenn du dich nicht in die Gemeinschaft fügen kannst, musst du gehen!«

Johannes traute seinen Ohren nicht.

»Du stehst auf seiner Seite?«, fragte er ungläubig.

»Es tut mir leid, Junge. Aber ich kann nicht zulassen, dass du uns entzweist. Ich gebe dir zwei Tage, deine Sachen zu packen. Doch bevor du gehst, sei daran erinnert, dass wir dich finden, wenn du auch nur den Gedanken daran hegst, uns zu verraten. Sei froh, dass wir dich nicht hier und jetzt zu deinem Schöpfer schicken, was sicher der ein oder andere unter uns gerne tun würde.«

Johannes war wie vom Donner gerührt. Aus der Gruppe meldete sich niemand zu Wort, nicht einmal Simon. Peter grinste jetzt böse und löste sich von seinen Bewachern. Betretenes Schweigen legte sich über die Gruppe. Johannes schaute jeden einzelnen der Männer an. Die meisten senkten den Blick, auch Simon hielt Johannes verzweifeltem Blick nicht stand. Einzig Reginald und Peter schauten ihm direkt in die Augen.

Tief enttäuscht verließ Johannes noch in dieser Nacht das Dorf.

Ein neues Geschäft

Ego sum, qui sum –
Ich bin, wer ich bin.

Johannes war niedergeschlagen. Dass Reginald ihn so hatte fallen lassen, traf ihn hart. Er hatte erwartet, dass sein Mentor ihm beispringen würde. Doch scheinbar hatte er mehr Angst vor seinen Kumpanen, als sein Rückgrat tragen konnte.

Johannes lief die ganze Nacht hindurch. Von Wut getrieben, entfernte er sich vom Dorf der Diebe. Nach einer Weile verflog der Groll. Er hatte die Taschen voller Geld und war frei. Er hätte es schlimmer treffen können.

Im Morgengrauen überkam ihn große Müdigkeit, und er legte sich ins Gras, wo er schnell einschlief.

Er träumte von seiner Mutter. Sie erschien ihm in einem weißen Gewand. Ihr Antlitz war lichtdurchflutet. Engelsgleich sprach sie zu ihm: »Mein Sohn, du bist vom rechten Weg abgekommen. Hatte ich dich nicht zur Ehrlichkeit erzogen?«

Wieder und wieder sprach sie diese Worte. Plötzlich wurde sie zu einem Dämon, der Feuer spie und Hörner bekam. »Räche meinen Tod, Sohn«, rief sie. »Räche mich und deinen Vater. August von Bremer muss büßen!«

Johannes schreckte hoch und riss die Augen auf. Er starrte direkt in die aufgehende Sonne, wodurch er geblendet wurde und einige Zeit orientierungslos war. Er lag auf einer Anhöhe und konnte im Tal Frankfurt erkennen. Die klare Luft gab einen herrlichen Blick auf die Stadt am Main frei. Der Kaiserdom ragte aus den grauen Dächern heraus und thronte über allem. Dünne Rauchfäden stiegen aus zahlreichen Schornsteinen empor. Plötzlich wurde Johannes klar, dass dort seine Bestimmung lag. Magisch zog ihn dieser Flecken Erde an. Nur hier würde er seinen Frieden finden können. Sein Traum kam ihm in Erinnerung, und er war sich seiner Bestimmung bewusst. Sein Ziel sollte es nicht sein, einfach zu überleben. Er musste den Tod seiner Eltern rächen. Das Schicksal hatte ihn herausgefordert. Es sollte seinen Kampf bekommen.

Aber einfache Rache wäre zu wenig für den Vergewaltiger und Mörder August von Bremer. Ihn zu töten wäre zu leicht, außerdem war der Tod keine Strafe. Wer wusste schon, ob er dann wirklich ins Fegefeuer kam und sich nicht doch freikaufen konnte.

Nein, August von Bremer musste zu Lebzeiten leiden. Doch dazu bedurfte es der Vorbereitung. Es musste sorgfältig geplant sein und durfte seine Wirkung auf keinen Fall verfehlen. Johannes hatte keine Ahnung, wie er das anstellen sollte.

Hunger quälte den jungen Wanderer. Wenig später erreichte er Königstein, wo er sich in einer Schenke ein reichhaltiges Frühstück bestellte.

»Könnt Ihr das auch alles bezahlen?«, blaffte der Wirt unfreundlich.

Johannes fiel ein, dass er einen ärmlichen Eindruck hinterlassen musste. Die Kleidung eines einfachen Knechtes und der übernächtigte Zustand mussten den Wirt zweifeln lassen.

»Hier, das sollte genügen«, antwortete er und warf ein paar Groschen auf den schweren Holztisch.

Der Wirt nahm einen davon in die Hand, drehte ihn im Licht und biss schließlich darauf herum.

»Scheint echt zu sein«, schloss er.

»Keine Sorge, der ist echt.«

»Verzeiht, mein Herr«, entschuldigte sich der Wirt. »Aber ihr saht nicht gerade aus wie ein Fürst. Ich hoffe, dass ich deswegen keinen Ärger bekomme.«

»Warum solltet Ihr?«

»Naja, ein Knecht mit so viel Geld in der Tasche ist doch eher ungewöhnlich.«

»Da habt Ihr Recht. Aber ich kann Euch beruhigen, das Geld wird Euch keinen Ärger bereiten. Und nun los, ich bin hungrig.« Dennoch brachte ihn die Bemerkung des Wirtes zu dem Entschluss, sich bei Gelegenheit die Garderobe eines reichen Mannes zuzulegen, um künftig derartige Zweifel nicht aufkommen zu lassen.

»Sehr wohl, der Herr.«

Seltsam, dachte sich Johannes, kaum gibt man den Menschen Geld, ist man ein Herr. Das Äußere eines Menschen ist Blendwerk. Diese Erkenntnis sollte ihm noch sehr dienlich sein, denn schon jetzt keimte eine Idee in Johannes' Kopf. Doch zum Nachdenken kam er erst einmal nicht, denn das Frühstück kam schnell und schmeckte hervorragend.

Da es Johannes sinnlos erschien, noch an diesem Tag nach Frankfurt aufzubrechen, schlenderte er durch Königstein. Hoch oben über der Stadt thronte die Festung der Taunusstadt, die sich als Gefängnis einen furchteinflößenden Ruf erworben hatte. Johannes musste zugeben, dass der Anblick beeindruckend war.

Er dachte darüber nach, wie es wäre, wenn man ihn erwischte und er sein Dasein dort oben fristen müsste.

Ihn schauderte.

Er beschloss, zunächst einmal das vorhandene Geld sinnvoll auszugeben und sich anschließend mit ehrlicher Arbeit seinen Unterhalt zu verdingen.

Aber je länger er darüber nachdachte, ehrbar zu werden, desto weniger Möglichkeiten fielen ihm ein, bei denen er vergleichbar viel Geld für vergleichbar wenig Arbeit erwirtschaften konnte. Es schien unmöglich. So war es schon immer gewesen, und so wird es auch bleiben, dämmerte ihm.

Seine Gedanken wurden von Lärm verdrängt. Jemand rief laut, nicht böse oder im Zorn, - eher wie …

»Ein Gaukler«, sprach Johannes aus.

Magisch angezogen folgte er der Stimme des Artisten. Wenig später hatte er den Platz erreicht, auf dem fahrende Künstler ihre Kunststücke vorführten. Doch als er näher kam, erkannte Johannes, dass es sich nicht um eine Gauklertruppe, sondern lediglich um einen fahrenden Heilkundigen handelte, der seine vermutlich nicht ganz astreinen Dienste anbot.

Schnell hatte sich eine Menschentraube um den Wagen des Quacksalbers versammelt. Auch wenn das fahrende Volk in der Gesellschaft einen eher schlechten Ruf genoss und weder ihr Leben noch ihr Hab und Gut durch irgendein Gesetz geschützt waren, zogen sie doch immer wieder die Bevölkerung in ihren Bann.

So auch Johannes.

Fasziniert lauschte er dem Vortrag des *Heilkundigen*. Johannes verschwendete keine Sekunde daran zu glauben, dass der Mann tatsächlich der Wunderheiler war, der zu sein er vorgab. Die allerwenigsten dieser fahrenden Medizinmänner verkauften Heilmittel, die ihre Wirkung auch tatsächlich taten. Doch Johannes war nicht an der Medizin interessiert.

Ihn interessierte die Art des Vortrages.

Denn durch seine Erfahrung, die er mit der Beutelschneiderei gesammelt hatte, bemerkte er sofort, dass der Mann durch seine fesselnde Art zu reden die Menschen in seinen Bann zu ziehen vermochte. Geschickt nutzte er die Tatsache, dass in jedem Ort – und sei er noch so klein – stets dieselben Gebrechen und Zipperlein zu Hause waren. Noch eine weitere Eigenschaft machte sich der Mann zunutze: Die faszinierende Seltsamkeit, dass kranke Menschen über ihr Leid sprechen wollten. Gleichwohl wie sich Männer ihre Narben zeigten, suchten Frauen nach Mitleid für ihre Zahnschmerzen oder andere Qualen, die sie ach so tapfer ertrugen.

Und für diese Qualen bot der fahrende Quacksalber seine Heilmittel feil.

»Tretet näher, Königsteiner«, rief er. »Ich befreie euch von euren Schmerzen.«

Er schaute in die mittlerweile zusammengelaufene Runde, die eine stattliche Größe erreicht hatte.

»Welches Gebrechen quält Euch, gute Frau?«, fragte er eine Bucklige in der ersten Reihe.

»Meint Ihr etwa mich?«, sagte die Frau und hielt sich einen krummen Zeigefinger auf die Brust.

»Genau Euch, werte Dame«, bestätigte der Heilkundige.

»Um ehrlich zu sein«, sie zögerte. Scheinbar war es ihr unangenehm, im Mittelpunkt zu stehen. »Mir schmerzen die Gelenke bei jeder Bewegung.«

»Ah, die Frau leidet an Gelenkschwund«, rief der Heilkundige aus. Johannes musste lächeln. Wenn es diese Krankheit wirklich gäbe, würde er einen Besen samt Hexe fressen. Doch einige schienen dem Mann zu glauben, denn ein Raunen ging durch die Menge. Der Quacksalber witterte seine Chance.

»Kommt herauf zu mir, gute Frau, ich kann Euch helfen.«

Mühsam erklomm die Frau die kleine Bühne, die der Fahrende an seinem Planwagen ausgeklappt hatte. Er hielt ein Fläschchen in die Höhe.

»Mit diesem Tonikum aus Fledermausflügeln, Blaubeerenextrakt, gesammelt bei Neumond und weiteren geheimen Zutaten kann dieser Frau geholfen werden. Für nur fünfzehn Groschen kann ich Euch heilen, gute Frau. Nehmt nur drei Tropfen des Tonikums täglich für die nächsten vier Wochen und Ihr werdet gesunden.«

»Ehrlich?«, zweifelte die Frau.

»So wahr ich hier stehe«, versicherte der Quacksalber.

»Probieren kann ich es ja mal.«

Die Frau kaufte.

Als nächstes versprach der Heilkundige, der sich mit dem Namen Ambrosius Winterkorn vorstellte, einen Mann von seinem schmerzenden Fuß zu befreien, wenn er nur die Salbe aus Entendung und Schwanenschnabelextrakt verwende. Der Mann kaufte ebenfalls. So ging es weiter, bis jedes Gebrechen der Königsteiner durch die Medizin des Mannes geheilt werden konnte. Die Veranstaltung dauerte in etwa eine Stunde. Ambrosius Winterkorn bedankte sich theatralisch bei seinen *Patienten* und verabschiedete sich. Auf Nimmerwiedersehen, wie Johannes vermutete.

Auch er wollte schon des Weges ziehen, als ihn seine Neugierde packte und zu dem Quacksalber zog, der gerade dabei war, seine Siebensachen zu packen.

»Gott zum Gruße«, sprach er den Mann freundlich an. Er griff beiläufig nach einem Fläschchen des Tonikums, das der Quacksalber noch auf der kleinen Bühne hatte stehen lassen, und spielte gedankenverloren damit herum.

»Ich grüße Euch auch, mein Herr«, antwortete Winterkorn. Ein skeptischer Unterton war nicht zu überhören. Abwartend blickte er erst Johannes und dann das Tonikum in dessen Händen an. »Welche Krankheit quält Euch, Herr? Kann ich Euch mit meinem Tonikum vielleicht helfen?«

»Mir geht es hervorragend. Aber vielleicht kann ich Euch helfen«, erwiderte Johannes.

»Inwiefern?« Der Quacksalber schien verwundert.

»Ich könnte Euch helfen, Euer Geschäft zu verbessern.«

»So? Seid ihr ein Apotheker und habt ein neues Wundermittel für mich?«

»Nein, nein«, wehrte Johannes ab. Er musste lächeln. Er schien einen Moment unaufmerksam und ließ das Fläschchen fallen. Fast gleichzeitig beugten sich die Männer nach dem Fläschchen, das im Gras lag. Dabei stießen sie um ein Haar zusammen. Winterkorn bekam das Tonikum zu fassen und stellte es zurück auf die Bühne.

»Ich bin weder ein Heilkundiger noch ein Bader noch sonst ein Pillendreher«, fuhr Johannes unbeeindruckt fort. »Ich dachte nur, wenn Ihr die Leute schon betrügt, dann richtig und mit maximaler Ausbeute.«

»Das ist doch …«, empörte sich Winterkorn. »Wie kommt Ihr darauf, ich sei ein Betrüger? Unverschämtheit. Meine Salben und Säfte sind einwandfrei. Das kann ich beweisen.«

»So wie Ihr beweisen könnt, dass es tatsächlich auch wirkt?«

»Ich … natürlich.«

»Dann zeigt es mir, werter Herr Heilkundiger«, forderte Johannes.

»Ihr könnt gerne meine Patienten fragen, die mein Tonikum eingenommen haben.«

»Macht Euch doch nicht lächerlich, Herr Winterkorn.«

»Seid Ihr ein Büttel oder so etwas?« Winterkorns gute Laune war nun verflogen.

Johannes lachte. »Wenn ich eines nicht bin, dann ein Gesetzeshüter.«

»Was wollt Ihr dann von mir?«

»Das sagte ich bereits: Ich kann Euch helfen, Euren Gewinn zu vervielfältigen.«

Winterkorn sagte nichts. Stattdessen kniff er die Augen zusammen und wartete ab.

»Habt Ihr Interesse?«

»Wer hat das nicht, wenn er solch ein Angebot erhält?«, pflichtete Winterkorn bei. »Aber verzeiht, wenn ich Vorsicht walten lasse. Ich kenne Euch nicht. Warum sollte ich Euch vertrauen?«

»Fangen wir damit an, dass ich Euch Euren Geldbeutel wieder zurückgebe.« Johannes hielt dem Quacksalber den Lederbeutel unter die Nase. Ambrosius griff zuerst an seinen Gürtel und dann verwundert nach dem Beutel vor seiner Nase.

»Wie zum Teufel habt Ihr das gemacht?«

»Wenn Ihr nachdenkt, kommt Ihr vielleicht von alleine darauf.«

Winterkorn zog die Stirn in Runzeln und schien über die letzten Minuten nachzudenken. Dann weiteten sich seine Augen.

»Na klar, das Fläschchen.«

»Richtig«, bestätigte Johannes und applaudierte leise.

»Was wollt Ihr damit bezwecken?«, fragte Winterkorn vorsichtig.

»Ich wollte Euch die Macht der Ablenkung demonstrieren.«

»Was hat das alles mit mir und meinem Geschäft zu tun?«

»Ablenkung ist der Bruder der Täuschung«, erklärte Johannes. »Und mit Täuschung kann Euer … *Geschäft*, wie Ihr es nennt, sehr viel einträglicher werden.«

»Wie kommt Ihr darauf?«, wollte Winterkorn wissen.

»Wie viele Leute haben bei Euch ein Tonikum oder eine Salbe gekauft?«

»Was geht's Euch an?«, sagte der Quacksalber nach kurzem Zögern.

»Ihr wisst es noch nicht einmal«, spottete Johannes. »Ihr seid nachlässig. Wie wollt Ihr wissen, ob sich der Aufwand lohnt?«

»Das … geht Euch ebenfalls nichts an. Ich komme zurecht.« Winterkorn fühlte sich ertappt.

»Ihr kommt zurecht«, echote Johannes. »Was sagt Ihr, wenn ich Euch anbiete, dass Ihr durch mich reich werden könntet?«

»Durch Euch?«, lachte Winterkorn. »Ihr seht mir nicht weltgewandt aus. Was kann ich mit Euch schon anfangen?«

Dieser Einwand erinnerte Johannes abermals daran, seine Garderobe zu erneuern.

»Wenn Ihr mich erklären lasst, werdet Ihr mir zustimmen.«

Winterkorn überlegte kurz. Dann obsiegte seine Neugierde. Johannes erklärte ihm seine Idee, und Winterkorn war begeistert. Von nun an waren sie zu zweit unterwegs.

Johannes saß neben Winterkorn auf dem Kutschbock und beobachtete den vor ihnen her trottenden Hengst. Seine Ohren hingen genauso herab wie sein Kopf. Die lange Mähne fiel ihm über die Augen. Johannes bezweifelte, dass der alte Gaul überhaupt sah, wohin er den Wagen zog. Das Tempo war sehr gemächlich, sodass sie nur langsam vorankamen.

»Schafft es der alte Kläpper bis zum Abend oder müssen wir zwischendurch pausieren?«, fragte Johannes nach einer Weile.

»Der alte Kläpper, wie Ihr ihn nennt, ist durchaus in der Lage, den ganzen Tag meinen Wagen zu ziehen.« Winterkorn klang ein wenig beleidigt.

»Verzeiht, ich wollte weder dem Pferd noch Euch zu nahe treten«, entschuldigte sich Johannes. »Aber Ihr müsst doch zugeben, dass das Pferd ein wenig schwächlich aussieht.«

»Durchaus«, gab Winterkorn zu. »Aber ich erbitte mir ein wenig mehr Respekt, denn das Tier ist immerhin von Stand.«

»So?«, machte Johannes und zog erstaunt die Augenbrauen nach oben. »Ich wusste gar nicht, dass jetzt schon Tiere adlig sein können.«

»Durchaus.«

»Welchen Stand hat denn das edle Ross?«

»Sein vollständiger Name ist Fürst Rupert von Holdeslohe.«

»Ein Fürst gar«, rief Johannes und unterdrückte ein Lachen.

»Oh ja, mein junger Freund. Dieses Tier vor Euch war einst ein stolzer Hengst. Schwarz wie Ebenholz und stark wie ein Bär. Sein Fell glänzte mit der Sonne um die Wette, und die Stuten, die seinen Weg kreuzten, waren allesamt verrückt nach ihm.«

Johannes sagte nichts. Er schaute Winterkorn nur ungläubig an.

»Ihr haltet mich zum Narren«, sagte er dann. Er versuchte, in Winterkorns Gesicht zu lesen, ob es sich um einen Scherz handelte oder ob es tatsächlich dessen Ernst war. Winterkorn starrte geradeaus und verzog keine Miene.

»Nun«, sagte er schließlich, »mir gefällt einfach der Gedanke, einen Fürsten für mich arbeiten zu lassen.«

Dann umspielte ein Schmunzeln seine Lippen, das sich schließlich zu einem breiten Grinsen auswuchs.

»Ihr seid ein Schelm, werter Herr Winterkorn.«

Johannes gefiel der Gedanke, dass ein Fürst den Wagen zog, jetzt ebenfalls. So saß er nun breit grinsend auf dem Kutschbock und rief: »Zieh, mein Fürst, zieh!«

Winterkorn lachte laut und fiel mit ein. Gemeinsam trieben sie den Fürsten vor sich her, doch der dachte nicht im Traum daran, seine Geschwindigkeit auch nur eine winzige Nuance zu ändern.

Wenig später erreichten sie ein schattiges Plätzchen am Wegesrand und beschlossen, dem Fürsten eine Pause zu gönnen. Winterkorn nutzte die Gelegenheit, Johannes in die Geheimnisse des fahrenden Volkes einzuweihen.

»Wir fahrenden Händler sind nicht sehr beliebt beim Volk, das solltet Ihr wissen, bevor Ihr Euch dazu entschließt, mit mir auf Reisen zu gehen.«

»Glaubt Ihr, ich wüsste das nicht?«, erwiderte Johannes. »Ich weiß genau, worauf ich mich einlasse. Ich habe schon weitaus schlimmere Dinge getan.«

»Von denen ich nichts wissen will«, fuhr Winterkorn Johannes in die Parade.

»Keine Angst, ich werde Euch nichts von meiner Vergangenheit erzählen. Das würde Euch nur zum Mitwisser machen. Lasst Euch nur so viel gesagt sein, dass es euch in Schwierigkeiten bringen würde. Dennoch braucht Ihr keine Sorge zu haben. Meine Vergangenheit kann Euch helfen, Eure Einnahmen um ein vielfaches zu steigern.«

Winterkorn schien mit sich zu ringen. Jedoch konnte man ihm ansehen, dass er das Angebot wohlwollend in Betracht zog. Schließlich sagte er beherzt; »Gut, dann sind wir uns ja einig.«

Winterkorn machte eine kleine Pause und fuhr dann mit dem Unterricht fort.

»Wir halten uns nie lange an einem Ort auf. Wir müssen immer in Bewegung sein. Denn sobald die Dummköpfe merken, dass meine Medizin nicht wirkt, sollten wir weit weg sein. Und genau aus diesem Grund dürfen wir auch niemals zweimal an einem Ort unsere Medizin verkaufen.«

»Das hört sich nach einem rastlosen Leben an.«

»Was es auch ist. Aber ich habe nicht vor, das ewig zu tun. Ich möchte so viel Geld wie möglich verdienen und mich dann alsbald zur Ruhe setzen.«

»Klingt gut«, befand Johannes.

»Was ist Euer Plan für die Zukunft?«, wollte Winterkorn wissen.

»Ich habe keinen«, log Johannes, der immer noch beseelt von dem Gedanken war, den Mord an seinen Eltern zu rächen.

»Das solltet Ihr aber.«

»Warum?«

»Weil man ohne Ziel den Weg nicht findet.«

»Welchen Weg?«

»Den Weg zur Zufriedenheit.«

Johannes wurde nachdenklich. Die Worte des Quacksalbers zeigten Wirkung. Er riss einen Grashalm aus und steckte ihn sich zwischen die Zähne, dann verschränkte er die Arme hinter dem Kopf und legte sich darauf. Wie er so dalag und in den Himmel starrte, versuchte er im Geiste ein Bild von seiner Zukunft zu formen. Er musste zugeben, dass er im Moment weit davon entfernt war, seinen Plan der Rache an von Bremer zu erfüllen. Winterkorn hatte ihn unbewusst wieder zurückgeführt zu seinem Lebensziel, das er eine Weile vernachlässigt hatte.

»Wo seid Ihr?«, fragte Winterkorn, der Johannes‘ verklärten Blick bemerkte.

»In einer weit entfernten Zeit.«

»Ihr müsst es nur genug wollen, dann kommt Ihr überall hin.«

Johannes gab dem alten Mann Recht, sagte aber nichts. Er konnte mit seinem Geschick und seiner Skrupellosigkeit viel erreichen. Er musste nur zielstrebig sein und Hindernisse aus dem Weg räumen. Aber zu allererst musste er geduldig sein. Er wollte von Ambrosius Winterkorn lernen. Er wollte lernen, wie man Menschen manipulierte, ohne mit den Bütteln aneinander zu geraten. Er wollte die Kniffe des Verbrechens beherrschen wie kein Zweiter. Das wurde ihm in diesem Moment klar. Er wusste jetzt, dass er für den schwarzen Weg geschaffen war. Es war sein Schicksal, auf der dunklen Seite zu stehen. Nur so war es ihm möglich, seine Ziele zu erreichen. Nur so würde er das Haus in der Stadt mit Personal und Familie eines Tages erreichen können. Niemals würde er sonst reich werden. Womit auch? Er hatte keinen Beruf. Als Tagelöhner würde er immer der kleine schmutzige Junge bleiben, den dereinst der Bauer Paul Ehrmann am Niddaufer vor Dortelweil gefunden und aufgenommen hatte. Für die Erfüllung seiner Rache würde aber Reichtum allein nicht genügen. Das, was er brauchte, war Macht. Diese Macht konnte man kaufen. Er war zu Höherem berufen, das wusste er jetzt - und bei Gott, er würde es schaffen. Koste es, was es wolle.

Auf Reisen

Ibi fas ubi proxima merces–

Wo der Gewinn am höchsten, da ist das Recht.

Ambrosius Winterkorn war ein rundlicher kleiner Mann, der mit enormem Charisma gesegnet war. Er trug einen gepflegten, kunstvoll gezwirbelten Bart. Seine Kleidung war abgetragen, aber dennoch verlieh sie ihm eine unbestimmte Anmut. Sein Haar war wallend und grau. Eine gewisse Würde umstrahlte ihn. Alles in Allem das perfekte Aussehen für seinen Beruf.

Er lebte von dem Geld, das er vom Verkauf seiner Salben und Tonika einnahm. Wie sich schnell herausstellte, waren die Salben ein Gemisch aus Lehm, Öl, Wasser und Waldkräutern, die am Wegesrand wuchsen. Winterkorn hatte nicht die geringste Ahnung, ob diese Salben wirklich für irgendetwas zu gebrauchen waren. Ebenso verhielt es sich mit dem Inhalt der Fläschchen, die er anpries. Sie waren allesamt gefüllt mit Flusswasser, und mit dem Saft vergorener Früchte angereichert. Das sollte einen schlechten Geschmack erzeugen, denn die Leute erwarteten einen schlechten Geschmack, wenn sie Medizin zu sich nahmen. Je ekelhafter, desto besser. Dies war die erste Lektion, die Johannes auf seiner Reise lernte.

»Gebt den Leuten, was sie haben wollen«, sagte Winterkorn im Tonfall des Wissenden. »Der Mensch ist so berechenbar.«

»Wem sagt Ihr das?«, antwortete Johannes lachend.

Die beiden Betrüger fuhren den holprigen Weg in Richtung Oberursel. Der Platz auf dem Wagen war unbequem, aber allemal besser, als zu laufen.

Sie kamen nur langsam voran. Der Fürst trottete gemütlich und geradezu automatisch vor sich hin, den Kopf tief hängend, die Stirnmähne vor den Augen. Er wirkte schon fast gelangweilt.

Zur Mittagsstunde gönnten sich die Männer eine Verschnaufpause. Winterkorn nutzte die Gelegenheit und erklärte Johannes weitere Feinheiten seines Geschäftes.

»Wichtig ist, dass man glaubwürdig daherkommt. Mit Eurer Idee, auf die ich ehrlich gesagt auch selber hätte kommen können, wird mir das auf alle Fälle gelingen.«

Er machte eine kleine Pause, in der er sich ein Stück Speck abschnitt und in den Mund schob. Er kaute eine Weile darauf herum und sprach dann weiter.

»Wichtig ist, dass wir immer auf der Reise sind. Immer unterwegs und niemals – ich wiederhole: *Niemals* - an einem Ort zweimal auftauchen. Wir halten uns von den ganz großen Städten fern. In den kleinen Dörfern sind wir eine gern gesehene Abwechslung, und obendrein sind die Leute ungebildet.«

»Ist das wichtig?«

»Es ist elementar, junger Freund«, rief Winterkorn. »Je dümmer die Leute, desto besser das Geschäft. Aber mit Eurer Idee können wir nun nicht mehr in die kleinen Dörfer fahren. Dort kennt jeder jeden, und wir würden sofort auffliegen, wenn wir diese Masche versuchen würden. Deshalb halten wir uns ab sofort an größere Ansiedlungen, wo so viele Menschen wohnen, dass wir nicht weiter auffallen.«

Am frühen Abend erreichten sie Oberursel. Die Stadt am Fuße des Taunus hatte die richtige Größe. Winterkorn hatte keine Bedenken, dass sie hier, ohne Ärger zu bekommen, seine Medizin würde anbieten können. Johannes wurde an seinen ersten Raubzug erinnert, den er auf dem Markt mit Reginald durchgeführt hatte. Ein nostalgisches Gefühl überkam ihn. Es war beinahe, als käme er nach Hause.

Vor den Toren der Stadt, im Schutze des Waldes, sprang Johannes von der Kutsche und lief zu Fuß weiter. Winterkorn ritt in die Stadt hinein und baute wenig später auf einem Platz seine kleine Bühne auf. Johannes wartete in der Nähe, bis Ambrosius genug Menschen angelockt hatte, damit es sich lohnen könnte. Dann endlich war es soweit. Johannes mischte sich unter das Volk.

»Tretet näher, liebe Leute. Nicht so scheu«, rief der Quacksalber. »Ich habe Hilfe für Euch im Gepäck. Ein jedes Gebrechen kann ich heilen.«

Winterkorn pries noch eine Weile sein Wundertonikum an, als Johannes den richtigen Zeitpunkt gekommen sah.

»Beweise es«, rief er.

Zuerst schwiegen alle, doch dann meldete sich ein anderer Mann und rief: »Recht hat er! Wir wollen Beweise.«

Immer mehr Menschen sprangen darauf an und fielen in die Forderung mit ein.

»Nur zu gerne, liebe Leute. Schickt mir einen Gebrechlichen, und ich heile ihn vor Euren Augen.«

Das war Johannes‘ Stichwort.

»Hier ich!«, rief er laut und schob sich auch schon durch die Menschen. Dabei hinkte er auffällig. »Ich habe mir vor drei Tagen den

Fuß vertreten. Es tut höllisch weh. Hier kannst du dich beweisen, alter Mann.«

Johannes wurde durchgelassen und hinkte auf die Bühne. Er zog seine Hose nach oben und zeigte auf seinen Knöchel.

»Genau hier tut es weh. Gib' mir die Salbe. Dann wird sich zeigen, wie gut deine Medizin ist.«

Winterkorn gab Johannes das Döschen mit der Salbe.

»Wie viel soll ich nehmen?«, fragte er.

»Nur so viel, wie eine Haselnuss groß ist. Verteilt es auf dem ganzen Knöchel und reibt es ein«, erklärte Winterkorn.

»So?«, fragte Johannes, der unbeholfen seinen Knöchel einschmierte.

»So ist es richtig.«

»Mal sehen, was es bringt. Ich glaube ja nicht daran«, sagte Johannes. »Wie lange braucht es, bis es wirkt?«

»Es sollte sofort eine Besserung eintreten.«

Johannes wartete eine Weile und trat dann vorsichtig auf seinen Fuß.

»Und?«, fragte Winterkorn neugierig.

»Es tut wohl noch ein bisschen weh, doch bei Gott, ich schwöre, es ist besser geworden.«

Ein Raunen ging durch die Menge, die atemlos vor dem Wagen gebannt auf Johannes geschaut hatten. Der falsche Patient lief ein paar Schritte auf und ab. Vorsichtig, noch ein wenig humpelnd, schritt er über die Bühne. Dann blieb er stehen, hob seinen Kopf, drehte sich um und lief noch ein weiteres Mal auf und ab.

»Das Zeug taugt nichts«, rief er. Im Augenwinkel sah er, wie Winterkorns Gesichtszüge entglitten. Damit hatte der Händler nicht gerechnet.

»Was redet Ihr da«, sagte Winterkorn wütend und ging auf Johannes zu. Als er nah genug bei ihm stand, zischte er ihn an. »Was tut Ihr da, seid Ihr des Wahnsinns?«

»Vertraut mir«, antwortete Johannes flüsternd und stieß Winterkorn von sich.

»Ihr seid ein Betrüger«, legt er nach und spuckte vor die Füße seines Partners. In der Menge vor dem Wagen kam Unruhe auf. Doch Johannes legte abermals nach.

»Habt Ihr mir da Katzenpisse verkauft, oder was?«, rief er und erntete ein paar Lacher. »Nicht nur, dass mein Bein noch immer nicht zu gebrauchen ist, stinkt es jetzt auch. Aufknüpfen sollte man Euch!« Johannes fuchtelte wild mit den Armen.

»Guter Mann, so beruhigt Euch doch«, versuchte Winterkorn etwas zu retten. Er hatte jetzt wirklich Angst, dass Johannes ihn dem wütenden Mob ausliefern würde. Wut stieg in ihm auf. Was für einen Teufel hatte er sich da ins Haus geholt. Während er gegen seine Panik kämpfte, wurde ihm nicht bewuss, dass Johannes mittlerweile wie ein Derwisch auf der Bühne hin und her sprang und ihn beschimpfte. In seinem Kopf war nur ein Rauschen.

»So ein Quacksalber«, rief Johannes und sprang auf und ab. »Verkauft mir einen nutzlosen Dreck. Nutzt meine Pein aus, um sich zu bereichern. Dieser Lump.« Johannes tobte und schrie. Sprang und hampelte herum. Plötzlich rief einer aus der Menge.

»Hey, seht euch das an, wie der auf einmal springen kann.«

Johannes hörte mitten im Satz auf und erstarrte.

»Was habt Ihr gesagt?«, rief er und suchte nach dem Gesicht des Mannes, der das gerufen hatte.

»Ihr seid geheilt!«, rief einer zurück, und ein Raunen ging durch die Menge.

»Das ist unglaublich«, rief Johannes, der tat, als besinne er sich, und machte ein paar Bewegungen. »Es tut nicht mehr weh!«

Winterkorn blieb unbeteiligt. Jetzt hatte er das Spiel durchschaut. Ihm fiel ein Stein vom Herzen.

»Habe ich es nicht gesagt?«, sagte er gleichmütig und verzog sein Gesicht mürrisch.

»Natürlich. Ich dachte, Ihr seid ein Betrüger. Aber ich schwöre bei allem, was mir heilig ist, ich bin genesen. Gib mir die Salbe, ich kaufe gleich fünf Stück davon.«

Winterkorn tat, wie ihm geheißen. Johannes bezahlte und hüpfte von der Bühne. Dabei lachte er und jubilierte. Er entfernte sich und überließ es Winterkorn, sein Geschäft abzuwickeln. Im Nu war der Vorrat ausverkauft. Die Menschen rissen sich um die Medizin. Ein jeder wollte sich einen Vorrat anlegen, und schon eine halbe Stunde später packte Winterkorn seinen Wagen zusammen und verließ zufrieden Oberursel in Richtung Osten. Vor den Toren der Stadt wartete Johannes in einem Waldstück. Er schaute sich um, ob ihnen auch niemand gefolgt war und sprang auf.

»Das ging aber schnell«, bemerkte er. »Musstet Ihr flüchten?«

»So ähnlich«, erwiderte der Quacksalber und unterdrückte ein Grinsen.

»Hat es nicht funktioniert?«, fragte Johannes nervös.

»Ich bin ausverkauft.«

»Was? So schnell?«
»Und ich habe beim Hinausfahren noch getrödelt.«
Johannes lachte und schlug sich auf die Schenkel.
»Ich hab's gewusst«, rief er. »Wie viel haben wir eingenommen?«
»So viel, wie ich normalerweise in einem Monat verdiene.«
»Hurra!«

Mit der Zeit wurde Johannes immer einfallsreicher. Er dachte sich verschiedene Kostüme aus, mit denen er auftrat. Sie waren sehr erfolgreich, und die beiden Männer wurden bald sehr vertraut miteinander.

Johannes schaute zu Ambrosius auf. Er bewunderte den alten Mann, der nun schon so viele Jahre ohne Heimat durchs Land zog und immer noch fest daran glaubte, irgendwann genug Geld zu haben, um sich zur Ruhe zu setzen.

Jetzt schien sein Ziel in greifbarer Nähe. Durch Johannes' Elan und Einfallsreichtum vervielfachten sich die Verkäufe seiner Medizin beinahe jeden Tag. Die beiden Betrüger machten sich sogar einen Spaß daraus zu wetten, wie viel sie heute einnehmen würden.

Ambrosius bestand darauf, den Gewinn zu gleichen Hälften zu verteilen. Johannes hätte sich mit weniger zufrieden gegeben, denn er lebte noch immer von seinen reichlichen Rücklagen aus seiner Zeit als Taschendieb. Doch es war ihm recht, umso schneller füllte sich seine Schatulle. Bald würde er genug haben, um seine großen Pläne verwirklichen zu können. Bis dahin aber versuchte er so viel von Ambrosius zu lernen wie nur irgend möglich. Allabendlich erzählte der alte Mann aus seinem reichhaltigen Schatz an Anekdoten, die ihm in seiner langen Zeit als fahrender Händler widerfahren waren. Eine nie versiegende Quelle der Inspiration für Johannes. Winterkorn brachte ihn durch seine Erzählungen auf immer neue Ideen.

Wochenlang zogen sie umher und waren nie länger als einen Tag am gleichen Ort. Scheinbar ziellos führte sie Fürst Rupert zu Holdeslohe durch die Landschaft.

Eines Tages kamen sie vor die Tore Aschaffenburgs. Ambrosius wollte einen großen Bogen um die Stadt am Main machen. Doch Johannes hielt ihn davon ab.

»Warum denn immer nur die kleinen Bauern betrügen, Ambrosius?«, fragte Johannes beim Anblick der Stadt, deren herrschaftliches Schloss nun eindrucksvoll vor ihnen lag. Der Main bot dem imposanten Bau guten Schutz vor Feinden. Der rote Stein leuchtete in der Abendsonne, und Johannes packte der Ehrgeiz.

»Warum denn immer nur die kleinen Fische? Wir können doch die Hechte haben.«

»Wir sollten unser Glück nicht herausfordern«, sagte Ambrosius.

»Ach du alter Feigling.«

»Ich bin kein Feigling - ich bin nur vorsichtig.«

»Das ist für mich dasselbe.«

»In so einer großen Stadt wimmelt es von Bütteln und Spitzeln. Obendrein haben die mit Unsereins schon längst ihre Erfahrungen gemacht und wissen genau, dass wir sie über den Tisch ziehen wollen.«

»Hast du es denn schon mal probiert?«, wollte Johannes wissen.

»Nein, das nicht, aber ...«

»Dann lasse ich keine weitere Ausrede zu. Wir haben den Wagen voll mit Medizin. Wenn wir diese Ladung verkaufen, hast du bald genug verdient, um dir endlich ein ruhiges Haus am Waldrand zu suchen und das Leben zu genießen.«

»Ich glaube eher, dass wir unseren Ruhestand in den Kerkern Aschaffenburgs verbringen, wenn ich auf dich höre.«

»Ach, das ist doch Firlefanz.«

»Johannes, es ist zu gefährlich.«

»Es ist nicht gefährlicher als anderswo.«

Ambrosius schnaufte. Aber es arbeitete in ihm. Johannes hatte Recht. Es fehlte nicht mehr viel, und er hatte tatsächlich ausgesorgt. Die letzten Wochen waren extrem erfolgreich gewesen. Seit der Quacksalber mit Johannes zusammenarbeitete, hatte er so viel Geld verdient wie in all den Jahren zuvor zusammen.

»Gut, aber nur dieses eine Mal«, sagte er schließlich. »Und wehe dir, du behältst nicht Recht.«

»Keine Sorge, Ambrosius, keine Sorge«, versicherte Johannes und grinste in sich hinein.

Wenig später überquerten sie die Willigisbrücke und fuhren in die Stadt hinein, wo sie bald auf dem Stiftsplatz ankamen. Der Platz schien für ihre Zwecke ideal zu sein. Eine Kirche, die den Namen St. Peter und Alexander in ihrem Namen trug, säumte den Platz an einer Seite mit ihrem Kreuzgang. Ein Turm mit Torbogen bildete den Eingang zum Platz. Auch ein Brunnen war zu finden, der eine gewisse Menge an Menschen anzog. Perfekt für die beiden Betrüger.

Mit Blicken verständigten sich Johannes und Ambrosius. Winterkorn lenkte den Wagen über den Platz. In einer kleinen Gasse, die menschenleer war, sprang Johannes vom Wagen und wartete dort auf seinen Einsatz. Sein Partner fuhr zurück zum Stiftsplatz und baute dort den Wagen zur Bühne um. Schon beim Umbau blieben einige Neugierige stehen und warteten geduldig, bis Ambrosius fertig war. Immer mehr Aschaffenburger folgten dem Herdentrieb und gesellten sich hinzu. Alsbald war eine beachtliche Menge zusammengelaufen. Als Ambrosius endlich soweit war, bemerkte er, dass sich um seinen Wagen der Platz gefüllt hatte und man gespannt auf seinen Auftritt wartete. Er konnte darauf verzichten, »Herbei, herbei« zu rufen.

Etwas nervös begann er mit seinem Vortrag. Während er seinen Text aufsagte, suchte er in der Menge nach Johannes.

Er war nicht zu sehen. Es waren einfach zu viele Menschen zusammengelaufen. Ambrosius wurde unruhig.

Warum hatte er sich nur darauf eingelassen?

Dann rief er: »Ich kann jedes Gebrechen mit meiner Medizin heilen.«

»Beweise es«, rief eine Stimme.

Ambrosius war erleichtert, als er die Stimme seines Komplizen hörte.

»Wie bitte?«, rief er zurück.

»Ich will Beweise sehen.«

»Ist ein Gebrechlicher unter uns?« Ambrosius wurde nun sicherer. Alles schien nach Plan zu laufen.

»Ich«, rief Johannes und bahnte sich forsch seinen Weg durch die Menge.

Endlich war er auf der Bühne und zog die Betrügerei durch. Gerade als er anfing zu hüpfen, brach das Unheil los.

»Den habe ich doch vorhin auf dem Wagen des Quacksalbers gesehen. Die gehören zusammen«, rief eine Frau, die in der ersten Reihe stand. »Betrug!«, setzte sie noch einen obendrauf.

»Was redet ihr da, Weib?«, sagte Ambrosius, wobei er versuchte, ein Zittern in seiner Stimme zu vermeiden.

»Ich bin mir sicher!«, rief sie, ohne Winterkorn zu beachten.

»Ich habe ihn auch gesehen«, rief eine andere Stimme.

»Betrüger«, rief einer von ganz hinten.

Die Menge wurde unruhig, das Gemurmel lauter.

Johannes und Ambrosius schauten sich entsetzt an.

Jetzt wurde es brenzlig.

»Hau ab«, raunzte Ambrosius Johannes zu.

»Nicht ohne dich!«

»Geh und rette dich.«

»Nicht ohne dich!«, wiederholte Johannes eindringlich.

»Ich kann meinen Wagen nicht zurücklassen. Mein ganzes Leben ist darin.«

»Ich lasse dich nicht zurück, das ist dein sicherer Tod.«

»Hau endlich ab«, schrie Ambrosius plötzlich und zerrte Johannes hinter sich von der Bühne. Nicht eine Sekunde zu spät, denn gerade hatten die Ersten begonnen, die Bühne zu erklimmen und auf Ambrosius loszustürmen.

Johannes rannte los. Zuerst zögerlich, dann wie vom Teufel gehetzt. Er hörte den Mob auf dem Stiftsplatz toben. Tränen liefen ihm über die Wange, denn schon jetzt war er von Schuldgefühlen geplagt. Warum hatte er nur darauf bestanden, nach Aschaffenburg hinein zu fahren? Johannes wurde langsamer, seine Kraft verließ ihn.

Er schaute sich um.

Niemand war hinter ihm. Keiner hatte Notiz von ihm genommen, ihre ganze Wut tobten die Menschen an Ambrosius und seinem Wagen aus, den sie vermutlich in Stücke rissen. Johannes machte kehrt und nahm wieder Tempo auf. Vielleicht war es ja doch noch nicht zu spät. Irgendwie musste er seinem Freund doch helfen können, und wenn es nur der gemeinsame Untergang war. Wild entschlossen stürmte Johannes auf den Spitzenplatz zurück. Er war bereit, in den Tod zu gehen. Mit dieser Schande weiterleben wollte er auf jeden Fall nicht. Er hatte noch niemanden im Stich gelassen.

Doch als er zurück zum Ort des Grauens kam, war dieser menschenleer. Johannes dachte zunächst, er hätte sich verlaufen und stünde auf einem anderen Platz, doch dann sah er den völlig intakten Wagen. Davor stand der Fürst mit hängendem Kopf. Völlig unbeeindruckt döste er in der Mittagssonne vor sich hin.

»Oh mein Gott«, murmelte Johannes. »Sie haben ihn zum Galgen geschleppt oder werfen ihn gerade von der Brücke in den Main.«

Ein alter Mann lief an Johannes vorbei.

»Guter Mann«, sprach er ihn an und packte ihn am Arm, um ihn zu stoppen.

»Ja bitte?«

»Wisst Ihr, was hier passiert ist?«

»Meint Ihr den Betrüger, diesen Quacksalber?«

Johannes nickte.

»Den haben die Leute zum Schultheiß gezerrt. Dort wird ein Urteil über ihn gefällt.«

»Sie haben ihn nicht gelyncht?«

»Nein«, rief der Mann entsetzt. »Wo denkt Ihr hin? Wir sind hier doch nicht bei den Wilden.« Der Mann warf Johannes einen ungläubigen Blick zu und ging kopfschüttelnd seines Weges.

Johannes war erleichtert. Es war also noch nicht alles verloren. Vielleicht konnte er Ambrosius noch retten.

Aber zuerst musste der Wagen in Sicherheit gebracht werden. Johannes wunderte sich immer noch, dass die wütende Menge ihn unversehrt hatte stehen lassen.

Er sprang auf den Kutschbock und rief dem Fürsten zu, er solle sich bewegen.

Gemächlich hob das Pferd den Kopf und lief los. Johannes war es zu langsam, weshalb er mit Rufen versuchte, dem Fürsten Beine zu machen, doch dieser ließ sich nicht aus der Ruhe bringen. In seinem immer gleichen Trott schlurfte er aus der Stadt heraus. Unbehelligt schaffte es Johannes tatsächlich bis vor die Tore Aschaffenburgs. Er brauchte eine Weile, bis er einen geeigneten Platz gefunden hatte, um den Wagen zu verstecken. Bevor er in die Stadt zurückkehrte, um seinen Freund zu befreien, öffnete er die Schatulle, in der Ambrosius und er die Wertgegenstände verwahrten. Er entnahm das Geld, schüttete es in einen großen Beutel, nähte diesen geschwind zu und vergrub ihn an einer markanten Stelle in seiner Nähe. Sollte nun ein Wegelagerer oder anderes Gesindel den Wagen entdecken, wäre wenigstens das Geld in Sicherheit.

Johannes ging nach getaner Arbeit zurück zum Wagen. Dann sattelte er den Fürsten und schwang sich auf seinen Rücken. Der Fürst zeigte sich davon unbeeindruckt. Das letzte Mal, dass der alte Hengst gesattelt wurde, musste Monate zurückliegen. Dennoch trug das treue Tier klaglos seinen Reiter.

Jetzt war Johannes froh, dass Ambrosius den Sattel aufgehoben hatte, denn für seine List war es hilfreich. Doch dann fiel ihm ein, dass er unpassend gekleidet war. Johannes sprang vom Rücken des Fürsten hinab und kramte im Wagen nach der richtigen Kleidung. Er hatte in den letzten Wochen beinahe jede Gelegenheit genutzt, sich neue Sachen für seine Auftritte zu besorgen. Johannes hatte Spaß daran gefunden, immer wieder in neue Rollen zu schlüpfen. Dies kam ihm jetzt zugute. Er zog die feinsten Stoffe an, die er finden konnte. Obendrein schmückte er den Fürst, der sich auch das mit stoischer Ruhe gefallen ließ. Dann endlich war Johannes bereit für die Abreise. Er sah aus wie ein Edelmann, und das war beabsichtigt. Er hoffte nur, dass er nicht zu spät kommen würde, um Ambrosius zu retten. Dann fiel ihm ein, dass er noch etwas vergessen hatte. Eilig hastete er zurück in den Wagen, suchte nach einen Stück Papyrus, Tinte und Feder. Hastig schrieb er einen Text auf das Blatt und kramte ein Stück Siegelwachs hervor. Dann fiel ihm ein, dass er kein Feuer hatte, um das Wachs zu schmelzen.

»Verdammt«, fluchte er. Hektisch sprang er vom Wagen und klaubte ein wenig Gehölz zusammen, das er zu einem kleinen Haufen aufschichtete. Zum Glück war sein Versteck windgeschützt, sodass er schnell ein Feuer würde entfachen können. Er legte ein wenig Zunder unter den kleinen Haufen Holz und holte den Feuerstein aus dem Wagen. Schnell hatte Johannes den Zunder zum Glühen gebracht. Vorsichtig, sich zur Geduld ermahnend, schob er den glimmenden Zunder, den er aus einem Baumpilz selbst hergestellt hatte, unter einen fein aufgeschichteten Heuhaufen, pustete hinein und freute sich, als das Feuer sofort loderte. Schnell legte er trockenes Holz darüber, wobei er darauf achtete, dass das Brennmaterial nicht zu dick war.

Wenige Augenblicke danach hatte Johannes ein Feuer entfacht, das für seine Zwecke genügte. Er entnahm ein brennendes Stück Holz und hielt es unter den Siegelwachs, den er zusammen mit einem Siegelring dereinst einem Mann auf dem Homburger Markt gestohlen hatte. Er hatte nie gewusst, was er damit anfange sollte. Dennoch hatte ihn jedes Mal, wenn er den Ring und das Wachs in den Händen gehalten hatte, ein seltsames Gefühl beschlichen, dass er es nicht wegwerfen sollte. Jetzt wusste er warum.

Endlich war genug Wachs auf das Schreiben getropft, um den Ring hineindrücken zu können. Zuvor formte er aus einem Stück Seide noch ein kleines Fähnchen, das er mit dem Ring zusammen mit dem Muster in das heiße Wachs drückte.

Zufrieden betrachtete er sein Werk.

Dann löschte er das Feuer mit Erde und trat zur Sicherheit noch ein paar Mal darauf. Er rollte den Brief zusammen und verwahrte ihn in seiner Satteltasche. Endlich machte er sich auf den Weg zurück nach Aschaffenburg, um seinen Freund zu retten.

Schon bald hatte wieder die Willigisbrücke erreicht. Aufrecht und stolz ritt er hinüber in die Stadt. Der Anblick des Schlosses war sehr beeindruckend. Johannes atmete durch und zwang sich, so zu tun, als sei derlei Pracht alltäglich für ihn.

Er ritt zum Schlosstor und fragte nach dem Schultheiß.

»Meint Ihr, dass der Schultheiß für Jedermann zu sprechen ist?«, schnauzte der Wachmann am Tor Johannes an.

»Natürlich nicht, Wärter«, antwortete Johannes, wobei er darauf achtete, so hochnäsig wie möglich zu klingen. »Aber Ihr seht wohl, dass ich nicht Jedermann bin. Ich bin der Sondergesandte des Fürsten Rupert zu Holdeslohe. Ich bin auf der Suche nach dem Betrüger Ambrosius Winterkorn. Mir wurde zugetragen, dass er heute in die Hände des Schultheiß übergeben wurde. Ist dem so, Wärter?«

Johannes verlieh seiner Stimme einen herrischen Tonfall. Sie zeigte Wirkung, der Wärter war nun etwas freundlicher.

»Dem ist so, aber dennoch könnt Ihr den Schultheiß nicht sprechen.«

»Weshalb?«

»Er ist auf Reisen.«

»Dann bringt mich zu seinem Vertreter«, befahl Johannes, der immer noch auf dem Rücken des Fürsten saß, dessen Namen er soeben missbraucht hatte.

»Nun, ich weiß nicht, ob ich Euch so einfach ...«

»Genug!«, rief Johannes gebieterisch und hob die Hand, die er mit einem riesigen Stulpenhandschuh geschmückt hatte. Der breitkrempige Hut, den eine Feder ziehrte, komplettierte den Eindruck, den Johannes zu hinterlassen beabsichtigte. »Ich habe hier den schriftlichen Befehl, den wegen Betruges, Diebstahls und weiterer schlimmer Vergehen gesuchten Ambrosius Winterkorn in Gewahrsam zu nehmen und meinem Herrn, dem Fürsten Rupert von Holdeslohe, zu überstellen, damit dieser ihn zu seiner gerechten Strafe verurteilen kann.«

Johannes kramte die Papyrusrolle hervor und überreichte sie dem Wärter theatralisch.

»Überreicht diese Schriftrolle Eurem Herrn, wer immer dies auch sein mag, und berichtet ihm von meinem Anliegen. Ich warte hier. Wenn es in Euren Gefilden üblich ist, Gäste so zu behandeln, dann werde ich es wohl oder übel akzeptieren müssen. Doch beeilt Euch, meine Zeit ist kostbar. Und wenn es sich einrichten lässt, bringt mir den Gefangenen gleich mit.«

Der Wärter nahm die Schriftrolle entgegen. Er entrollte sie und schaute darauf. Als er das Siegel sah, rollte er es wieder zusammen. Man merkte ihm an, dass er nicht die geringste Ahnung hatte, was in dem Schriftstück niedergeschrieben stand. Aber es hatte offiziellen Charakter, deshalb fasste er einen Entschluss.

»Nun, Herr«, sagte er wie ein Mann, der versucht, seinen Stolz zu retten, »ich denke, dass dieses Schriftstück Gewicht hat, und werde es meinem Herren übergeben. Dennoch bin ich nicht befugt, Euch Einlass zu gewähren, bis diese Angelegenheit geklärt ist. Ich bitte Euch deshalb, vor dem Tor auf meine Rückkehr zu warten.«

»So sei es«, sagte Johannes und schaute dem Wärter zu, wie er in das Schloss hineinging, um die gefälschte Rolle seinem Vorgesetzten zu übergeben. Kurz darauf kam er wieder zurück und postierte sich vor Johannes.

»Was ist nun?«, fragte Johannes ungeduldig.

»Es ist nicht mehr in meiner Hand. Der Hauptmann kümmert sich darum.«

»Soll ich den ganzen Tag hier vor dem Tor warten wie ein Bettler?«, echauffierte sich Johannes. »Ich bin kein dahergelaufener Tunichtgut. Ich erinnere daran, dass ich der Sondergesandte des Fürsten von Holdeslohe bin. Wenn mein Herr erfährt, wie Ihr hier mit mir umgeht, kann es durchaus zu ernsthaften Schwierigkeiten für deinen Schultheiß kommen. Ich muss wohl nicht erwähnen, dass mein Herr engste Kontakte zum Kaiserhaus pflegt.«

Der Wachmann wurde zwar nervös, bleib aber standhaft.

»Befehl ist Befehl«, sagte er nur und schaute durch Johannes hindurch. »Der Schutz des Schlosses geht vor.«

Johannes gab auf. Auch wollte er den Bogen nicht überspannen. Er lenkte den Fürsten ein paar Schritte über die Brücke, die den Burggraben überwand und stieg ab. Er lehnte sich an die Brüstung und wartete geduldig, bis Nachricht für ihn eintraf.

Nach einer kleinen Ewigkeit kam ein weiterer Wachmann aus dem Inneren des Schlosses und sagte etwas zu dem Torwächter, der so standhaft gegen Johannes gewesen war. Beide schauten zu dem Gesandten des Fürsten von Holdeslohe und redeten mit gedämpfter Stimme. Der Torwächter nickte, und der zweite Wächter ging auf Johannes zu. Er hielt die Schriftrolle in der linken Hand, als er vor Johannes trat.

»Mein Herr, seid Ihr der Gesandte des Fürsten von Holdeslohe?«, fragte der Wachmann überflüssigerweise.

»Sehr wohl, mein Name ist Ferdinand zu Wittgenstein und Bernbach, Sondergesandter des Fürsten von Holdeslohe. Seid Ihr gekommen, um mir den Gefangenen zu überstellen?«

»Selbstverständlich, mein Herr«, antwortete der Wachmann demütig. »Verzeiht die Übereifrigkeit unseres Wächters. Aber wir mussten sicher sein, dass Euer Dokument die Angaben bestätigt.«

»Nun, wofür hat man denn einen Torwächter?«, erwiderte Johannes. »Wenn ein Wächter in meinem Schloss jeden Dahergelaufenen einlassen würde, würde ich ihn zum Teufel jagen.«

»Ich habt ein Schloss?«, fragte der Wachmann verwundert.

»Natürlich, weshalb fragt Ihr?«, Johannes war zu weit gegangen. Er hätte sich ohrfeigen können.

»Mich wundert es nur, dass ein Schlossherr sich alleine auf eine solche Mission begibt, wo er doch bestimmt seine Leute dafür hat.

Da hat der Mann wohl Recht, dachte Johannes und unterdrückte die Panik. Jetzt musste eine Ausrede her.

»Ich … bin dem Fürsten diesen Gefallen schuldig, da ich den Betrüger Winterkorn empfohlen habe und der Fürst sozusagen durch mich den Schaden hatte.«

»Dann seid Ihr ein Ehrenmann«, lobte der Wachmann. »Folgt mir, damit wir die Formalien erledigen können. Der Gefangene steht für Euch bereit.«

Johannes atmete auf, da die Wärter den Schwindel offensichtlich geschluckt hatten. Dennoch erhöhte er seine Aufmerksamkeit; der geringste Fehler konnte die Situation eskalieren lassen.

Der Wächter war, wie sich herausstellte, der Hauptmann des Schlosses. Er führte Johannes in eine kleine Amtsstube, wo er einige Dokumente bereithielt. Johannes unterzeichnete diese und wurde dann zu Ambrosius geführt. Als der Hauptmann die Papiere sorgfältig in einer Truhe verwahrte, drehte er sich zu Johannes um und sagte: »Wie geht es eigentlich dem Fürsten zu Holdeslohe gesundheitlich? Ich hörte, er sei an der Schwindsucht erkrankt.«

Johannes stockte der Atem. Was redete der Kerl da? Es gab keinen Fürsten zu Holdeslohe. Der war ein Pferd. Und ein altes noch dazu.

»Alles prächtig«, stieß Johannes hervor. »Er ist komplett genesen.«

«Und seine Tochter?«, der Mann machte eine Pause und schien zu überlegen. Er rieb sich das Kinn. Dann erhellte sich seine Miene. »Hieß sie nicht Amalie?«

»Emely«, berichtigte Johannes flink. Schweißperlen zeigten sich auf seiner Stirn. Was führte dieser Hauptmann im Schilde.

»Ja, genau, Emely. Sehr hübsch. Hatte die nicht diesen kleinen Hund immerzu bei sich?«

»Ein furchtbares Tier«, lachte Johannes unsicher. »Das Mistvieh hat mich doch tatsächlich mal gebissen.« Er kniff die Augen zusammen und sagte dann: »Verzeiht, wenn ich nicht in Plauderstimmung bin, ich bin in Eile und wollte das restliche Tageslicht gerne noch für die Reise nutzen, könntet ihr mir nun den Gefangenen überstellen.«

Der Hauptmann grinste breit und sagte freundlich: »Natürlich, wie unhöflich von mir. Ich halte Euch auf. Was mir allerdings auch in den Sinn kam.«

»Wie meinen?« Johannes ahnte Schlimmes.

»Ihr seid ein Betrüger, und ich werde Euch länger aufhalten, als Euch lieb ist, Ihr Lump.«

»Wie könnt Ihr es wagen«, versuchte Johannes die Scharade aufrechtzuerhalten. Er wedelte mit den Armen durch die Luft. »Euer Handeln wird einen diplomatischen Zwischenfall provozieren, wenn ich das melde.«

«So«, erwiderte der Hauptmann ruhig. »Wem wollte Ihr das melden? Eurem falschen Fürsten?«

Johannes schluckte trocken und schwieg.

»Ich habe mir die Schwindsucht, die Tochter und den Hund nur ausgedacht. Und Ihr tut so, als habe ich recht. Da müsst Ihr schon früher aufstehen. Ich erkenne einen Betrüger an seiner Nase. Und deshalb werde ich dafür sorgen, dass man die Eure abschneidet. Ich werde Euch … «

Weiter kam er nicht. Johannes hatte ihm einen kurzen, aber gezielten Schlag auf die Leber versetzt. Der Hauptmann sank nieder und kniete vor Johannes. Mit einer Hand hielt er sich an dessen Jackett fest. Er rang nach Luft. Johannes zeigte keine Gnade und versetzte dem Hauptmann einen Schlag an die Schläfe. Bewusstlos sank dieser zusammen. Hastig suchte Johannes nach etwas im Raum, womit er den Bewusstlosen fesseln und knebeln konnte. Nach einer Weile hatte er etwas gefunden, was jedoch nicht lange halten würde. Dennoch sollte es ihm eine wenig Zeit verschaffen. Er schnappte sich die Überstellungspapiere und machte sich auf den Weg zum Kerker. Dort traf er auf einen untersetzten Wärter, der fürchterlich nach Schweiß stank. Dieser führte ihn zur Zelle, in der Ambrosius gefangen gehalten wurde, nachdem er die Papier sorgfältig geprüft hatte. Der fahrende Händler saß mit einer Handvoll weiterer Delinquenten in einem Käfig tief im Inneren des Schlosses.

»Ambrosius Winterkorn?«, rief der Wachmann in die dunkle Zelle hinein, ohne das Gitter zu öffnen.

Johannes suchte nach Ambrosius. Dann bewegte sich etwas im hinteren Teil des fensterlosen Raums, der lediglich durch eine kleine Fackel ein wenig Licht hatte. Ambrosius rief: »Hier!« und trat an die

Gitterstäbe. Als er Johannes sah, verzog er keine Miene. Johannes vermied seinerseits Blickkontakt, um sich nicht zu verraten. Sein Herz schlug heftig. Er bemerkte, wie er anfing zu schwitzen. Der niedergeschlagene Hauptmann konnte jede Sekunde wach werden, und dann hätten sie das halbe Schloss im Nacken. Die Zeit drängte.

»Ist Euch nicht gut?«, wollte der Wachmann wissen, als er Johannes Anblick wahrnahm.

»Ich habe in solchen Räumen immer Beklemmungen«, sagte Johannes rasch.

»Na dann, bleibt immer schön anständig, und Euch bleibt es erspart«, witzelte der Wachmann, ohne freilich zu wissen, mit welch einem Beutelschneider er es hier zu tun hatte.

Johannes nickte und rang sich ein Lächeln ab.

»Wollt Ihr, dass ich ihm die Fesseln abnehme, damit Ihr Eure eigenen anlegen könnt?«

»Wie bitte?« Johannes war ein wenig aus dem Konzept. Er hörte nur noch ein Rauschen in seinen Ohren. Er zwang sich zur Ordnung. Wenn er jetzt einen Fehler machte, war es um ihn und um Ambrosius geschehen.

»Entschuldigt«, schob er schnell hinterher. »Ich jage diesen Mann schon so lange, dass ich es jetzt kaum fassen kann, ihn endlich meinem Herrn übergeben zu können.«

»Noch seid Ihr nicht zu Hause, Herr«, gab der Wachmann zu bedenken.

»Da habt Ihr Recht«, stimmte Johannes zu. »Aber so nah dran war ich noch nie.«

»Was ist nun mit den Fesseln?«

»Ich denke, Ihr könnt sie abnehmen.«

»Gut, dann gebt mir Eure, damit ich sie austauschen kann.«

Johannes wurde nun noch heißer.

Daran hatte er nicht gedacht.

Was nun?

Er tastete an sich herum.

»Ach ja.« Er schlug sich an die Stirn. »Die habe ich ja auf dem Weg hierher verloren. Wenn Ihr diese Fesseln entbehren könntet, wäre ich Euch sehr dankbar. Ich zahle auch dafür.«

»Nein, nein«, wehrte der Wachmann ab. »Wenn man bedenkt, was Ihr uns mit der Übernahme des Gefangenen für Kosten erspart, sind die Fesseln ein Geschenk des Hauses. Hier habt Ihr einen passenden

Schlüssel. Wir Gefangenenwärter müssen doch zusammenhalten.« Der Mann stieß Johannes verschwörerisch in die Seite und grinste zahnlos.

Der Wachmann gab Johannes den Schlüssel zu den eisernen Fesseln, schloss die Zelle auf und holte Ambrosius heraus.

»So, du Lump«, sagte der Hauptmann. »Dein Schicksal ist besiegelt. Jetzt kommst du in die Hände des Fürsten zu Holdeslohe. Ein enger Freund von dir, wie ich höre.«

Der Wärter lachte schäbig. Dabei übersah er den Blick Winterkorns, der alle Mühe hatte, nicht selbst lauthals zu lachen. Stattdessen schaffte er es irgendwie so auszusehen, als sei ihm das gar nicht recht.

»Nicht der Fürst«, flehte er. »Der macht mich einen Kopf kürzer.«

»Dein Pech«, erwiderte der Hauptmann. »Hätt'st dich halt nicht mit ihm anlegen dürfen. Er hat wohl einen langen Arm.«

»Endlich haben wir dich«, schaltete sich Johannes ein. »Der Fürst wird mich wieder an seinem Hofstaat aufnehmen, wenn ich dich ihm ausliefere, du verdammter Betrüger.«

Johannes packte Ambrosius an den gefesselten Händen und zog ihn zu sich ran.

»Los, komm mit, du Quacksalber. In Holdeslohe wartet ein feines Kerkerloch auf dich.«

Gemeinsam verließen die drei Männer den Gefangenenraum und traten wenig später auf den Hof hinaus. Johannes bedankte sich bei dem Hauptmann, bestieg den Fürst und band Ambrosius am Sattel mit einem langen Seil, das er in weiser Voraussicht mitgenommen hatte, fest. Er grüßte knapp, bedankte sich für die Hilfe und ritt mit Ambrosius im Schlepptau vom Schloss.

Ambrosius fühlte sich zwar wie am Pranger, als er so durch Aschaffenburg gezogen wurde und ihn die Leute am Wegesrand anpöbelten. Aber das war ihm mit der Aussicht auf Freiheit einerlei. Als sie endlich das Versteck erreichten und er die Fesseln abnehmen konnte, fiel er Johannes um den Hals. Tränen liefen ihm über das Gesicht. All sein natürlicher Stolz fiel von ihm ab. Dann löste er sich von seinem jungen Freund, trat einen Schritt zurück und ohrfeigte ihn. Johannes war überrascht und hielt noch die Hand auf der brennenden Wange, als er sagte: »Die habe ich wohl verdient.«

Die beiden Männer schauten sich an.

»Was glaubst du, wie lange sie brauchen, bis sie herausbekommen, dass es keinen Fürst zu Holdeslohe gibt?«, fragte Ambrosius.

»Ich denke, spätestens wenn der Schultheiß wieder im Haus ist, wird es Ärger geben.«

Dann lachten die beiden ausgiebig über ihr gelungenes Husarenstück.

»Jetzt aber weg von hier«, sagte Ambrosius und begann den Fürsten vor den Wagen zu spannen. Johannes half ihm dabei, sodass sie schon wenig später ihre Flucht fortsetzen konnten.

Schnell hatten sie den Weg wieder erreicht, als Johannes plötzlich »Halt!« rief.

Er sprang vom Wagen, rannte zu der Stelle, an der er das Geld vergraben hatte und hoffte inständig, dass es noch da war. Unversehrt holte er den Beutel aus seinem Grab, steckte ihn ein und lief zurück zum Wagen.

»Jetzt können wir los.«

Abschied

Sic transit gloria mundi –
So zerrinnt die Herrlichkeit der Welt

»Danke, Johannes«, sagte Ambrosius, nachdem sie eine Weile schweigend den Main entlang gefahren waren. Der Fürst war wieder in seinen Trott zurückgefallen und zog gelangweilt mit hängendem Kopf den Wagen.

»Keine Ursache«, erwiderte Johannes.

»Ich stehe tief in deiner Schuld.«

»Das sehe ich anders«, widersprach Johannes. »Nur durch meine Schuld wurdest du verhaftet, Ambrosius.«

»Jeder andere wäre abgehauen.«

»Ich wäre ein Lügner, wenn ich nicht zugeben würde, dass ich nicht auch daran gedacht habe. Aber so wie es aussieht, habe ich wohl doch ein Gewissen.«

Ambrosius lächelte. Eine tiefe Zuneigung überkam ihn.

»Wir sollten aufhören«, sagte er dann.

»Womit?«

»Mit der Quacksalberei.«

»Nur, weil es jetzt einmal knapp war?«, protestierte Johannes. »Das ist doch lächerlich, und das weißt du, Ambrosius. Wir meiden die großen Städte. Lass uns aus unseren Fehlern lernen und Kapital daraus schlagen.«

»Das war ein Zeichen.«

»Das ist doch Aberglaube«, schnappte Johannes. »Und selbst wenn es ein Zeichen war, dann eines, das uns sagt: Seid künftig vorsichtig.«

»Nein, Johannes, und das weißt du auch«, widersprach Ambrosius. Sein Tonfall ließ keinen Zweifel erkennen. »Ich bin zu alt dafür. Und ich habe nicht mein Leben auf der Straße verbracht, um am Ende in einem dunklen Loch zu verrotten.«

Johannes dachte über die Worte des alten Mannes nach. Er musste zugeben, dass er Recht hatte.

»Und wie hast du dir das vorgestellt?«, fragte er deshalb.

»Wir teilen das Geld, und jeder geht seines Weges. Ich suche mir ein Plätzchen, wo ich meine letzten Jahre in Frieden leben kann, und du ...« Ambrosius stockte.

»Tja, und ich?«, sagte Johannes ratlos.

»Du wirst schon zurecht kommen. Dein Geld langt für mindestens zwei Jahre, wenn du sparsam davon lebst. Such dir eine Frau und gründe eine Familie.«

»Dann reicht mein Geld für ein halbes Jahr«, scherzte Johannes, obwohl ihm nicht danach zumute war.

»Ein Mann mit deinem Geschick findet immer etwas. Warum investierst du dein Geld nicht in irgendein Geschäft? Etwas Ehrliches, meine ich.«

»Weil ich nichts kann.«

»Du kannst lesen und schreiben, damit bist du im Vorteil.«

Johannes schwieg. Er wusste, dass er den alten Mann nicht umstimmen konnte. Es war beschlossen. Wieder musste er von vorne anfangen. Ambrosius hatte Recht. Er sollte sein Geld investieren, aber nicht so, wie der alte Mann das gemeint hatte. Johannes würde nun alles auf eine Karte setzen, und er wusste auch schon, wer ihm dabei helfen würde.

An diesem Abend schlugen die beiden Freunde ihr Lager am Waldesrand auf. Sie hatten es tatsächlich geschafft, einen Hasen zu erlegen, den sie nun über dem Feuer rösteten. Schweigend saßen sie vor dem Braten und warteten darauf, dass er gar wurde. Wie aus dem Nichts brach die Hölle los.

Ein Gewitter hatte sich in ihrem Rücken angeschlichen und entlud sich nun mit aller Kraft. Innerhalb weniger Sekunden hatte sich ihre Umgebung in ein Inferno verwandelt. Der Regen, der schnell in Hagel überging, prasselte mit Getöse auf den ausgedörrten Boden. Hastig klaubten Johannes und Ambrosius ihre Sachen zusammen und schoben sie unter den Wagen, unter dem sie ebenfalls Schutz suchten. Der Wind zerrte an der Plane des Wagens. Johannes fürchtete, dass der Sturm jeden Moment den Wagen umblies. Ambrosius war blass vor Angst.

»Was ist mit dem Fürsten?«, schrie er gegen den Sturm an.

»Er stand eben noch in der Wiese und graste«, rief Johannes zurück.

Ambrosius schaute unter dem Wagen heraus und versuchte, sein Pferd zu finden.

»Wo genau?«

»Genau in der Richtung«, rief Johannes und zeigte an Ambrosius vorbei.

Beide Männer waren bis auf die Haut durchnässt, obwohl sie nur Sekunden im Regen gestanden hatten. Der Sturm wurde jetzt sogar noch stärker. Das Getöse war ohrenbetäubend. Die Hagelkörner erreichten eine erschreckende Größe.

»Er wird das nicht überleben«, rief Ambrosius. Nervös suchte er im Dunkeln nach seinem Pferd.

»Was willst du denn jetzt machen?«, fragte Johannes. »Es macht keinen Sinn, da hinaus zu gehen. Er wird sich schon in Sicherheit bringen.«

Wasser suchte sich seinen Weg unter dem Wagen durch. In kleinen Rinnsalen nahm es Besitz von dem Boden um die beiden Männer herum. Johannes versuchte, dem Wasser auszuweichen. Ambrosius hingegen schien es nicht zu bemerken. Zu besorgt war er, dass seinem Pferd etwas zugestoßen war. Hagelkörner purzelten unter den Wagen, und Johannes staunte über deren Größe. Einige hatten die Ausmaße von kleinen Äpfeln. Er hörte, wie das Holz des Wagens zerbarst. Er bekam es mit der Angst zu tun.

»Ich muss nach ihm sehen«, rief Ambrosius plötzlich.

»Bist du des Wahnsinns?«, rief Johannes und hielt seinem Freund zur Warnung ein Hagelkorn entgegen. Wenn dich so ein Ding erwischt, bist du tot.«

»Ach Unsinn«, erwiderte Ambrosius und winkte ab. »Ich kann doch den armen Kerl nicht alleine lassen. Ich warte einen kleinen Moment, bis der Sturm nachlässt, und dann mache ich mich auf die Suche nach ihm.«

Johannes kannte seinen Freund gut genug, um ihm nicht zu widersprechen.

Tatsächlich ließ der Sturm kurz darauf etwas nach. Der Hagel war in Regen übergegangen. Aber er war immer noch stark. Johannes hatte noch nicht einmal den Hauch einer Möglichkeit, Ambrosius zurückzuhalten. Mit ungeahnter Geschwindigkeit huschte der Ältere unter dem Wagen hervor. Johannes sah ihm nach und versuchte ein letztes Mal, ihn zurückzurufen. Jedoch war der Sturm noch immer sehr laut, sodass seine Stimme vom Wind verschluckt wurde.

»Verdammter Narr«, murmelte Johannes und kauerte sich in eine Ecke, von der das Wasser noch nicht Besitz ergriffen hatte.

Endlich ließ das Tosen nach. Ambrosius war freilich noch nicht zurückgekehrt. Johannes wartete noch geraume Zeit, bis er anfing, sich um seinen Freund zu sorgen. Vorsichtig streckte er seinen Kopf unter dem Wagen hervor. Die Nacht hatte sich über ihm breit gemacht und die Umgebung in dunkles Blau getaucht. Johannes sah zum Himmel, wo er vereinzelt zwischen den vorüberziehenden Wolken Sterne erkennen konnte. Er fröstelte. Das Gewitter hatte die Wärme des Tages davon gespült.

Die Kleidung hing Johannes klamm am Körper.

»Ambrosius?«, rief er ins Nichts.

Keine Antwort.

Johannes rief noch etliche Male, immer lauter werdend, ohne eine Antwort zu bekommen. Er lief um den Wagen herum und rief immer wieder nach seinem Freund. Doch er blieb ohne Antwort.

Schließlich ging er in den Wald, der düster vor ihm lag. Ihm war mulmig zumute, als er sich erinnerte, dass er unbewaffnet war. Johannes bückte sich nach einem abgebrochenen Ast, den er als Knüppel benutzen wollte, falls ein Wegelagerer nach seinem Leben trachten sollte. Doch die Gefahr war relativ gering. Kaum ein Gesetzloser würde sich nach so einem Unwetter auf die Lauer legen wollen.

»Ambrosius?«, rief er wieder.

Immer noch keine Antwort.

Am Wegesrand schmolzen noch immer vereinzelt Hagelkörner. Überall lagen abgerissene Äste herum. Weiter vorne glaubte Johannes zu erkennen, dass ein Baum den Weg blockierte. Doch es war zu dunkel, als dass er etwas hätte erkennen können.

Ab und an fegte eine kräftige Windbö durch den Wald und ließ die Bäume bedrohlich wanken. Es knarzte und knirschte überall. Im Moment war es ziemlich gefährlich zwischen den Bäumen, auch ohne Wegelagerer.

Dennoch schritt Johannes weiter voran.

Die Wolkendecke brach allmählich auf, und die Nacht wurde durch den Vollmond heller. Johannes erreichte den umgestürzten Baum, den er schon von Weitem gesehen hatte. Er überwand ihn mühevoll und lief tiefer in den Wald hinein. Nach einer Kurve, die der Weg beschrieb, stand er vor dem nächsten umgestürzten Baum. Doch dieser sah irgendwie seltsam aus. Johannes schaute genauer hin.

»Um Himmels Willen«, stieß er aus und rannte los. »Ambrosius!«, schrie er, als er erkannte, was so komisch aussah an dem Baum. Unter dem Stamm lagen Ambrosius und der Fürst. Beide erschlagen von einer morschen Kiefer, die dem Sturm nicht standgehalten hatte und zum Grab für Pferd und Mann geworden war. Johannes rannte los und erreichte mit wenigen schnellen Schritten die Unglücksstelle. Doch als er Ambrosius mit weit aufgerissenen Augen auf dem Waldboden unter dem Baumstamm liegen sah, versuchte er erst gar nicht, etwas zu retten.

Er kniete neben seinem Freund nieder und flüsterte ein wimmerndes »Nein«. Dann ließ er seinen Gefühlen freien Lauf. Erst schrie er die Leiche seines Freundes an, dass er ihm verdammt noch mal gesagt hatte, er solle unter dem Wagen bleiben. Er beschimpfte ihn als sturen alten Bock. Er war sogar versucht, ihn zu schlagen. Dann aber brach er in Tränen aus.

Trauer, Wut und Verzweiflung tobten durch den jungen Mann. Schon wieder hatte ihm das Schicksal einen Freund genommen. Würde das denn nie aufhören? Schuldgefühle plagten ihn.

Warum hatte er auch unbedingt nach Aschaffenburg gehen müssen?

Ohne seine Gier nach dem großen Geschäft wäre sein Freund noch am Leben.

Wie lange Johannes neben seinem Freund und dem toten Gaul gesessen hatte, vermochte er hinterher nicht mehr zu sagen. Er erwachte am nächsten Morgen auf einer Wiese irgendwo im Acker zwischen Aschaffenburg und Mainaschaff. Er war noch in der Nacht wie in Trance zum Wagen zurückgekehrt, nachdem er erfolglos versucht hatte, seinen toten Freund unter dem Baum herauszuziehen. Nicht einmal ein anständiges Begräbnis konnte er Ambrosius bieten. Er hatte das Nötigste aus dem Wagen genommen, es in einen großen Sack gepackt und war einfach losgelaufen.

Die Sonnenstrahlen kitzelten sein Gesicht.

In trüber Stimmung setzte er sich auf und lehnte sich an den Sack, in dem all sein Hab und Gut war. Als ihm die Ereignisse der letzten Nacht wieder in den Kopf schossen, kämpfte er erneut mit den Tränen. Doch dann sagte er sich, dass er aufhören müsse zu jammern. Es hat einen Grund, dass er noch lebt. Der Herr hatte etwas vor mit ihm, sonst wäre er erschlagen worden und nicht Ambrosius.

Johannes stand auf, schulterte seine Habe und marschierte los. Auf seinem Weg mied er jedoch Ansiedlungen. Er wollte einige Zeit für sich alleine durch die Felder und Auen laufen, um mit sich ins Reine zu kommen. Zu viel war auf ihn eingeströmt.

Tagelang lief er ohne Ziel umher. Allein mit seinen Gedanken. Viele Kilometer legte er zurück. Ohne es zu merken, kam er immer näher an seine alte Heimat heran. Eines Morgens wurde ihm bewusst, dass er wie ein Magnet von Frankfurt angezogen wurde. Hier würde sich sein weiterer Lebensweg entscheiden, da war er sich sicher.

Johannes machte eine Pause und ruhte sich in der warmen Mittagssonne, die langsam an Kraft verlor, aus. Dabei dachte er zum ersten Mal an die Schatulle mit dem Geld. Er kramte sie aus dem Sack hervor, öffnete sie und zählte sein Vermögen.

Es hatte sich eine stattliche Summe angesammelt.

Dennoch war es nicht genug, um den Rest des Lebens in Wohlstand zu verbringen. Sicherlich würde er einige Jahre sorglos leben können, doch was käme dann?

Wie sollte es mit ihm jetzt weitergehen?

Vielleicht sollte er ein Geschäft eröffnen.

Doch welche Art von Geschäft?

Was konnte er schon?

Er konnte wohl kaum eine Schule für Taschendiebe eröffnen?

Eine Schenke?

Er hatte keine Ahnung, was man dafür alles benötigte und wie man eine Wirtsstube führte, geschweige denn, wie man eine Konzession dafür bekam.

Wie er es auch drehte und wendete. Er hatte nichts gelernt, außer Leute zu betrügen und einen Acker zu bestellen. Und beides konnte er noch nicht einmal wirklich gut genug, um sich als wahrer Könner zu sehen. Wobei er für das Betrügen ein beachtliches Talent zeigte.

Johannes machte sich nach einem erholsamen Nickerchen wieder auf die Reise. Am Nachmittag kam er an einem Aussiedlerhof vor den Toren Frankfurts vorbei. Er beschloss, sich einem selbst auferlegten Test zu unterziehen. Johannes betrat den Hof und suchte nach dem Besitzer, den er schnell in einer der Scheunen fand. Der Mann fütterte gerade seine Schweine.

»Gott zum Gruße«, rief Johannes ihm entgegen.

»Guten Tag«, antwortete der Bauern freundlich. »Wie kann ich Euch helfen?«

»Mein Name ist Johannes, und ich bin auf der Suche nach Arbeit.«

»Welcher Art Arbeit?«

»Ich bin Knecht und kann Euch bei Ackerbau und Viehzucht behilflich sein.«

»Hast du Zeugnisse?«

»Nein, Herr. Aber kräftige Arme.«

»Tut mir leid. Ich brauche keinen Knecht. Versucht es doch mal beim Bauern Bachmeier im Dorf. Der hat mir erst neulich erzählt, dass er jemanden sucht.«

Johannes dankte dem Bauern und ließ sich den Weg zu Bachmeiers Hof genau erklären, den er nach kurzer Suche mitten im Ort fand. Das Dorf lag in einer kleinen Ebene an der Nidda und nannte sich Harheim. Es war nicht sehr groß, aber beschaulich. Johannes konnte sich durchaus vorstellen, hier eine Weile zu leben.

»Gott zum Gruße«, rief Johannes einer Magd zu, die über den Hof des Bauern Bachmeier lief. Sie hatte sich einen schweren Korb an die Hüfte geklemmt und sah müde aus. Die Magd blieb stehen und schaute den Besucher skeptisch an.

»Gott zum Gruße«, erwiderte sie zögernd und mit fragendem Blick.

»Ich suche den Bauern Bachmeier«, erklärte Johannes. »Man sagte mir, er suche einen Knecht.«

»Geht hinter in den Kuhstall, dort ist der Bauer.«

»Seid bedankt«, sagte Johannes und deutete eine Verbeugung an.

Er fand den Bauern tatsächlich beim Ausmisten im Stall vor. Er grüßte höflich und trug sein Anliegen vor.

»Ich kann nicht viel bezahlen«, sagte der Bauer. »Ich kann Euch Unterkunft bieten, zwei Mahlzeiten am Tag und ein paar Groschen als Lohn.«

»Was müsste ich dafür tun?«, wollte Johannes wissen.

»Alles, was anfällt. Jetzt in der Erntezeit ist natürlich viel zu tun. Ich kann Euch auch nicht versprechen, dass ich Euch nach der Ernte weiterbeschäftigen kann.«

»Das würde ich mir dann gerne noch einmal überlegen.«

»Kann ich Euch nicht verdenken. Aber hier im Ort werdet Ihr niemanden finden, der Euch mehr bieten kann.«

»Und in den umliegenden Dörfern?«

»Wird's nicht besser sein.«

»Habt Dank, Herr Bachmeier. Ich werde es mir überlegen.«

»Tut das. «

Dem Bauern schien es egal, ob Johannes bei ihm anheuern wollte oder nicht. Obwohl seit dem großen Krieg Arbeiter gesucht wurden wie noch nie, hatten die Bauern kaum genug, um ihre eigenen Mäuler zu stopfen. Da wurde jeder Esser mehr am Tisch zu einer Last. Johannes hatte sogar ein paar Tage zuvor in einer Schenke gehört, dass in einigen Regionen die Friedhöfe als Nahrungsquelle genutzt wurden. Johannes konnte den Bauern verstehen und zog seine Lehren daraus. Mit ehrlicher Arbeit würde er ein Dasein als geschundener Knecht in Armut und Entbehrung führen. Wenn er aber seine Erfahrungen aus dem Räuberdorf und aus seiner Zeit als Reisender zusammen mit seinen ehrgeizigen Ideen einsetzen würde, könnte etwas aus ihm werden. Aber dazu brauchte er Hilfe. Und er wusste auch schon, woher diese Hilfe kommen würde.

Der Anfang von Großem

Homo homini lupus –

Der Mensch (ist) dem Menschen ein Wolf

Nach den eher ernüchternden Erfahrungen bei der Arbeitssuche und den sich daraus ergebenen Perspektiven hatte sich Johannes seine Lage deutlich gemacht.

Wenn er im Leben etwas erreichen wollte, musste er einen neuen Weg gehen. Und dieser Weg begann an einem lauen Sommermorgen im August des Jahres 1649 im Dorfe Harheim vor den Toren der Stadt Frankfurt. Johannes hatte nun den Rest des Tages Zeit, sich auf den Weg in die Stadt zu machen, um seinem alten Freund Walter seine Pläne zu offenbaren. Er feilte in Gedanken weiter an seiner Idee, sodass sie weitestgehend ausgereift war, als er bei Walter eintraf.

»Dass wir uns so bald wiedersehen, hätte ich nicht gedacht, mein Freund«, sagte der Wirt nach einer kurzen, aber herzlichen Begrüßung.

»Ich auch nicht, glaube mir, aber die Umstände ließen mir keine andere Wahl.«

»Du bist doch nicht in Schwierigkeiten.«

»Nein, nein, mach dir keine Sorgen, Walter. Es war mir einfach nicht mehr möglich, so weiterzuleben.«

»Willst du mir davon erzählen?«

Johannes schaute seinen Freund an und überlegte. Dann kam er zu dem Schluss, dass Walter die Hintergründe kennen musste, um sich seiner Idee anzuschließen.

Also erzählte Johannes von dem Räuberdorf und von seinen Fähigkeiten als Taschendieb, Trickbetrüger und Gehilfe des Quacksalbers. Nicht ohne Stolz erzählte er auch davon, wie er bei Simon lesen, schreiben und rechnen gelernt hatte. Dann machte er einen Bogen zu dem denkwürdigen letzten Treffen der Räuberbande, bei der es zu dem Ärger kam, der Johannes zur Abreise bewegt hatte. Er schloss seinen Bericht mit den Ereignissen in Aschaffenburg, bei denen oder wo er den letzten schweren Schlag hatte hinnehmen müssen. Walter entpuppte sich als guter Zuhörer, und Johannes nutzte die Gelegenheit, um seinem Freund seine Idee zu präsentieren.

»Ich habe mich umgehört«, führte er an. »Aber als Knecht kann ich nie etwas erreichen, ich werde auf dem Acker sterben, und mein Leben ist an mir vorbeigelaufen. Deshalb habe ich mir vorgenommen, es zu etwas zu bringen.«

»Und wie?«, wollte Walter wissen.

»Ich werde eine eigene Räuberbande auf die Beine stellen. Mit dir zusammen!«

Walter lachte auf. »Mit mir?«

»Na klar, du selbst hast mir doch erzählt, dass du allerbeste Kontakte hast.«

»Verstehe mich nicht falsch, ich fühle mich durchaus geehrt. Aber du stellst dir das so einfach vor. Meinst du, du kannst durch die Stadt gehen und Leute rekrutieren?«

»Natürlich nicht, zumal ich offiziell für tot gehalten werden, falls du dich erinnerst«, sagte Johannes. »Lass mich erst erklären, und dann sagst du mir, was du von meiner Idee hältst.«

»Leg los!«

»Zuerst müssen wir natürlich geeignete und vor allem verschwiegene Getreue finden. Hier müssen wir sehr sorgfältig vorgehen, es darf kein faules Ei dabei sein. Am besten, wir bedienen uns erst einmal deiner Kontakte hier in der Stadt, von denen wir sicher sein können, dass sie uns keine Schwierigkeiten machen. Darüber hinaus dürfen wir nicht der Gier anheimfallen.«

»Das sollte kein Problem darstellen.«

»Wir übernehmen die Planung und überlassen den anderen die Ausführung. Außerdem haben wir die finanziellen Mittel für größere Geschäfte, die eine Investition benötigen. Als Kopf des Ganzen verteilen wir natürlich die Beute und halten uns im Hintergrund. Mit Taschendiebstahl geben wir uns nicht mehr ab, mein Freund. Ich will die fetten Fische fangen. Wir sind in Frankfurt, hier wohnt an jeder Ecke ein Pfeffersack. «

»Ein Frage«, unterbrach Walter. »Hast du mit der Gier der Männer gerechnet?«

»Selbstverständlich. Wir müssen ihnen einfach so viel abgeben, dass sie nicht auf die Idee kommen zu rebellieren. Sie müssen so viel Geld verdienen, dass sie es nicht wagen, uns zu hintergehen. Wir müssen die Kuh sein, die sie melken wollen. Natürlich gehört auch eine Portion Härte in der Bestrafung bei Vergehen dazu.«

Walter zog die Augenbrauen nach oben.

»Ich hoffe, dass es gut geht.«

»Wir müssen eben aufpassen und uns von Anfang an Respekt verschaffen. Entweder es läuft so, wie wir es sagen oder gar nicht.«

»Hört sich bis hierher gut an. Aber was können wir den Männern noch bieten?«

»Unter anderem Schutz!«

»Schutz?«

»Ja, Schutz, denn wir werden ihnen Deckung geben können, indem wir ein sicheres Versteck einrichten, falls sie mal eines benötigen. Oder wir stellen eine Kaution für sie. Und so weiter. Auch sind mit unseren finanziellen Mitteln viel aufwendigere Dinge möglich. Darüber hinaus bekommen sie von uns Führung und die richtigen Ideen. Überdies werde ich mit dem Geld unschätzbare Dienste in der Stadt erkaufen können. Wir werden nämlich alle notwendigen Stellen bestechen, manipulieren und nötigenfalls denunzieren. Jeder hat ein Geheimnis, und es ist unsere Aufgabe, die Geheimnisse der Richter, Büttel, Stadträte und Gefängniswärter herauszufinden. Und wenn jemand kein schmutziges Geheimnis hat, bekommt er von uns eines verpasst.« Johannes grinste böse.

»Wie willst du das machen?«

»Es gibt genug Menschen, die für Geld einfach alles machen. Wir müssen nur in die richtigen Leute investieren.«

»Ich habe bescheidenen Wohlstand erreicht, aber so viel Geld, um alle zu bestechen, habe ich nicht.«

»Wir werden natürlich nicht gleich alles auf einmal haben können. Übe dich in Geduld, mein Freund. Langfristig gesehen ist mein Plan todsicher, und für einen genügsamen Anfang sollte unser beider Geld ausreichen.«

»Du musst dennoch vorsichtig sein, Johannes. Durch deinen offiziellen Tod bist du erpressbar, sollte es einer herausbekommen« Walter hatte noch immer Zweifel »Die Leute, mit denen wir es zu tun haben, sind keine Waisenknaben.«

»Das ist mir durchaus bewusst, Walter, Wir müssen einfach noch härter und gnadenloser sein, als die es sind.« Johannes Tonfall ließ den Wirt erschaudern. Aus dem jungen Mann war ein Verbrecher mit gnadenlosem Kalkül geworden. Johannes fuhr unbeeindruckt mit seiner Erklärung fort: »Wir beschränken uns auf einzelne Taten, die wir aber umso sorgfältiger planen und natürlich auch durchführen müssen. Das dabei verdiente Geld wird zum Großteil in weitere Geschäfte investiert - auch in legale. Wir beide werden niemals in Erscheinung treten. Wir bleiben stets im Hintergrund, so können wir uns frei in der Stadt bewegen und uns irgendwann mit unserem Geld in die gehobenen Kreise einkaufen. Und dann sind wir direkt an der Quelle. Wir werden am Ende für alles einen Handlanger haben. Und keiner wird mehr wissen, woher wir gekommen sind.«

»Johannes, du erschreckst mich«, sagte der Wirt und grinste.

»Ich habe keine Lust, im Dreck zu leben. Diese Stadt bietet viele Möglichkeiten. Außerdem habe ich noch eine Rechnung mit jemandem offen. Wenn mein Plan gelingt, kann ich sie endlich begleichen Er soll dafür bezahlen, dass ich als Gespenst leben muss.«

Die nächsten Tage verbrachten Walter und Johannes in einem kleinen Hinterzimmer des Wirtshauses am Mainufer. Sie planten, diskutierten, beschlossen und verwarfen. Sie brüteten einen Plan aus, der alle Schlupflöcher schließen sollte. Jetzt ging es daran, die ersten Mitstreiter zu finden.

»Wen kennst du, der vertrauenswürdig genug ist, Walter?«, wollte Johannes wissen.

»Da fallen mir eine ganze Reihe Leute ein. Am liebsten wäre mir Robert Wertheimer. Er ist ein alter Fuchs, der immer auf der Suche nach neuen Geschäften ist. Ich kenne ihn schon, seit ich denken kann. Ich vertraue ihm voll und ganz. Auch Ferdinand Obersalzer ist ein geeigneter Kandidat. Er kann uns sehr nützlich sein, denn er ist ein sehr erfolgreicher Taschenspieler. Beide sind noch nie erwischt worden.«

»Das hört sich doch gut an«, meinte Johannes. »Wir sollten mit ihnen anfangen.«

Beide Männer wurden noch am selben Tag eingeladen. Walter schickte einen Boten, der die beiden verständigen sollte. Am nächsten Morgen kam Wertheimer als Erster in die Schenke Walters.

Johannes war überrascht von Wertheimers Erscheinung. Er war sehr elegant gekleidet. Der schlanke Mann trug Hut und Spazierstock mit einer selten gesehenen Erhabenheit, die beeindruckte.

»Robert, mein alter Freund«, begrüßte Walter den Besucher. »Willkommen in meiner bescheidenen Hütte.«

Johannes zweifelte beim Anblick des Diebes, ob dieser ihr Angebot annehmen würde. Er schien es nicht nötig zu haben.

»Seid mir gegrüßt, meine Herren«, sprach Wertheimer aus. Auch seine Stimme war beeindruckend. Ein Bass, der seinesgleichen suchte.

»Was kann ich für dich tun, mein lieber Walter?«, wollte er wissen.

»Wir haben dir ein Geschäft vorzuschlagen.«

»Da bin ich doch ganz Ohr.«

»Kommt mit ins Hinterzimmer, da stellen wir Euch unsere Idee vor.«

Man zog sich zurück und besprach Johannes‘ Idee. Er führte an, wer welches Amt in der Stadt inne hatte und welche Schwächen jeder einzelne von ihnen aufwies und wie man sie nutzten konnte. Ob heimliche Geliebte, Glückspiel, geheime Süchte oder gar ein uneheliches Kind. Johannes war vorbereitet und beeindruckte. Schon nach einer halben Stunde war Wertheimer vom Plan angetan. Johannes war überrascht, dass es so einfach war, den Mann zu überzeugen. Wahrscheinlich lag es aber auch daran, dass ihr Plan nicht nur gut vorbereitet war, sondern auch gute Aussichten auf Erfolg.

»Wann soll es losgehen?«, fragte Wertheimer.

»Sobald wir genug Leute beisammen haben.«

»Ich stehe bereit, wann immer ihr ruft.«

Am Nachmittag desselben Tages traf auch Obersalzer ein, der sogar noch einen weiteren Kollegen mitbrachte. Er verbürgte sich für ihn, und man sprach gemeinsam über die Idee des ehemaligen Knechtes aus Dortelweil, der sich anschickte, seine Visionen Wirklichkeit werden zu lassen. Auch Obersalzer und sein Begleiter, der sich mit dem Namen Roderich Mehl vorstellte, waren begeistert. Sie willigten ebenfalls ein, sich Johannes anzuschließen. Um den Mythos seines Todes aufrecht zu erhalten, stellte er sich allen nur mit dem Namen Holdeslohe vor. Niemand stellte diesen Namen infrage, warum auch?

Obersalzer bot noch andere Mitarbeiter an. Insgesamt versprachen sie, weitere fünf Männer bereitstellen zu können, die alle von höchster Professionalität und Verschwiegenheit waren.

»So, jetzt ist es an uns, etwas zu tun«, erkannte Walter, als die beiden die Schenke verlassen hatten.

»Wenigstens können wir nun loslegen.«

»Was hast du dir ausgedacht?«

»Das erkläre ich dir später«, ließ Johannes seinen Freund im Unklaren. »Wir werden das Ganze in den nächsten Tagen auf dem Rossmarkt ausgiebig erproben. Wenn es funktioniert, sehen wir in eine rosige Zukunft. Aber es sind noch einige Vorbereitungen zu treffen.«

»Da bin ich ja mal gespannt.«

»Das wird schon funktionieren, glaube mir«, sagte Johannes und schnappte sich seinen Hut.

»Gehst du noch mal weg?«

»Ich muss zum Schneider. Meine Garderobe ist nicht angemessen.«

»Wurde ja auch mal Zeit.«

Am nächsten Morgen erschien Johannes in feinstem Zwirn gewandet in der Wirtsstube.

»Was ist denn in dich gefahren?«, staunte Walter und lachte überrascht. »Du siehst ja aus wie Pfeffersack.«

»Das ist auch meine Absicht, mein lieber Walter«, erwiderte Johannes humorlos. »Gewöhne dich an den Anblick, auch wenn diese Kleidung noch keine Maßanfertigung ist. Schicke nach Wertheimer und Obersalzer, sie werden benötigt.«

Walter war neugierig und sandte seinen Knecht sofort, die Angesprochenen zu holen. Als alle im Hinterzimmer versammelt waren, weihte Johannes seine Getreuen in seinen Plan ein. Man feilte noch ein wenig an der Idee, sodass am Ende alle zufrieden auseinander gingen und sicher waren, dass dies der Anfang einer Zukunft in Wohlstand und Müßiggang sein würde. Johannes würde die geplante Aktion als Test sehen, ob Wertheimer und Obersalzer hielten, was Walter ihm versprochen hatte. Zwar hatte Johannes einen sehr guten Eindruck von den beiden, ein Rest Zweifel blieb allerdings bestehen. Doch er sollte nicht enttäuscht werden.

Die erste Tat

Bis dat, quit dat-

Wer rasch gibt, gibt doppelt

Johannes ging bei seinen Vorbereitungen sehr sorgfältig vor. Im Prinzip war sein Vorhaben sehr einfach, dennoch musste es gut geplant sein, und seine Männer mussten mit vollem Einsatz an die Sache herangehen. Außerdem durfte Johannes nicht in Erscheinung treten. Er würde der unsichtbare Mann bleiben. Ein Mythos.

Er war mit Walter übereingekommen, dass er alleine im Hintergrund bleiben und der Wirt die Aufträge an die Männer weitergeben würde.

Walter begab sich an diesem Morgen zusammen mit Johannes auf eine Erkundungsreise. Johannes hatte sich mittlerweile eine neue Garderobe schneidern lassen, die ihn beinahe als Edelmann hätte durchgehen lassen. Auf dem Kopf trug er einen elegant geschnittenen Hut, der mit einer langen Feder geschmückt war. Seine Oberbekleidung war modisch angepasst. Die weiten Hosen, die kurz über den Knien zusammenliefen, rundeten zusammen mit den schnittigen Stulpenstiefeln das Gesamtbild des feinen Herrn ab. Johannes hatte sich mittlerweile einen ebenso in der Mode befindlichen Schnurrbart wachsen lassen, und die Haare hingen ihm schulterlang vom Kopf. Alles in allem sah Johannes fantastisch aus. Niemand würde einen Verbrecher in ihm sehen, und das war von eminenter Wichtigkeit für seinen Plan. Für Walter hatte er auch eine neue, ebenso edle Garderobe besorgt. Der Wirt hatte sich anfangs gesträubt, doch dann eingesehen, dass es notwendig war, diese Kleidung zu tragen.

Die beiden Freunde schlenderten an diesem Morgen den Römerberg hinauf, flankierten bald das Salzhaus und trafen wenig später auf dem Roßmarkt ein. Hier wurden die besten Pferde der gesamten Region angeboten. Interesse an den Tieren heuchelnd, schlenderten sie über den Markt. Dabei achteten sie genau darauf, wo die besten Geschäfte gemacht wurden. Sie hörten sich beiläufig um, wer den besten Ruf als Pferdehändler genoss.

Schnell war klar, dass sie sich an Berthold Sommernagel halten mussten. Er war der ungekrönte König des Roßmarktes.

Als Johannes und Walter genug gesehen hatten, gingen sie zurück zu Walters Schenke und holten sich zwei Pferde. Wenig später verließen sie die Stadt und machten sich auf den Weg in Richtung Osten, wo sie kurz darauf die Friedberger Warte passierten. Sie umgingen Vilbel und erreichten am späten Nachmittag einen Aussiedlerhof vor den Toren Karbens.

»Überlasse mir das Reden«, sagte Johannes, als sie von ihren Pferden abstiegen und ein argwöhnisch dreinblickender Bauer schon auf sie zukam.

»Gott zum Gruße«, rief Johannes, noch ehe der Bauer sie erreicht hatte. »Mein Name ist Werner von Hildesheim, und das ist Gündram Melchert. Seid Ihr der Besitzer dieses Hofes?«

»Jau, das bin ich«, erwiderte der Angesprochene.

»Wie darf ich Euch ansprechen?«

»Mein Name ist Siegfried Meir.«

»Herr Meir, ich komme heute mit einer außergewöhnlichen Bitte zu Euch.«

»Aha«, der Bauer kratzte sich ungeniert am Hinterteil.

»Wir würden gerne im Auftrag des Attachés des Fürsten Ruppert von Holdeslohe auf Eurem Hof einen Teil der Stallungen anmieten.«

»Was? Wer? Wieso?«

»Wir zahlen einen sehr guten Preis, mein Herr.«

»So?«, erwiderte der Bauer skeptisch, wurde aber bei den Worten *zahlen* und *Preis* hellhörig.

»Sind Euch drei Gulden recht?«

Der Bauer grinste und entblößte ein lückenhaftes Gebiss. Doch dann wurde er stutzig, Er nahm die speckige Mütze vom Kopf und kratzte sich am Hinterkopf, ohne die Mütze aus der Hand zu nehmen,

»Ich bin mir nicht sicher, ob das so einfach geht«, sagte der Bauer zurückhaltend, witterte aber immer noch ein gutes Geschäft. »Darf ich fragen, für was Ihr den Stall braucht? Ich will keinen Ärger.«

»Seid unbesorgt, Herr Meir.«

»Das will ich gern, aber meine Frau ...« Der Bauer zog die Nase geräuschvoll hoch.

»Ihr müsst nichts tun, Herr Meir. Ihr könnt Eurer Arbeit in aller Seelenruhe weiterhin nachgehen. Euer Hof scheint mir nur hervorragend geeignet für unser Vorhaben.«

»Was'n das jetzt für'n Vorhaben? Das muss ich schon wissen.«

»Selbstredend, werter Herr Meir«, schlug Johannes einen versöhnlichen Ton an. »Der Fürst gedenkt, eine große Anzahl von Pferden zu erstehen. Leider kann er sie nicht alle gleichzeitig zu seinem Schloss bringen, da zuerst seine Stallungen erweitert werden müssen. Deshalb brauchen wir Euren Hof, um die Tiere in der Zwischenzeit versorgen zu können.«

»Naja, Platz genug hab ich ja«, sagte der Bauer. »Aber das macht mir ja auch `ne Menge Arbeit. Ich muss den Stall für die Viecher vorbereiten, sie füttern und pflegen. Wie lange sollen die denn hier bleiben?«

»Nur ein paar Tage.«

»Das ist ein bisschen vage, Herr. Wer sagt mir denn, dass das kein Dauerzustand bleibt.«

»Keine Angst, das wird es nicht. Warum sagen wir nicht vier Gulden? Und wir übernehmen die Kosten für das Futter.«

»Ich denke, das geht in Ordnung«, beeilte sich der Bauer zu sagen.

»Sehr schön«, freute sich Johannes. Er reichte dem Bauern die Hand und sagte: »Dann sind wir im Geschäft. Die Pferde werden dann in der nächsten Woche hier eintreffen.« Johannes legte sein breitestes Grinsen auf.

»Na schön«, willigte Meir ein. »Wann bekomme ich das Geld?«

»Jetzt«, sagte Johannes und öffnete seinen Beutel.

Johannes instruierte den Bauern, wie er zu verfahren hatte. Er sollte die Tiere in Empfang nehmen und entsprechend unterbringen. Johannes versprach, alsbald wiederzukommen, um die Pferde abzuholen.

»Na, das lief doch reibungslos«, frohlockte Johannes, als sie schon wieder auf dem Rückweg waren. Er hatte dem Bauer noch eingeschärft, dass niemand etwas davon erfahren dürfte, sonst würde er sich den Zorn des Fürsten zuziehen. Er machte dem Bauern weis, dass es sich bei den Pferden um ganz besondere Tiere handelte, die der Fürst unbedingt haben wollte. Und wenn der Fürst die Tiere nicht bekommen konnte, weil ihm jemand zuvorkäme, wäre er zutiefst enttäuscht. Johannes erwähnte beiläufig, dass der Fürst nicht zimperlich mit Verrätern umzugehen pflegte. Der Bauer versprach, alles wie verabredet einzuhalten und Stillschweigen zu bewahren.

»Ich hoffe, der Bauer hält seinen Mund.« Walter runzelte sorgenvoll die Stirn.

»Ich versprach ihm, dass wir seine Dienste in nächster Zeit des Öfteren benötigen würden , da wird er sicher nicht jedem auf die Nase binden, dass er fürs Nichtstun vier Gulden bekommt.«

»Du willst den Hof noch einmal mieten? Ist das nicht gegen unser Prinzip?«

»Keine Sorge, der sieht uns nie wieder!«

Die nächsten Tage nutzten Walter und Johannes, um weitere Strauchdiebe, Handlanger und Betrüger für ihre Sache zu gewinnen. Jeder der Männer hatte mindestens einen Bürgen, der für ihn im Falle eines Versagens gerade stehen musste. Dies war Johannes' Bedingung gewesen. So erreichte er, dass jeder auf jeden aufpasste. Alsbald hatte er eine schlagkräftige Truppe von knapp zwanzig Mann beisammen. Für die bevorstehende Aufgabe benötigte er zwar nur zehn davon, aber er hatte noch viel vor, und so bekam er Planungssicherheit, falls mal einer der Männer ausfiel.

Am Montag schickte er Robert Wertheimer auf den Roßmarkt.

Wertheimer war genau der richtige Mann. Sein elegantes Auftreten war unentbehrlich für das Gelingen von Johannes' Plan.

Auf dem Roßmarkt herrschte an diesem Tag reges Treiben. Wertheimer bewegte sich zielstrebig auf den Verkaufsplatz von Berthold Sommernagel zu.

»Seid gegrüßt«, sprach er den Besagten an. Sommernagel war ein kleiner, untersetzter Mann, der dicke Ringe an den Fingern und teure Gewänder trug, womit er seinen Wohlstand zur Schau stellte. Sein rundes Gesicht wirkte auf Anhieb unsympathisch auf Wertheimer. Dies erleichterte die Sache.

»Ich grüße Euch auch, mein Herr«, erwiderte Sommernagel. »Wie kann ich Euch zu Diensten sein?«

»Ich würde gerne für den Fürsten Ruppert von Holdeslohe zehn Eurer besten Pferde erstehen.«

Sommernagels Augen leuchteten.

»Das ist aber sehr kostspielig.«

»Zweifelt Ihr etwa an der Kaufkraft des Fürsten?«, blaffte Wertheimer.

»Nein, nein, nicht doch, Herr ...«, gab sich der Pferdehändler sofort unterwürfig.

»Mein Name ist Ferdinand zu Wittgenstein und Bernbach. Ich bin der Oheim des Fürsten.«

»Sehr wohl, mein Herr«, sagte Sommernagel devot. »Folgt mir, ich zeige Euch meine Ware. Bei mir seid Ihr an der richtigen Adresse.«

Wertheimer musste ein Grinsen unterdrücken und folgte dem Händler in das Gatter, wo etliche Tiere standen.

»Sollen es Tiere für die Jagd sein oder zum Arbeiten?«, wollte Sommernagel wissen.

»Sie müssen schön und teuer sein.«

»Sehr wohl.« Sommernagel jubilierte innerlich. Das würde das Geschäft seines Lebens werden. »Ich habe leider nur zwei Pferde, die

Euren Ansprüchen genügen hier am Markt, aber in meinen Stallungen habe ich weitere Tiere, die denen hier entsprechen. Könnte sich der Fürst denn auch für Schlachtrösser interessieren?«

»Der Fürst liebt Schlachtrösser«, log Wertheimer schamlos.

»Dann kann ich ihm zu Gefallen sein.«

Wertheimer begutachtete die Rösser fachmännisch und orderte gleich zwölf der edlen Tiere. Er spielte dem Händler glaubhaft vor, , dass er an der allerbesten Qualität der Tiere keine Zweifel hege und er sicherlich nicht das letzte Geschäft mit dem Fürsten von Holdeslohe getätigt hatte.

»Und? Hat er den Köder geschluckt?«, wollte Johannes wissen, der in die Schenke kam und darauf brannte zu wissen, wie es gelaufen war. Walter hatte mit Wertheimer bereits gesprochen und berichtete jetzt Johannes seinerseits.

»Wie ein junger Fisch«, grinste Walter. »Er hat gleich zwölf der edelsten Tiere bestellt. Sie werden nächste Woche wie vereinbart geliefert.«

»Wie viel wollte er als Vorauszahlung?«, wollte Walter wissen.

»Nichts.«

»Nichts?«

»Er war so geblendet von der Aussicht auf das große Geschäft, dass er darauf verzichtete. Er wollte dem Fürsten gefallen.« Walter lachte böse. »Der Dummkopf.«

»Wie viel will er für die Viecher haben?«

»Neunhundert Gulden.«

Johannes schnappte nach Luft.

»Das ist beinahe mein gesamtes Vermögen!«, schimpfte er.

»*Unser* gesamtes Vermögen, vergiss dass nicht, Johannes«, warf Walter ein. »Aber sei unbesorgt. Wir werden unseren Gewinn schon machen. Und der wird nur umso höher, weil der geldgierige Trottel auf eine Anzahlung verzichtete.«

»Das will ich hoffen.«

Wie verabredet lieferte Sommernagel die Tiere zum Hof des Bauern Meir vor den Toren Karbens. Die Qualität war wie versprochen von allerhöchster Güte. Der Pferdehändler bekam sein Geld, das er schnell in einer Schatulle verschwinden ließ.

»Habt Ihr denn keine Bewaffneten dabei?«, wunderte sich Robert über den Leichtsinn des Händlers.

»Nein, nein«, wiegelte der ab. »Wie Ihr seht, habe ich auch auf teure Gewänder verzichtet, um ja keine Wegelagerer auf mich aufmerksam zu machen.

»Ihr seid gewieft, mein Freund.«

Sommernagel lachte verlegen und nahm das Lob nicht ohne Stolz entgegen. »Ich mache mich jetzt besser auf den Nachhauseweg, bevor es dunkel wird und das Gesindel aus seinen Verstecken kommt.«

»Ich wünsche Euch viel Glück.«

»Ganz ohne Schutz bin ich nun auch wieder nicht«, erklärte der Händler. »Ich habe ja immer noch meine Knechte dabei, und die sind allesamt kampferprobt. Obendrein haben wir noch Waffen auf unserem Wagen versteckt, um gegen einen Überfall gewappnet zu sein.«

»Aha«, sagte Robert. Er schaute sich um und erkannte fünf groß gewachsene Männer. »Da bin ich aber beruhigt. Ich möchte nämlich nicht, dass Ihr um Euren gerechten Lohn gebracht werdet.«

»Eure Sorge ist unbegründet. Bisher wurde ich noch nie überfallen. Es gibt immer ein erstes Mal, dachte Wertheimer. Laut sagte er: »Der Fürst wird begeistert sein von den Tieren. Ich bin sicher, dass dies nicht unser letztes Geschäft war.«

»Darf ich fragen, wo der Fürst residiert? Ich würde ihn gerne einmal besuchen. Er ist sicherlich ein Kenner von Pferden. Ich würde mich freuen, einmal seinen Stall zu sehen.«

»Das wird schwierig werden«, sagte Robert. Er musste in Windeseile eine Ausrede finden, die ihm zum Glück schnell einfiel. »Er befindet sich zurzeit auf seiner Residenz in Florenz, wo er noch den restlichen Sommer verbringen wird.«

»Nun ja, das ist sehr bedauerlich«, sagte Sommernagel enttäuscht. »Richtet ihm meine Wertschätzung aus. Er ist in meinem Hause immer willkommen.«

»Das werde ich tun.«

Der Pferdehändler und seine Begleiter verabschiedeten sich und machten sich zufrieden auf den Weg zurück nach Frankfurt.

Hinter Vilbel erreichte Sommernagel ein Waldstück. Der Weg beschrieb eine Kurve, die nicht einzusehen war. Kaum hatte die kleine Reisegruppe die Kurve passiert, schlugen die Räuber zu. Mit einem Schlag töteten sie drei der sechs Männer, als sie einen zuvor geschlagenen Baum auf den Wagen hatten fallen lassen.

Es ging blitzschnell.

Ehe Sommernagel sich versah, standen ihm acht maskierte Männer gegenüber. Zwei weitere traten seitlich heran und bestiegen den zerstörten Wagen, auf dem der Pferdehändler noch immer saß.

»Verschwindet«, rief er. »Ihr wisst wohl nicht, wen ihr hier überfallt, ihr Lumpen. Das wird Euch Euren Kopf kosten!«

Keiner der Banditen sprach ein Wort. Die acht Räuber vor dem Wagen setzten sich flink in Bewegung und überwältigten geschickt die Knechte, die versuchten, an die Waffen zu kommen. Aber der Wagen, in dem sie versteckt waren, war zerbrochen, und die Waffen lagen überall verstreut herum. Sie hatten nicht den Hauch einer Möglichkeit zur Gegenwehr.

Sommernagel und seine Bewacher wurden gefesselt und geknebelt. Anschließend schnappten sich die Wegelagerer die Kiste mit dem Geld, und so schnell, wie sie gekommen waren, verschwanden sie unerkannt zwischen den dicht stehenden Bäumen. Zurück blieben die gefesselten Pferdehändler.

Beraubt um die Früchte ihrer Arbeit.

In Walters Schenke wurde ein rauschendes Fest gefeiert. Das erste Husarenstück war erfolgreich gelaufen. Einzig Johannes hielt sich zurück. Als Walter bemerkte, dass sein Freund sich von der ausgelassenen Stimmung nicht anstecken ließ, ging er zu ihm.

»Was ist mit dir?«, wollte Walter wissen. »Wir haben gerade das Geschäft unseres Lebens gemacht.«

»So? Haben wir?«, sagte Johannes abwesend. »Ich dachte, wir hätten bisher nur unser Geld zurückgeholt. Die Pferde stehen im Stall und müssen noch verkauft werden. Außerdem sind drei Männer gestorben, so war das nicht geplant.«

»Willkommen bei den richtigen Verbrechern, Johannes. Und hast du nicht selbst die Witwe Hintermann erschlagen?«

Walter riss die alte Wunde wieder auf.

»Ich war nicht ich selbst.«

»Ich denke schon, Johannes. In jedem von uns steckt ein Mörder. Die Frage ist nur, wie lange es braucht, bis er ausbricht.«

»Ich wollte die Sache eigentlich ohne Blutvergießen über die Bühne bringen.«

»Johannes, ich möchte dir jetzt etwas Wichtiges sagen«, holte Walter aus. »Wenn du in unserem Geschäft groß werden willst, musst du dein Gewissen im Schrank lassen. Wir sind, was wir sind. Und die Kerle haben gewusst, dass es gefährlich ist, mit so viel Geld herumzulaufen.

Ich kenne in Nauheim einen Pferdehändler, der uns bestimmt ein paar dieser Viecher abnimmt. Vielleicht sogar alle, wenn wir ihm einen guten Preis machen.«

»Na dann: Eine Sorge weniger«, antwortete Johannes, blieb aber dennoch gedrückter Stimmung.

»Ich werde das Gefühl nicht los, dass dir nicht viel daran liegt, der größte Unhold aller Zeiten zu werden. Mir scheint, dass du ein ganz anderes Ziel verfolgst.«

Johannes fühlte sich ertappt.

»Woher …?«

»Wenn du es mir erzählen willst, bin ich für dich da. Aber nicht hier und nicht jetzt. Ich bin dein Freund, Johannes. Vielleicht der Einzige, den du hast.«

Aufstieg

Vestis virum reddit –

Das Gewand macht den Mann

Der Verkauf der Pferde brachte satte Gewinne. Die beteiligten Männer bekamen einen üppigen Lohn, und für Johannes und Walter blieb ebenfalls noch ein enormer Gewinn übrig. Dieses Geld wurde aber alsbald in neue, zwar waghalsige, doch sehr einträgliche Geschäfte investiert.

Johannes zog sich fortan aus der Öffentlichkeit beinahe komplett zurück. Er brütete über neuen Ideen, wie er an das Geld anderer Leute kommen könnte. Er verzog sich in seine Kammer über der Schenke Walters und wurde zu einer Art Geist. Alles lief nur über Walter, Robert oder Ferdinand. Johannes bekam niemals einen der Räuber, Diebe oder Laufburschen zu Gesicht. Er wurde wie geplant zum Mythos. Gleichzeitig schaffte er es, sich ein bürgerliches Leben aufzubauen. Wenn auch sehr zurückgezogen. Niemand kannte ihn wirklich, da er es vermied, mit anderen Menschen in engen Kontakt zu treten. Wenn die Einsamkeit zu unerträglich wurde, ließ er sich in eine der umliegenden Städte fahren und vergnügte sich dort. Außer Walter kannte ihn niemand wirklich. Alles war seinem Ziel untergeordnet der erfolgreichste Kriminelle der Frankfurter Stadtgeschichte zu werden,ohne dass es jemand bemerkte.

Johannes machte es sich zur Gewohnheit, nach einem großen Fang erst einmal Ruhe einkehren zu lassen. Zu viele Aktionen in dieser Größenordnung würden nur unnötig Aufmerksamkeit auf sich ziehen. Dennoch schickte er seine Mannen aus, um kleinere Diebstähle zu begehen. Nur um in der Übung zu bleiben.

Wer rastet, der rostet, und Kleinvieh macht schließlich auch Mist.

In der Zwischenzeit plante Johannes in seinem Kämmerlein den nächsten großen Coup. Mittlerweile hatte er es durch Mittelsmänner geschafft, die halbe Stadtverwaltung zu bestechen und zu manipulieren. Für beinahe jede Behörde hatte er mindestens einen Spitzel oder jemanden, der für ihn das Gesetz dehnte. Und das alles, obwohl er nie einen dieser Männer persönlich getroffen hatte. Johannes war der heimliche Herrscher von Frankfurt am Main.

Als nächstes Opfer hatte er einen reichen Kaufmann ins Auge gefasst, der ihm von Walter als ausgesprochen wohlhabend, böse und skrupellos beschrieben worden war. Wie es sich darstellte, gab sich der Mann, der

Stoffe verkaufte und in seiner Zunft als Hoher Rat fungierte, nach außen hin als Mann von größter Anmut, Eleganz und Tugendhaftigkeit. Augenscheinlich ein Mann mit hervorragendem Leumund. Doch Walter hatte herausgefunden, dass der Stoffhändler, der den Namen Winfried Hengest trug, alles andere als ein guter Mensch war. Er log, betrog und schreckte nicht davor zurück, sein Personal zu schlagen, wenn ihm danach war.

Während er im Reichtum schwelgte, mussten seine Knechte, Mägde und Diener in dunklen Kellerlöchern vegetieren. Essen durften sie nur, was er übrig ließ, und freie Zeit bekamen sie so gut wie nie. Ein Leben als Diener war nie angenehm, und wer einem Stand angehörte, war seinem Schicksal ausgeliefert. Doch ein Mindestmaß an Würde sollte geboten sein. Johannes sah in dem Mann sein perfektes Opfer. Er ließ den Stoffhändler rund um die Uhr von seinen Männern beobachten. Er wollte über jeden Schritt informiert werden. Es sollte ein Leichtes sein, Hengest auszunehmen wie eine Weihnachtsgans.

Johannes wusste auch schon, wie er das anstellen würde.

»Du bist ein schlauer Fuchs«, lobte Walter seinen Freund, als dieser ihm von seinem Plan berichtete. »Ich werde mich sofort um alles kümmern.«

Also verließ Walter voller Tatendrang die Schenke und machte sich auf den Weg nach Bornheim. Hier würde er sicherlich finden, wonach er suchte. Nicht umsonst wurde Bornheim das lustige Dorf genannt. Hier tummelten sich viele Menschen, die es mit dem Gesetz nicht ganz so genau nahmen und vor allem Frauen, die ihren Körper für Geld anboten. Und genau so eine suchte Walter. Sie würde Hengest, so der Plan, in den nächsten Tagen sehr viele Schwierigkeiten bereiten und der Räuberbande ein erkleckliches Sümmchen einbringen.

Schnell war eine junge Dame gefunden, die den Anforderungen entsprach. Sie wurde in anständige Kleidung gewandet und genauestens instruiert. Dabei wurde nicht auf eine Drohung verzichtet, was mit ihr passieren würde, sollte sie jemals auch nur ein Sterbenswörtchen über die ganze Sache verlieren.

Es war unabdingbar, dass die junge Dame einen Benimmkurs besuchte, denn ihre Straßensprache war der Sache nicht zuträglich. Man musste glauben, ein Mädchen höchsten Standes befinde sich im Raum.

»Ich glaube sie ist nun soweit«, sagte Walter eines Tages, als er Johannes' Stube betrat.

»Gut, dann schicke nach Ferdinand, damit wir ihn einweisen können.«

Wenig später traf Besagter in der Schenke ein. Walter gab ihm detaillierte Instruktionen für die bevorstehende Aktion.

Durch gezielte Platzierung einiger Gulden kam der Oheim des Fürsten Ruppert von Holdeslohe, Ferdinand zu Wittgenstein und Bernbach auf die Gästeliste des nächsten Banketts im Haus des Tuchhändlers Winfried Hengest. Mit auf der Liste stand sein Mündel Katharina von Mannheim, ein liebreizendes Mädchen im heiratsfähigen Alter. Sie spielte ihre Rolle perfekt. Dank der Vorbereitung war sie ohne Zweifel die charmanteste und begehrenswerteste Dame des Abends.

Schon als sie am Arm ihres Vormundes den Ballsaal betrat, verstummten die Gespräche, nur um darauf in Gemurmel über die fremde Schönheit wieder aufzubranden. Die Frauen betrachteten die neue Konkurrentin argwöhnisch, und so mancher Mann verlor sich in schmutzigen Fantasien. Zu diesen Männern gehörte auch der Gastgeber, der sich sofort zu den Neuankömmlingen begab, um sie überschwänglich zu begrüßen.

»Willkommen in meinem bescheidenen Heim«, säuselte er. »Verzeiht, wenn ich Euch nicht sogleich zuordnen kann, Ihr scheint mir neu in der Stadt zu sein.«

»Mein Name ist Ferdinand zu Wittgenstein und Bernbach. Ich bin der Oheim des Fürsten Ruppert von Holdeslohe. Dies ist mein Mündel Katharina von Mannheim.«

Katharina knickste höflich und lächelte den Gastgeber frech an.

»Sehr erfreut«, ließ er verlauten und täuschte galant einen Handkuss an.

Hengest war kein besonders attraktiver Mann. Er war standesgemäß in feinstes Zwirn gekleidet und trug sein schütteres Haar unter einer Perücke versteckt. Die durchaus geschickt geschnittenen Kleider vermochten nicht seinen Wohlstandsbauch zu kaschieren. Er roch nach Parfüm, und an beinahe jedem seiner Finger steckte ein großer Ring.

»Gewährt mir den nächsten Tanz, meine Dame«, forderte er und fügte hinzu: »Wenn es denn der Vormund gestattet.«

Der Vormund gestattete und dachte sich noch, dass der Plan schneller funktionierte als gedacht.

Es blieb nicht bei diesem einen Tanz. Katharina machte ihre Sache hervorragend. Ferdinand nutzte die Gelegenheit, um weitere potenzielle Opfer in den Reihen der Gäste zu finden. Er sprach mit einigen von ihnen, um weitere Informationen zu bekommen. Im Laufe des Abends waren viele der anwesenden Herrschaften in akuter Gefahr, von Johannes Wagners Bande ausgenommen zu werden.

Schon früh am Abend verabschiedete sich Ferdinand gemeinsam mit seinem Mündel. Dies würde die Sehnsucht Hengests weiter steigern. Bei der Verabschiedung erreichten sie die gewünschte Reaktion des Opfers.

»Wenn Ihr möchtet, zeige ich Euch gerne ein wenig die Stadt«, bot der Stoffhändler an. »Morgen hätte ich zufällig ein wenig Zeit.«

»Sehr gerne«, hauchte das Mündel. »Wenn ich darf.«

»Ich weiß nicht ...«, über Johannes' Nasenbein zeigte sich ein steile Falte.

»Ich bestehe darauf«, meldete sich Hengest zu Wort. »Ich bin ein Mann mit hervorragenden Verbindungen in der Stadt, die auch Euch und Eurem Neffen zugute kommen können.«

»Ihr habt natürlich Recht, mein Herr, und ich weiß, Ihr seid ein Mann mit hervorragendem Leumund, aber Ihr wisst auch, dass ich eine gewisse Verantwortung für Katharina trage.«

»Mein lieber Herr zu Wittgenstein und Bernbach«, sagte Hengest gewichtig. »Seid gewiss, dass ich für Euer Mündel nicht die geringste Gefahr darstelle.«

»Das Problem ist, dass ich Euch nicht begleiten kann, da morgen dringende Geschäfte anstehen.«

»Ich verbürge mich für die Sicherheit Katharinas.«

Ferdinand tat, als überlege er.

»Seid gewiss, dass ich sie Euch unversehrt zurückbringen werde«, bohrte Hengest weiter. »Wir sind selbstverständlich in Begleitung.«

»Ach bitte, Ferdinand«, quengelte Katharina gekonnt.

Der falsche Oheim lächelte sein Mündel wohlwollend an und sagte: »Wie könnte ich dir etwas abschlagen, meine Liebe?«

Tags darauf holte Hengest das Objekt seiner Begierde wie versprochen mit einer Kutsche ab und zeigte dem Mädchen die Stadt. Er erwies sich als hervorragender Reiseführer. Sie fuhren zum Römerberg, besichtigten den Dom und aßen ein köstliches Mittagsmahl im besten Wirtshaus am Platze. Anschließend schlenderten sie am Mainufer entlang und genossen die wärmende Sonne. Sie waren jetzt entgegen der Beteuerung Hengests allein unterwegs. Katharina nutzte die Gelegenheit geschickt.

»Ihr seid wirklich ein Kenner Frankfurts, Herr Hengest«, schmeichelte sie dem Tuchhändler.

»Naja, das ist keine Kunst«, sagte er und versuchte, ein stolzes Lächeln zu unterdrücken. »Ich bin schließlich hier geboren.«

»Trotzdem. Ich fühle mich sehr wohl in Eurer Gesellschaft.« Sie ergriff seinen Arm, und er ließ es geschehen. Ihre Berührung elektrisierte ihn.

»Ich würde Euch gerne wiedersehen«, schlug er vor.

»Ich Euch auch.«

»Aber leider bin ich ein verheirateter Mann.«

»Das stört mich nicht«, antwortete Katharina und hauchte ihm einen Kuss auf die Wange.

»Katharina«, rief er entsetzt aus und schaute sich schuldbewusst um.

»Oh, habe ich etwas falsch gemacht?«, tat die Dirne erschrocken. »Verzeiht meine Unverfrorenheit. Es war dumm von mir, aber ich finde Euch so anziehend.«

Hengest war erneut geschmeichelt und errötete sogar.

»Nun ja, es wird sich sicherlich ein Weg finden.«

»Ihr bekommt das schon hin. Was habt Ihr heute Abend noch so vor?«, fragte Katharina

»Heute Abend?«

Katharina wählte ihren verführerischsten Blick und nickte.

»Äh, ich ...«, den Tuchhändler überfiel Hitze. Hatte er doch an seiner Frau keinerlei Gefallen mehr, und dann dieses unglaublich hübsche Mädchen an seiner Seite, das ihn offensichtlich verführen wollte. In seinem Kopf sah er sie schon unter sich liegen. Er warf alle Vernunft und Vorsicht über Bord.

»Ich wüsste da einen Ort, wo wir ungestört wären.«

»Au fein«, rief Katharina und klatschte freudig in die Hände.

An diesem Abend verführte Katharina den Tuchhändler Winfried Hengest nach allen Regeln der Kunst. Er war ihr verfallen und sein Schicksal besiegelt.

Am nächsten Morgen berichtete Ferdinand vom Erfolg Katharinas.

»Was, nach nur einem Tag?«, staunte Walter. »Ich hatte gedacht, es braucht ein wenig länger, bis er anbeißt.«

»Er ist ein Mann, was hast du erwartet?«

»Auch wieder wahr.«

»Wann schlagen wir zu?«

»Wir brauchen noch ein paar Wochen, damit es glaubwürdig ist.«

In den nächsten zwei Wochen schaffte es Katharina, Hengest völlig um den Verstand zu bringen. Er machte ihr teure Geschenke und versprach ihr die unmöglichsten Dinge. Jetzt war es an Ferdinand, den Tuchhändler wieder in die Realität zurückzuholen.

Sechs Wochen später betrat er das Haus Hengests im vornehmen Westend der Stadt.

»Ich verlange sofort mit Herrn Hengest zu sprechen«, polterte er.

»Darf ich fragen, worum es geht?«, versuchte der Hausdiener, den Gast zu beruhigen.

»Das ist eine Angelegenheit, die ich bestimmt nicht mit Euch besprechen werde.«

»Ich werde nachschauen, ob Herr Hengest Zeit für Euch entbehren kann«, erbot sich der Diener.

»Es wäre besser für ihn«, drohte Ferdinand.

Kurz darauf erschien der Hausherr.

»Oh, Herr zu Wittgenstein und Bernbach. Was beschert mir die Ehre Eures Besuches«, flötete Hengest.

»Ich glaube, das sollten wir an einem Ort besprechen, der uns die notwendige Intimität garantiert.«

Hengest witterte Schlimmes und führte seinen Gast in das Kaminzimmer des Hauses. Er bot Ferdinand eine Portion Schnupftabak an, den dieser ablehnte. Hengest selbst streute sich etwas des Tabaks auf den Handrücken und schnupfte ihn geräuschvoll. Er unterließ es, sich den Rest des Tabaks, der an seiner Nase hängen blieb, mit einem Taschentuch abzuwischen, er nahm stattdessen seinen Handrücken, den er danach an seiner Hose sauber rieb. Ferdinand ekelte sich vor ihm, bewahrte aber Haltung. Er musste sich auf sein Vorhaben konzentrieren, denn der kleinste Fehler würde alles zunichte machen.

»Was ist der Grund Eures Besuches«, fragte Hengest schließlich.

»Katharina«, stieß Ferdinand aus.

»Euer Mündel?«

»Ja, mein Mündel. Tut nicht so, als sei sie aus Eurer Erinnerung gewichen. Sie sagt nämlich, dass sie ein Kind von Euch erwartet.«

Hengest erstarrte.

»Was habt Ihr dazu zu sagen?«, setzte Ferdinand nach.

»Das ist unmöglich.« Die Stimme des Mannes zitterte.

»So, unmöglich?«

»Aber ja doch.« Hengest war die Fassungslosigkeit anzusehen. Er kämpfte dagegen an.

»Sie berichtete mir, dass sie Euch in den letzten Wochen beinahe jeden Tag getroffen hat und es auch zum Äußersten dabei kam. Ich brauche wohl nicht zu erwähnen, wie schockiert ich über diesen Vertrauensbruch bin.«

»Aber mein lieber Herr zu Wittgenstein und Bernbach. Ich bin ein Ehrenmann.«

»Dann benehmt Euch auch als solcher!«

»Ich bin ein verheirateter Mann. Wenn die Sache herauskommt, habe ich massive Probleme. Mein Ruf wäre ruiniert.«

»Das ist mir bewusst und macht die Angelegenheit äußerst delikat.«

»Ich versichere Euch, dass ich nicht mit Eurem Mündel das Bett geteilt habe.«

»Ihr bezichtigt Katharina also der Lüge.«

»Nein, ... doch, ... ich.«

»Wie schaffen wir die Sache aus der Welt?«, fragte Ferdinand. »Ich muss Euch sicherlich nicht darauf hinweisen, dass Ihr mich in eine unmögliche Lage bringt. Ich garantierte für Katharinas Schutz und Unversehrtheit. In wenigen Tagen muss ich sie der Obhut ihrer Eltern übergeben. Wie, glaubt Ihr, erkläre ich denen, warum ihre Tochter schwanger von einem verheirateten Mann zurückkehrt?«

»Wir lassen es wegmachen«, antwortete Hengest emotionslos.

»Wie bitte?«

»Ich kenne einen Arzt, der mir schon des Öfteren zu Diensten war.«

»Aha, Ihr habt also Erfahrung in solchen Dingen. Ich bin entsetzt.«

»Sagte ich mir zu Diensten? Ich kenne ihn nur vom Hörensagen, seid versichert«, ruderte der Tuchhändler zurück.

»Ich denke, damit ist es nicht getan. Zumal diese Sache bestimmt kostspielig ist.«

»Das ist kein Problem. Ich zahle für alles.«

»Gut, Ihr arrangiert ein Treffen mit dem Arzt. Obendrein erwarte ich eine üppige Entschädigung für Katharina und ein Versprechen, dass Ihr sie nie wieder seht. Das arme Ding leidet sehr. Vielleicht kann ich sie dazu überreden, unserem Plan zu folgen.«

»Einverstanden.«

Wenige Tage später erhielt Ferdinand ein Paket von einem Boten, in dem ein Brief beigelegt war, der die Adresse des Arztes beinhaltete. In dem Paket befand sich eine nicht unbeträchtliche Summe Geld.

Katharina erhielt ihren Anteil und wurde angewiesen, die Stadt zu verlassen. Mit dem verdienten Geld konnte sie sich in einer anderen Stadt ein schönes Leben machen. Es wurde nicht versäumt, ihr mitzuteilen, was passieren würde, sollte sie zurückkehren und Nachschlag fordern.

Viele Frankfurter Bürger wurden auf diese und ähnliche Weise von Johannes und seinen Mitstreitern um einen beträchtlichen Anteil ihres Vermögens gebracht.

Es lief nun insgesamt sechs Jahre alles bestens. Johannes hatte sich eine neue Identität aufgebaut. Er war ein reicher Mann geworden, der hohes Ansehen genoss. Nie kam auch nur der Verdacht auf, dass es sich bei den Missgeschicken, in die Johannes seine Opfern verwickelte, um böse Absicht handelte oder die ganze Sache gar geplant war. Geschickt nutzte er die Schwächen seiner Opfer, um sich an ihnen zu bereichern. Dadurch, dass er sich ihrer Schwächen bediente, konnte er sicher sein, dass die Opfer niemals darüber reden würden. Zu peinlich wäre eine solche Offenbarung. Niemand wollte gewöhnlich sein. In den Kreisen, in denen Johannes seine Opfer suchte, war der Ruf alles. Und das machte ihn reich und mächtig. Offiziell war er im Im- und Export von Waren aller Art tätig. Ein lukratives Geschäftsfeld, von dem jeder Ahnung zu haben schien und doch wieder nicht. Es konnte alles sein.

Je mehr Geld er hatte, desto mehr wuchs sein Ansehen. Und je mehr Ansehen er hatte, desto größer wurde die Schar derer, die er geschickt manipulieren konnte.

Durch gezielte Bestechungen hatte sich Johannes mit der Zeit Zugang zu allen wichtigen Stellen der Stadt erkauft. Niemand stellte auch nur ein einziges Mal infrage, ob Johannes sein Geld auf ehrliche Art und Weise verdiente. Auch das war eine Folge seines zurückgezogenen Lebensstils. Er kaufte sich alsbald ein Haus im feinen Westend der Stadt. Ein riesiges Anwesen mit vielen Zimmern, von denen er die wenigsten auch wirklich nutzte. Die meisten waren nur Dekoration und Zurschaustellung seines Reichtums. Er hatte Personal, von denen nicht ein Einziger auch nur ahnte, dass der Hausherr der Kopf einer ganzen Bande von Dieben, Betrügern und Erpressern war.

Er war gebildet, vornehm und korrekt. Er hatte sein ergaunertes Geld geschickt in legale Geschäfte investiert. Er war sozusagen sauber. Ein Geschäftsmann mit vielfältigen Talenten, wie man sagte.

Der Lohn wurde pünktlich ausbezahlt, und die Arbeitsbedingungen in seinem Hause waren überaus angenehm. Johannes aber lebte sehr zurückgezogen. Nie ging er auf einen Empfang oder beteiligte sich am gesellschaftlichen Leben. Es gelang ihm, all seine Bekanntschaften nur oberflächlich zu behandeln. Nie ließ er es zu, dass er für irgendjemanden dieser Leute Sympathie empfand. Er blieb im Verborgenen und agierte im Hintergrund, ohne jemals in Erscheinung zu treten. Er war der Marionettenspieler, der die Fäden zog. Für alles hatte er einen Agenten oder einen Mittelsmann. Es lief alles wie geschmiert, doch nun hatte Johannes mit einem ernsthaften Problem zu kämpfen.

Walter offenbarte ihm, er wäre nun zu alt, um die Angst, eines Tages doch noch erwischt zu werden, länger auszuhalten.

»Aber Walter«, versuchte Johannes seinen Freund umzustimmen. »Du hast doch gar kein Risiko dabei. Wir sind nur die Geldgeber für all die Dinge, die da draußen laufen. Wenn sie jemanden erwischen, dann die Jungs, die nicht auf uns hören. Und wenn doch, holen wir sie wieder aus dem Kerker heraus. Abgesehen vom großen Rat haben wir die gesamte Stadt fest im Griff.«

»Ich weiß, Johannes«, antwortete der Wirt. »Aber das wird mir alles zu viel. Ich habe genug Geld, um mir ein schmuckes Stadthaus zu kaufen und mich zur Ruhe zu setzen. Ich werde ja auch nicht jünger. Du machst das doch sowieso die ganze Zeit schon alleine. Was mach ich denn schon?«

»Mehr als du denkst«, widersprach Johannes. »Du gibst Deckung und Unterschlupf für unsere Männer. Außerdem rekrutierst du die Neuen.«

»Das kannst du auch.«

»Du weißt, dass ich mich vor den Männern ungern und nur im äußersten Notfall zu erkennen gebe. Deshalb bist du ja so wichtig für mich.«

»Johannes, worum es mir in Wirklichkeit geht, ist, dass die Sache schon zu lange zu einfach läuft. Wir haben kaum Fehlschläge, und wenn mal was schief geht, kostet uns das lediglich ein paar Gulden. Es läuft zu gut!«

»Wie kann denn etwas *zu* gut laufen? Du übertreibst, Walter.«

»Ich steige aus. Meine Entscheidung steht. Du kannst gerne ohne mich weitermachen und deine Geschäfte führen. Ich aber rate dir als dein Freund, mit den Räubereien und Bestechungen aufzuhören. Du hast genug Geld. Hör auf mich. Nimm das Geld und investiere es weiter so klug wie bisher.«

»Das geht doch nicht so einfach. Was ist mit den ganzen Männern, die von uns leben?«

»Die kommen schon klar.«

»Ich kann nicht aufhören.«

»Aber ich. Mein Entschluss steht fest.«

Johannes zog sich enttäuscht in seine Stube zurück. Die letzten Jahre, die er nun schon hier in Frankfurt und Umgebung sein Unwesen trieb, waren tatsächlich sehr erfolgreich gewesen. Doch war er noch zu jung, um aufzuhören. Zumal sein Lebensstil mittlerweile sehr aufwendig und teuer geworden war. Da er kaum ausging, holte er sich den Luxus ins Haus. Gutes Essen, teure Möbel und das ein oder andere Kunstwerk belasteten sein Vermögen.

Johannes versuchte, die Nachricht von Walters Rückzug zu verarbeiten und dachte über die Zukunft nach. Mehr und mehr dämmerte ihm dabei, dass Walter Recht daran tat, sich auf das Altenteil zurückzuziehen. Vielleicht sollte auch er mit den krummen Geschäften aufhören. Er könnte sein Geld weiter in ehrliche Geschäfte investieren. Das wäre nicht nur sicherer, sondern auch logisch.

Ihm wurde bewusst, dass er im Grunde mitten in der großen Stadt sehr einsam war. Er sehnte sich nach Geborgenheit, einer Frau an seiner Seite und nach Kindern, die ihm fröhlich entgegenliefen, wenn er das Haus betrat. Doch als Verbrecher, der er nun einmal war, konnte er sich keiner Familie zumuten. Das Risiko war einfach zu hoch. Wenn er erwischt würde, wäre nicht nur sein Leben verwirkt, sondern auch das seiner Angehörigen.

Er erkannte mit einem Schlag, dass er aus seinem Einsiedlerdasein herauskommen musste.

Jetzt konnte er noch den Absprung schaffen.

In ein paar Jahren könnte es schon zu spät sein. Wer wusste schon, wie lange er noch unentdeckt bleiben würde? Und ein Leben, wie er es im Moment führte, war nun wirklich nicht die Erfüllung. Diese oberflächliche Gesellschaft, in der er sich bewegte, ließ keine echte Freundschaft zu. Er fühlte das erste Mal eine tiefe Müdigkeit. Er war all die Jahre ein sehr hohes Risiko eingegangen, aber es hatte sich, zumindest finanziell, gelohnt. Jetzt konnte er die Früchte seiner Saat ernten.

Walter hatte ihm die Augen geöffnet.

Johannes war plötzlich voller Tatendrang. Am nächsten Morgen verkündete er seinen Entschluss. Er lud Walter zu sich nach Hause ein, wo er ein üppiges Mal richten ließ. Gemeinsam speisten die Freunde nun in Johannes' gemütlichem Esszimmer

»Walter, ich muss dir danken«, sagte er zu seinem Freund. »Du warst mir immer ein guter Freund, und auch diesmal hast du mir mal wieder die Augen geöffnet.«

»Was heißt das jetzt?«, wollte Walter wissen, der sich nicht ganz sicher war, was er von der plötzlichen Meinungsänderung seines Freundes halten sollte.

»Dass ich ebenfalls ab sofort ein ehrbares Leben führen werde. Und weißt du was? Ich werde meinen Reichtum sogar für einen guten Zweck einsetzen.«

»Jetzt mal nicht gleich übertreiben.«

»Wir haben so vielen Menschen Leid zugefügt …«

»Die alle genug Dreck am Stecken hatten und ebenso viel Geld.«

»Aber sie haben durch uns gelitten. Ich werde mich ab sofort in den Dienst des Guten stellen.«

»Du führst doch was im Schilde.«

»Nein, Walter. Diesmal nicht.«

Walter musterte Johannes argwöhnisch. Doch als dieser seinem Blick stand hielt, war er sich bewusst, dass es sein Ernst war.

»Du solltest in die Kirche gehen und Abbitte leisten.«

»Jetzt übertreibst du!«, lachte Johannes. Er erschrak dabei fast vor sich selbst, denn er wusste nicht, wann er das letzte Mal gelacht hatte. »Ich gehe lieber zum Schneider und lasse meine Garderobe anpassen.«

»Gute Entscheidung. Besser als beim Pfaffen vom Dom zu beichten.«

Wenig später erreichte der Geläuterte seinen Schneider, den er ebenfalls schon seit einer kleinen Ewigkeit nicht mehr gesehen hatte.

»Herr Weber«, rief der Mann erfreut aus. »Was verschafft mir die Ehre Eures Besuches?«

»Nun, ich hätte gerne eine Suppe und eine gebratene Wachtel. Und zwar hopp hopp!«

»Wie meinen?«

»Was würde ich wohl bei einem Schneider wollen?«

»Neue Kleider?«, fragte der Schneider unsicher. Er konnte mit der Fröhlichkeit seines Kunden nicht so recht umgehen. Bisher kannte er Johannes lediglich als verschlossenen, aber zahlungskräftigen Kunden.

»Sehr gut erkannt. Also hört auf, dumme Fragen zu stellen und vermesst meinen Körper. Ich brauche neue Kleider. Und zwar nur vom Feinsten.«

Der Schneider erholte sich schnell von Johannes‘ kleinem Scherz und fing sofort an, sein Personal herumzuscheuchen.

Kurz darauf hatte Johannes eine Unsumme für neue Kleider ausgegeben. Anschließend suchte er noch Schuster und Hutmacher auf. Am Ende des Tages hatte er eine komplett neue und erlesen ausstaffierte Garderobe bestellt.

Noch an diesem Abend versammelte er seine engsten Getreuen um sich.

»Robert und Ferdinand, ihr wart mir in den letzten Jahre treu ergeben«, begann er seine kleine Rede. Auch Walter saß am Tisch, war aber bereits eingeweiht.

»Natürlich, du hast uns ja auch reich gemacht«, lachte Ferdinand süffisant.

Johannes lächelte und fuhr fort.

»Das ist wohl wahr, mein Freund. Aber ich werde euch noch reicher machen.«

»So? Und wie?«, sagte Robert und rutschte im Stuhl aufgeregt nach vorne.

»Ihr beiden seid ab sofort die Köpfe unserer Bande. Alle Einnahmen aus dem Geschäft gehen mit sofortiger Wirkung an euch.«

Robert und Ferdinand saßen mit offenem Mund vor ihrem einstigen Anführer und staunten um die Wette.

»Was sagt ihr dazu?«, wollte Johannes wissen.

»Äh, … ich … tja«, stammelte Robert, der als Erster die Fassung wieder erlangte.

»Wir können das nicht«, brach es aus Ferdinand heraus

»Warum nicht?«, wollte Walter wissen. »Ihr wart in alle Entscheidungen eingebunden. Ihr habt sogar etliche Raubzüge in alleiniger Verantwortung durchgezogen. Ihr könnt alles, was auch wir können.«

»Aber so plötzlich …«

»Kurz und schmerzlos.«

»Und wir können Euch nicht umstimmen?«

»Der Entschluss ist gefasst«, verkündete Johannes. Seine Stimmlage ließ keinen Widerspruch zu. »Hier trennen sich unsere Wege. Habt Dank für alles. Wir werden euch in der Not natürlich immer zur Seite stehen. Aber bis dahin müsst ihr alleine Euren Weg gehen. Macht einfach weiter wie bisher, und es sollte keine Schwierigkeiten geben.«

Robert und Ferdinand wirkten niedergeschlagen. Eine Frage stand in ihrem Gesicht geschrieben. Ferdinand sprach es aus.

»Dürfen wir erfahren, was Euch zu diesem Schritt bewegt hat?«

»Nein.« Johannes Miene war versteinert, sein Ton hart. Keiner traute sich, die Frage erneut zu stellen.

Johannes klatsche kurz drauf in die Hände.

»Aufhören mit Trübsal blasen«, rief er fröhlich. »Wir haben etwas zu feiern.«

Johannes blühte, nachdem er einen Schlussstrich unter seine kriminelle Karriere gezogen hatte, förmlich auf. Er genoss es, sich um alles zu kümmern.

Als er eines Tages auf einem Spaziergang durch die Frankfurter Innenstadt wahrnahm, in welcher Armut die Menschen lebten, obwohl sie einer ehrlichen Arbeit nachgingen, wurde er melancholisch. Auch zu Hause gingen ihm die Bilder der verschmutzten Kinder in den dunklen Gassen rund um den Kaiserdom, in denen die Sonne niemals den Boden berührte, nicht mehr aus dem Kopf. Er schämte sich plötzlich dafür, dass er es mit Verbrechen zu fabelhaftem Reichtum gebracht hatte, während ein Familienvater kaum seine Kinder ernähren konnte, weil er Kohle schleppte und dabei seinen Körper zu Grunde richtete. Das schlechte Gewissen packte ihn. Um es zu beruhigen, gab er sein Geld für gute Zwecke aus. Er spendete einem Hospital eine Unsumme. Er gab sogar der wenig geliebten Kirche etwas Geld. Er dachte darüber nach, eine Stiftung zu gründen, die sich der Erforschung von tödlichen Krankheiten widmen sollte. Doch verwarf er den Gedanken schnell wieder, da es sehr aufwendig erschien, die richtigen Leute dafür zu finden. Stattdessen gab er den Auftrag, ein Waisenhaus zu bauen, wofür er einen Teil seines Vermögens zur Verfügung stellte. Johannes setzte einen Advokaten ein, der sich um all diese Dinge kümmern sollte und ihm einmal wöchentlich Bericht über das Fortkommen zu erstatten hatte. Damit sein Geld vermehrt wurde, investierte er in eine Bank. Er kaufte sich Anteile von verschiedenen Bankhäusern der Stadt, die ihm ein sicheres Auskommen und zumindest die Erhaltung seines aktuellen Status ermöglichten. Bei all dem trat er nie persönlich als Verhandlungsführer auf, sondern bediente sich verschiedener Vertreter. Er wollte so wenig in Erscheinung treten wie nur irgend möglich, um unangenehmen Fragen aus dem Weg zu gehen.

»Endlich machst du mal was Sinnvolles mit deinem Geld«, sagte Walter eines Abend zu ihm, als sie beisammen saßen und die milde Luft über Frankfurt in Johannes‘ traumhaft angelegtem Garten genossen

»Danke für das Kompliment. Ich kann dir nur empfehlen, es mir gleich zu tun«, erwiderte Johannes.

»Einen alten Baum verpflanzt man nicht«, lehnte Walter ab. »Ich habe meine Schenke an einen jungen Burschen verpachtet. Er sichert mir mein Einkommen. Außerdem verspüre ich keine Lust mehr, irgendetwas zu machen, außer das Leben zu genießen.«

»Dafür bin ich noch ein wenig zu jung.«

»Was hast du vor?«, wollte Walter wissen.

»Zunächst einmal werde ich morgen Abend ein Bankett geben, zu dem du natürlich herzlich eingeladen bist.«

»Ein Bankett?«

»Ja, alle wichtigen Personen dieser Stadt haben sich angesagt.«

»Du bist ja schnell in das Patriziat aufgenommen worden.«

»Nicht ich, sondern mein Geld«, unkte Johannes. »Aber du hast Recht, ich habe mich tatsächlich aus meinem Schneckenhaus hinaus getraut. Und weißt du was? Es gefällt mir an der Sonne.« Er setzte sich und wurde nachdenklich. »Dennoch bin ich ein wenig nervös. Ich bin es nicht gewohnt, mich unter so vielen Leuten zurecht zu finden. Ich war ja nicht gerade der Dauergast auf den Empfängen der Stadt. Hinzu kommt, dass ich mich um alles selbst kümmern muss. Ich bin es nicht gewöhnt, an vorderster Front zu stehen.« Er seufzte erschöpft. »Das ist anstrengend.« Dann lachte er und fügte an: »Aber es macht Spaß. Ich fühle mich so lebendig wie noch nie.«

»Das freut mich sehr, mein Junge.« Walter wurde mit väterlichem Stolz erfüllt. Dann kräuselt er die Lippen und fragte: »Welchen Namen benutzt du derzeit?«

Johannes verzog ertappt das Gesicht. »Ich habe mich für meinen eigenen entschieden. Wenn auch in abgeänderter Form«

Walter zog die Brauen nach oben: »Also? Wie heißt du jetzt?«

»Johannes Weber.« Er sprang auf und lief auf und ab. Wenigstens meinen Vornamen wollte ich behalten.

Walter lächelte. »Warum nicht?«

»Ein Neunanfang für den kleinen Jungen aus Heddernheim, der endlich leben will.«

Walter begriff und ließ es gut sein. Er verstand seinen Freund.

»Also, was ist?«, rief Johannes fröhlich. »Wirst du uns morgen Abend mit deiner Anwesenheit beehren?«

»Ich denke, das ist nichts für mich.« Walter winkte ab.

»Aber ich bitte dich darum.«

»Nein, nein. Schuster, bleib bei deinen Leisten«, konterte Walter. »Ich wünsche dir aber viel Spaß dabei.«

»Schade«, sagte Johannes enttäuscht. »Ich hätte dich als moralische Unterstützung gebrauchen können. Es kommen nämlich auch jede Menge Damen im heiratsfähigen Alter.«

»Dann komme ich erst recht nicht.«

Der Abend verlief auch ohne Walter zur vollsten Zufriedenheit der Gäste und des Gastgebers. Alles, was Rang und Namen hatte, war gekommen. Trotz aller Zurückhaltung hatte es sich nicht vermeiden lassen, dass die guten Taten Johannes‘ die Runde unter den Reichen und Wichtigen der Stadt gemacht hatten. Man zeigte sich sehr beeindruckt von dem jungen Mann.

Er war aufregend.

So geheimnisumwittert. Niemand wusste so recht, woher er gekommen war.

So jung und schon so reich. Womit hatte er nur sein Geld gemacht?

Im- und Export.

Aha.

Was genau?

Alles, was man kaufen kann.

Verständiges Nicken.

Und dann auch noch so wohltätig.

Und wirklich gutaussehend, was die Damenwelt erfreute.

Johannes war angesagt, und es war angesagt, sich mit ihm blicken zu lassen.

Dennoch bewegte er sich noch ein wenig unsicher unter all den reichen und wichtigen Persönlichkeiten der Stadt. Die Rolle des Gastgebers behagte ihm nicht sehr. Aber seine Sorge war unbegründet. Der Abend war ein voller Erfolg. Ein Lautenspieler sorgte für gedämpfte Musik im Saal, die Gesellschaft war ausgewählt und die Stimmung prächtig. Die Damen zeigten ihre feine Garderobe, und die Männer sprachen über das Geschäft.

Johannes‘ Aufregung stieg aber dennoch, als er sich anschickte, seine Begrüßungsrede zu halten. Holprig hieß er seine Gäste willkommen. Er bat um Nachsicht, falls etwas fehlen sollte. Dann bat er zu Tisch, wo die erlesensten Speisen darauf warteten, ihrer Bestimmung zugeführt zu werden.

Der Abend verlief harmonisch, und schon bald bildeten sich einzelne Grüppchen, in denen angeregt geplaudert wurde.

Johannes wollte sich gerade etwas Wein nachschenken lassen, als er an einer Gruppe grauhaariger Männer vorüberschlenderte. Er schnappte ein paar Wortfetzen der Unterhaltung auf und erstarrte, als einer der Männer plötzlich einen Namen sagte, der Johannes wohlbekannt war. Er glaubte zunächst, einer Sinnestäuschung zum Opfer gefallen zu sein, weshalb er zu den drei Männern ging.

»Verzeiht, wenn ich mich so dreist in Euer Gespräch einmische, meine Herren«, unterbrach er die Männer, »aber ich glaubte, soeben den

Namen eines alten Bekannten von mir in Eurem Gespräch gehört zu haben. Darf ich erfahren, über wen sie gerade sprachen?«

»Aber selbstverständlich, Herr Weber«, sagte einer der Männer. »Wir unterhielten uns gerade über den neuen, starken Mann im Stadtrat, der sicherlich der nächste Bürgermeister werden wird. Sein Name ist August von Bremer. Ein sehr guter Mann von hohem Rang und Stand. Er war früher …«

Johannes hörte nicht mehr zu. Es rauschte zu stark in seinen Ohren. Er hatte Mühe, sich auf den Beinen zu halten.

Alte Bekannte

Fiat iustitia et pereat mundus –
Es geschehe Recht, auch wenn die Welt darüber zugrunde geht.

Johannes hatte große Mühe, das Bankett durchzustehen. Er schaffte es irgendwie, gute Miene zum bösen Spiel zu machen. Doch seine gute Laune war dahin. August von Bremer war also die ganze Zeit über hier in seiner Nähe gewesen. Johannes wurde ganz schwindelig bei dem Gedanken, dass er all die Jahre nur einen Wimpernschlag entfernt von seinem ärgsten Feind gelebt hatte.

Endlich, zu später Stunde, war auch der letzte seiner Gäste verschwunden und Johannes blieb alleine zurück. Das Personal räumte die Unordnung des Festes auf, während sich der Hausherr zurückzog. Seine Gedanken kreisten um den verhassten Stadtrat, der seine Eltern ermordet hatte. Eine Mischung aus Wut, Hass und Trauer, aber auch Vorfreude tobte in ihm, denn jetzt, wo er selbst in das Patriziat aufsteigen würde, konnte er sich endlich an August von Bremer rächen. So viele Jahre waren vergangen, ohne dass er seinen Wunsch nach Rache hatter befriedigen können. Es gab Zeiten, in denen er nicht mehr daran geglaubt hatte, seine Rache jemals zu bekommen. Er war einfach zu sehr damit beschäftigt gewesen, seinen unrechten Weg zu gehen. Doch nun war die Vergeltung zum Greifen nahe, und neuer Ehrgeiz packte ihn.

Aber er musste mit Bedacht vorgehen. Ein Plan musste her.

Johannes grübelte die ganze Nacht, bis er im Morgengrauen vom Schlaf übermannt wurde. Es war ihm nicht vergönnt, einen Weg zu finden, wie er sicher sein konnte, dass von Bremer das größtmögliche Leid zugefügt wurde. Aber eines war sicher: Wenn er ihm wirklich wehtun wollte, musste er ihm sein Liebstes nehmen, und dazu musste er ihn näher kennenlernen. Und dann, kurz bevor er einschlief, kam ihm der Gedanke, nach dem er die halbe Nacht gesucht hatte.

Tags darauf machte Johannes sich auf, um seinen größten Feind zur Strecke zu bringen. Er hatte sich auf dem Empfang noch ein wenig mit den Herren unterhalten, die vom Aufstieg des ehemaligen Hauptmannes berichtet hatten, wodurch Johannes einige wichtige Informationen erhalten hatte.

Wie es schien, hatte von Bremer, nachdem er aus dem Militär ausgeschieden war, eine Zeit lang einfach nur das Geld seines Vaters ausgegeben. Dieser jedoch drehte ihm den Geldhahn zu, als er bemerkte, dass sein Sprössling nichts tat, außer den Töchtern des Bürgertums nachzustellen.

Wernherr von Bremer beschloss deshalb, dass sein Sohn den Sitz der Familie im Stadtrat übernehmen sollte. August merkte schnell, dass er hier viel Ansehen und Macht erlangen konnte. Und Macht bedeutete immer auch Geld.

Schnell hatte sich der Sprößling des angesehenen Wernherr von Bremer einen Namen als großer Redner und Selbstdarsteller gemacht. Aber sein Einsatz für das Bürgertum und die Durchsetzung ihrer Rechte im Stadtrat hatten ihm auch den Respekt seiner Mitstreiter eingebracht.

Kaum einer jedoch wusste, dass August von Bremer seine Machtposition schamlos ausnutzte.

Er nahm sich aus der städtischen Schatulle, was immer er haben wollte, meist, ohne zu fragen. Er war korrupt und bestechlich, hing sein Fähnchen nach dem Wind und sprach nach den Mündern, die ihm das Meiste versprachen.

Johannes interessierte sich nicht für Politik. Er lebte fortan nur noch mit dem Gedanken, sich für den Tod seiner Eltern an August von Bremer zu rächen. Er lief den ganzen Tag ziellos in seinem Haus herum. Seine Gedanken kreisten unentwegt um seinen Plan. Er musste perfekt sein. Kein Fehler durfte seine Rache gefährden. Der Plan wurde immer besser und ausgefeilter. Doch etwas fehlte, der letzte entscheidende Hinweis. Johannes benötigte Hilfe.

Der Einzige, der ihm jetzt zur Seite stehen konnte, war sein alter Freund Walter. All die Jahre hatte er ihm seine wahre Herkunft und die schrecklichen Ereignisse von damals aus Scham verschwiegen. Jetzt war es an der Zeit, Walter einzuweihen.

»Warum erzählst du mir erst jetzt davon?«, fragte Walter ein wenig beleidigt, nachdem er von Johannes ins Vertrauen gezogen worden war. »Wir hätten den Lump schon längst in seine Einzelteile zerlegt, wenn du uns nur gelassen hättest.«

»Ich war froh, dass ich es verdrängt hatte, damit es mich nicht mehr quält.«

»Aber jetzt sind die alten Wunden aufgerissen, und du bist beseelt von dem Gedanken, es ihm endlich heimzahlen zu können«, mutmaßte Walter.

»Genau, aber ich komm einfach alleine nicht weiter. Ich brauche deine Hilfe. Ich habe mir das Gehirn zermartert, wie ich es am besten anstelle.«

»Ich hätte da schon eine Idee.«

»So? Welche?«, fragte Johannes überrascht.

»Wir drehen ihm einfach den Hals um.«

»Nein, nein Walter. Du verstehst nicht. Ich will, dass er leidet. Er soll jeden Tag an das erinnert werden, was er mir angetan hat. Der Tod ist keine Strafe. Er soll zu Lebzeiten in der Hölle schmoren.«

»Das könnte tatsächlich eine schwierige Angelegenheit werden. Soweit ich weiß, ist er ständig in Begleitung eines gewissen Schrummbiegel. Er ist so etwas wie seine Leibgarde.«

»Schrummbiegel?«

»Ja, so heißt er. Ob er noch einen weiteren Namen hat, weiß niemand.«

»Schrummbiegel,« wiederholte Johannes abwesend. »Den hätte ich doch fast vergessen.«

»War er auch dabei?«

»Ja, war er.«

»Dann muss auch er leiden.«

»Es muss aber perfekt sein. Wir brauchen einen Plan, der es uns erlaubt, sauber aus der ganzen Geschichte wieder herauszukommen.«

»Dann lass uns nachdenken.«

Die Freunde grübelten den Rest des Tages darüber, wie dem ehemaligen Hauptmann, Vergewaltiger und Mörder beizukommen war. Johannes erklärte Walter seine bereits angestellten Überlegungen, und gemeinsam entwickelten Sie die Ideen weiter. Am Ende hatten sie einen Plan, wie sie August von Bremer dafür bestrafen würden, dass er vor knapp zwanzig Jahren die Eltern des damals so unschuldigen Johannes getötet hatte.

Zunächst galt es, an von Bremer heranzukommen. Johannes wollte diesmal niemanden schicken. Diese Sache wollte er selbst in die Hand nehmen, und es musste der größte all seiner Beutezüge werden. Das Risiko, das er eingehen würde, wäre sehr hoch, aber das war es ihm wert. Auch in Geduld musste er sich üben, denn sein Plan sah es vor, dass er auf Augenhöhe mit von Bremer stand, bevor er ihn vernichtete. Johannes betrat hier Neuland. Denn nie war er in das Leben seiner Opfer eingetaucht. Er hatte sie betrogen und war dann verschwunden. Johannes wollte es sich nicht eingestehen, aber Walter hatte Recht, als er sagte: »Ich sehe, du hast Gefallen gefunden am Rachefeldzug gegen von Bremer.«

»Wie kommst du denn darauf?«

»Ich sehe doch, mit welcher Begeisterung du an die Sache herangehst. So fröhlich habe ich dich schon lange nicht mehr gesehen. Du blühst ja regelrecht auf.«

»Ach, Unsinn«, wehrte Johannes ab.

Walter lächelte väterlich und beließ es dabei.

»Was gibt es als Nächstes zu tun?«

»Wir müssen jemanden finden, der für uns die Dokumente fälscht. Wen haben wir da?«

»Keinen.«

»Wie bitte? Haben wir nicht vor einigen Jahren diesen Apotheker mit gefälschten Besitzscheinen hereingelegt. Wer hat die denn hergestellt?«

»Das ist Peter Kriemwald gewesen.«

»Und warum nehmen wir ihn diesmal nicht wieder? Die Dokumente waren nicht von Originalen zu unterscheiden.«

»Er ist letztes Jahr gestorben.«

»Verdammt!«

»Du sagst es.«

»Kennen wir sonst niemanden?«, wollte Johannes wissen.

»Noch nicht. Aber ich kann mich mal umhören.«

»Ich glaube, das ist nicht nötig. Ich denke, ich weiß, wer uns dabei helfen kann. Aber zuerst müssen wir Schrummbiegel loswerden.«

Johannes wollte nicht viel Zeit mit dem Lakaien des von Bremer verschwenden. Seine eigentliche Wut galt immer noch dem Stadtrat. Aber es war notwendig, um das große Ganze nicht zu gefährden, weshalb Johannes diese Aufgabe ebenso gewissenhaft anging. Zuerst beauftragte er einen seiner Leute, den genauen Tagesablauf Schrummbiegels herauszufinden. Geduld war gefragt. Erst einige Wochen später erstattete sein Spitzel Bericht.

»Er ist wie der Schatten des Stadtrates«, berichtete der Laufbursche, dem aufmerksam lauschenden Johannes. Er war einer der bettelarmen Tagelöhner, die sich in Sachsenhausen niedergelassen hatten. Grau war die Farbe seiner Kleidung, schmutzig sein Gesicht, aber hell seine Augen.

»Es war nicht leicht, etwas herauszufinden. Ich bin ihm jetzt vier Wochen auf Schritt und Tritt gefolgt. Er ist fast immer beim Stadtrat. Aber es gibt einen Tag in der Woche, an dem er sich des Nachts davon schleicht. Und was meint Ihr wohl wohin, Meister?«

Johannes brauchte nicht lange nachzudenken.

»Nach Bornheim?«
»Genau. Dort trifft er sich mit leichten Mädchen.«
»Und dort gibt es viel Gesindel.«
»Richtig.«
»An welchem Tag geht er dorthin?«
»Immer mittwochs.«

Johannes bezahlte den Jungen und wies ihn eindringlich darauf hin, dieses Treffen zu vergessen und ihn niemals gesehen zu haben.

Am nächsten Mittwoch wartete Johannes im Geleit zwei seiner treuesten Männer vor von Bremers Haus auf Schrummbiegel. Als es dunkel wurde, trat er tatsächlich vor die Tür auf dic Zeyl und schritt gen Nordosten. Mit einigem Abstand folgten die drei Männer Schrummbiegel. Schon bald waren sie in den engen und dunklen Gassen Bornheims angekommen. Zielstrebig durchschritt Schrummbiegel das lustige Dorf, wie Bornheim vom Volk wegen seines wenig schmeichelhaften Rufes genannt wurde. Er schien sich auszukennen. Johannes war ungeduldig und befahl seinen Begleitern, Schrummbiegel bei der ersten Gelegenheit zu schnappen. Kurz darauf, in einer besonders dunklen Ecke, fielen die beiden Schläger den völlig Überraschten an. Der erste Schlag kam von hinten. Schrummbiegel hatte noch nicht einmal im Ansatz Gelegenheit, sich zu wehren. Er stürzte. Somit war er verloren. Die beiden Männer traten und schlugen auf ihn ein. Schrummbiegel war so überrumpelt, dass er sogar vergaß, um Hilfe zu rufen. Als er endlich daran dachte, konnte er nicht mehr rufen, denn einer der Schläge hatte ihm den Kehlkopf zertrümmert. So plötzlich, wie sie ihn angefallen hatten, ließen die Männer wieder von ihm ab.

»Na, tut's weh?«, hörte der Zerschlagene eine fremde Stimme.

Schrummbiegel lag auf dem Steinboden, schmeckte sein Blut und wusste nicht, wie ihm geschah. Er brachte nur ein Röcheln zustande. Sein Körper war von einem einzigen großen Schmerz überzogen. Er zitterte und japste nach Luft.

»Ah, ich sehe schon, du kannst mir nicht antworten. Egal. Du musst mir nur zuhören, denn ich will, dass du weißt, wer dich in die Hölle befördert.«

Johannes trat in das schwache Licht, das vom hell scheinenden Mond in die Gasse geworfen wurde. Schrummbiegel schaute ihn fragend an.

»Du erkennst mich nicht«, sagte Johannes. »Es ist zu lange her. Ich war noch ein Kind. Aber um es kurz zu machen. Du hast im Jahre 1636 meinen Vater getötet, danach meine Mutter vergewaltigt und anschließend ebenfalls ermordet. Ich habe ein kleines Andenken an dich immer bei mir.«

Johannes beugte sich zu dem wimmernden Schrummbiegel hinab und zeigte ihm seine Stirn. Er hielt sich mit der Hand die Haare nach oben.

»Siehst du diese Narbe hier? Die habe ich von deinem Ring. Als Erinnerung daran, dass ich es dir eines Tages heimzahlen muss.«

Schrummbiegel riss die Augen auf. Er schien sich zu erinnern.

»Ja, der Junge aus Heddernheim, den Edgar in die Nidda geworfen hat, um ihn zu ersäufen.«

Schrummbiegel atmete schneller.

»Nein, ich bin kein Gespenst. Ich bin ein Mann aus Fleisch und Blut. Edgar hat mich verschont. Wie ich sehe, hat er sein Geheimnis mit ins Grab genommen. Das trifft sich gut, denn so kann ich mich in Ruhe an deinem Herren August von Bremer rächen.« Johannes machte eine kurze Pause. Er tat so, als würde er nachdenken. »Dumm nur, dass du es jetzt weißt. Und du wirst es deinem Herrn bestimmt erzählen.«

Schrummbiegel schüttelte heftig den Kopf.

»Nein?«, spielte Johannes den Erstaunten.

Wieder schüttelte der am Boden liegende den Kopf. Tränen liefen ihm aus den Augen. Angst beherrschte seine Mimik. Johannes sah einen dunklen Fleck in seinem Schritt.

»Naja, wenn du ihm nichts erzählst, kann ich dich ja laufen lassen.«

Schrummbiegel nickte.

»Dumm nur, dass ich dir nicht vertrauen kann.«

Johannes drehte kurz am Knauf seines eleganten Spazierstocks und zog daran. Es kam eine lange Klinge zum Vorschein. Er hielt sie Schrummbiegel an die Kehle. Seine Stimme war eiskalt, als er sprach.

»Aber du solltest froh sein, Schrummbiegel. Ich habe andere - wichtigere - Pläne. Denn sonst hätte ich dich am Leben gelassen und sehr viel Energie darauf verwendet, dich zu verfolgen und zu vernichten. Langsam und qualvoll. Aber ich habe leider keine Zeit für dich. Du bist nicht wichtig genug. Also fahr zur Hölle!«

Mit einer schnellen Bewegung schlitzte Johannes Schrummbiegel die Kehle auf und ließ ihn liegen.

»Nehmt ihm den Geldbeutel ab und lasst ihn liegen. Jeder wird denken, er sei überfallen worden. Und hier in Bornheim werden sie bestimmt keinen Zeugen finden, der uns gesehen hat.« Er warf seinen Männern jeweils einen prall gefüllten Beutel mit Münzen zu. »Euer Lohn für Mühe und Verschwiegenheit.«

Einer der Männer grinste böse und sagte: »Wir haben Euch nie gesehen. Aber wenn ihr uns mal wieder braucht, wisst Ihr, wo wir zu finden sind.«

Schon am nächsten Tag machte sich Johannes auf den Weg in den Taunus. Er ritt auf dem Rücken seines Pferdes dem Sonnenuntergang entgegen. Er genoss es, wieder auf Reisen zu sein. Zu verbissen hatte er die letzten Jahre versucht, an das Geld anderer Leute zu kommen. Er hielt das Pferd an und stemmte sich im Sattel nach oben. Er war es nicht gewohnt, lange auf dem Rücken eines Tieres zu sitzen, sodass er Schmerzen an seinem Hintern verspürte. Die Entlastung tat gut. Dann übermannte ihn die Schönheit der Landschaft. Die Sonne tauchte den Taunus in blutrotes Licht. Die Felder und Wiesen zu seinen Füßen erschienen unwirklich. Vögel jagten Mücken in der Luft und zwitscherten aufgeregt.

Er musste hart schlucken.

Einen winzigen Augenblick bereute er seine Taten. Doch dann kam die Erinnerung an seine persönliche Geschichte zurück, und die Reue wandelte sich in Wut. Wut auf August von Bremer, die Witwe Hintermann und auch ein wenig auf sich selbst, da er der Versuchung nicht widerstanden hatte, Reginald gefolgt war und ein Gesetzloser wurde. Aber dann erkannte er, dass es sich nun nicht mehr ändern ließ. Er beschloss, den Augenblick zu genießen und an dieser Stelle zu lagern.

Erst als die Sonne gänzlich hinter dem Gebirge verschwunden war, legte er sich unter einen Baum und schlief zufrieden ein.

Die Nacht war warm und erlaubte einen erholsamen Schlaf. Ein Specht, der einen Baum malträtierte, weckte ihn im Morgengrauen. Johannes streckte sich und gähnte lautstark.

Sein Pferd, das vom Morgennebel umhüllt war, graste auf der gegenüberliegenden Wiese und strahlte eine vollkommene Ruhe aus.

Johannes wartete noch einen Moment, stieg dann auf den Rücken des Tieres und ließ sich von ihm weiter tragen.

Gegen Mittag hatte er sein Ziel erreicht. Das Dorf seiner ehemaligen Weggefährten war nicht einfach zu finden. Die Jahre hatten seine Erinnerungen getrübt und ihn das ein oder andere Mal grübeln lassen, ob er noch auf dem richtigen Weg war. Letztendlich erreichte er doch noch sein Ziel. Er war gespannt, ob Reginald noch der Anführer war, oder ob ein anderer nun die Geschicke des Räuberdorfes lenkte.

Johannes verspürte ein nervöses Kribbeln in der Magengegend, als er sein Pferd zwischen den Häusern der kleinen versteckten Ansiedlung hindurchführte.

Etwas schien seltsam zu sein. Zuerst hatte er es gar nicht bemerkt, aber dann war es ganz deutlich. Der Zustand einiger Häuser war bedenklich. Sie schienen verlassen. Auch war niemand zu sehen. Zu der Zeit, als Johannes hier gelebt hatte, war immer jemand auf dem einzigen kleinen Weg des Ortes zu sehen gewesen. Johannes kam an der Behausung Peters vorbei. Sie war nur noch ein Gerippe aus morschen Holzplanken, die von der Natur erobert wurden. Es ließ sich nur noch erahnen, dass an dieser Stelle einmal ein kleines Holzhaus gestanden hatte. Dem Anschein nach hatte man das Holz der Hütte für andere Dinge verwendet oder verfeuert. Johannes bedauerte den Verfall, war aber nicht überrascht darüber.

Kurz darauf erreichte er Reginalds Haus. Es schien zwar bewohnt zu sein, aber dennoch vom Zerfall bedroht. Johannes band das Pferd an und klopfte an die Eingangstür. Erst nach einer ganzen Weile vernahm er Geräusche im Inneren des Hauses. Vorsichtig wurde die Tür einen Spalt geöffnet, und ein Augenpaar spähte hindurch. Johannes konnte nicht erkennen, wer ihm dort die Tür öffnete.

»Gott zum Gruße«, sagte er freundlich. »Ich bin auf der Suche nach Reginald. Wohnt er nicht mehr hier?«

»Wer will das wissen?«, blaffte es hinter der Tür hervor.

»Johannes Wagner ist mein Name. Ich bin ein alter Freund.«

»Johannes?«, rief der Mann überrascht und öffnete die Tür komplett. »Ich hatte dich gar nicht wiedererkannt.«

Jetzt war es Johannes, der sein Gegenüber nicht mehr wiedererkannte. Vor ihm stand ein abgemagerter Mann, der einen dichten, grauen Bart trug. Die Haare standen in alle Richtungen ab, und ein unangenehmer Geruch ging von dem Mann aus.

»Starr mich nicht so an, ich weiß, dass ich furchtbar aussehe«, lachte der Alte, wobei er ein lückenhaftes Gebiss zeigte. »Ich bin's - Reginald!«

»Ach du meine Güte, was ist passiert?«, stieß Johannes aus.

»Ich freue mich auch, dich zu sehen«, entgegnete Reginald sarkastisch.

»Du siehst fürchterlich aus«, legte Johannes nach.

»Dafür siehst du umso besser aus.«

Johannes erwiderte nichts. Er war zu entsetzt über den Zustand seines alten Freundes.

»Komm doch herein«, bot Reginald an und ging voraus. Johannes bemerkte, dass Reginald humpelte.

Er folgte ihm und betrachtete entgeistert das Gerümpel, das überall herumlag. Alles war völlig verdreckt.

»Entschuldige, dass es hier so aussieht. Seit Magdalena nicht mehr ist, fällt es mir schwer, Ordnung zu halten.«

»Magdalena ist tot?« Johannes wusste nicht, was ihn mehr schockierte. Die Nachricht vom Tod Magdalenas oder die Gleichgültigkeit, mit der Reginald darüber sprach.

»Wie? Ach so, …oh, ja. Sie starb vor drei oder vier Jahren bei einem Überfall. So genau weiß ich das nicht mehr.«

»Was ist in dich gefahren?« Johannes wurde wütend.

»Wieso?«

»Du redest da über deine tote Frau, als wolltest du mir erzählen, dass es gestern geregnet hat. Du weißt ja noch nicht mal, wie lange sie tot ist.«

»Kann ich auch nicht. Ich war nicht dabei. Sie ist nämlich mit Peter durchgebrannt, das Miststück. Es ist nicht schade um sie. Ich habe von Ihrem Tod nur durch Zufall erfahren. Ein Knecht hat mir bei einem Einkauf davon berichtet.«

»Was ist aus Sybille geworden?«

Reginald wurde traurig. »Sie wurde bei dem Überfall leider auch getötet. Das hatte mein kleiner Sonnenschein nicht verdient. Aber um Magdalena tut es mit nicht leid.«

Jetzt klärten sich Johannes‘ Gedanken, und er verstand das Verhalten seines alten Weggefährten. Dennoch war er immer noch ein wenig verstimmt.

»Nur weil sie dich verlassen hat?«

»Nein, das nicht, sondern weil sie mit Peter, meiner Tochter, meinen und den Ersparnissen des gesamten Dorfes abgehauen ist.« Reginalds Augen verengten sich zu Schlitzen, und in seiner Stimme hörte man den Hass. »Wir haben sie natürlich sofort verfolgt. Aber leider kamen wir nicht weit. Mitsamt der Kutsche sind wir einen Abhang hinuntergestürzt. Seitdem ist mein Bein kaputt, und meine rechte Hand ist steif geworden.«

»Das ist ja fürchterlich!« Johannes war völlig von der Rolle. Er wusste nicht, wie er mit der ganzen Sache umgehen sollte.

»Das hast du gut erkannt. Ich kann seitdem nicht mehr auf Beutezug gehen. Und da mein holdes Eheweib mir meine Ersparnisse gestohlen hat, bin ich nun völlig mittellos.«

»Wovon lebst du?«

»Von der Gnade derjenigen, die im Dorf geblieben sind. Sie versorgen mich mit dem Nötigsten. Aber viele sind gegangen. Sie vertrauten mir einfach nicht mehr und wollten auf eigene Rechnung arbeiten.«

»Wer ist geblieben?«

»Simon, Geert und Andreas.«

»Nur ihr vier?« Johannes war fassungslos.

»So ist es.«

»Wie laufen die Geschäfte?«

»Wir kommen klar.«

»Also schlecht.«

»Mittel.«

»Reginald, ich weiß nicht, was ich sagen soll. Ich bin völlig entsetzt von deinem Zustand. Und das Dorf ist völlig verkommen.«

»Ich konnte es nicht verhindern«, gab er kleinlaut zu.

»Sind die anderen jetzt im Dorf?«

»Sie müssten da sein.«

»Dann warte hier, ich hole sie ins Haus, ich habe einen Vorschlag.«

Johannes ging von Tür zu Tür und hatte schnell die drei Männer gefunden. Sie waren erfreut, Johannes zu sehen. Aber bei Geert und Andreas herrschte große Unordnung, und ihr körperlicher Zustand war bedenklich. Simon war der Einzige, der sein Leben noch im Griff zu haben schien. Die drei Männer gingen zusammen mit dem Heimkehrer zu Reginalds Haus, wo sie feststellten, dass dort nicht genug Platz für alle war.

»Lasst uns zu Simon gehen«, schlug Geert vor. »Er ist der Einzige von uns, der Ordnung halten kann und einen Tisch hat, der groß genug für uns alle ist.«

Man gehorchte und fand sich wenig später in Simons Haus am großen Tisch wieder, an dem sie alle das Schreiben und Lesen gelernt hatten

»Schön, dass du wieder bei uns bist«, freute sich Simon und fasste Johannes an beiden Schultern. »Aber sag uns doch, was dich zu uns führt.«

»Eigentlich wollte ich ursprünglich nur zu dir, Simon«, klärte Johannes die Männer auf. »Aber wenn ich den Zustand sehe, in dem ihr euch befindet, muss ich sagen, dass ich mehr als entsetzt bin, wie ihr euch so habt gehen lassen können.«

»Nanana, jetzt mach mal halblang, Junge«, rief Geert. »Uns geht es gut.«

»Geert, sei doch wenigstens ehrlich«, widersprach Johannes. »Ihr seid am Boden. Der Einzige, der von euch noch anständig lebt, ist Simon.«

Betreten schauten die Männer auf den Tisch. Keiner widersprach.

»Aber jetzt bin ich ja da«, sagte Johannes und hatte das Gefühl, dass sich die depressive Stimmung ein wenig erhellte. »Ich hätte da eine Aufgabe, die euch wieder in geordnete Bahnen führt.«

Unvorhersehbar

Difficile est satiram non scribere! -

Es ist schwierig, (darüber) keine Satire zu schreiben!

Johannes schaffte es nicht, die vier Männer davon zu überzeugen, sich ihm anzuschließen. Einzig Simon zeigte Interesse, mit nach Frankfurt zu gehen.

»Was wollt ihr ohne Simon anfangen, hier allein in der Wildnis«, versuchte Johannes die drei anderen umzustimmen.

»Geht nur«, sagte Reginald müde. »Wir sind nicht mehr zu gebrauchen. Wir werden schon klarkommen.«

»Seid doch nicht dumm«, rief Simon aufgebracht. »Ich jedenfalls habe keine Lust mehr, hier Wald vor mich hinzusiechen.«

»Gebt es auf, Freunde«, sagte Geert. »Wir sind zu alt für so etwas.«

»Ihr seid zwar alt, aber auch erfahren«, argumentierte Johannes, der die Absage noch immer nicht akzeptieren wollte.

»Unser Entschluss ist gefasst, Johannes«, sagte Andreas und erhob sich. »Wir bleiben hier. Simon steht es natürlich frei, dir zu folgen und dir dabei zu helfen, deinen Seelenfrieden zu finden. Wir drei sind dafür nicht die richtigen Männer. Nicht mehr.«

Johannes schaute die gescheiterten Diebe an. Wie ein Häuflein Elend saßen sie an dem schweren Tisch. Den Blick gesenkt, das Selbstvertrauen schon längst verloren. Schmutzig, alt und abstoßend.

Johannes gab auf.

»Wie ihr wollt«, stieß er aus und erhob sich zum Gehen. »Aber ihr könnt mich nicht davon abhalten, euch ein paar Gulden hierzulassen, damit ihr ein wenig besser über die Runden kommt.« Er kramte einen Beutel hervor, der bei der Bewegung das süße Klingeln von Münzen verursachte. Die Augen der alten Diebe leuchteten bei dem Klang des Reichtums. Einen Moment lang empfand Johannes nur Mitleid für die Männer. Er warf den Beutel auf den Tisch.

»Wie hatte es so weit kommen können?«, fragte er Simon vorwurfsvoll, als sie alleine waren.

»Sie sind schwache Geschöpfe.« Der ehemalige Mönch verzog das Gesicht. »Reginald war von Anfang an ein schwacher Führer, das hat Peter gewusst und für sich genutzt. Wer weiß, wie lange er schon etwas mit Magdalena hatte, bevor Reginald dahinterkam. Und all die anderen haben uns auch um unseren Anteil betrogen. Ich kann es nicht beweisen, aber mein Gefühl trügt sicher nicht.«

»Warum bist du nicht auch gegangen, Simon?«

»War mir zu aufwendig. Außerdem, wo hätte ich denn hingehen sollen? Wieder zurück ins Kloster, in Gottes Schoß? Oh nein, mein Freund. Ich bin schon jetzt dazu verdammt, in der Hölle zu schmoren.«

»Aber Gott verzeiht«, unternahm Johannes einen Versuch.

»Nicht, wenn man ihn verlassen hat.«

Johannes beließ es dabei. Er erinnerte sich an die alte Regel, niemanden im Dorf nach seiner Geschichte zu fragen. Wenn Simon sich ihm anvertrauen wollte, hätte er es längst getan.

»Lassen wir das«, rief Simon und wischte seine Betrübtheit mit einer Handbewegung fort. »Was genau hast du vor, mein Junge?«

Johannes weihte den ehemaligen Mönch in seinen Plan ein. Simon war begeistert und mit Feuereifer dabei. Johannes hatte richtig daran getan, ihn aufzusuchen.

Spät am Abend, die beiden Männer saßen in weinseliger Stimmung vor Simons Hütte, schaute Simon Johannes nachdenklich an.

»Was ist mit dir?«, fragte Johannes, der die Veränderung im Gesicht des Mönchen wahrgenommen hatte.

Simon stellte seinen Becher ab und atmete tief durch.

»Johannes, ich werde dir nun erzählen, warum mich Gott verlassen hat.«

»Das musst du nicht«, entgegnete Johannes, dem die Tragweite dieser Worte bewusst wurde.

»Ich will es einfach. Schau dich doch hier um.« Simon machte eine ausholende Armbewegung. »Das ganze Dorf ist hinüber. Dieses Weib hat uns in den Ruin getrieben.«

»Naja, ich glaube nicht so ganz daran, dass nur das Verschwinden Magdalenes dafür verantwortlich ist. Ihr habt schließlich ein gutes Stück selbst dazu beigetragen.«

»Seit Reginald nicht mehr voll auf der Höhe war, fehlte einfach ein Anführer. So kam eins zum anderen. Aber der Auslöser war die Untreue Magdalenas. Daran gibt es keinen Zweifel.«

»Lassen wir das. Es ist passiert; daran lässt sich nichts ändern.«

»Als ich in Indien war, gab es solche Sorgen nicht.«

»Du warst in Indien?«

Simon nickte melancholisch.

»Oh ja. Ich war in Indien.«

Johannes glaubte ein paar Tränen in Simons Augen zu sehen.

»Es war die schönste Zeit meines Lebens, Johannes. Ich war glücklich mit dem, was ich hatte. Und das war nicht gerade viel. Ich war dort

Missionar. Die Portugiesen waren gerade dabei, das Land zu erobern. Sie wollten auch christlichen Beistand, weshalb sie mich mitnahmen. Frag nicht nach dem Warum, es war ein Streich des Schicksals, dass es ausgerechnet mich traf. Die Menschen dort sind dunkel wie die Nacht, hast du das gewusst, Johannes.«

»Wie meinst du das?«

»Ihre Haut ist fast schwarz. Es hilft Ihnen, die Sonne besser abzuwehren. Denn in Indien ist es heiß.«

Johannes hörte fasziniert zu. Tausend Fragen kamen ihm in den Sinn, doch er wollte Simons Redefluss nicht unterbrechen.

»Wir waren drei Mönche und vier Nonnen. Der Erzbischof persönlich hatte uns geschickt.«

Johannes Augen wurden immer größer.

»Wir hatten den Auftrag, den Eroberern Gottesbeistand zu geben und die Wilden zu bekehren. Wir kamen anfangs gut zurecht. Es gab nur wenige Probleme. Die Wilden waren neugierig und hörten uns zu. Manche schlossen sich uns an. Andere wiederum waren gegen uns. Aber es gab nur sehr wenig Ärger. Doch dann fand der weiße Mann die Diamanten, und das Elend begann. Wie besessen suchten die Europäer nach den glitzernden Steinen. Sie wurden völlig wirr im Kopf. Sie trieben die Arbeiter an wie Tiere und kümmerten sich nicht um deren Wohl. Wir als Geistliche versuchten immer wieder, die Portugiesen davon abzubringen, die Menschen in den Minen zu quälen. Doch sie hörten uns nicht zu. Sie waren nur am schnellen Geld interessiert. Die Gewinne waren enorm. Ein Diamant, war er nur groß genug, konnte für den Finder Wohlstand für kommende Generationen bedeuten.«

»Diamanten«, flüsterte Johannes.

»Verflucht seien sie.« Simon spie aus. »Doch die Diamanten waren nicht mein Problem. Zumindest eine Zeit lang nicht. Ich gab es irgendwann auf, den Europäern zu erklären, dass ein guter Christ seine Arbeiter nicht ausbeutet. Ich hatte ein ganz anderes Problem.«

»So, welches?«

»Sandrina.«

»Wie bitte?«

»Sie war die Mutter meiner Tochter.«

Johannes war sprachlos.

»Jetzt bist du überrascht, was Johannes?«

»Allerdings.«

»Du denkst, ein Mönch kann keine Kinder haben.«

»Naja, … also.«

»Ich lernte sie eines Tages in der Nähe von Kalikut kennen«, fuhr Simon fort, bevor Johannes sich weiter Gedanken darüber machen konnte. »Sie war so wunderschön. Sie war die Dienerin einer indischen Prinzessin. Ich war sofort verliebt in sie. Vom ersten Augenblick an. Noch heute sehe ich ihr Gesicht vor mir, als stünde sie im Raum.« Wieder wurden die Augen des Mönches feucht. Er schluckte hart und fuhr fort. »Wie dem auch sei. Sie erwiderte meine Gefühle, und wir trafen uns heimlich. Irgendwann wurde sie schwanger und gebar heimlich unsere kleine Tochter. Wir nannten Sie Suri.« Simon holte tief Luft. »Zunächst war dies ein großer Schock für mich. Ich sah mich schon exkommuniziert. Ich liebte meine Arbeit und wollte sie nicht aufgeben. Doch die Liebe zu Sandira war stärker. Ich wollte gerade zurück nach Europa, um mit der Kirche zu brechen. Ich wollte meine Kutte ablegen und wieder zu ihr und meiner kleinen Tochter zurückkehren. Doch es kam anders.«

Wieder kämpfte Simon mit den Tränen. Johannes schwieg und wartete geduldig, bis der Mönch sich wieder im Griff hatte.

»Es kam zu einem Aufstand in den Diamantminen. Der Aufstand wurde von einem der Mönche, Bruder Matthäus, angezettelt. Er hatte in Gottes Namen dazu aufgerufen. Es kam zu gewaltsamen Ausbrüchen. Sandira war auf dem Weg zu mir, als sie mitten in einen dieser Kämpfe geriet. Sie wurde von einem Stein getroffen und ....«, Simon brach ab. »Sie war sofort tot. Sie trug meine Tochter auf dem Rücken. Die Kleine wurde von der wütenden Masse einfach niedergetrampelt. Ich verlor an diesem Tag alles, was mir im Leben wichtig war. Inklusive meines Glaubens. Ich war außer mir, als ich davon erfuhr.«

»Was hast du dann gemacht?«, wollte Johannes wissen.

»Ich ging zu dem Mönch, der den Aufstand angezettelt hatte, und stellte ihn zur Rede. Er zeigte nicht das geringste Bedauern. Es ging hier um die Sache, waren seine Worte. Da müsse man Opfer bringen.«

»Und dann?«

»Habe ich ihn ... geopfert.«

»Ich verstehe nicht ...«

»Ich habe ihn erschlagen. Eiskalt. Es war mir egal. Ich war so leer.«

»Das war verständlich«, erwiderte Johannes ohne große Regung.

»Aber es war dennoch unrecht.«

»Steht nicht in der Bibel: Auge um Auge – Zahn um Zahn?«

»Aber das fünfte Gebot verbietet es mir. Ich bin ein Mörder, Johannes. Verstehst du nicht den furchtbaren Konflikt in mir? Ich war ein Mönch und habe eiskalt einen anderen Mönch erschlagen.«

»Du hast so gehandelt, wie du es für richtig hieltest. Und es ist geschehen. Was willst du daran ändern?«

Simon schwieg eine Weile.

»Es war trotzdem falsch.«

»Sicher, Simon. Auch ich habe getötet. Aber ich bereue es nicht. Es war falsch vor dem Gesetz, aber für mich die einzig richtige Lösung.«

»Ich rede hier nicht von einem Hasen, den du über dem Feuer geröstet hast«, zeigte sich Simon erbost. Doch dann sah er Johannes in die Augen und erkannte, dass dieser nicht von einem Hasen sprach. Es bedurfte keiner weiteren Worte mehr. Die beiden Männer verstanden sich.

Eine Weile noch saßen sie vor der Hütte und schauten der Sonne beim untergehen zu. Kurz bevor sie am Horizont in die Erde tauchte, fasste Johannes einen Entschluss.

»Ich weiß, wie wir das wieder gutmachen können.«

»So? Wie denn?«

»Wir gründen eine Schule für arme Kinder. Und du wirst der Direktor.«

»Und du denkst, das macht alles ungeschehen?« Der Mönch lachte humorlos.

»Nein, natürlich nicht«, sagte Johannes, »Wir können die Vergangenheit und unsere Taten nicht ändern. Aber wir können die Zukunft beeinflussen und wenigstens versuchen, etwas Gutes zu tun. Sozusagen um das Gleichgewicht wieder herzustellen.

»Das kostet aber viel Geld.«

»Wenn ich eines habe, mein Freund, dann Geld.«

Als die Männer zurück in Frankfurt waren, wohnte der Mönch eine Weile bei Johannes. Doch schon bald hatte man eine passende Bleibe für Simon gefunden. Der Gedanke, eine Schule für die Armen zu gründen, ging Johannes nicht mehr aus dem Kopf. Simon war ebenso begeistert von der Idee und widmete sich mehr und mehr dieser Aufgabe. Johannes überließ es dem Hünen, sich um den Aufbau der Schule zu kümmern. Er stellte ihm alle Mittel zur Verfügung, die er benötigte. Johannes bemühte seine zahlreichen Kontakte und stellte Simon überall vor. Schon bald erzielte man die ersten Erfolge. Ein altes Herrenhaus in Sachsenhausen wurde gekauft und umgebaut. Simon kümmerte sich um die Schule, als wolle er tatsächlich versuchen, die Sünden der letzten Jahre aufzuarbeiten. Es erfüllte ihn mit großem Frieden, seinen Freund so zu sehen.

Dennoch würde Simon Johannes helfen, sich an August von Bremer zu rächen. Jetzt galt es, den Plan in die Tat umzusetzen.

Um den ersten Kontakt mit seinem Opfer herzustellen, beschloss er, ein Bankett zu geben. Es gelang ihm, August von Bremers Zusage zu erhalten. Alle wichtigen Männer der Stadt waren geladen und hatten ihr Kommen angekündigt, da durfte von Bremer nicht fehlen. Der Abend kam näher, und Johannes wurde immer nervöser. Aufgeregt lief er in der Diele auf und ab. Walter war bei ihm und versuchte, seinen Freund ein wenig zu beruhigen.

»Reiß dich zusammen«, befahl Walter. »Du machst sonst noch alles kaputt.«

»Keine Sorge, ich habe mich im Griff«, versicherte Johannes.

»Es ist alles vorbereitet. Du musst dir keine Sorgen machen. Es ist doch nicht das erste Mal, dass wir so etwas machen.«

»Aber dieses Mal ist es etwas Persönliches, Walter.«

»Und gerade deshalb sind wir bestens vorbereitet.«

»In Ordnung«, sagte Johannes und schnaufte geräuschvoll. »Ich bin jetzt ganz ruhig.«

Tatsächlich schaffte er es, in sich zu gehen und seine Nerven zu beruhigen. Als die ersten Gäste eintrafen, war Johannes äußerlich die Ruhe selbst, aber immer noch nervös. Das Spiel konnte beginnen.

Nach und nach trafen die Honoratoren der Stadt Frankfurt im herrschaftlichen Hause des neuen Mannes der Gesellschaft ein. Man hatte Gefallen gefunden an dem geheimnisvollen Mann, der es so vortrefflich verstand, seine Gäste zu unterhalten.

Schnell war der Saal gefüllt, und man unterhielt sich angeregt. Hauptgesprächsthema an diesem Abend war der Gastgeber selbst. Man fragte sich hinter vorgehaltener Hand, wie Johannes zu so viel Reichtum hatte kommen können. Schnell machte das Gerücht einer Erbschaft die Runde. Der ein oder andere sprach aber auch von Geschäften in Übersee, die Johannes erfolgreich bestritten haben sollte. Dies wiederum sorgte dafür, dass man ihn für einen Abenteurer hielt. Als Johannes von dem Gerücht erfuhr, ließ er von Walter und Simon ein paar Indiskretionen streuen, um dieses Gerücht zu forcieren. Es war der Sache sehr dienlich.

August von Bremer war immer noch nicht eingetroffen. Johannes hoffte, dass er sich dieses Ereignis nicht entgehen ließ.

Doch seine Sorge war unbegründet. Von Bremer beliebte grundsätzlich, sich etwas später zu derlei Veranstaltungen einzufinden, um eine bessere Wirkung seines Erscheinens zu erzielen. Auch dieses Mal war es so. Da er die Gästeliste kannte, wartete er an diesem Abend besonders lange. Ein ausgewählter Kreis befand sich im Hause des Neulings. Auch er hatte sich gefragt, wer dieser Johannes Weber wohl sei.

Ein Emporkömmling?

Ein grüner Junge aus reichem Hause?

Gar ein Betrüger?

August von Bremer hatte sich ein wenig umgehört und nur dieselben Gerüchte gehört, die schon an diesem Abend die Runde machten. Diese geheimnisumwitterte Aura des Gastgebers machte ihn gerade für die Damenwelt interessant. Etwas Verwegenes begleitete ihn. Schnell begann eine Schwärmerei unter den Damen.

Man sah sein vornehmes Auftreten und vermutete einen gebildeten Mann in der teuren Kleidung, die von Geschmack zeugte.

Seine Hände waren zart und schlank.

Keine Arbeiterhände.

Man erzählte sich, er spiele Klavier und komponiere eigene Stücke.

Wie feinsinnig. Ob er heute Abend etwas zum Besten geben würde?

Aber nein, da ist doch ein Lautenspieler anwesend.

Schade, man hätte so gerne einmal etwas von ihm gehört.

Und das Essen! Vorzüglich, erlesen und schmackhaft.

Endlich mal jemand mit Gusto.

Ein Mann von Welt.

Eine gute Partie. Und so hübsch.

Kichern.

Johannes bekam am Rande von all dem nur wenig mit. Walter sorgte dafür, dass an Johannes' Mythos weitergestrickt wurde. Auch passte er auf, dass es nicht zu weit ging. Als jemand behauptete, Johannes sei ein naher Verwandter des Kaisers Leopold I., schritt er ein und versicherte, dass Johannes nicht von Adel sei. Adlig durfte Johannes nicht sein, das würde nur unberechenbare Verwicklungen herbeiführen, die nicht steuerbar wären. Man kam zu dem Schluss, dass der Hausherr einfach ein Mann von Welt sei, der es mit Klugheit und harter Arbeit an die Spitze der Gesellschaft gebracht hatte. Bewundernswert und generös sei er, der junge Herr Weber. Walter lächelte und ging hinüber zu seinem Freund, der umkreist war von einigen Damen, die ihn ungeniert ausfragten.

»Wo habt Ihr denn gelebt, bevor Ihr zu uns kamt?«, fragte eine kleine pummelige Frau, die Walter als wenig anziehend empfand.

»Ich komme aus dem Norden.«

»Wo genau?«, hakte eine andere, nicht minder unattraktive Dame nach.

»In der Nähe von Kiel, meine Dame«, log Johannes ungeniert. Er hatte sich grob eine Biografie zurechtgelegt, zog es aber vor, wenig davon Preis zu geben.

»Und womit seid Ihr reich geworden?«, fragte die Dritte im Bunde.

»Martha!«, rief die Erste. »Wie kann man nur so trivial sein. Das geht dich doch gar nichts an.«

»Entschuldigt, Herr Weber«, sagte die junge Frau und errötete.

»Macht doch nichts«, beruhigte Johannes die Damen. »Ich sage es Euch gerne.«

Neugierig starrten sie ihn an.

»Ich habe ein paar gute Geschäfte gemacht.«

Die Damen stierten noch immer, so als warteten sie, dass er weitersprach. Als nichts mehr kam, fragte Martha.

»Was denn für Geschäfte?«

»Martha, jetzt ist aber gut!«, fauchte ihre Nachbarin ein weiteres Mal. »Ich muss mich erneut für meine Schwester entschuldigen, Herr Wagner. Sie ist noch so jung und dumm. Ein stechender Blick traf Martha. »Sie weiß noch nicht, was sich gehört.«

»Aber, aber, meine Damen. Ich könnte Euch den ganzen Abend mit der Erklärung meiner Geschäfte langweilen. Wir wollen uns doch amüsieren. Seid versichert, dass ich mein Geld im Schweiße meines Angesichts und mit Mut zum Risiko verdient habe. Es war nicht einfach, aber ich wurde reichlich belohnt. Und nun zu Tisch, meine Damen. Das Essen wird sogleich serviert.«

Die Damen kicherten und trollten sich. Johannes blieb stehen und schaute ihnen nachdenklich hinterher. Dann schaute er Walter an.

»Gut gerettet, mein Freund«, sagte dieser.

»Danke. Man muss nur vorbereitet sein.«

»Ist von Bremer schon eingetroffen?«, wollte Walter wissen.

»Bis jetzt noch nicht.«

Wie auf ein geheimes Stichwort öffnete sich die breite Flügeltür zum Ballsaal, und ein Paar wurde von Johannes' Hausdiener in den Raum geführt. Johannes ging hinüber, um den Gast zu begrüßen.

»Herr Weber, darf ich vorstellen?«, sagte der Diener vornehm und wies auf die Gäste. »Stadtrat August von Bremer in Begleitung seiner Tochter Constanze.«

Der Diener verbeugte sich und verließ den Saal. Johannes ließ sich nicht das Geringste anmerken. Doch als er die Augen des Mannes sah, wurde ihm heiß und kalt zugleich. Wie könnte er diese Laune der Natur vergessen. Das eine Auge blau, das andere braun. Von Bremer ließ sich nun einen Bart stehen, und er hatte an Leibesfülle zugenommen, doch die Augen würden ihn immer verraten. Johannes riss sich zusammen. Er rief sich ins Gedächtnis, dass Johannes Weber August von Bremer zu ersten Mal im Leben traf.

»Willkommen in meinem Hause, Stadtrat«, sagte er freundlich und schüttelte die Hand des Mannes, den er ruinieren wollte. Dann erst beachtete er die junge Frau an seiner Seite. Johannes war jetzt doch bemüht, nicht die Fassung zu verlieren. Vor ihm stand die schönste Frau, die er in seinem Leben je gesehen hatte.

In seinem Kopf rauschte es.

Sein Blick war festgeheftet an dem elfengleichen Gesicht der jungen Dame. Züge von ungesehener Ebenheit, gezeichnet auf reinster, blasser Haut. Die dunklen Augen, die unter fein geschwungenen Brauen lagen, leuchteten im Licht des Kronleuchters. Der Glanz des schwarzen, leicht gelockten Haares, das ihre Schultern umspielte, stach Johannes in die Augen und ließ ihn aus seiner Starre erwachen. Der Duft, der von ihr ausging, war betörend wie der von blühenden Blumen.

Ihr Anblick war vollkommen!

Dieses zarte Geschöpf mit den nahezu perfekten Formen, das in ein prachtvolles, beigefarbenes Kleid gewandet war, sollte die Tochter seines Erzfeindes sein?

Unmöglich!

»Darf ich vorstellen, meine Tochter Constanze«, sagte von Bremer nicht ohne Stolz.

»Ich freue mich sehr, Eure Bekanntschaft zu machen«, sagte Johannes, um Fassung bemüht und ohne den Blick von ihr abzuwenden. Er hauchte ihr einen Kuss auf den Rücken ihrer rechten Hand, die von einem feinen, weißen Handschuh verdeckt war.

Beinahe vergaß er, wen er vor sich hatte. Ruckartig kam es in sein Bewusstsein zurück.

»Folgt mir, ich bringe Euch zu Eurem Platz am Bankett.«

»Sehr gerne.«

Nachdem man gespeist hatte, bat der Hausherr zum Tanz. Er ließ es sich nicht nehmen, den Tanz zu eröffnen. Als Partnerin wählte er die Tochter des Ehrengastes August von Bremer. Der Musikant spielte die bekannten Stücke zum Tanz. Langsam und vorsichtig, um der guten

Sitten willen, führte Johannes Constanze über die Tanzfläche. Schon bald taten es ihnen die anderen Anwesenden gleich, und ein wildes Durcheinander entstand. Später vergnügte man sich noch bei ein paar Formationstänzen. Es wurde am Rande geplaudert und getratscht. Johannes unterhielt sich angeregt mit der jungen Tochter von Bremers. Sie war liebreizend und hatte nicht den Hauch einer schlechten Angewohnheit. Ihr zurückhaltendes, aber dennoch sehr freundliches Wesen faszinierte ihn. Er musste sie wiedersehen.

»Leider müssen wir nun nach Hause, Herr Weber«, sagte August von Bremer zu später Stunde zu Johannes und drehte seinen Siegelring. Seine Körperhaltung ließ keinen Widerspruch zu. »Aber ich möchte Euch schon jetzt zu meinem nächsten Empfang einladen. Auch würde ich mich gerne einmal in einem ruhigeren Umfeld mit Euch treffen. Vielleicht können wir das ein oder andere Geschäft zusammen vorantreiben.«

»Da bin ich mir sicher, Herr Stadtrat«, entgegnete Johannes und verneigte sich leicht. »Zufällig bin ich da gerade auf eine Möglichkeit gestoßen, die einen Investor vertragen könnte. Es würde meinen Mitstreitern gefallen, einen Mann Eures Formats für die Sache gewinnen zu können.«

»Um was genau handelt es sich dabei?« fragte von Bremer. An seinem Lächeln sah man, dass er geschmeichelt war. *»Ein Mann seines Formates.«* Endlich mal jemand, der seinen Stand respektierte.

»Es geht um Beteiligungen, die enorme Gewinne versprechen. Jedoch möchte ich in diesem Rahmen nicht ins Detail gehen. Lasst uns ein Treffen vereinbaren, und ich besuche Euch gerne, um Euch die genauen Einzelheiten darzulegen. Zumal ich nicht alles im Kopf habe. Ihr wisst, man hat seine Leute für sowas.« Johannes lachte arrogant und verabscheute sich dafür. Aber es gehörte zu seiner Rolle. Er hoffte nur, Constanze dadurch nicht zu verschrecken. Doch ein kurzer Blick zur Tochter des Stadtrates verriet ihm, dass diese gar nicht zugehört hatte. Ihr Blick wanderte gelangweilt durch den Raum.

Johannes verabredete ein Treffen an einem der kommenden Tage bei von Bremer, um abzuklären, ob der Stadtrat für eine Beteiligung infrage käme. Dann ging man auseinander.

Nachdem auch die restlichen Gäste den Nachhauseweg angetreten hatten, saßen Walter und Johannes bei einem Glas Wein zusammen. Simon hatte sich schon lange zurückgezogen.

»Du musst auf dein Ziel achten, Johannes«, riet Walter.

»Wie meinst du das?«

»Ich habe gesehen, wie du dem jungen Ding nachgestellt bist.«

»Nachgestellt?«, empörte sich Johannes. »Wie sich das anhört. Ich habe doch nur mit ihr getanzt.«

»Ich habe da ein wenig mehr gesehen«, widersprach der Wirt. »Sei vorsichtig. Sie ist die Tochter des Stadtrates.«

»Wie du weißt, sind meine Erfahrungen mit Frauen doch sehr beschränkt. Ich wüsste gar nicht, wie ich mich ihr nähern sollte, geschweige denn mehr erwarten könnte.«

»Das ist ja das Problem. Du weißt nicht, was die Liebe aus dem Manne macht. Sie macht ihn zum Deppen.«

»Liebe? Jetzt mach' dich nicht lächerlich. Ich kann mich gar nicht in sie verlieben. Sie ist die Brut des Mannes, der meine Eltern ermordet hat. Demnach kommt sie für mich nicht in Betracht. Allerdings muss ich gestehen, dass sie erstaunlich nett ist.«

»Wollen wir hoffen, dass es dabei bleibt.«

Wie Walter befürchtet hatte, musste sich Johannes einige Tage später eingestehen, dass er von Constanze verzaubert war. Er hatte sie nach dem Empfang noch einmal zufällig auf dem Weckmarkt getroffen. Johannes verwickelte sie in ein Gespräch und fand heraus, dass sie eine sehr aufgeweckte, fröhliche und natürliche Art hatte. Besonders ihr herzliches, ansteckendes Lachen hatte es ihm angetan. Johannes ertappte sich dabei, wie er Scherze machte, nur um ihr Lachen noch einmal hören zu können. Irgendwie hatte er es geschafft, dass Constanze die Magd mit den Einkäufen nach Hause schickte und sich auf einen Spaziergang am Mainufer mit ihm einließ. Sie plauderten über Gott und die Welt. Johannes fragte sich, wie ein widerlicher Verbrecher wie August von Bremer solch eine bezaubernde Tochter haben konnte. Er verlor sich in ihren Augen und war verzaubert. So etwas war ihm noch nie passiert.

Als er nach Hause kam und die Einsamkeit Besitz von ihm ergriff, musste er sich eingestehen, dass er immerzu an Constanze dachte. Immer wieder versuchte er, sie aus seinem Gehirn zu verbannen. Doch kaum hatte er es geschafft, kehrte sie schon wieder in seine Gedanken zurück Er musste sie wiedersehen, koste es, was es wolle. Aber wie sollte er das anstellen? Schließlich war es nicht so einfach, mit ihr allein zu sein. Sicherlich würde immer eine Magd als Anstandsdame dabei sein. Es musste wie zufällig aussehen.

Am nächsten Morgen legte er sich vor dem Haus, in dem von Bremer wohnte, auf die Lauer und wartete, bis Constanze auf die Straße trat. Es dauerte Stunden. Der liebestolle Meisterdieb verharrte dennoch hinter einem Baum, bis endlich die Bemühungen belohnt wurden. Zu Johannes' Überraschung und großer Freude war sie allein. Sie trug ein weißes Kleid, ihr Haar war unter einer Haube versteckt. An den Rändern der Haube schauten ihre schwarzen Locken hervor. Sie war wie immer ein wunderschöner Anblick. Sie leuchtete förmlich in der Mittagssonne. Zum Schutz vor der Sonne hatte sie einen verspielten Schirm dabei, und an ihrem rechten Arm hing ein Korb. Johannes' Herz schlug schneller. Er musste sich zwingen, Constanze ein wenig Vorsprung zu lassen. Als sie die nächste Straßenecke erreichte, folgte er ihr. Immer darauf bedacht, nicht entdeckt zu werden.

Wo sie wohl hinging?

Für was brauchte sie den Korb?

Das könnte eine Gelegenheit bieten, ihr die Last abzunehmen, sollte sie ihn mit schweren Dingen füllen.

Der Weg der Angebeteten führte direkt auf den Römerberg, wo die Bauern der Umgebung an diesem Tag ihre Ernteerträge feilboten.

Die Gelegenheit!

Johannes wartete geduldig, bis Constanze in die Menge eingetaucht war und folgte ihr dann. Etwas später kreuzte er wie zufällig ihren Weg.

»Na, das ist ja ein Zufall«, rief er und versuchte dabei, ganz natürlich zu wirken.

»Herr Weber, wie schön, Euch zu sehen«, antwortete Constanze und zeigte ihr schönstes Lächeln. Die Freude schien echt zu sein.

»Kann ich Euch helfen? Der schwere Korb ist nichts für Eure zarten Arme.«

»Wie galant von Euch, Herr Weber«, sich die Dame der netten Geste und übergab den Korb an Johannes.

Beide setzten den Einkauf fort. Zu Johannes' Glück war Constanze nicht aufgefallen, dass er selbst keinen Korb dabei hatte, um seine Einkäufe zu transportieren. Zumindest war es das, was Johannes glaubte. In Wahrheit hatte sie ihn schon beim Verlassen des Hauses gesehen und sich sehr darüber gefreut, denn auch ihr ging der Mann nicht mehr aus dem Kopf, seit sie ihn das erste Mal gesehen hatte. Mit ihm konnte sie sich eine Zukunft vorstellen. Er war wohlhabend, gebildet, galant und noch nicht einmal hässlich, sogar eher ansehnlich, wenn man ihn genauer betrachtete.

Wieder verbrachten die beiden den Tag am Ufer des Mains.

Johannes führte die junge Dame am Nachmittag nach Hause und ging verträumt lächelnd seines Weges. Zu Hause angekommen, traf er auf Mathilde, seine Haushälterin, die schon auf ihn gewartet hatte.

»So gefallt Ihr mir besser, Herr«, begrüßte sie ihn. Obwohl sie nicht gut auf ihn zu sprechen war, da sie das Essen bereits vor Stunden für ihn zubereitet hatte, und er sie hatte warten lassen.

»Ach Mathilde«, seufzte Johannes, »das Leben ist voller Überraschungen. Und die schönsten Überraschungen sind die, die einem den Tag versüßen. Was hat mir meine allerliebste Haushälterin zu Essen gemacht?«

»Wildbret, Herr.«

»Mein Leibgericht!«

»Ich dachte, Euer Leibgericht wären Wachteln, Herr«, staunte Mathilde.

»So? Dann eben ab sofort Wildbret.« Johannes grinste und verschlang mit großem Appetit seine Mahlzeit.

In den darauffolgenden Tagen trafen sich Johannes und Constanze beinahe täglich *zufällig* auf dem Römerberg.

Walter erinnerte Johannes einige Tage später an sein Ziel, das dieser aus dem Gedächtnis verloren zu haben schien. Der ehemalige Wirt schaffte es, dass Johannes' Wut auf von Bremer zurückkehrte und er neuen Antrieb erhielt. Gemeinsam arbeiteten sie weiter an ihrem Plan, es dem verhassten Stadtrat heimzuzahlen.

Schon einige Tage später machte sich Johannes zusammen mit Robert, der als sein Buchhalter auftreten sollte, auf den Weg. Sie liefen die Zeyl entlang, als Robert plötzlich stehen blieb.

»Was ist?«, wollte Johannes wissen.

»Diese Kleidung macht mich verrückt. Sie zwickt an allen Ecken und Kanten«, schimpfte er und nestelte an seinem feinen Zwirn, den er nicht gewohnt war.

»Warum muss ich da überhaupt mitgehen?«

»Das habe ich dir doch schon hundertmal erklärt.« Johannes war genervt. »Jetzt reiß dich zusammen. Und wehe, du zappelst bei von Bremer die ganze Zeit herum. Du musst deine Sache ordentlich machen.«

»Verlass dich drauf.«

»Bereit?«, fragte Johannes.

Robert nickte und wurde ernst. Gemeinsam traten sie an die Tür des Hauses und läuteten. Wenig später öffnete ein junger Diener. Er bat die Gäste herein und führte sie in ein feudal eingerichtetes Zimmer. Der Raum war reichlich verziert mit allerlei unnützen Dingen wie Ritterrüstungen und Statuen, die dem Anschein nach griechische oder römische Gottheiten darstellten. Johannes und Robert in bequemen Sesseln Platz und schauten sich um. Ein großer Tisch dominierte den Raum. In der Ecke brannte der Kamin, der für wohlige Wärme sorgte. An den Wänden hingen Porträts der Familie von Bremer. Robert und Johannes schauten sich um, während sie auf den Hausherrn warteten. Doch statt des Hausherrn betrat wenig später eine Dame den Raum. Sie trug ein weißes Kleid. Sie schaute nicht in das Zimmer hinein, sondern wandte ihr Gesicht von den beiden Männern ab. Sie sprach dabei mit jemandem in ihrem Rücken.

»Ja, Liebes«, sagte sie. »Wir werden heute noch eine Entscheidung darüber treffen.«

Jetzt konnten die Männer auch den Gesprächspartner sehen. Es war Constanze. Sofort schlug Johannes' Herz schneller, ohne dass er etwas dagegen tun konnte. Doch als die Dame in dem weißen Kleid sich umdrehte und ihr Gesicht offenbarte, sprang ihm das Herz fast aus der Brust. Hätte er nicht bereits gesessen, er wäre umgefallen.

»Oh«, rief die Frau überrascht aus. »Ich wusste nicht, dass jemand im Raum ist. Verzeiht meine Unfreundlichkeit.«

Die beiden Männer erhoben sich aus ihren Sesseln. Robert deutete eine Verbeugung an. Johannes hingegen, rührte sich nicht.

Er kannte diese Frau. Unfähig, sich zu rühren, starrte er sie an. Diese Augen, von tiefer Traurigkeit geprägt und dennoch hell erleuchtet durch das unvergleichliche Blau der Iris. Ihr Gesicht war kaum verändert, ihr Gesichtsausdruck hingegen schon. Johannes las etwas in ihrem Antlitz, das ihn traurig und zugleich wütend machte. Robert bemerkte, dass seinen Partner die Konzentration verließ. Johannes nestelte an seiner Kleidung , seine Augen suchten nach Halt und fanden keinen, Schweiß trat auf seine Stirn. Robert gab Johannes einen Stoß in die Rippen. Verwirrt schaute dieser ihn an. Kreidebleich. Robert sorgte sich um seinen Freund, obwohl er nicht wusste, warum dieser sich plötzlich so merkwürdig verhielt.

»Aber das konntet Ihr doch nicht wissen. Darf ich uns vorstellen?«, ergriff Robert das Wort. »Mein Name ist Robert Wertheimer. Ich bin meines Zeichens der Buchhalter des Herrn Weber. Das ist der Herr hier neben mir. Wir erwarten eigentlich Herrn von Bremer. Wir haben eine geschäftliche Verabredung mit ihm.«

Johannes rührte sich noch immer nicht.

»Johannes Weber?«, fragte die Frau und stockte ebenfalls.

»Hallo, Herr Weber«, meldete sich Constanze, die gerade den Raum betrat und auf ihn zulief. »Wie schön, dass wir uns so schnell wiedersehen.«

»Wie? Äh ..., die Freude ist ganz auf meiner Seite, Constanze.« Johannes Stimme war kratzig. »Wir müssen aber leider schon wieder gehen.«

Johannes drängte sich an den Frauen vorbei zur Tür und zog Robert mit sich.

»Wieso?«, rief dieser und folgte widerwillig.

»Ich habe etwas vergessen«, log Johannes.

Auf der Straße fing Johannes sogar an zu rennen. Robert konnte ihm kaum folgen. Erst an der Hauptwache holte er ihn ein.

»Was sollte das?«, fauchte er ihn an.

»Diese Frau ...«

»Ja, das war eine Frau. Und?«

Johannes war kaum in der Lage zu reden. Konnte das sein, nach über zwanzig Jahren? Aber er war sich sicher. Dann sprach er das Undenkbare es aus: »Das war meine Mutter!«

Verwirrungen

Audiatur et altera pars –

Man höre auch die andere Seite

Johannes schloss sich tagelang in seinem Haus ein. Niemand durfte zu ihm, nicht einmal Walter. Der Wirt machte sich große Sorgen um seinen Freund. Robert hatte ihm berichtet, was bei August von Bremer vorgefallen war. Walter konnte verstehen, dass dies ein Schock für Johannes gewesen sein musste. Dennoch war es keine Lösung, jetzt den Kopf einzuziehen und sich einzusperren. Deshalb unternahm Walter eine Woche nach dem Vorfall einen weiteren Versuch, seinen Freund aus dem Zimmer zu locken.

»Johannes«, rief er durch die Tür und klopfte gleichzeitig leise an.

Keine Antwort.

»Johannes, jetzt ist es aber genug«, rief Walter nach einer Weile und weiterem Anklopfen ungeduldig. »Du hast jetzt ein Woche Zeit gehabt, dir deine Gedanken zu machen. Willst du ewig in deiner Stube bleiben und warten, bis die Welt untergeht?«

»Geh weg!«, kam es aus dem Inneren.

»Nein, ich bleibe solange, bis du endlich zur Vernunft kommst.«

»Dann lass dir was zum Essen bringen, das kann dauern.«

»Johannes, was soll das? Woher willst du denn wissen, dass es wirklich deine Mutter ist?«

»Was für eine blöde Frage. Ich bin ihr Sohn!«

»Ich komme mir reichlich dämlich vor, mit einer Tür zu reden, kann ich denn wenigstens hineinkommen?«

»Nein!«

»Warum nicht?«

»Weil ...« Johannes fiel kein passender Grund ein.

»Ich bin dein Freund. Vielleicht dein einziger. Ich will doch nur helfen.«

Stille.

Walter horchte einen Augenblick. Dann hörte er Geräusche im Zimmer. Kurz darauf ging die Tür auf, und ein völlig zerzauster Johannes stand im Rahmen.

»Du meine Güte«, stieß Walter hervor. »Du siehst ja fürchterlich aus.«

»Na und?«

»Entschuldige, Johannes. Aber du bedarfst dringend der Pflege.«

»Später. Komm erst einmal herein.«

Walter wollte die Gelegenheit nicht verstreichen lassen und folgte der Aufforderung seines Freundes. Er betrat den Raum, der stickig und abgedunkelt war.

»Darf ich ein Fenster öffnen?«, fragte der Wirt deshalb.

»Nur zu.«

Walter öffnete die Fenster und Läden. Sofort wurde es hell im Zimmer. Johannes hielt sich schützend die Hände vor die Augen.

»Autsch, so war das nicht gemeint«, meckerte er.

»Entschuldige«, erwiderte Walter halbherzig. »Ich vergaß, dass du eine Woche in dieser Höhle gesessen hast. Es war Zeit für ein wenig Sonne in deinem Leben.«

»Ha«, machte Johannes. »Mein Leben ist verwirkt. Ich dachte mein Leben lang, dass meine Mutter tot sei. Und jetzt ist es noch schlimmer gekommen. Meine Mutter ist die Frau meines größten Feindes. Schlimm genug. Aber dass sie mich niemals hat suchen lassen ...«, er brach ab.

»Das ist selbstgerecht von dir«, sagte Walter. Er legte die Stirn in Falten »Sie ging schließlich davon aus, dass du in der Nidda ertränkt wurdest.«

»Ich ..., ach lass mich in Ruhe damit.« Johannes war immer noch verbittert. Wut und Enttäuschung lieferten sich einen Zweikampf in ihm.

»Warum gehst du nicht zu ihr und sprichst mit ihr?«

»Ich kann nicht.«

»So ein Unsinn. Sie ist immer noch deine Mutter. Wer weiß, welche Umstände sie dazu gezwungen haben, von Bremers Frau zu werden. Und außerdem willst du bestimmt Constanze wiedersehen, oder?«

»Constanze? Sie ist meine Schwester, falls dir das nicht klar sein sollte.«

»Wenn überhaupt, dann Halbschwester«, korrigierte Walter seinen Freund. »Aber sicher ist das auch nicht. Du weißt gar nichts.«

Johannes schwieg. Er wusste nicht, wie er mit der Situation ungehen sollte. In ihm tobte es.

»Bist du dir im Klaren, was das alles für mich bedeutet?«, er fasste sich an die Stirn und lief auf und ab. Immer wieder holte er Luft, um etwas zu sagen, doch er blieb stumm. Dann endlich gelang es ihm: »Walter, mein ganzes Leben ist zur Farce geworden. Alles ist infrage gestellt. Mein Leben als Verbrecher, mit dem ich so vielen Menschen Leid zugefügt habe basiert auf der Tatsache, dass ich meine Familie verloren hatte. Und jetzt erfahre ich, dass meine Mutter die ganze Zeit über gelebt hat, und das in dem vermeintlichen Wissen, dass ihr einziger Sohn ermordet wurde. Sie hat den Mörder ihres Mannes und Sohnes geheiratet. Verstehst du nicht, dass ich mich frage, was sie dazu getrieben hat? Wie konnte Sie das tun? Ich will sie nicht verurteilen, bevor ich die Wahrheit kenne. Sicher ist es auch für Sie nicht einfach, wenn ich jetzt zu ihr gehe und sage; Hallo, da bin ich wieder, Mutter.« Er stockte wieder und seufzte, »Gib mir ein paar Tage Zeit, ich muss das alles erst mal verarbeiten.«

Wieder vergingen Tage, in denen Johannes sich komplett zurückzog. Er war der Verzweiflung nahe. Die ganze Situation überforderte ihn. Aber irgendwann kam ihm der Gedanke, dass es nichts brachte, darüber noch länger nachzugrübeln. Es gab nur einen Weg. »Du hast Recht, Walter«, sagte er schließlich beim gemeinsamen Frühstück mit seinem Freund, der als einziger in den letzten Tagen Zugang zu ihm gehabt hatte. »Ich werde noch heute mit meiner Mutter sprechen. Sie ist es mir einfach schuldig.«

»Ich weiß nicht, ob du so einfach hingehen solltest«, zweifelte Walter. »Wir sollten etwas feinfühliger vorgehen. Von Bremer denkt, du bist tot. Vergiss das nicht.«

»Was schlägst du vor?«

»Wir senden einen Boten, und du triffst dich mit ihr bei mir in der Schenke. Das ist am sichersten.«

»Einverstanden. Aber zuerst treffe ich mich mit Constanze.«

Der Bote wurde gesandt. Schon wenig später traf er mit einer Antwort Constanzes ein. Sie willigte ein. Wenn Constanze verwirrt war über Johannes' merkwürdiges Verhalten, dann ließ sie es sich, zumindest in ihrer Nachricht, nicht anmerken. Das Treffen war für den nächsten Abend vereinbart.

Johannes grübelte den gesamten Tag über, wie er es anstellen sollte, Constanze gegenüberzutreten, ohne sie zu vergrämen.

Als er weit vor der vereinbarten Uhrzeit in der Schenke eintraf, war er sich nicht im Klaren darüber, wie er die Sache angehen sollte.

Walter, der mit ihm nun an einem Tisch in der Wirtsstube saß, bemerkte die bedrückte Stimmung seines Freundes.

»Aufgeregt?«, fragte er überflüssigerweise.

»Natürlich«, bestätigte Johannes und rieb sich die Hände. »Die Sache ist nicht so einfach. Ich kann ja wohl kaum zu ihr sagen, dass ihre Mutter, die auch die meine ist, eigentlich eine einfache Bäuerin aus

Heddernheim war, bevor ihr Vater sie vergewaltigte. Dann lege ich noch nach und offenbare ihr, dass sie dem Anschein nach das Produkt eben dieser Vergewaltigung ist. Und da obendrauf packe ich dann noch die Nachricht, dass ihr Herr Vater ein Mörder ist, der meinen Vater ermordet, unsere Mutter verschleppt und allem Anschein nach irgendwie gefügig gemacht hat. Mal ehrlich, wer würde denn so etwas glauben? Und wer würde Constanze verdenken, wenn sie mich ohrfeigt und das Lokal sofort verlässt?«

»Niemand«, sagte Walter und brachte die Tragik der Situation auf den Punkt.

»Natürlich«, erwiderte Johannes deprimiert und nahm einen tiefen Schluck aus seinem Krug, der mit Met gefüllt war. Es war bereits der fünfte seit seinem Eintreffen. Er trank noch weitere Krüge des Honigweins. Es dauerte nicht lange, und der Alkohol zeigte seine verheerende Wirkung.

Walter hatte versucht, Johannes zu bremsen; doch war sein Bemühen nicht von Erfolg gekrönt. Johannes war betrunken.

»Du trinkst zu viel, Junge«, versuchte es der Wirt nach weiteren Krügen Met erneut.

»Was?«, Johannes, der abwesend schien, streckte sich.

Walter ahnte Schlimmes. Er war versucht, die ganze Sache abzusagen, um Schaden von seinem Freund abzuwenden. Doch dazu war es zu spät, denn just in diesem Moment erschien Constanze in der Tür. Die Wirkung des Alkohols hatte bereits eingesetzt. Johannes war zwar nicht komplett betrunken, doch ein gewisser Kontrollverlust war ihm anzumerken.

»Constanze!«, rief er zur Begrüßung und sprang auf. Dabei blieb er am Tisch hängen und stieß den Metkrug, der darauf stand, um. Das Gesöff ergoss sich nicht nur über den Tisch, sondern auch über die Hosen Johannes'. Doch dieser schien das alles nicht wahrzunehmen. Er stürmte auf die junge Dame zu.

Constanze schien Johannes' Zustand nicht zu bemerken und ordnete die Szene als Ungeschicklichkeit ihres Gastgebers ein.

»Oh, das tut mir leid…«, sagte Johannes mit leicht säuselnder Stimme. Jetzt wurde Constanze misstrauisch, und Walter versuchte zu retten, was zu retten war.

»Constanze, es wäre besser, wenn wir das Treffen verschieben«, sagte Walter. »Es tut mir Leid, aber Johannes hat eine schlechte Nachricht erhalten und versucht, diese mit Met zu vergessen.« Entschuldigend fügte er hinzu: »Männer tun dies gelegentlich, meine Liebe.«

Walter lächelte und versuchte mit einem Hundeblick Verständnis bei der jungen Dame zu erlangen.

»Was denn für eine Nachricht?«, wollte Johannes wissen. Seine Haltung war gekrümmt, und er schwankte. Er fiel in den Stuhl zurück, wo er schlaff hängen blieb.

»Das weißt du doch ...«, sagte Walter eindringlich und warf seinem Freund einem bösen Blick zu.

»Ja, die Sache mit deiner Mudder, dem Miststück.«

Constanze riss Mund und Augen entsetzt auf. Sie traute ihren Ohren nicht. Sie war dermaßen schockiert, dass ihr die Worte fehlten.

»Wie könnt Ihr es wagen, ...?«, fuhr sie ihn an.

»Ich glaube, es ist besser, Ihr geht nun, Constanze«, wandte sich Walter an das schockierte Fräulein und schob sie bereits in Richtung Ausgang. »Wir melden uns bei Euch.«

Die junge Dame war gehörig verwirrt und äußerte ihren Unmut über die verschwendete Zeit. Walter konnte ihr vor der Schenke ein wenig Verständnis abringen und versprach Aufklärung in Bälde.

Constanze gab auf und ging. Walter schaute ihr eine Weile nach und ging dann zurück in die Schenke, um Johannes zur Vernunft zu bringen.

»Du verdammter Narr«, raunzte er seinen betrunkenen Freund an. »Was fällt dir ein, dich so gehen zu lassen. Willst du alles zerstören?«

»Was denn zerstören?«, antwortete Johannes erstaunlich klar. Er schien sich wieder im Griff zu haben. Walter vermutete eine Scharade und war ein wenig mürrisch. »Mein ganzes Leben ist zerstört worden«, fuhr Johannes fort. »Ich glaubte, meine Eltern verloren zu haben. Und schuld daran ist ihr Vater.« Johannes zeigte zur Tür, durch die Constanze vor wenigen Augenblicken die Schenke verlassen hatte. »Wenn ich daran denke, dass sie vielleicht meine Schwester ist, wird mir übel. Sie hat bestimmt den verderbten Charakter ihres Vaters geerbt.«

»Komm zur Vernunft, Junge«, flehte Walter. »Wir wissen noch überhaupt nichts über sie. Wer weiß, vielleicht war deine Mutter ja schon mit ihr schwanger, als dein Vater noch lebte.«

»Du meinst ...«, Johannes begann zu verstehen, worauf Walter hinaus wollte.

»Genau. Vielleicht ist sie deine richtige Schwester.«

Jetzt hatte Johannes wirklich einen Grund, sich zu betrinken, was er auch tat. Schon wieder hatte sein unbedachtes Temperament dafür gesorgt, dass er einen Menschen unnötig verletzt hatte.

Walter brachte seinen betrunkenen Freund unter einigen Mühen nach Hause, wo er seinen Rausch ausschlief. Am nächsten Morgen wachte Johannes auf und hielt sich den schmerzenden Schädel.

»Meine Güte«, jammerte er. »Ich sollte besser aufpassen, was ich so in mich hineinschütte.«

Mühsam rappelte er sich auf und warf sich etwas Wasser aus der Schale, die auf dem Spiegelschrank in seinem Zimmer stand, in sein Gesicht. Das kühle Nass brachte ein wenig Linderung, doch schon bald meldete sich der Schmerz zurück.

»Geschieht dir recht«, schimpfte er mit sich selbst.

Johannes zog sich einen Morgenrock über sein Nachthemd, schlurfte zum Fenster und öffnete die dunklen Vorhänge. Sofort sprang ihm die grelle Flut der Mittagssonne entgegen. Johannes riss die Arme schützend vor seine Augen. Er dunkelte den Raum sofort wieder ab. Geblendet stolperte er durch das Zimmer und fand nach einigem Suchen die Tür.

»Mathilde«, rief er nach seiner Haushälterin.

Keine Antwort.

Dann lauter: »Mathilde!«

Ein Nagel schien sich in seinen Kopf zu bohren. Er hielt sich den Schädel mit beiden Händen.

»Ihr habt gerufen, Herr?«, rief Mathilde von unten herauf

»Endlich«, rief der Hausherr erleichtert. »Wo warst du denn?«

»In der Küche, Herr«, antwortete Mathilde und kam die Treppe hinaufgelaufen. Als sie ihren Herrn sah, erschrak sie. »Um Himmels Willen! Was ist denn mit Euch passiert? Seid Ihr krank? Soll ich nach dem Arzt schicken?«

Johannes war froh, eine so gute Seele als Haushälterin gefunden zu haben.

»Die Krankheit heißt zu viel Met, Mathilde. Ich wollte dich nur bitten, mir heute kein Frühstück zu bereiten, ich werde wohl etwas länger liegen bleiben. Sagen wir … den ganzen Tag.«

»Aber, Herr Weber. Ihr müsst doch etwas zu Euch nehmen.«

»Nein, nein«, erwiderte Johannes. »Ach weißt du was, nimm dir heute einen freien Tag. Und die anderen auch. Geht in die Stadt und amüsiert Euch. Ich werde den restlichen Tag schlafen.«

»Wie Ihr wünscht, Herr.«

Johannes schlurfte zurück in sein Zimmer und ließ sich aufs Bett fallen, wo er wenig später einschlief.

»Johannes, wach auf!«, hörte er aus weiter Ferne. Er wollte nicht aufstehen, es war gerade so gemütlich.

»Johannes!«

»Lass' mich in Ruhe!«

»Johannes, du musst aufwachen, es ist schon Abend.«

»Wie bitte?«

»Du hast den ganzen Tag geschlafen, jetzt ist aber mal gut. Wir haben viel zu tun.«

Johannes zwang sich, die Augen zu öffnen. Langsam wurde seine Umgebung klarer. Vor ihm stand Walter, der ihn eindringlich musterte.

»Junge, wenn du keinen Wein verträgst, solltest du keinen trinken«, sprach er mit einem Grinsen im Gesicht.

»Wer hat mir denn das Zeug gegeben?«

»Du vergisst, dass ich nicht mehr der Wirt bin.«

»Aber der Besitzer der Schenke. Ich werde die Büttel auf dich hetzen.«

»Komm, Mathilde soll dir einen Kaffee bereiten, der bringt dich wieder unter die Lebenden.«

»Ich habe ihr doch freigegeben«, wunderte sich Johannes.

»Du kennst Mathilde: Wenn ihr geliebter Herr in Nöten ist, kümmert sie sich um ihn. Was meinst du, wer mich eingelassen hat?«

»Sie ist ein wahrer Schatz!«

»Das ist sie, und jetzt komm.«

Kurz darauf saßen die beiden Freunde in der Küche des Hauses und genossen ihre dampfenden Tassen Kaffee, die Mathilde in Windeseile aufgegossen hatte.

»Wir sollten unser weiteres Vorgehen besprechen«, sagte Walter schließlich.

»Du hast Recht, ich entschuldige mich für mein Benehmen gestern Abend. Ich danke dir dafür, dass du heute bei mir bist und mich antreibst, mein Ziel zu erreichen. Du bist mir ein wahrer Freund.«

Walter errötete. »Das ist doch selbstverständlich«, murmelte er und versteckte sein Gesicht hinter der Kaffeetasse. »Sag mir lieber, wie wir jetzt vorgehen sollen.«

»Zunächst muss ich herausfinden, was es mit meiner Mutter und Constanze auf sich hat. Ich muss wissen, wie sie zueinander stehen und vor allem, wie Constanze zu mir steht. Außerdem interessiert es mich brennend, warum meine Mutter diesen Widerling von Bremer geheiratet hat, nach all dem, was er ihr angetan hat.«

»Wie willst du das anstellen?«

»Wir locken von Bremer aus dem Haus, und ich werde den beiden Damen einen Besuch abstatten.«

»So sei es!«

Am darauffolgenden Tag musste Johannes den schweren Gang zu seiner Mutter und der Frau machen, die vielleicht seine Schwester war. Am nächsten Morgen stand er früh auf und stocherte lustlos in Mathildes üppigem Frühstück herum, ohne zu essen. Die Haushälterin bemerkte, dass etwas mit ihrem Herrn nicht stimmte.

»Geht es Euch heute immer noch schlecht, Herr?«, fragte sie deshalb.

»Wie?« Johannes war mit seinen Gedanken woanders gewesen.

»Soll ich nach dem Arzt schicken? Ihr seht krank aus.«

»Nein, nein, Mathilde. Es geht mir gut … zumindest körperlich.«

Mathilde kämpfte mit sich. Im Grunde ging sie das Privatleben ihres Herrn nichts an, aber irgendwie fühlte sie sich für Johannes verantwortlich. Deshalb vergaß sie die gesellschaftlichen Regeln und fragte: »Verzeiht meine Einmischung, Herr, aber Ihr seht mir aus, als hättet Ihr Liebeskummer?«

Johannes lächelte, obwohl er den Bruch der Etikette wohl bemerkte.

»So etwas Ähnliches, Mathilde«, gab er zur Antwort. »Nur viel komplizierter.«

»Wenn Ihr einen Rat benötigt, Herr ... ich habe drei Töchter großgezogen.«

Wieder musste Johannes über die rührende Sorge seiner Haushälterin schmunzeln.

»Ich danke dir, meine Liebe. Du bist die gute Seele dieses Hauses und du hast sehr viel Weisheit in dir, aber in meinem Fall kann nur ich selbst mir helfen.«

Mathilde konnte damit zwar nichts anfangen, beließ es aber dabei. Wenn ihr Herr in solch einer Stimmung war, war es das Beste, ihn sich selbst zu überlassen.

Johannes schickte noch am selben Morgen einen Boten zu von Bremer, um ihn in Walters Schenke zu locken. Walter würde dort den ersten Köder auslegen. Gleichzeitig hätte Johannes genug Zeit, um seiner Mutter zu begegnen. Das Treffen war für diesen Nachmittag geplant. Je näher der Zeitpunkt rückte, desto nervöser wurde Johannes. Er hatte schon überlegt, die ganze Sache abzusagen, denn es kamen ihm Zweifel, ob sein Plan gelingen würde.

Verbündete und neue Gegner

Cum tacent clamant. –

Indem sie schweigen, stimmen sie zu.

Johannes war nervös. Er stand vor dem herrschaftlichen Anwesen der Familie von Bremer und betätigte widerwillig den Türklopfer. Während er darauf wartete, dass die schwere doppelflügelige Tür geöffnet wurde, kämpfte er gegen den Drang zur Flucht an. Dann, als es kaum noch auszuhalten war, wurde die Tür von einem der zahlreichen Diener des Hauses geöffnet. Der Mann war von vornehmer Eleganz, die auf eine jahrelange Erfahrung in herrschaftlichen Kreisen schließen ließ. Mit neutralem Blick fragte er Johannes nach dessen Begehr.

»Ich möchte gerne mit der Dame des Hauses sprechen«, sagte Johannes und spannte seinen Körper, um zu zeigen, dass auch er von Stand war. Er bemerkte, wie er anfing zu schwitzen. Er kam sich vor wie ein kleiner Junge, der das erste Mal zugeben sollte, dass er einen Apfel vom Baum des Nachbarn gestohlen hatte.

Der Diener nickte und fragte dann: »Wen darf ich melden?«

»Mein Name ist Johannes Wagner.«

Sobald er seinen Namen ausgesprochen hatte, wurde ihm klar, dass der Diener in wenigen Minuten seiner Herrin, Johannes' Mutter, deren tot geglaubten Sohn melden würde.

Wie würde sie es aufnehmen, dass dieser nun putzmunter vor der Tür stand?

Immerhin war es zwanzig Jahre her.

Aber sie war seine Mutter.

Eine Mutter vergisst ihr Kind niemals!

Johannes war von Neugierde geplagt. Unendlich viele Fragen schossen ihm durch den Kopf.

Was hatte seine Mutter dazu bewegt, sich mit ihrem Peiniger einzulassen und gar noch ein Kind mit ihm zu zeugen? Hatte er sie gezwungen? War sie freiwillig bei ihm? Wenn ja, warum? Johannes war bei dem Gedanken wütend auf seine Mutter. Beschmutzte sie damit nicht das Andenken seines Vaters, der an diesem denkwürdigen Tag im Jahre 1636 hatte sterben müssen, während sie mit seinen Mördern fortging und gemeinsame Sache machte?

Johannes ertappte sich dabei, wie er nervös an seinen Fingernägeln kaute. Er tat das sonst nie. Er lief auf und ab in dem feudal eingerichteten Zimmer, das dem Besucher sofort zeigte, wer hier wohnte. Johannes betrachtete die Bilder der Bewohner des Hauses von

von Bremer an den Wänden der Bibliothek. Darunter waren auch einige Leute, die Johannes nicht kannte. Er vermutete, dass es sich um die Vorfahren von Bremers handelte. Johannes lief an der Wand entlang, von Bild zu Bild, um sich ein wenig abzulenken. Dabei verschränkte er die Hände hinter dem Rücken, um nicht weiter an seinen Fingernägeln zu kauen. Er stand nun vor dem Bild einer Frau, die er sofort als seine Mutter erkannte.

Sie war schön.

Ihr blondes Haar glänzte, und ihre blauen Augen strahlten hell. Die feinen Gesichtszüge verrieten den Stolz und die Anmut, die in ihr wohnten. Sie lächelte dünnlippig und trug ein cremefarbenes Kleid. Ihre Haare waren kunstvoll aufgesteckt. Seitlich zeigte sich eine Säule, auf der eine Vase mit einem riesigen Blumenstrauß stand. Dahinter sah man einen schweren Vorhang, der in der Mitte gerefft war. Der Hintergrund war von einem sanften Blau, das wunderbar mit ihren Augen harmonierte.

Sie sah glücklich aus.

Johannes machte das wütend. Wohlwissend, dass die Künstler meist ein Lächeln auf die Gesichter der Menschen malten. Ob sie nun wirklich lächelten oder nicht. Dennoch missbilligte er es.

Wie konnte sich seine Mutter als Dame des Hauses malen lassen und dabei auch noch glücklich aussehen? Von Bremer hatte ihren Mann - seinen Vater - ermordet und den Befehl gegeben, ihren einzigen Sohn in der Nidda zu ertränken. Und das, nachdem er und seine Schergen sie zuvor auch noch vergewaltigt hatten. Sie benutzt hatten wie ein Stück Vieh. Dann dachte er über die Situation nach, in der sich seine Mutter damals befunden hatte. Was hätte er an ihrer Stelle getan?

Johannes stand noch nachdenklich vor dem Bild, als die Tür geöffnet wurde und der Diener die Dame des Hauses hineingeleitete. Johannes' Mutter sagte zu dem Diener, dass er nicht mehr benötigt wurde, woraufhin dieser sich zurückzog.

Nun waren sie alleine im Zimmer.

Sie standen sich schweigend gegenüber und sahen sich in die Augen.

Sie sah beinahe so aus wie auf dem Bild. Der Künstler hatte die Wahrheit nicht besonders beschönigen müssen. Martha von Bremer *war* schön. Doch Johannes bemerkte den Hauch einer tieftraurigen Aura um sie herum.

»Hallo Mutter«, sagte er unterkühlter als beabsichtigt.

»Mein Junge, du bist es wirklich«, flüsterte Martha von Bremer, und kämpfte mit den Tränen. Sie hielt sich beide Hände vor den Mund.

Als sie ihr Gesicht wieder freigab, sah Johannes, dass ihre Unterlippe bebte. Ihre Augen glänzten und füllten sich mit Wasser. Alsbald rollte eine einzelne Träne aus ihrem rechten Auge und rann ihre Wange hinab.

Jetzt zitterte sie am ganzen Leib.

Sie schien einer Ohnmacht nah.

Johannes bemerkte es und ging auf sie zu.

»Bleib, wo du bist«, sagte sie und hob die Hand.

Johannes stockte.

»Aber Mutter, ich …«,

»Wenn er herausfindet, dass du noch lebst, bist du des Todes.«

»Sag mir nur, warum«, forderte Johannes.

»Das ist eine lange Geschichte, mein Sohn.«

Martha hatte sich jetzt scheinbar wieder im Griff.

»Ich habe Zeit, Mutter«, sagte Johannes sanft.

»Wenn August …«

»Er wird so schnell nicht zurückkommen.«

»Woher weißt du …?«

»Das ist auch eine lange Geschichte. Ich habe ein wenig Einfluss in der Stadt, mehr musst du nicht wissen.«

Zögernd ging Martha auf ihren verloren geglaubten Sohn zu. Sie stand nun vor ihm. Johannes überragte sie um eine Hauptеslänge. Wieder füllten sich ihre Augen mit Tränen. Sie hob die Hand und streichelte ihrem Sohn sanft über das Gesicht.

»Ich dachte, du seist tot. Es tut mir so leid. Ich …«

Weiter kam sie nicht. Johannes nahm sie in die Arme, und Martha weinte bittere Tränen. Schuldbewusste Tränen, wütende Tränen, Tränen der Freude und – Tränen des Hasses.

»Johannes, du musst mir glauben«, flehte Martha. »Ich war in festem Glauben, dass du tot bist. Dieser große Mann kam an jenem Abend zurück und hat August gesagt, er hätte dich gefesselt in die Nidda geworfen und lange gewartet, ob du wieder auftauchst. Er sagte, du seist mit absoluter Sicherheit ertrunken.«

»Er hat mich laufen lassen«, eröffnete Johannes seiner Mutter. Er sprach leise und behutsam. Martha rang immer noch um Fassung. Sie hatten sich auf den bequemen Kanapees niedergelassen und saßen nah beieinander. Martha hielt Johannes‘ Hände und schaute ihn liebevoll an.

»Ich wusste doch nicht …«, schluchzte sie.

»Ich glaube dir«, war alles, was Johannes sagen konnte.

»Wie hast du ... ich meine … was ist dir widerfahren?«

»Ich fand gute Menschen, die mir geholfen haben«, sagte Johannes nur. Die Erinnerung an die schrecklichen Dinge, die in Dortelweil geschehen waren, wollte er sich nicht zusätzlich ins Gedächtnis rufen. Er würde seiner Mutter später alles erzählen. Im Moment brannte nur eine Frage in ihm.

»Warum bist du hier?«

Sie senkte den Blick und hatte sichtbar Mühe weiterzusprechen. Doch sie kam zu dem Schluss, dass Johannes ein Recht darauf hatte, ihre Geschichte zu hören.

»Glaube mir, Johannes, es war beileibe nicht einfach für mich. Aber du musst wissen, dass ich August von Bremer schon lange vor deinem Vater kannte.«

Johannes zog erstaunt die Augenbrauen nach oben, unterbrach aber seine Mutter, die mittlerweile mit klarer, entschlossener Stimme sprach, nicht.

»Er hatte mir seit frühester Jugend den Hof gemacht. Doch ich wollte ihn nicht haben. Trotz seines Standes und der Aussicht auf ein Leben in guten Verhältnissen. Ich entschied mich für die Liebe und die Armut und deinen Vater, der mich sehr glücklich gemacht hat. Es war nicht besonders leicht für mich, in die Leibeigenschaft zu gehen, wo doch der Sohn des Lehnsherrn mich zur Frau nehmen wollte. Aber Stolz ist eine merkwürdige Sache, mein Junge. Er kann einem den aufrechten Gang in bitteren Zeiten besorgen, aber wenn er erst einmal gebrochen ist …«

Sie vollendete den Satz nicht. Johannes konnte sich ungefähr vorstellen, wie schlimm es für sie gewesen sein musste, hatte er doch diesen Stolz von ihr geerbt.

»Wie dem auch sei«, fuhr sie fort und atmete hörbar aus. »Es war August schon immer ein Dorn im Auge gewesen, dass ich nicht ihn, sondern deinen Vater gewählt hatte. Er hat mir bei jeder Gelegenheit schöne Augen gemacht, und ich habe ihn jedes Mal zurückgewiesen. Ein paar Tage vor dem Überfall traf ich ihn auf dem Markt in Heddernheim. Er stellte mir wieder nach. Ich stieß ihn vor den Kopf, und das vor seinen Soldaten. Er war damals Hauptmann in Kaiser Ferdinands Truppen. Er war sehr wütend, dass ich ihn vor seinen Untergebenen bloßgestellt hatte.«

Sie wurde stiller.

»Naja, das Ergebnis kennst du ja.«

Martha schien ins Leere zu blicken. Johannes bekam Mitleid. Er konnte sich vorstellen, dass seine Mutter all die Jahre unglaubliche Schuldgefühle mit sich herumgetragen haben musste.

»Aber warum bist du dann doch noch mit ihm gegangen?«, fragte er vorsichtig.

»Ich verstehe deine Frage, mein Junge. Er hat meine Familie getötet und mich seinen Soldaten zum Fraß vorgeworfen. Warum, um alles in der Welt, bin ich mit ihm gegangen?«

Wieder dieser leere Blick. Dann, kaum hörbar, sagte sie: »Ich hatte keine Wahl.«

»Doch, die hattest du«, erwiderte Johannes grob.

Martha hob den Kopf. Zum ersten Mal schaute sie Johannes direkt in die Augen. Dann sprach sie ohne Vorwurf in der Stimme weiter.

»Stimmt, Johannes. Ich hatte die Wahl. Ich hatte die Wahl zwischen dem Leben an der Seite eines reichen Mannes, der mir Wohlstand und Sicherheit geben konnte und einem Leben als geschändete Frau, die den Hungertod sterben würde. Ich gebe zu, ich habe daran gedacht, lieber zu verhungern, als mit August mitzugehen. Aber dann dachte ich mir, dass irgendwann der Tag kommen würde, an dem ich mich für all das erduldete Leid an ihm rächen kann.« Martha verzog das Gesicht. Johannes erschrak, wie sehr man ihr ansah, dass sie von Hass erfüllt war. »Ich habe all die Demütigungen ertragen. Ich ekle mich jedes Mal, wenn ich ihm die ehelichen Pflichten erfülle, und wenn er dann nackt und schwitzend neben mir schlief, dachte ich mehr als ein Mal daran, ihm einen Dolch in seinen Wanst zu rammen. Aber das wäre zu einfach. Er muss leiden, so wie ich gelitten habe all die Jahre. Und nun sehe ich dich vor mir und weiß, dass ich die richtige Entscheidung getroffen habe. Aber ich muss jetzt auch zugeben, dass ich zu schwach war, wirklich etwas gegen meine Situation zu tun. Aber ich wusste auch, dass der Tag eines Tages kommen würde, und nun ist es endlich soweit.«

Johannes war entsetzt über die berechnende Kälte, die von seiner Mutter ausging. Sie hatte tatsächlich dieses unglaubliche Martyrium, ihren Vergewaltiger und Mörder ihrer Familie zu heiraten, nur auf sich genommen, um auf den Tag der Rache zu warten.

»Was ist mit Constanze?«, wollte Johannes wissen. Er hatte Angst vor der Antwort, dennoch wollte er Gewissheit.

»Sie ist ein Engel, nicht wahr.« Martha lächelte verträumt, wurde aber schnell wieder ernst.

Johannes reagierte nicht darauf. Stattdessen fragte er: »Sie ist also meine Schwester?«

Martha nickte.

Johannes war enttäuscht, obwohl er es bereits gewusst hatte. Dann dachte er, dass es zu seinem Leben passte. Wie hätte es auch anders sein können? Er, der einsame Wolf, verliebte sich endlich in eine Frau, und dann ausgerechnet in seine Schwester, die von seinem Erzfeind gezeugt worden war. Er lachte bitter.

»Was ist?«, wollte Martha wissen, die bemerkte, dass Johannes verbittert war.

»Ach nichts«, wiegelte er ab. »Erzähle mir mehr über dein Leben bei von Bremer.«

»Ich kann nicht klagen«, sagte sie überraschenderweise. »Mir geht es eigentlich gut. Manchmal ist August sogar so etwas ähnliches wie liebreizend.«

»Ich kann mir schon vorstellen, wann das ist«, warf Johannes ein, bereute es aber im selben Moment. Wie konnte er so mit seiner Mutter reden. Sie tadelte ihn auch sofort mit einem Blick, den nur Mütter haben. Johannes schämte sich. »Entschuldige.«

»Du glaubst jetzt sicher, dass ich mich mit meinem Schicksal abgefunden habe«, fuhr Martha fort. »Du musst bedenken, dass ich von ihm abhängig bin und Verantwortung für Constanze habe. Ohne ihn könnte ich sie nicht ernähren.«

»Weiß sie ...«, Johannes suchte nach den richtigen Worten. »... von der Sache in Heddernheim?«

»Nein.«

»Wir müssen es ihr sagen.«

»Nein!«

»Jetzt ist die Stunde der Rache gekommen. Ich kann für euch sorgen. Ich habe genug Geld, dass es für Generationen reicht.«

»Ich kann es ihr nicht sagen. Es würde ihr das Herz brechen.«

Johannes schnaubte verächtlich. »Und was ist mit dir und deinem gebrochenen Herz? Von Bremer hat dich geschändet, deinen geliebten Mann ermordet und wollte dein einziges Kind in einem Fluss ersäufen, und du machst dir Gedanken um das Seelenheil deiner Tochter?« Johannes lachte auf. »Das ist lächerlich, und das weißt du.«

Martha sagte nichts. Sie kämpfte wieder mit den Tränen. Johannes war wütend.

»Weißt du, was ich glaube? Ich glaube, dass du einfach schon zu lange deinem Schicksal ergeben bist. Du hast einfach nicht den Schneid, dich aufzulehnen.«

Johannes sprang auf.

»Ich werde August von Bremer in den Ruin treiben. Mit oder ohne deine Hilfe.«

»Constanze ist so ein guter Mensch. Sie hat es nicht verdient ...«

»Sie verdient die Wahrheit«, unterbrach Johannes schroff und funkelte seine Mutter an. Er hatte jetzt Mühe, seinen Zorn zu bändigen. Fast so wie vor knapp fünfzehn Jahren, als er die Witwe Hintermann erschlagen hatte. Er rief sich zur Ordnung.

»Ich muss hier raus.« Er ging zur Tür, wo er kurz anhielt und sich zu seiner Mutter umdrehte. »Wenn du bereit bist, mir zu helfen, melde dich. Wenn nicht, mache ich es alleine. Aber stelle dich mir nicht in den Weg.«

Er ließ seine weinende Mutter zurück und lief wütend und tieftraurig zugleich nach Hause. Auf dem Weg durch die Stadt, die sich im wohligen Glanz der Frühlingssonne zeigte, gerade so, als wollte sie ihn verhöhnen, kühlte er ein wenig ab. Um ihn herum suchten sich die Pflanzen ihren Weg ans Licht, die Bäume bekamen saftig grüne Blätter, und die Vögel riefen zur Balz. Die Straßen der Stadt waren zwar begehbar, aber immer noch feucht. Jedoch bekam man keine nassen Füße wie noch vor wenigen Wochen. Auch die Kleidung blieb relativ sauber beim Gang durch die Stadt. Einzig der Gestank der Abfälle, die achtlos auf die Straße geworfen wurden, trübte das Gesamtbild. Johannes dachte darüber nach. Der Frühling war die richtige Jahreszeit für seine Stimmung. Denn der Frühling bedeutete Aufbruch. Aufbruch in eine neue Zeit. Aufbruch, endlich seinen Frieden zu finden.

Als er an seinem Haus im Westend der Stadt ankam, waren Wut und Enttäuschung fast verflogen. Mathilde empfing ihn im Hausflur.

»Herr Winterkorn wartet auf Euch, Herr. Er ist im Kaminzimmer.«

Johannes musste einen Moment überlegen, dann fiel ihm ein, wer damit gemeint war. Walter. Er hatte so gut wie nie den Nachnamen seines Freundes benutzt. Dann lachte er über sich selbst und dankte Mathilde.

Johannes betrat den spärlich eingerichteten Raum, der direkt an die Eingangshalle zu deren rechter Seite anschloss. Er öffnete die hohe Flügeltür und trat ein.

Walter saß in dem gemütlichen Sessel und rauchte eine der Zigarren, die Johannes immer für seine Gäste bereithielt. Hinter Walter knisterte trotz des einsetzenden Frühlings ein kleines Feuer, das den Raum in wohlige Wärme hüllte. Der Raum war gemütlich eingerichtet. Vier Sessel, die um einen kleinen Tisch mit Steinplatte gruppiert waren und ein flacher Schrank, der mit allerlei Nutzlosem gefüllt war und auf dem ein paar Blumen standen. An der Wand hingen einige bedeutungslose Bilder, die Johannes wegen ihrer Schönheit und nicht eines tieferen Sinnes wegen gekauft hatte. Ein kleiner Tisch, auf dem ein Schachspiel mit kunstvoll geschnitzten Figuren stand, rundete die gemütliche Atmosphäre ab.

»Und, wie ist es gelaufen?«, platzte Johannes ohne vorherigen Gruß heraus.

»Erzähle du zuerst«, forderte Walter auf und blieb sitzen. Er blies den scharfen Rauch in die Luft und drehte genussvoll die Zigarre.

»Ich weiß nicht so recht«, sagte Johannes nachdenklich.

»Macht sie mit?«

»Vielleicht.«

»Mmmh«, brummelte Walter skeptisch. »Hört sich nicht gerade nach Erfolg an.«

»Sie sagt, dass sie von Bremer hasst und sich an ihm rächen will.«

»Aber?«

»Allein der Glaube fehlt mir.«

»Wie hat sie es aufgenommen, dass du so plötzlich vor ihr standest?«

»Sie hat geweint.«

»Das war zu erwarten.«

»Lass uns ein andermal darüber reden. Ich bin noch aufgewühlt.«

Das konnte Walter gut verstehen.

»Erzähle mir von deinem Treffen mit von Bremer«, bat Johannes seinen Freund, der nun im Sitz nach vorne rutschte.

»Er kam nicht alleine.«

»Kann man ihm nicht verdenken. Wer war dabei?«

»Ein Konstabler.«

Johannes zog die Luft durch die Zähne ein.

»Keine Angst«, beruhigte ihn Walter. »Er hat keinen Verdacht geschöpft.«

»Wie ist sein Name?«

»Wolfhardt Semmelroth. Ein Großneffe des berühmten Zuckerbäckers Fettmilch.«

»Fettmilch?«, staunte Johannes. »Doch nicht etwa …«

»Oh doch, genau dieser Fettmilch.«

Im Jahre 1612 hatte der Frankfurter Zuckerbäcker Vinzenz Fettmilch für ziemlichen Ärger in der Stadt gesorgt. Er hatte einen Aufstand angezettelt, der in der Stürmung der Judengasse vor der Staufenmauer und anschließenden Vertreibung der Juden aus der Stadt gipfelte. Da das Haus Fettmilchs in der Töngesgasse anschließend einer Schandsäule wich, die in deutscher und lateinischer Sprache die Vergehen des Aufständigen verkündeten, war er umso überraschter, einen Nachfahren Fettmilchs in der Stadt zu treffen.

»Und, warum war Semmelroth dabei?«

»Er ist als Berater unseres edlen Herrn Stadtrat aufgetreten. Seit Schrummbiegel dieser Aufgabe nicht mehr nachgeht, muss doch jemand den ehrenwerten Stadtrat beraten.«

»Aha«, kommentierte Johannes und grinste kurz. Er war schon dabei, sich über die daraus entstehenden Konsequenzen Gedanken zu machen. »Wie steht er zu unserem Angebot?«

»Er war nicht sehr angetan.«

»Verdammt.«

»Keine Sorge. Er wird seine Meinung ändern. Ich kümmere mich darum.«

»Wie seid ihr verblieben?«

»Wir treffen uns übermorgen erneut. Und du sollst dabei sein.«

»Perfekt.«

»Ist alles vorbereitet?«

»Ja, alles läuft nach Plan.«

»Trotz Semmelroth?«

»Er ist nur eine unbedeutende Randfigur, um die wir uns nicht weiter kümmern müssen.«

»Wenn du meinst«, sagte Johannes und hob die Schultern.

Man ließ das Abendessen servieren, zu dem Walter nur allzu gerne blieb und seinem Freund Gesellschaft leistete. Sie aßen, und Johannes erzählte Walter dann noch in allen Einzelheiten von seinem Treffen mit Martha.

»Sie wird uns helfen«, schloss Walter aus den Erzählungen seines Freundes.

»Was macht dich da so sicher?«, wollte Johannes wissen.

»Ich weiß es einfach.«

Am nächsten Morgen wurde Johannes sehr früh von Mathilde geweckt. Er schreckte hoch. Hatte er doch tief und fest geschlafen und nun einige Mühe, sich zu orientieren. Als er einigermaßen klar denken konnte, schaute er Mathilde verwundert an.

»Ist etwas passiert?«, fragte er aufbrausend.

»Nein, aber eine Dame wartet auf Euch, Herr, und sie besteht darauf, dass ich Euch wecke.«

»Um diese Zeit?« Johannes schaute zum Fenster. Es war noch dunkel draußen. Dann schaute er seine Haushälterin an und bemerkte, dass auch sie noch in ihr Schlafgewand gekleidet war. Sie trug eine weiße

Schlafhaube und hatte sich in der Eile nur eine dünne Strickjacke über ihr Nachthemd geworfen. Johannes fand, dass sie darin putzig aussah.

Er lächelte.

»Wer ist es denn?«

»Das ist es ja, warum ich Euch sofort weckte«, sagte Mathilde aufgeregt. »Sie sagt, sie sei Eure Mutter.«

Jetzt war Johannes hellwach.

Er sprang aus dem Bett und zog sich hastig an. Eilig wusch er sich die restlichen Spuren des Schlafes aus dem Gesicht. Über die Schüssel gebeugt, genoss er die erfrischende Kälte des Wassers, dann richtete er sich auf und erblickte sein Ebenbild im Spiegel, der am Waschschrank angebracht war. Er hielt kurz inne, um sich zu sammeln. Dann riss er sich von seinem Anblick los und ging nach unten zu seiner Mutter ins Kaminzimmer.

»Gott zum Gruße, Mutter.« Er umarmte sie kurz. Es fühlte sich gut an. »Was führt dich so früh zu mir?«

»Nur so konnte ich sicher sein, dass mich niemand sieht«, sagte sie und zog das Tuch von ihrer Schulter

Sie setzten sich in die beiden Sessel vor dem Schachspiel.

»Also Mutter, warum bist du hier?«

»Kannst du dir das nicht denken?«

»Doch, aber ich wüsste nur allzu gerne, welche Entscheidung du getroffen hast.«

Martha holte tief Luft, um ihren Mut zu sammeln.

»Ich helfe dir.«

»Gut.« Johannes war erleichtert.

»Aber Constanze darf nichts davon erfahren«, forderte Johannes' Mutter. »Ich will ihr das ersparen. Sie hat nicht das beste Verhältnis zu August, und sie wird über seinen Verlust hinwegkommen. Aber sie ist ein zu zartes Geschöpf, als dass ich sie mit den schrecklichen Taten ihres … *Erziehers* konfrontieren möchte.«

»Und das soll so bleiben?«

»Sie würde es nur schwer verkraften.«

»Du willst sie also weiter mit einer Lüge leben lassen, Mutter?«

»Sie ist ein so guter Mensch.«

»Den du Zeit seines Lebens belügst.« Johannes musste nun seine Wut wieder bändigen.

»Johannes, ich bitte dich.« Martha schien den Tränen nah. Man sah ihr die Verzweiflung an.

»Gut«, sagte Johannes schließlich. »Unter einer Bedingung: Wir sagen es ihr, wenn alles vorbei ist.«

Martha schien nachzudenken.

»In Ordnung«, stimmte sie zu. »Was muss ich tun?«

»Im Prinzip nichts. Außer uns zu decken. Alles ist vorbereitet.«

»Das ist einfach.« Ein Lächeln umspielte ihre Lippen.

»Kennst du diesen Semmelroth?«, fragte Johannes unvermittelt.

»Du meinst den Konstabler?«

Johannes nickte.

»Er ist der neue Held meines Mannes, seit Schrummbiegel tot ist.«

Johannes bemerkte den Unterton in Marthas Stimme und verkniff sich einen Kommentar. Johannes vermutete, dass seine Mutter sich denken konnte, wer für das plötzliche Verschwinden des ehemaligen Beraters des Stadtrates verantwortlich war.

»Du scheinst diesen Semmelroth nicht sonderlich zu mögen.«

»August macht in letzter Zeit nichts, ohne ihn um Rat zu fragen. Er ist ständig um ihn herum. Es ist widerlich, wie sich dieser Semmelroth bei ihm Liebkind macht.«

»Kann er für uns gefährlich werden?«

»Schon möglich. Auf jeden Fall musst du ihn im Auge behalten.«

»Mir fällt schon was ein«, sagte Johannes und war in seinem Element. Er ging schon jetzt verschiedene Möglichkeiten durch, sich dieses Konstablers zu entledigen.

Martha blieb bis kurz vor Sonnenaufgang. In dieser Zeit erzählte ihr Johannes einen Teil seiner Geschichte. Seine Mutter war mehrfach zu Tränen gerührt. Johannes vermied es aber, ihr allzu viel von seiner kriminellen Karriere zu erzählen. Es war besser, wenn sie nicht wusste, womit er so reich geworden war. Zumindest noch nicht. Irgendwann würde er ihr gestehen müssen, womit er sein Geld verdient hatte

Johannes ließ später, nachdem Martha bereits lange gegangen war, nach Walter schicken, um die letzten Einzelheiten für das Treffen am nächsten Tag zu besprechen.

Am Mittag gönnte sich Johannes einen kleinen Spaziergang am Mainufer. Nicht zuletzt, um seine Gedanken zu ordnen. Er hatte einiges zu verarbeiten. Über seine Gedanken brütend bemerkte er nicht, dass ihm Constanze entgegenkam.

»Johannes, erkennt Ihr mich nicht mehr?«, rief sie deshalb, kurz bevor sie aufeinandertrafen.

Johannes schaute auf. Als er sie sah, setzte sein Herz einen Schlag aus. Sie war wunderschön. Neben ihr stand ein nicht minder schönes Mädchen. Mühevoll rang Johannes sich ein Lächeln ab.

»Oh, verzeiht, Constanze. Ich war in Gedanken.«

Die Freundin Constanzes kicherte und hielt sich die Hand vor den Mund.

»Darf ich vorstellen? Adelheid Auerswald. Sie ist eine Freundin von mir.«

Johannes nickte der Dame höflich zu und stellte sich seinerseits vor. Adelheid war nicht hübsch im eigentlichen Sinne, aber dennoch sehr besonders, wie Johannes feststellen musste. Sie trug ein dunkelgrünes Kleid, das aus erlesenem Stoff war. Auf der Schulter lehnte kokett ein Sonnenschirm, den Adelheid ständig drehte. Ihr braunes Haar fiel locker über ihre Schultern. Johannes musste sich zwingen, nicht auf die ungemein wohlgeformten Rundungen der jungen Frau zu starren. Ihr Gesicht war nicht wirklich schön, aber sah es gerne an. Und genau das machte ihre Faszination aus. Die Nase war ein wenig zu groß, die Augen riesig und der Mund schien zu füllig zu sein. Die Ohren standen auch etwas von ihrem zierlichen Kopf ab. Aber das Zusammenspiel der Eigenarten harmonierte derart, dass Johannes seinen Blick nicht von ihr wenden konnte. Er versuchte zu erforschen, was genau die *Schönheit* an ihr ausmachte. Adelheid hatte eine Ausstrahlung, die man am besten mit dem *Gewissen Etwas* umschreiben könnte.

Johannes begleitete die Damen ein Stück ihres Weges. Dabei plauderten sie eine Weile über völlig Belangloses. Johannes genoss die Ablenkung. Auf dem kleinen Spaziergang vermied er es, Constanze Komplimente zu machen, obwohl er reichlich Gelegenheit dazu gehabt hätte. Sie überstrahlte mit ihrer Schönheit alles und jeden. Doch Johannes stellte zu seinem Erstaunen fest, dass seine Verliebtheit bereits begonnen hatte, in eine platonische Zuneigung überzugehen.

Der Köder ist gelegt

Faciunt favos et vespae!

Auch die Wespen machen Waben

»Ich weiß nicht recht«, erwiderte Semmelroth und wischte sich mit einem Taschentuch den Schweiß von der Stirn.

Soeben hatte er sich das Geschäftsmodell von Johannes und Walter in allen Einzelheiten erklären lassen. Die beiden Freunde gaben vor, einen lukrativen Handel mit Stoffen zu betreiben, für den sie noch Geldgeber suchten. Ihr Plan war es, Stoffe aus Venedig nach Frankfurt zu transportieren und hier mit enormem Gewinn an die Schneider zu verkaufen, die nach feiner Seide aus Asien geradezu gierten. Sie gaben vor, den Handel auf viele Städte auszuweiten. Damit sich das Geschäft lohnte, mussten sie jedoch eine ganze Ladung des Stoffes kaufen. Diese Ladung umfasste zwölf Planwagen voll mit Stoff. Da es sich hier um eine enorme Investition handelte, gaben Johannes und Walter vor, einen weiteren Teilhaber zu suchen, um die Kosten und den zu erwarteten Gewinn mit ihm zu teilen. Sie rechneten vor, dass der Gewinn bei wenigstens zweihundert Prozent lag.

Der Berater des Stadtrates saß in dem großen Sessel, der in der Bibliothek von Bremers stand. Die vier Männer hatten sich getroffen, um weitere Einzelheiten des abzuschließenden Geschäftes zu besprechen und die entsprechenden Verträge aufzusetzen. Semmelroth war hässlich. Sein riesiger Kopf ruhte direkt auf seinen schmalen Schultern. Er trug maßgeschneiderte Kleidung, die sehr teuer war, wie Johannes sofort bemerkte. »Wie kann er sich das als Konstabler leisten?«, schoss es Johannes durch den Kopf. Semmelroth hatte nur noch vereinzelt Haare auf dem Kopf und schwitzte trotz der eher kühlen Temperaturen im Raum. Seine Wangen waren mit einem buschigen Bart verziert. Kleine, tief liegende Augen standen eng bei seiner fast runden Nase. Der Konstabler hob seine stummeligen Finger, um sich Gehör zu verschaffen.

»Was ist, wenn die Sachen gestohlen werden?«, wollte er wissen.

»Das gehört zum Risiko, wie bei solchen Geschäften üblich«, klärte Johannes den Konstabler auf.

»Der Wagenzug wird eskortiert von bewaffneten Männern«, ergänzte Walter.

»Trotzdem«, beharrte Semmelroth. »Es ist ein hohes Risiko.«

»Mit entsprechend hohem Gewinn«, fügte Johannes hinzu.

»Was meint Ihr, Herr Stadtrat«, wollte Walter von August von Bremer wissen, der die ganze Zeit über nur wenig zur Diskussion beigetragen hatte.

»Ich denke, dass mein Freund zu pessimistisch ist. Wenn alle Geschäftsleute so denken würden wie er, hätten wir überhaupt keine feinen Stoffe aus Venedig hier. Seht Euch an, mein lieber Wolfhardt. Ihr selbst tragt den Stoff am Körper. Wenn nicht irgendjemand das Risiko auf sich genommen hätte, den Stoff hierher nach Frankfurt zu bringen, wärt Ihr jetzt nackt.«

Johannes lachte. Doch dann stellte er sich Semmelroth nackt vor, und das Lachen blieb ihm im Halse stecken.

»Ich bleibe dabei«, sagte der Konstabler. »Mir wäre das Risiko zu hoch. Es ist Euer Geld, August. Ihr habt mich gebeten, Euch zu beraten, und das tue ich hiermit. Wenn Ihr nicht auf mich hören wollt, ist es bei Euch zu entscheiden.«

Semmelroth lehnte sich zurück und schaute demonstrativ aus dem Fenster. Johannes war angespannt. Dieser Semmelroth konnte alles zunichte machen.

»Ich bin nicht nur Stadtrat, ich bin auch Geschäftsmann«, sagte von Bremer entschlossen. »Ich bin dabei!«

»Sehr schön«, entgegnete Walter. »Dann werden wir Euch in den nächsten Tagen die Verträge zur Unterschrift zukommen lassen.«

Semmelroth schmollte und sagte nichts mehr. Von Bremer schlug in die Hände seiner neuen Geschäftspartner ein und besiegelte so das Geschäft.

Der Fisch war an der Angel.

Johannes hatte in den nächsten Tagen alle Hände voll zu tun. Er musste das Geschäft nämlich tatsächlich abwickeln. Diese Vorgehensweise sicherte ihm das Vertrauen des verhassten Stadtrates. Nebenbei würde er sogar noch Gewinn machen.

Er musste sich zuerst jemanden suchen, der Kontakte zu den Händlern in Venedig hatte. Dies stellte sich als nicht allzu schwierig heraus. Johannes ging einfach zum Zunfthaus, wo ihm ein ortsansässiger Makler genannt wurde. Als Johannes den Kontakt hergestellt hatte, wurde er von den Forderungen des Zwischenhändlers überrascht. Dieser wollte den dritten Teil der Sendung für sich beanspruchen. Johannes war außer sich ob der unverschämten Forderung. Er versuchte den Mann herunterzuhandeln, doch dieser blieb unerbittlich. Johannes blieb nichts anderes übrig, als die Forderungen des Mannes zu erfüllen. Als dieser

Schritt getan und die Ware bestellt war, musste sich Johannes auf die Suche nach einem Abnehmer machen. Diesen zu finden, gestaltete sich schwerer als gedacht. Niemand kannte ihn als Stoffhändler in der Stadt, also vertraute ihm auch niemand. Er ging zu etlichen Tuchhändlern der Stadt, um seine Ware anzubieten. Meist lehnten die Händler ab, da die Ware noch nicht eingetroffen war und sie somit die Qualität nicht bestimmen und auch den Preis nicht festlegen konnten. Einige gaben aber immerhin das Versprechen, die Ware zu begutachten, wenn sie da sei. Darauf ließ sich aufbauen.

Jetzt galt es, einen Lagerraum für zwölf Planwagen voller Stoffwaren zu finden. Dies stellte sich als besonders schwieriges Unterfangen heraus. Niemand in der Stadt hatte ein so geräumiges Lager. Und wenn das Lager groß war, hatte man nicht genügend Platz. Johannes blieb nichts anders übrig, als im Umland Ausschau zu halten. Nach langem Suchen fand er bei einem Bauern in Berkersheim, wenige Stunden Fußmarsch von der Stadt entfernt, eine geeignete Scheune. Der Bauer zeigte sich bereit, diese auszuräumen, um die Stoffe lagern zu können. Die Miete schien Johannes allerdings zu hoch dafür, doch waren ihm auch hier die Hände gebunden. Auch der kleinste Bauer wusste, wie viel Geld man mit Stoffen verdienen konnte. Als Johannes drei Wochen jeden Tag an der Sache gearbeitet hatte, schwor er sich, das nächste Geschäft mit von Bremer weniger exotisch und vor allem weniger aufwendig zu gestalten.

»Meine Güte, Walter«, sagte Johannes, als sie am Abend in der Schenke saßen. »Wenn ich das gewusst hätte …«

»Solange es von Erfolg gekrönt ist, lohnt es sich.« Walter griff nach seinem Krug Bier und nahm einen ordentlichen Schluck.

»Seit drei Wochen kümmere ich mich um nichts anderes mehr. Wie wir die Stoffe hierher bekommen, wo wir sie zwischenlagern und wie wir sie letztendlich wieder verkaufen können.«

»Ja, ja«, entgegnete Walter. »Es ist schon schlimm, wie so mancher Händler sein Geld verdienen muss.«

»Spotte du noch«, schimpfte Johannes. »Es ist wirklich hart verdientes Geld.«

»Wer hätte das gedacht.«

»Du könntest mir ja auch ein wenig helfen.«

»Jetzt wirst du aber ungerecht«, fuhr Walter hoch. »Ich habe dir schon reichlich geholfen. Und ich kann dir auch nur dann helfen, wenn ich weiß, dass du Hilfe benötigst. Und hast du dich in den letzten drei Wochen einmal bei mir blicken lassen?«

»Ich hatte zu tun«, brauste Johannes auf. »Hörst du mir nicht zu?«
»Dann beschwere dich nicht.«
»Ja, ja. Schon gut.« Johannes schlug einen versöhnlichen Ton an. »Ich wollte damit nur zum Ausdruck bringen, dass es einfacher ist, einem Pfeffersack das Geld aus der Tasche zu ziehen, als es selbst zu verdienen.«
»Das sollte dir zu denken geben, mein Freund.«
»Hat es auch. Wenn das hier überstanden ist, schwöre ich bei Gott, keiner ehrlichen Arbeit mehr nachzugehen, die nur dem Zweck dient, Geld zu verdienen.«
Walter musste lachen. »Auch eine Lösung.«

Nach zwölf Wochen war die Ladung endlich eingetroffen. Johannes ließ die Stoffbahnen in die Scheune nach Berkersheim bringen. Er machte sich auf den Weg zu dem kleinen Dorf im Ulmenrück vor den Toren der großen Stadt Frankfurt. Er passierte die Friedberger Warte und erreichte am Mittag das malerisch gelegene Örtchen. Es lag an einem Hang, von dem man in eine Ebene hineinblicken konnte. Die Aussicht war überwältigend. Bei gutem Wetter konnte man die Bäume im nahegelegenen Taunus beinahe einzeln sehen. Die Nidda hatte sich hier ein Bett von poetischer Romantik ausgesucht. Wiesen und Wälder säumten die Auen. Johannes hielt inne, genoss den Augenblick eine Weile und machte sich erst auf den Weg zur gemieteten Scheune, als ihn die Glocken der St. Michaeliskirche Berkersheims aus seinen Tagträumen rissen. Als er dort eintraf, waren die Männer bereits mit Abladen beschäftigt. Dann fiel Johannes auf, dass er überhaupt nicht an die Bewachung der Ware gedacht hatte.
»Könnt Ihr mir für die Sicherheit bürgen, Herr Weber?«, fragte Johannes den Bauern.
»Ich stelle Euch meine Scheune zur Verfügung, Herr Weber. Mehr kann ich für Euch nicht tun.«
Der Bauer war ein kleiner, rundlicher Mann in abgetragener Kleidung. Hellblaue Augen zeugten von einem wachen Verstand unter dem spärlich behaarten Schädel. Er war gewieft, wie Johannes schon bei den ersten Verhandlungen über die Scheunenmiete feststellen musste. Er trug ein unrasiertes Gesicht zur Schau und roch nach Stall.
»Kennt Ihr jemanden im Ort, der die Bewachung übernehmen kann?«
»Kommt darauf an.«
»Worauf?«
»Darauf, wie viel Ihr im Stande seid zu bezahlen.«

»Was immer nötig ist.«

Johannes hätte sich für seine übereilte Antwort ohrfeigen können. Er hätte einen Preis nennen sollen, der dann verhandelt würde. Doch nun war es zu spät. Er kam sich vor wie ein grüner Junge.

»Dann findet sich bestimmt jemand«, sagte der Bauer erfreut.

»Lasst mich raten: Er ist bestimmt eng verwandt mit Euch«, erwiderte Johannes zähneknirschend.

Walter stand neben seinem Freund und grinste breit. Johannes hätte ihn schlagen können. Er bezahlte den Bauern widerwillig und verließ den Ort des Geschehens. Jetzt musste er zusehen, dass die Ware an den Mann gebracht wurde.

Nach ein paar Tagen hatten die ersten Händler Zeit, sich die Ware anzusehen. Sie kamen nach Berkersheim, wo sich in der Scheune ein wahrer Stoffmarkt entwickelte. Zum Glück hatte Johannes daran gedacht, möglichst viele Händler zu bestellen. So konnte er sicher gehen, nicht übervorteilt zu werden, denn die Händler würden gegenseitig darauf aufpassen, die besten Stücke für sich zu bekommen und entsprechende Preise dafür bieten.

Wie sich herausstellte, hatte Johannes feinste Ware am Lager. Am Ende des Tages hatte er alle zwölf Ladungen Stoff verkauft. Er musste sich nun nur noch darum kümmern, dass die Ware auch an die entsprechenden Adressaten ausgeliefert wurde. Dazu bediente er sich eines stadtbekannten Fuhrunternehmers.

Es dauerte ein paar Tage, bis alles verladen und ausgeliefert war. Doch die Kunden bezahlten prompt, sodass Johannes alsbald zu von Bremer gehen konnte. Johannes hatte es bewusst arrangiert, dass von Bremer nur als Geldgeber fungierte und sich am eigentlichen Ablauf des Geschäfts nicht beteiligte. Dem Stadtrat schien es ganz recht gewesen zu sein, sich nicht darum zu kümmern. Er hatte genug andere Dinge zu tun, wie er immer wieder großspurig betonte.

»Gott zum Gruße«, rief der Stadtrat erwartungsvoll, als er seinen Gast in der Bibliothek empfing. »Wie ist unser Geschäft gelaufen?«

»Sehr gut, will ich meinen, Herr Stadtrat«, entgegnete Johannes und warf einen prall gefüllten Beutel auf den Tisch. »Hier Euer Einsatz zurück«, kommentierte Johannes und kramte einen weiteren größeren, aber ebenso prall gefüllten Beutel hervor. »Und hier Euer Gewinn.«

Von Bremers Augen leuchteten vor Gier.

»Ist das Euer Ernst?«

»Seht Ihr mich lachen?«

»Das sind ja mindestens …«

»Zweihundert Gulden.«

»Zweihundert ...«, von Bremer schnappte nach Luft.

»Habe ich Euch zu viel versprochen?«

»Keineswegs, Herr Weber.« Der Stadtrat nahm die gefüllten Beutel und wog sie in seiner rechten Hand. Dann lachte er laut los. Johannes bekam schon fast Angst bei dem irren Anblick des gierigen Stadtrates. Dann aber grinste auch er. Wohlwissend, dass das Geld gut investiert war. Zumal er dieselbe Summe ebenfalls sein Eigen nennen konnte. Ehrliche Arbeit lohnte sich scheinbar doch, wenn man bereit war, ein Risiko einzugehen und genug seine Arbeitskraft zu investieren.

»Was habt Ihr mir noch zu bieten?«, fragte von Bremer Johannes.

»Dachte ich mir doch, dass Euch läppische zweihundert Gulden nicht genug sind.«

Von Bremer lachte.

»Genießt eine Weile Euren Gewinn. Ich melde mich bei Euch, wenn ich Eure Investition benötige.« Johannes stand auf und ging zur Tür.

»Moment«, rief Bremer ihm hinterher. Johannes blieb stehen. Er hatte mit dieser Reaktion gerechnet. »Ich weiß, dass Ihr nun keinen Geldgeber mehr benötigt, Herr Weber. Ich würde es aber begrüßen, wenn Ihr mich künftig als Geschäftspartner in Erwägung ziehen könntet.«

Johannes drehte sich langsam um und setzte eine zweifelnde Miene auf.

»Ich weiß nicht so recht«, sagte er zögerlich. »Ich hätte da schon etwas in Aussicht. Aber ich bin nicht sicher, ob ich Euch damit behelligen soll, Stadtrat«, sagte er und hatte damit genau den richtigen Ton getroffen. »Ich hatte nämlich nicht vor, im Stoffhandel zu verweilen. Es gibt weitaus bessere und ertragreichere Geschäfte.«

»So, welche denn?«, fragte von Bremer.

»Zum Beispiel der Wechselhandel.«

In von Bremers Blick erschien sowohl Unwissen als auch Neugierde. Johannes fuhr fort.

»Es gibt viele Menschen, die nicht bis zum Fälligkeitstag warten können und die Wechsel unter Wert verkaufen. Das heißt, wir kaufen die Wechsel billig auf und lösen sie am Fälligkeitstag mit Gewinn ein. Der Vorteil ist, dass dieses Geschäft völlig ohne Risiko ist. Keine Angst vor Räubern, die die Ware stehlen oder Unwettern, die sie beschädigen. Keine Angst vor Qualitätsmängeln oder Preisschwankungen. Keine Angst, keinen Abnehmer für die Ware zu finden und so weiter und so weiter. Eine saubere Sache.«

»Ich bin dabei.«
»Wollt Ihr nicht erst mit Eurem Berater darüber reden und Euch informieren?«
Von Bremers Gesichtsausdruck zeigte, dass er sich als schlechten Geschäftsmann verriet, wenn er vorbehaltslos zustimmte.
»Ihr habt Recht«, lenkte er deshalb ein. »Ich werde nach Euch schicken lassen, wenn ich mich beraten habe.«
Zufrieden verließ Johannes das Haus des Stadtrates und machte sich auf den Weg zu Walter.
»Hat er angebissen?«, war Walters erste Frage.
»Hätte er fast.«
»Wieso fast?«
»Ich habe ihn davon abgehalten.«
»Du hast was?« Walter riss ungläubig die Augen auf.
»Ich habe ihn davon abgehalten«, wiederholte Johannes ruhig.
»Ich nehme an, du hattest deine Gründe.« Walter musste seine Wut unterdrücken, um seinen Freund nicht zu beschimpfen.
»Die hatte ich.«
»Hätte mein Freund Johannes Wagner wohl die Ehre, mich über sein dümmliches Vorgehen aufzuklären?«, übte sich Walter in Zynismus.
»Hat er«, erwiderte Johannes im gleichen Tonfall und grinste. »Wenn ich ihn nicht darauf hingewiesen hätte, sich vor Geschäftsabschluss mit Semmelroth zu beraten, wäre dies unserem Plan entgegengelaufen. Obendrein unterstreicht es meine Vertrauenswürdigkeit, wenn ich ihn bitte, sich über meinen Vorschlag zu informieren. Nur so gelingt es uns, das absolute Vertrauen des Stadtrates zu erlangen.«
Walter nickte nachdenklich und zog anerkennend die Augenbrauen nach oben.
»Ich bin beeindruckt. So weit hätte ich nicht gedacht.«
»Deshalb bin ich ja auch der Meistergauner von uns beiden.«
Walter deutete einen Schlag an und lachte.
»Dann duck dich, Meistergauner, sonst haut dich der Meisterwirt zu Brei, du Großkotz.«
Die beiden Freunde alberten noch eine Weile herum, bevor sie den Abschluss des ersten Geschäftes mit von Bremer ausgiebig feierten.

Der neue Köder, den Johannes seinem Feind hinwerfen wollte, war diesmal wesentlich leichter auszulegen. Er hatte lediglich einem Fälscher, mit dem er in den vergangenen Jahren des Öfteren zusammengearbeitet hatte, den Auftrag geben müssen, einen Wechsel für ihn herzustellen. Alles andere war Gewohnheit und oft genug erprobt.

»Darf ich es sehen?«, fragte Johannes den Fälscher, der den Namen Matthias Schmalbach trug. Ein kleiner Mann, der eine runde Brille auf seiner Nase trug, die aussah, als würde sie jeden Moment von der kleinen Nase rutschen. Der Mann trug einfache Kleidung und hatte von der Tinte geschwärzte Finger. Die Hände hielt er wie Klauen vor seine Brust. Er war dürr und wirkte klapprig. Auf seinem Kopf hatte er eine speckige schwarze Mütze, wie sie die Köhler trugen. Alles in allem ein seltsamer Anblick. Die Kammer des Fälschers war klein und vollgestopft mit allerlei Büchern, Pergamenten und weiteren Schreibutensilien. Hauptsächlich verdiente der Mann sein Geld mit dem Kopieren von Urkunden und Schriften der alten Gelehrten. Doch davon konnte er kaum leben. Das machte ihn für Männer wie Johannes empfänglich.

»Ihr habt es bezahlt, Meister«, antwortete Schmalbach und hielt Johannes die Urkunde entgegen.

»Es ist perfekt«, urteilte Johannes. »Wie immer.«

»Habt Dank, mein Herr«, sagte der Fälscher und lächelte zufrieden.

»Hier habt Ihr Euren Lohn.« Johannes warf ihm einen Beutel zu, den der kleine Mann erstaunlich geschickt fing. »Ich habe noch etwas draufgelegt, für gute Arbeit sollt Ihr angemessen entlohnt werden.«

Der kleine Mann wog den Beutel in der Hand und fischte eilig ein paar Münzen heraus. Er biss auf eine, um die Echtheit zu überprüfen. Johannes schaute ihn beleidigt an.

»Verzeiht«, sagte Schmalbach schnell und errötete. »Gewohnheit.«

Johannes verabschiedete sich, nicht ohne vorher den Fälscher auf Konsequenzen hinzuweisen, sollte er jemals über das Geschäft plaudern.

Wenig später traf sich Johannes mit Ferdinand und Walter in dessen Schenke. Seit Walter seine Wirtschaft verpachtet hatte, war das Essen noch besser geworden, musste Johannes feststellen, wobei es bei Walter schon vorzüglich war, Aber der neue Wirt wer definitiv der bessere Koch. Er zog Walter damit bei jeder Gelegenheit auf. Ferdinand, der seit langer Zeit wieder einmal in der Stadt war und nun das erste Mal die Kochkünste des neuen Pächters erprobte, war ebenso begeistert von dem neuen Koch. Er lebte seit einiger Zeit in Friedberg. Dies ließ sich nicht vermeiden. Denn in Frankfurt konnte er nicht leben. Sollte ihm hier eines seiner Opfer über den Weg laufen, könnte das verheerende Folgen haben. Wenn er in einer anderen Stadt lebte, erhöhte das die

Sicherheit aller. Wenn er nur ab und zu in Frankfurt war, konnte er, wie auch jetzt wieder, immer den Oheim des Fürsten Rupert von Holdeslohe spielen, der im Auftrag seines Neffen handelte.

»Mmmh, das ist vorzüglich«, nuschelte er mit halb vollem Mund. »Wer hat das gekocht? Doch nicht etwa Walter?«

»Nein«, bestätigte Johannes und grinste. »Der neue Pächter kann wirklich kochen.«

Walter brummte nur verächtlich.

»Das ist wirklich ein Leckerbissen«, schwärmte Ferdinand weiter.

»Sage ich ja auch, aber der ehemalige Wirt des Hauses scheint anderer Meinung zu sein«, legte Johannes nach.

»Dann hat er keine Ahn...«, Ferdinands Zunge war ein wenig zu schnell gewesen. Er bemerkte den bösen Blick des ehemaligen Wirtes und schaute verlegen auf seinen Teller. Er schob sich einen Bissen in den Mund und errötete. »Naja, sooo schlecht war Walters Essen nun auch nicht«, versuchte er schließlich die Situation zu retten.

»Lasst uns das Thema wechseln«, beruhigte Johannes die Situation. »Ferdinand, du weißt, was zu tun ist?«

Ferdinand nickte und kaute weiter.

»Walter, dich brauchen wir diesmal nicht. Wenn du willst, kannst du aber natürlich trotzdem mitkommen.«

»Ist vielleicht sogar besser, wenn Walter mitkommt«, schlug Ferdinand vor.

»Warum?«, wollte Walter wissen.

»Das erhöht die Glaubwürdigkeit. Und außerdem wird der Stadtrat sicherlich wieder seinen Berater dabei haben. Da ist es besser, wir sind in der Überzahl.«

»Kluges Kerlchen, unser Ferdinand«, erkannte Johannes.

Nachdem sie ihre Mahlzeit beendet hatten, gingen sie zu August von Bremers Haus, wo sie mit dem Stadtrat verabredet waren. Mittlerweile war es Sommer geworden, und die Hitze schien kaum ertragbar. Der Main war weit in sein Bett zurückgedrängt worden, wodurch die Schiffer Mühe hatten, eine Fahrrinne zu finden. Als die Männer vor die Tür der Schenke traten, die direkt am Mainufer lag, kam es ihnen vor, als würden sie einen heißen Schlag ins Gesicht bekommen.

Bald darauf erreichten sie das herrschaftliche Haus des Stadtrates auf der Zeyl. Er nutzte es als Stadtwohnung, wie von Bremer immer betonte, um seinen Reichtum zur Schau zu stellen. Er hatte vor den Toren der Stadt in einem der Dörfer noch eine Sommerresidenz, wie er es nannte. Die Luft wäre dort nicht so heiß wie in der Stadt. Johannes hielt das für völligen Unsinn.

Wie sollte denn die Luft ein paar Stunden Fußmarsch weiter anders sein als hier?

Er vermutete, dass von Bremer einfach nur ein eitler Pfau war, der allen zeigen wollte, wie reich er war und wie wenig doch die anderen hatten. Das war Johannes nur recht, das machte ihn berechenbar und gierig.

Man wählte ein schattiges Plätzchen im Garten hinter dem Haus. Der Garten, der etwa zwanzig Meter im Quadrat maß, war gepflegt und schien nach einem Plan entworfen worden zu sein. Die Wege waren mit weißem Kies bedeckt, der unter den Schritten der Männer knirschte. Johannes liebte dieses Geräusch. Es hatte etwas Entspannendes. Entlang der Wege waren kniehohe, sauber gestutzte Hecken angepflanzt, die gleichzeitig als Begrenzung der fein angelegten Beete fungierten. In den Beeten blühten viele unterschiedliche Blumen. Eine Farbenpracht, die ihresgleichen suchte. Weiter hinten im Garten war unter einer riesigen Kastanie ein kleines Rasenstück angelegt, auf das die Männer zusteuerten. Dort standen erfrischende Getränke bereit.

»Sehr schön hier«, bemerkte Johannes zwischen zwei Schlucken des kühlen Wassers und meinte es ehrlich. »Macht sicherlich viel Arbeit.«

»Mein Weib kümmert sich darum«, erklärte von Bremer, der stark schwitzte und aussah, als würde sein hochroter Kopf jeden Moment explodieren. »Manchmal denke ich, dass sie den Garten lieber hat als mich.«

Wird schon so sein, dachte Johannes angewidert, laut sagte er aber: »Kompliment an die Gattin, das hat sie sehr schön hinbekommen.«

»Das Lob gebe ich gerne weiter, aber auch an meine Tochter. Constanze hilft meiner Frau dabei.«

Beim Namen seiner Schwester zuckte Johannes kaum merklich zusammen. Es war ihm in den letzten Tagen erfolgreich gelungen, die liebreizende Tochter des Stadtrates weitestgehend aus seinen Gedanken zu verdrängen. Doch nun war sie wieder in seinem Kopf. Zu allem Überfluss erschien sie nun auch noch auf der Terrasse.

»Ah, da ist ja mein Sonnenschein«, rief der Stadtrat und winkte Constanze zu sich.

Johannes hatte Mühe, seine Gefühle nicht zu zeigen. Constanze ging durch den Garten und schritt auf die Männer zu.

Zu dieser Tageszeit war der Garten ein Wechselspiel von Licht und Schatten. Constanze durchschritt dieses bizarre Lichtspiel. Jedes Mal, wenn sie aus dem Schatten trat, leuchtete ihr weißes Kleid und umspielte ihre schlanke Figur. Johannes musste sich daran erinnern, dass dies seine Halbschwester war.

Constanze begrüßte die Männer. Sie fing wohlerzogen mit dem Gast Ferdinand zu Wittgenstein und Bernbach an. Dann begrüßte sie Walter und Semmelroth und zum Schluss Johannes.

»Schön, Euch mal wiederzusehen«, sagte sie zu ihm. Er glaubte, einen vorwurfsvollen Unterton gehört zu haben.

»Ich habe zur Zeit viel zu tun«, sagte er lahm. »Aber wenn Ihr wollt, bleibe ich nach unserem Gespräch, dann können wir vielleicht ein wenig plaudern.«

»Mal schauen, ob ich dann noch hier bin«, erwiderte Constanze kühl und entschuldigte sich mit den Worten: »Ich lasse Euch nun alleine. Ihr habt sicherlich wichtige Dinge zu besprechen, da stört eine Frau nur.«

Als sie ging, zog sie alle Blicke auf sich. Sie war engelsgleich.

Von Bremer riss die Männer aus ihren Träumereien.

»Kommen wir doch zum Geschäft, meine Herren«, sprach er und klatschte in die Hände. Die fünf Herren platzierten sich um den bereitgestellten Tisch.

»Was kann ich für Euch tun?«, fragte von Bremer Ferdinand voller Elan und Überheblichkeit. Er wusste, dass sein Gegenüber in Geldnot war. So hatte man es ihm jedenfalls berichtet. Dies verschaffte ihm einen Vorteil.

»Wie Ihr sicherlich wisst, bin ich der Gesandte des Fürsten Rupert von Holdeslohe«, begann Ferdinand sein Schauspiel, wie immer in ausgesuchter Höflichkeit redend. Sein vornehmes, etwas steifes Benehmen machte ihn zu dem perfekten Aristokraten, der zu sein er vorgab.

»So wurde es mir berichtet«, antwortete von Bremer.

»Wie Ihr sicherlich auch wisst, hat ein Fürst erhebliche Ausgaben zu tätigen. Der Fürst nennt ein Schloss sein Eigen, das selbstverständlich mit viel Personal in Schuss gehalten werden muss. Er muss Empfänge geben, eine kleine Armee sowie einen Fuhrpark unterhalten, und obendrein muss er noch Abgaben an den Kaiser leisten.«

Der Stadtrat nickte wissend und ließ Ferdinand weiter reden.

»Leider ist die letzte Ernte nicht so üppig ausgefallen, wie sich der Fürst das gewünscht hätte. Obendrein hat die Pest in seinen Ländereien gewütet und somit die Menschen, die ihm ihren Zehnten abgeben, zu Dutzenden dahingerafft. Das alles kostet viel Geld.«

»Wem sagt Ihr das«, erwiderte von Bremer, als hätte er dieselben Sorgen.

»Da kommen wir zu dem Problem des Fürsten«, sagte Ferdinand und tat beschämt. »Er hat zurzeit einen …«, er zögerte, als würde er nach den richtigen Worten suchen. »… nun, nennen wir es *finanziellen Engpass*. Er hat all seine Bargeldreserven investiert und muss nun das Geld für die laufenden Kosten auf andere Weise aufbringen.«

»Und da kommen wir ins Spiel«, schaltete sich Johannes ein.

»Das ist korrekt.«

»Wie können wir dem Fürsten helfen?«

»Der Fürst hat einen Wechsel in seinem Besitz, der allerdings erst in ein paar Monaten fällig wird. Bis dahin sieht er sich jedoch außerstande, seine Kosten zu decken.«

»Und der Fürst bittet uns nun, diesen Wechsel zu kaufen?«

»So ist es«, sagte Ferdinand und tat erleichtert. Geradeso, als wäre ihm eine zentnerschwere Last von den Schultern gefallen.

»Wie hoch ist denn dieser Wechsel?«, wollte von Bremer wissen, der das große Geschäft witterte. Männer in Not würden nicht groß handeln.

»Er beläuft sich auf sechshundert Gulden.«

»Das ist eine enorme Summe«, meldete sich zum ersten Mal Semmelroth zu Wort.

»Der Fürst würde Euch den Wechsel für … vierhundertfünfzig Gulden überlassen«, sagte Ferdinand langsam.

»Ich weiß nicht«, erwiderte von Bremer. »Wir reden hier von viel Geld. Auf wen ist der Wechsel ausgestellt, und wer garantiert mir denn, dass ich ihn tatsächlich auch einlösen kann?«

»Dafür ist gebürgt!« Ferdinand spielte den Empörten.

»Euer Herr muss in großer Not sein, wenn er auf einhundertfünfzig Gulden verzichtet«, bemerkte Johannes.

»Ich komme nicht umhin, dies zuzugeben, Herr Weber«, gab sich Ferdinand beschämt. Er spielte seine Rolle wirklich gut, dachte Johannes und musste aufpassen, nicht zu grinsen.

»Für vierhundert nehme ich ihn«, platzte der Stadtrat heraus.

»August!«, rief Semmelroth. »Woher nimmst du das viele Geld?«

»Du vergisst, dass ich nur die Hälfte bezahlen muss. Die zweite Hälfte bezahlt Herr Weber. Und einhundert Gulden garantierter Gewinn sind, bei aller Liebe, ein Risiko wert, mein Freund.«

»Trotzdem handelt es sich hier um Summen, die mir den Atem rauben. Wenn Herr Weber nun das Geld nicht aufbringt?«

»Seid unbesorgt. Zweihundert Gulden werden mich nicht aus der Bahn werfen. Und schon gar nicht bei so einer sicheren Investition.«

»Was ist, wenn der Wechselpartner stirbt?«, gab Semmelroth zu bedenken.

Johannes und von Bremer schauten Ferdinand fragend an. Nun hing es von seiner Antwort ab, ob das Geschäft stattfand oder nicht.

»Eine Bank bürgt für den Empfänger. Also ist der Wechsel gesichert.«

»Dann sind wir uns einig?«, wollte der Stadtrat wissen.

»Ich denke, der Fürst kann mit vierhundert Gulden gut leben.«

»Kann ich das Dokument mal sehen?«, schaltete sich Semmelroth ein.

»Aber sicher doch«, sagte Ferdinand sofort und kramte in seiner Tasche. Er holte die Schriftrolle hervor und schob sie zu Semmelroth über den Tisch. Der Konstabler nahm das Dokument, entrollte es und betrachtete es skeptisch. Dann hob er es ins Licht und drehte es in der Sonne hin und her. Währenddessen wurde er von den anderen drei Männer beobachtet. Nach einiger Zeit, in der keiner sprach und alle gebannt auf das Urteil des Beraters warteten, legte er es zurück auf den Tisch und zog die Stirn in Falten.

»Und?«, drängte von Bremer seinen Freund zu einem Urteil.

»Ich weiß nicht.«

»Zweifelt Ihr an der Echtheit des Dokuments«, empörte sich Ferdinand und sprang auf. »Wenn dem so ist, gebt mir den Wechsel, ich finde schon einen anderen Interessenten.«

Ferdinand griff nach dem Papier und rollte es wütend zusammen. Johannes hielt die Luft an. Das war so nicht geplant. Er schaute zu, wie Ferdinand den Wechsel einpackte und sich anschickte, den Schauplatz zu verlassen.

»So lasst mich doch ausreden, Herr zu Wittgenstein und Bernbach«, hielt Semmelroth Ferdinand zurück. »Ich hege keinerlei Zweifel an der Echtheit des Wechsels. Ich äußerte lediglich Bedenken, was die Einlösbarkeit des Wechsels angeht. Ist denn der Aussteller in der Lage, zum vereinbarten Zeitpunkt zu zahlen?«

»Dafür verbürge ich mich«, antwortete Ferdinand entschieden. »Ich habe Euch die Umstände des Geschäftes erläutert. Der Fürst befindet sich in einer vorübergehenden Notlage und schöpft nun alle Mittel aus, diese zu meistern. Er hat seinen Stolz überwunden und mich beauftragt, in seinem Namen dieses Geschäft abzuwickeln. Wenn Euch das Wort eines Fürsten nichts wert ist, kann ich leider mit Euch dieses Geschäft nicht tätigen.«

»Moment!«, schaltete von Bremer sich ein. »Ihr macht das Geschäft mit mir und nicht mit dem Konstabler. Er hat nur beratende Funktion. Bitte setzt Euch wieder. Ich bin nach wie vor sehr interessiert. Ich muss mich für meinen Freund entschuldigen. Er will mich nur vor einem Verlust bewahren.«

»Es gibt kein Risiko«, entgegnete Ferdinand trotzig und setzte sich wieder. Er spielte weiter den Beleidigten. Johannes fand, dass er seine Rolle hervorragend spielte.

»Das sehe ich ähnlich«, sagte Bremer in versöhnlichem Tonfall. »Zeigt mir doch den Wechsel noch einmal, werter Herr zu Wittgenstein und Bernbach.«

Der Stadtrat streckte die Hand aus und wartete auf eine Reaktion des Gesandten.

Dieser schien zu überlegen. Er zögerte einen Moment und holte dann das Dokument erneut hervor. Von Bremer rollte es aus und betrachtete es eingehend.

»Also, ich sehe da kein Problem«, beschloss er dann. »Wie seht Ihr das, Herr Weber?«

»Ebenso wie Ihr, mein werter Herr Stadtrat.«

»Na dann, sind wir uns einig?«

Ferdinand verzog keine Miene, und nun schauten alle auf ihn. Es lag in seiner Hand.

»Einverstanden!«

Nachdem das Geschäft abgewickelt war, waren alle Beteiligten bei bester Laune. Man plauderte noch eine Weile und beschloss dann, sich am nächsten Tag zu treffen, um den Handel abzuschließen. Verständlicherweise hatten weder Johannes noch von Bremer das Geld vorrätig und mussten es sich erst von den Bankiers auszahlen lassen. Sofort wurden Boten geschickt, die den Bankiers Bescheid geben sollten. Ferdinand zeigte sich zufrieden und verabschiedete sich. Der Konstabler Semmelroth empfahl sich ebenfalls. Er musste seinen Dienst antreten. Von Bremer und Johannes blieben alleine zurück. Nach einer kurzen und belanglosen Plauderei verabschiedete sich Johannes ebenfalls. Er war schon in der Halle des Hauses, als ihm Constanze in den Sinn kam. Doch sie war nirgends zu sehen. Gerade wollte er das Haus verlassen, als sie die hölzerne Treppe, die in einem großzügigen Linksbogen Erdgeschoss und Obergeschoss verband, hinunter schritt. Johannes' Herz schien einen Schlag auszusetzen, als er sie sah. Sie war eine Augenweide, und wieder musste er sich daran erinnern, dass dort seine Schwester vor ihm stand. In ihrer Begleitung befand sich die junge Dame, die er schon einige Tage zuvor am Main zusammen mit Constanze getroffen hatte.

Wie war noch ihr Name?

Johannes strengte sich an, doch er kam nicht darauf.

Irgendetwas mit *A*, wenn er sich recht erinnerte.

»Schau Adelheid, Herr Weber wollte gehen, ohne sich zu verabschieden«, rief Constanze beleidigt hinter sich und gab somit Johannes unfreiwillig Hilfestellung. Jetzt fiel es ihm wieder ein: Adelheid Auerswald. Sie lief hinter Constanze und war für ihn erst jetzt, da sie ein paar Stufen weiter unten waren, richtig zu erkennen.

Zwei wunderschöne, unverheiratete Frauen standen nun vor Johannes und raubten ihm den Atem. Die eine durch ihre Schönheit und die andere, weil sie Scham in ihm auslöste. Johannes fühlte sich nicht wohl.

Überhaupt nicht!

»Ich dachte, Ihr seid nicht zu Hause«, versuchte er es mit einer Ausrede.

»Bin ich aber«, gab Constanze schnippisch zurück.

»Nun, dann verzeiht meine Unachtsamkeit«, sagte Johannes und verbeugte sich steif.

»Weißt du, Adelheid, der Herr Weber war vor kurzer Zeit noch Feuer und Flamme für mich. Aber nun entzieht er sich mir, und das, obwohl ich mir schon Hoffnungen machte, er sei ernsthaft an mir interessiert.«

Johannes war schockiert über so viel Offenheit und errötete.

Dann schlug seine Befremdung in Wut um.

Wie konnte sie ihn derart bloßstellen?

Unerhört!

»Constanze«, rief auch Adelheid entsetzt. »Was hat denn Herr Weber getan, dass du so böse zu ihm bist?«

»Er hat es zugelassen, dass ich … gewisse Zuneigung für ihn empfinde.«

Ihre Augen füllten sich mit Tränen.

»Ich würde es Euch gerne erklären, Constanze, aber das ist mir im Moment nicht möglich.«

»Nun, ein Mann Eures Standes kennt bestimmt viele Mädchen, die wesentlich hübscher sind als ich. Ich bin Euch nicht böse.«

Das war glatt gelogen. Sowohl was die Schönheit als auch das nicht böse sein anbetraf. Und alle Anwesenden wussten das.

Das machte die Situation nicht angenehmer.

Johannes beschloss, wenigstens einen Versuch der Erklärung zu machen, ohne allzu viel zu verraten.

»Lasst es mich so formulieren, meine Teure«, setzte er an. »Es ist mir unmöglich, Euch weitere Avancen zu machen. Es wäre nicht rechtens.«

Damit konnte Constanze nichts anfangen, was sich in ihrem Gesichtsausdruck widerspiegelte.

Sie schnappte nach Luft.

»Das ist doch … was redet Ihr da für einen Unsinn?«

»Ich wollte, es wäre Unsinn, meine Liebe«, sagte Johannes traurig und verließ ohne weiteres Wort das Haus. Als er auf der Straße war, kam ihm der Gedanke, dass das unangenehme Treffen mit seiner Schwester trotz aller Peinlichkeit sehr erkenntnisreich gewesen war. Sie hätte sich niemals so schnippisch gezeigt, wenn sie eingeweiht gewesen wäre. Dieses Verhalten sagte ihm, dass seine Mutter in der Lage war, ihr Geheimnis zu bewahren.

Auf dem Weg zu seinem Haus von der Zeyl bis ins Westend der Stadt kam ihm ein weiterer Gedanke.

Und gegen diesen wehrte er sich.

Es schien ihm moralisch verwerflich zu sein, aber er musste sich eingestehen, dass er nun Gefühle für Adelheid entwickelte. Er fühlte sich schlecht dabei. Er hatte erst vor wenigen Wochen die Wahrheit über Constanze erfahren, und nun jagte er schon einem anderen Rock hinterher. Dies deckte sich nicht mit seinen Moralvorstellungen.

Schlecht gelaunt ging er nach Hause und vergrub sich für den Rest des Tages in seiner Stube.

Am nächsten Tag trafen sich Ferdinand und August von Bremer im Haus von Johannes, um den Handel zu vollenden. Der Stadtrat kam als Letzter. Johannes hatte schon die Befürchtung, von Bremer würde einen Rückzieher machen. Doch dann traf er doch noch in Johannes‘ Haus ein und hatte sogar noch eine Überraschung von unschätzbarem Wert parat.

»Entschuldigt meine Verspätung, meine Herren«, sagte er, als er endlich eintraf. Er wirkte abgehetzt. »Aber diese Geldverleiher in der Judengasse lassen sich immer bitten. Und wenn man sie dann endlich so weit hat, dass sie einem ein paar Gulden leihen, muss man unendlich viele Verträge unterschreiben.« Er lachte verlegen.

Johannes traute seinen Ohren kaum. Der Stadtrat hatte wohl doch nicht so viel Bargeld zur Verfügung wie gedacht. Das spielte Johannes natürlich in die Karten. Er musste ein triumphierendes Grinsen unterdrücken. Die Tatsache, dass sich von Bremer keine zweihundert

Gulden von heute auf morgen besorgen konnte, würde sein Vorhaben, ihn in den Ruin zu treiben, natürlich erleichtern. Er war kurz versucht, seinen Plan zu ändern und dem verhassten Vergewaltiger und Mörder schon jetzt einen empfindlichen Schlag zu versetzen, besann sich aber dann auf die eigentliche Aufgabe, ihn komplett zu ruinieren. Und dazu bedurfte es weitaus mehr als zweihundert Gulden.

»Kein Problem, Stadtrat«, sagte Johannes stattdessen und bot ihm einen Platz und eine Zigarre an, die von Bremer gerne annahm. Gemeinsam pafften die drei Männer den beißenden Qualm in das Kaminzimmer, das Johannes für seine Geschäftsabschlüsse bevorzugte.

»Wenn wir gewusst hätten, dass Ihr Euch das Bargeld erst leihen musstet, hätten wir auch einen Banktransfer in die Wege leiten können.« Eilig fügte er hinzu: »Damit möchte ich natürlich nicht Eure Kreditwürdigkeit anzweifeln.«

»Nein, nein. Das ist kein Problem. Der Jude wird sein Geld natürlich zurückbekommen und ich meinen Gewinn abschöpfen, dann bin ich ja wieder flüssig.« Wieder lachte er verlegen, und Johannes beließ es dabei.

»Kommen wir zum Geschäft«, schaltete sich Ferdinand ungeduldig ein. »Ich möchte noch heute zum Fürst aufbrechen und ihm die frohe Kunde überbringen. Der Weg ist beschwerlich und weit. Es gilt, das Tageslicht auszunutzen.«

»Reisende soll man nicht aufhalten«, sagte von Bremer und schlug voller Tatendrang die Hände zusammen, womit er zum Aufbruch rief. »Wo ist der Wechsel?«

Ferdinand holte mit flinken Fingern das gefälschte Dokument hervor und legte es auf den Tisch. Der Stadtrat griff danach und beäugte es erneut eingehend.

»Mein Freund und Berater Wolfhardt Semmelroth riet mir zwar von dem Geschäft ab, aber er ist nicht hier, um mich aufzuhalten.«

»Dann kommen wir zum Abschluss«, drängte Ferdinand. »Dürfte ich dann um das Geld bitten? Wie gesagt: Es ist spät.«

»Selbstverständlich, Herr Baron«, ergriff Johannes das Wort. Er holte eine hölzerne Schatulle hervor und stellte sie auf den kleinen Tisch. Ferdinand öffnete sie.

»Mein Anteil«, sagte Johannes, womit er gleichzeitig von Bremer aufforderte, seinen Teil hinzuzufügen.

»Oh, verzeiht«, erkannte dieser und stellte seinen Anteil, ebenfalls in einer kleinen Schatulle untergebracht, daneben.

Der falsche Baron schien zufrieden.

»Ich denke, dass ich hier unter Ehrenmännern bin und nicht nachzählen muss«, bemerkte er.

»Doch, doch«, erwiderte von Bremer leicht gekränkt. »Ich bestehe darauf.«

Ferdinand schaute Johannes fragend an.

»Nur zu«, ermunterte dieser seinen Freund.

Ferdinand schien widerwillig die Schatullen zu öffnen und zählte die Münzen darin. Johannes und von Bremer standen schweigend daneben, rauchten und warteten geduldig, bis Ferdinand soweit war.

»Alles da«, sagte er nach einer ganzen Weile. »Ich hätte mir diesen Zeitverlust sparen können.« Seine Stimme war vorwurfsvoll. Johannes kannte seinen Freund gut genug, um zu wissen, dass er den Ort des Betruges so schnell wie möglich verlassen wollte, bevor noch etwas schief ging. Ein verständlicher Reflex für einen Mann seines Faches.

»Nun, dann mache ich mich mal auf den Weg«, sagte er, knallte die Schatullen zu und verstaute sie in einer Satteltasche. »Den Wechsel könnt Ihr selbstverständlich beim angegebenen Aussteller zum vereinbarten Zeitpunkt über die volle Summe einlösen.«

Man verabschiedete sich kurz, versprach, in gegenseitigem Kontakt zu bleiben und bedankte sich gegenseitig für das gute Geschäft.

Ferdinand ließ die beiden Frankfurter zurück. Jetzt war es an Johannes, den Betrug zu vollenden. Dabei half ihm der Umstand, dass von Bremer sich das Geld geliehen hatte, sehr.

»Herr Stadtrat, darf ich Euch einen Vorschlag machen, der Euch gefallen wird?«, leitete er ein.

»Ich denke, darauf gibt es nur eine Antwort.«

»Selbstverständlich«, lachte Johannes und wusste sich auf der sicheren Seite. »Da Ihr Euch das Geld aus der Judengasse geholt habt, nehme ich an, dass Ihr sehr daran interessiert seid, den Wechsel schnell zu versilbern.«

»Da sagt Ihr was, mein Lieber.«

Johannes verabscheute es, zulassen zu müssen, so von dem verhassten Gegenüber genannt zu werden. Er ließ sich aber nichts anmerken.

»Ich bin in der glücklichen Lage, über genügend Barreserven zu verfügen, um Euch Euren Anteil abzukaufen.«

Der Stadtrat zog die Augenbrauen nach oben. Das hatte er nicht erwartet.

»Ihr scheint mir ein wohlhabender Mann zu sein, Herr Weber.«

»Es reicht zum Leben«, entgegnete Johannes beiläufig. »Nun? Nehmt Ihr mein Angebot an?«

»Ohne Verluste?«

»Die volle Summe«, bestätigte Johannes.

»Warum?«

»Ich schätze Euch als Geschäftspartner und würde gerne auch künftig noch das ein oder andere Geschäft mit Euch abschließen. Da ist es für mich von Vorteil, wenn Ihr etwas auf der hohen Kante habt.«

»Ihr seid sehr weitsichtig. Aber eine Frage stellt sich mir dann doch.«

Johannes blieb gelassen.

»Weshalb bedient Ihr Euch eines Partners, wenn Ihr doch selbst über die Mittel verfügt, die Geschäfte alleine abzuschließen?«

»Das ist ganz einfach«, erklärte Johannes lächelnd. »Ich bin von Haus aus ein sehr vorsichtiger Mann. Wie Ihr wisst, ist jedes Geschäft mit einem Risiko behaftet. Mal mehr, mal weniger. Aber ein Risiko ist immer dabei. Wenn ich es alleine trage, dann könnte ich auch alles verlieren. Teile ich es jedoch, bleibt mir immer noch Geld übrig, um mich mit anderen Geschäften zu erholen. Deshalb die Partnerschaft. Meine Mutter hat mir schon als kleiner Junge geraten, vorsichtig zu sein, und das behalte ich bei.«

»Mir scheint, Eure Frau Mutter war sehr weise.«

Du hast ja keine Ahnung, du Lump, dachte Johannes und unterdrückte seine Gefühle.

»Oh ja, das war sie«, sagte er laut.

»War?«

»Sie ist … wir wurden getrennt. Ich möchte nicht darüber reden.«

Noch nicht, fügte er in Gedanken hinzu.

»Verzeiht«, erwiderte von Bremer. »Ich war neugierig, das steht mir nicht zu. Aber erlaubt mir zu bemerken, dass Ihr das ganze Risiko tragt, wenn Ihr mir nun meinen Teil des Wechsels abkauft. Widerstrebt das nicht Eurem Grundsatz?«

»Nun, zurzeit geht es mir so gut, dass ich das Risiko gerne auf mich nehme. Manchmal muss man etwas tun, was man sonst nie tun würde. Das macht das Leben spannend.«

August von Bremer legte den Kopf schief, zögerte und zuckte dann mit den Schultern.

»Es ist Eure Entscheidung. Hier habt Ihr den Wechsel. Ich verkaufe Euch gerne meinen Anteil.«

Johannes zahlte den Stadtrat aus. Dieser freute sich, nun schneller als gedacht an das Geld gekommen zu sein und war in Hochstimmung. Doch nicht nur das erfolgreiche Geschäft stimmte ihn heiter.

»Welch ein perfekter Tag«, sagte er, als er sich in seinen Gehrock warf und zum Aufbruch drängte.

»Wie darf ich das verstehen?«, fragte Johannes neugierig.

»Heute Morgen hat mich der Bürgermeister zum Kämmerer des Stadtrates bestimmt, und nun der unverhoffte Geldsegen«, erklärte er. »Heute muss mein Glückstag sein.«

Johannes reagierte sofort.

»Wenn heute Euer Glückstag ist, solltet Ihr diesen Umstand ausnutzen.«

»Sagt mir nur wie, und ich bin dabei.«

»Kommt heute Abend in die Schenke meines Freundes Walter unten am Mainufer. Dort findet eine kleine, aber sehr erlesene Spielrunde statt. Vielleicht könnt Ihr dort Euren Reichtum vermehren.«

»Das klingt gut «, frohlockte der von Glücksgefühlen durchflutete von Bremer. »Was wird gespielt?«

»Tarock.«

»Oh«, rief der Stadtrat freudig. »Dann nehmt Euch in Acht. Ich bin ein geübter Spieler.«

»Wir werden sehen.«

Das Spiel zeigt den Charakter

Perfer et obdura –
Ertrage und halte aus

»Johannes, du bist sprunghafter als ein junges Fräulein«, rief Walter erbost. Johannes hatte ihn soeben über seine Eingebung informiert. Er drängte nun Walter, bis zum Abend zwei erfahrene Falschspieler zu finden. Die beiden Freunde saßen im Wirtshaus am Mainufer. Der Pächter stand hinter dem wuchtigen Holztresen, sorgte für Ordnung und beachtete die beiden Männer nicht. Die Wirtsstube war ansonsten leer. »Wie soll ich denn bis heute Abend ein Spiel auf die Beine stellen?«

»Das dürfte für dich doch kein Problem sein«, wiegelte Johannes ab und grinste schief. »Ich hatte keine Wahl. Er war in der richtigen Stimmung und ich musste zuschlagen. Wir bereichern uns zusätzlich an ihm. Du wirst sehen, mein Plan wird aufgehen. Er ist ein Spieler, das wird ihm das Genick brechen.«

»Wir wollten ihn aber ursprünglich mit anderen Mitteln ruinieren«, gab Walter zu bedenken. »Du wirfst alles über Bord.«

»Glaube mir. Wenn mein Plan gelingt – und das wird er – geht es so viel schneller und einfacher.«

»Was hast du vor?«

Johannes weihte Walter ein, woraufhin dieser seine Zweifel verwarf.

Walter hatte es tatsächlich geschafft, für den Abend zwei erfahrene Falschspieler aufzutreiben. Es war nicht einfach, denn Falschspieler, die integer waren, gab es selten. Aber Walter war es letztendlich doch gelungen, die richtigen Männer zu finden. Hier zahlte sich seine jahrzehntelange Zugehörigkeit zur Frankfurter Unterwelt aus. Ganz so, wie es Johannes vorausgesagt hatte. Johannes wusste, dass er sich auf seinen Freund verlassen konnte. Sie trafen sich früh am Abend in einem Hinterzimmer der Schenke, wo Johannes die Spieler instruierte.

»Hier hat jeder von Euch seinen Einsatz«, begann Johannes mit seiner Einweisung. Er händigte den Spielern jeweils einen Beutel Geld aus. »Wir spielen mit ungewöhnlich hohen Einsätzen. Ich werde dem Stadtrat schon eine Erklärung dafür geben. Lasst das meine Sorge sein. Ebenso solltet Ihr so wenig wie möglich reden. Nur das Nötigste und vor allem Belangloses. Das bringt Euch nicht in die Verlegenheit, irgendetwas auszuplaudern.«

»Wir machen das nicht zum ersten Mal, Johannes«, entgegnete Fritz Überreuther und erinnerte ihn daran, mit wem er hier sprach.

Überreuther war ein schlanker, elegant gekleideter Mann, dem man den Berufsspieler sofort ansah. Er hatte einen scharfen Blick, dem nichts entging und eine vornehme Steifheit, die ihm natürliche Anmut verlieh. Er wirkte distanziert und strahlte eine Autorität aus, die enorm einschüchternd wirken konnte. Seine Kleidung war modisch, aber nicht von allerfeinster Qualität.

»Dem kann ich mich nur anschließen«, meldete sich der zweite Falschspieler zu Wort. Es handelte sich um Pius Böttger. Ein kleiner rundlicher Mann ohne Haare auf dem Kopf, dessen rauschender Vollbart im Kontrast zu seinem kahlen Schädel geradezu grotesk wirkte. Seine Nase war rund und klein, seine Augenbrauen buschig. Sein Anzug spannte an den Armen und am Bauch. Er wirkte ein wenig trottelig. Aber genau das war sein Vorteil. Man unterschätzte ihn. Nicht zuletzt seine derbe Art zu reden trug dazu bei, dass man ihn gerne als Dummkopf abtat, was er bei Weitem nicht war. Hinter der Fassade des trotteligen Bauern befand sich einer der besten Spieler des ganzen Landes. Bei seinesgleichen war er gefürchtet wie der Zorn Gottes. Sie waren die ideale Besetzung für Johannes' Vorhaben. Nicht ein einziges Mal kam auch nur der Hauch eines Verdachtes auf, dass bei ihrem Spiel etwas nicht mit rechten Dingen zuging. Die Kunst des Falschspielens bestand nicht darin, falsch zu spielen, sondern nicht dabei erwischt zu werden. Und darin waren Fritz und Matthias Meister.

»Eine kleine Änderung zu den üblichen Spielabenden gibt es aber noch.«

Beide Männer zogen wenig erfreut die Augenbrauen nach oben.

»Heute Abend möchte ich, dass der Gegner gewinnt. Und zwar viel.«

Die Falschspieler schauten sich gegenseitig an. Sie schienen an der Zurechnungsfähigkeit ihres Auftragsgebers zu zweifeln.

»Er soll wiederkommen. Und erst dann werden wir ihn ausnehmen. Und zwar so, dass es wehtut.«

Damit konnten die beiden leben, verschaffte es ihnen doch die Möglichkeit, an einem weiteren Abend Johannes‘ Geld zu verspielen, ohne ihr eigenes zu riskieren. Obendrein wurden sie dafür auch noch entlohnt.

August von Bremer war immer noch allerbester Laune. Die Geschäfte liefen gut, der Bürgermeister sah ihn als Vertrauensperson, und heute Abend würde er beim Spiel gewinnen, da war er sicher. Wenn das so weiterging, würde er steinreich werden und obendrein auch noch Bürgermeister von Frankfurt.

»Willkommen in meiner bescheidenen Hütte, Stadtrat«, begrüßte Walter den hohen Gast. »Ich bin im Bilde, wenn Ihr mir bitte folgen wollt.«

Walter führte den Stadtrat in das Spielzimmer, wo die drei anderen Mitspieler bereits warteten.

»Ah, der Herr Kämmerer«, rief Johannes und sprang auf.

Die Anrede, die Johannes gewählt hatte, ließ von Bremers Brust vor Stolz schwellen. Johannes stellte die Mitspieler vor, und man begab sich in Position. Der Raum war eng und nur mit einem runden Tisch und vier Stühlen möbliert. Ein Fenster, das mit braunen Butzenscheiben ausgestattet war, sorgte für schummriges Licht bei Tage und so gut wie keines am Abend. An den Wänden hingen Kerzenhalter, die den Raum erhellten. Von der Decke hing ebenfalls ein Kerzenhalter, der mit acht Kerzen bestückt war.

Johannes erklärte die Regeln.

»Gespielt wird Tarock in der Version Zwanzigerrufen. Der Einsatz beträgt zehn Groschen pro Punkt. Zahlbar sofort nach Spielende.«

Johannes beobachtete von Bremer, den der hohe Einsatz nicht zu beunruhigen schien.

»Für ein normales Spiel gibt es einen Punkt, für ein *Farbensolo* vier Punkte, und für einen *Schwarzen* gibt es fünf Punkte. Prämien gibt es wie folgt: Für ein *Absolut* werden ein Punkt, wenn *still*, und zwei Punkte, wenn *angesagt* vergeben. Dieselbe Prämie gibt es für einen *Pagat Ultimo*, und für einen *Valat* erhält der Spieler sechs Punkte. Alle einverstanden?«

Die Männer nickten.

»Dann lasst uns beginnen.«

Johannes entzündete seine Pfeife und lehnte sich erwartungsvoll zurück. Das Spiel begann gemächlich. Man unterhielt sich über dies und das und spielte vor sich hin. Niemand achtete so richtig auf das Spiel. Alles lief sehr automatisch, was bewies, dass von Bremer ein geübter Spieler war. Überreuther und Böttger nutzten die Situation geschickt, um herauszufinden, wie ihr Opfer zu spielen pflegte. Sie waren so geübt, dass sie kleinste Veränderungen in von Bremers Mimik erkennen und deuten konnten. Obendrein mischten sie die Karten derart, dass sie in der Lage waren, den Ausgang des jeweiligen Durchgangs genug zu beeinflussen, um jederzeit zu wissen, wer am Ende gewann – oder, und das war viel wichtiger, verlor.

Zuerst ließen sie von Bremer ein paar Spiele gewinnen.

»Ihr seid ein guter Spieler«, lobte Böttger den Kämmerer. »Ihr spielt wohl des Öfteren.«

»Eigentlich nicht«, entgegnete der Angesprochene, war aber sichtlich geschmeichelt, was auch beabsichtigt war.

Das nächste Spiel verlor von Bremer. Doch schon das übernächste gewann er wieder, und zwar hoch. Er fühlte sich sicher und riskierte im Anschluss etwas mehr. Mit ein paar knappen Spielen kam er durch. Ihn schien das Glück an diesem Tag nicht verlassen zu haben.

»Ein guter Tag für Euch, Kämmerer«, sagte Johannes und gab vor, ein wenig wütend über seine eigene Leistung zu sein. »Mir wollen die Karten heute nicht helfen.«

»Alles nur Glück, Herr Weber«, sagte von Bremer, ohne den Stolz in seiner Stimme verbergen zu können. »Eure Karten kommen noch.«

»Wollen wir es hoffen.«

»Das wird schon.«

»Können wir weiterspielen?«, meldete sich Überreuther genervt. Er hatte am meisten verloren. »Ich würde gerne mein Geld wieder zurückgewinnen, meine Herren.«

Johannes grinste von Bremer an, der sich mit ihm verbunden fühlte und ebenfalls grinste.

Sie spielten bis um Mitternacht, als Böttger plötzlich gähnte und bat, die Runde so langsam zu beenden. Man beschloss, noch zwei Spiele zu machen und dann abzurechnen.

Böttger, der ein wenig geschickter beim Kartenmischen war als Überreuther, war der Geber, er saß linkerhand des Stadtrats. Dieser sagte sofort einen Valat an, als er seinen Kartenstapel ausgewählt hatte. Die drei Eingeweihten taten überrascht, wussten aber Bescheid.

»Kontra!«, rief Johannes, als er seinen Stapel begutachtet hatte, wohlwissend, das Spiel zu verlieren.

»Retour«, entgegnete von Bremer voller Überzeugung.

Böttger und Überreuther hielten sich zurück und sagten nur: »Weiter!«

Es ging nun also um volle achtundvierzig Punkte oder knapp fünf Gulden.

Der höchste Einsatz des Abends.

Die Stimmung wurde angespannt. Die Spieler konzentrierten sich.

August von Bremer war am Stich und spielte aus. Wenig später hatte er das Spiel, ohne einen Stich abzugeben, gewonnen und war um fast fünf Gulden reicher.

Er jubilierte, seine Gegenspieler waren zerknirscht.

»Letztes Spiel für heute«, verkündete er frohgemut und mischte die Karten. Jetzt hatten die Falschspieler keinen Einfluss auf die Karten und mussten spielen, wie es kam. Zu ihrer Überraschung spielte von Bremer ein Solo und gewann einen weiteren halben Gulden hinzu. Jetzt wurde abgerechnet.

»Das war ein erfolgreicher Abend für Euch, Kämmerer«, resümierte Johannes, der die Punkte zusammengezählt hatte. »Ihr gewinnt fünfundzwanzig Gulden.«

»Ha!«, rief er aus und klatschte in die Hände. »Wenn das mal nicht mein Glückstag war.«

»Scheint so«, sagte Johannes und grinste in sich hinein.

Die Gewinne – oder Verluste – wurden aus- und bezahlt. Man beschloss, sich in der nächsten Woche zur selben Zeit am selben Ort zur Revanche zu treffen.

Als von Bremer das Lokal verlassen hatte, bedankte sich Johannes bei seinen Männern.

»Sehr gut gemacht, meine Herren.«

»Es war leichter als gedacht«, bemerkte Böttger.

»Wie geht es nächste Woche aus?«, wollte Überreuther wissen.

»Lasst ihn noch mal gewinnen. Aber nicht allzu hoch. Ich will, dass er sich sicher fühlt. Wir werden ihm vorschlagen, einen regelmäßigen Abend daraus zu machen. Wenn er gewinnt, wird er darauf eingehen. Dann lassen wir ihn im Wechsel gewinnen und verlieren. In ein paar Wochen wird er nur noch verlieren, und dann nehmen wir ihn aus.«

Es kam so, wie Johannes es vorherbestimmt hatte. Die nächsten zwei Wochen gewann von Bremer. Nicht allzu viel, aber er gewann. Er fühlte sich sicher und riskierte immer mehr. Bald sah man ein Glänzen in seinen Augen. Er war vom Spiel gefangen. Genau das war es, was Johannes bezweckt hatte. Er musste süchtig danach werden. Bald fing er an zu verlieren und zweifelte nicht daran, dass es nur eine vorübergehende Phase war. Zwischendurch gewann er ab und an ein Spiel, nur um das nächste hoch zu verlieren. Schon bald hatte er mehr verloren als gewonnen und wollte sein Glück zurückzwingen. Der Stadtrat wurde immer besessener von dem Gedanken, einen Abend wie den ersten zu erleben.

Die Spielerei zog sich über Wochen hin. Johannes‘ Geduld wurde auf eine harte Probe gestellt. Auch Walter drängte seinen Freund, endlich zum Angriff überzugehen. Doch Johannes wusste genau, was er tat.

Eines Morgens schlenderte er über die Zeyl. Johannes genoss den schönen Tag. Es war spätsommerlich warm, der Himmel strahlte in seinem schönsten Blau, und die Schwalben sammelten sich auf den Dächern der Stadt, um ihre weite Reise in den Süden anzutreten. Eine leichte Brise zog durch die Stadt, die Fassaden der Häuser schimmerten in warmen Farben, und die Schatten wurden langsam länger.

Dann stand sie plötzlich vor ihm.

»Gott zum Gruße, Herr Wagner«, sagte sie.

Johannes zuckte zusammen.

»Seid gegrüßt, Constanze«, bekam er heraus. Seine Brust zog sich zusammen; das Atmen fiel ihm schwer.

»Lange nicht gesehen.«

Johannes meinte, einen trotzigen Unterton bemerkt zu haben.

»Ich bin viel beschäftigt«, log er.

»Mit spielen?«

Das saß.

»Nein, nein«, wehrte er ab. »Meine Geschäfte müssen schließlich betreut werden.«

»Aha.«

Peinliches Schweigen.

»Constanze, ich …«

»Ja?«

»Ihr wundert Euch bestimmt, dass ich mich nicht mehr gemeldet habe.«

»Allerdings.«

»Ich würde es gerne erklären.«

»Dann tut es.«

»Ich kann nicht.«

»Warum?«

»Es würde alles gefährden, wofür ich die letzten Jahre gelebt habe. Außerdem …«

Constanze zog fragend die Augenbrauen hoch.

»Ich kann es Euch nicht sagen«, sagte Johannes schließlich entschlossen.

»Warum? Ich dachte, du und ich …«

Johannes bemerkte, dass sie zum vertraulichen *Du* übergegangen war. Es durchzuckte ihn. Sie schien wirklich etwas für ihn zu empfinden. Er zweifelte, dass seine Kraft noch lange ausreichen würde, um sie weiter im Unklaren zu lassen. Er zwang sich zur Besonnenheit.

»Das dachte ich auch. Glaube mir. Nichts wäre mir lieber gewesen.«

Sie bekam feuchte Augen. Verzweiflung und Unverständnis zeigten sich in ihrem wunderschönen Gesicht, das in der Nachmittagssonne warm leuchtete und Johannes beinahe das Herz brach. Er durfte jetzt nicht weich werden. Wenn er ihr jetzt die Wahrheit sagen würde, wäre alles umsonst gewesen.

»Es geht nicht«, sagte er deshalb grob. »Finde dich damit ab. Bald schon werde ich dir die Wahrheit sagen können. Adieu.«

Er ließ sie stehen und eilte davon. Er fühlte sich unwohl. Doch was hätte er machen sollen? Es gab keine andere Lösung.

Der Kämmerer spielte wie besessen.

Genau an diesem Punkt wollte Johannes ihn haben. Die Zeit für den Todesstoß war gekommen.

Sie spielten nun schon fast ein halbes Jahr jede Woche. Walter hatte zum wiederholten Male bei Johannes nachgefragt, wie lange das alles noch dauern sollte. Doch Johannes mahnte seinen Freund zur Geduld; und er hatte eine weitere Überraschung parat.

»Heute Abend wird auch Semmelroth zugegen sein.«

»Was? Bist du verrückt?«

»Ich will wissen, ob der Kämmerer schon soweit ist, dass er keinen Rat mehr annimmt. Dazu ist Semmelroth genau der richtige Mann.«

»Das ist verdammt gefährlich, Johannes«, mahnte Walter.

»Nicht mehr, mein Freund, nicht mehr.«

»Was redest du?«

»Warte ab, Walter.«

Der Abend verlief ähnlich wie all die anderen zuvor. Der Stadtrat hatte mittlerweile eine stattliche Summe verspielt. Johannes bezweifelte, dass er das Geld aus seinen laufenden Einkünften als Kämmerer aufbringen konnte. Die Einsätze waren auf Wunsch von Bremers gestiegen. Man spielte nun um zwanzig Groschen pro Punkt. Von Bremer versprach sich davon, dass er so an einem guten Abend schneller sein Geld wieder einspielen konnte. Die Falschspieler hatten damit natürlich kein Problem, beschleunigte es doch den erwünschten Prozess. Johannes war sogar ein wenig stolz darauf, von Bremer richtig eingeschätzt zu haben. Er hatte vermutet, dass der Kämmerer anfällig für derlei Spiele war und eine Neigung zur Sucht hatte. Jetzt schien er reif zu sein für den letzten finalen Akt.

»Meine Herren, ich freue mich, Euch Konstabler Semmelroth vorzustellen«, eröffnete Johannes den Abend. »Er wird heute Abend als Gast mit uns am Tisch sitzen. Er ist in die Regeln eingeweiht und hat seine Zahlungskraft nachgewiesen.« Johannes erwähnte nicht, dass er Semmelroth mit ein paar Gulden ausgeholfen hatte, um die hohen Einsätze zu bezahlen. Es war wichtig, dass Semmelroth mit am Tisch saß. Mit dem Gehalt eines Konstablers war dies freilich nicht zu bewerkstelligen. Doch Johannes hatte die Zweifel schnell ausgeräumt, war doch Semmelroth sehr darauf bedacht, mit den Reichen der Stadt mithalten zu können. Er würde es nie schaffen, in das Patriziat aufzusteigen. Aber seine Bekanntschaft mit dem Kämmerer und nun dieser Abend gaben ihm das Gefühl, ein Teil davon zu sein. Dieses Streben nach Höherem machte sich Johannes nun zunutze. Johannes hatte sich vor ein paar Tagen mit dem Konstabler getroffen. Dabei hatte er erfahren können, dass von Bremer begonnen hatte, an anderen Tarockrunden teilzunehmen. Diese hatte er in Bornheim gefunden und so versucht, das verlorene Geld zurückzugewinnen. In dem Dorf kurz vor den Toren Frankfurts, in dem sich das halbseidene Volk der Stadt herumtrieb, war er jedoch ebenso wenig erfolgreich gewesen und hatte einen nicht unbeträchtlichen Anteil seines Vermögens verspielt. Hinzu kam, dass er auch das Würfelspiel entdeckt und dabei weiteres Geld verspielt hatte. Johannes vermutete, dass es nicht mehr lange dauern würde, bis der Stadtrat sich Geld bei den Juden lieh, um seiner Spielsucht weiter nachkommen zu können, wenn er es nicht schon längst getan hatte.

»Nun, meine Herren, wollen wir beginnen?«, leitete Johannes den Abend ein und begann die Karten zu verteilen.

Schon nach zwei Stunden war der Stadtrat gehörig im Hintertreffen. Sein Gesichtsausdruck war sehr angespannt, und er schwitzte stark. Verbissen versuchte er Solos durchzubringen, hatte aber gegen die Falschspieler nicht den Hauch einer Chance. Sie nahmen den Kämmerer gnadenlos aus. Bald hatte er sagenhafte achtzig Gulden verloren.

»Wollt Ihr es für heute nicht gut sein lassen?«, versuchte Semmelroth seinen Freund zu bremsen.

»Auf keinen Fall«, wehrte dieser ab. »Ich werde mein Geld zurückgewinnen.«

»Aber heute bestimmt nicht mehr«, beharrte der Konstabler.

»Das Glück wird zurückkehren.«

»Aber nicht zu Euch, Kämmerer.«

»Oh, doch«, erwiderte dieser trotzig. »Wer ist dran mit geben?«

Johannes tauschte einen vielsagenden Blick mit seinen Männern aus, die die Botschaft verstanden. Sie mischten ihm ein gutes Blatt zu.

»Ha, seht Ihr, Konstabler«, rief er, als er ein Valat gewann und ein wenig Boden gut machte.

»Glück gehabt«, stimmte dieser zu.

»Weiter geht's«, sagte er und rieb sich erwartungsfroh die Hände.

Doch schon im nächsten Spiel verlor er fast alles, was er zuvor eingespielt hatte. Am Ende hatte er sogar noch weit mehr als die achtzig Gulden verspielt. Zusammengesunken saß er in dem kleinen Hinterzimmer, in dem man die stickige Luft hätte schneiden können.

»Lasst es für heute gut sein«, versuchte Semmelroth erneut seinen Freund vor Unheil zu bewahren. Diesmal hatte er Erfolg.

»Ihr habt Recht, mein Freund«, lenkte von Bremer ein. »Lasst uns nächste Woche weiterspielen, meine Herren.«

Der Kämmerer stand mühselig auf und zog sich seinen Gehrock über. Johannes nutzte die Gelegenheit.

»Wenn Ihr noch einen kleinen Moment bleiben mögt, Herr Kämmerer. Ich hätte da noch etwas mit Euch zu besprechen.«

»Ich zahle meine Schulden«, blaffte von Bremer unwirsch.

»Kein Zweifel, Herr von Bremer. Aber darum geht es mir nicht. Wenn die Herren uns einen Moment entschuldigen.«

Die drei anderen Männer waren höflich genug, der Bitte nachzukommen und ließen von Bremer und Johannes alleine in dem Hinterzimmer zurück. Als die Tür ins Schloss gefallen war, sagte Johannes: »Ich habe den Eindruck, Ihr hättet ein gutes Geschäft nötig, Herr Stadtrat.«

»Wie kommt Ihr darauf?«

»Wie mir zu Ohren kam, spielt Ihr auch in Bornheim, um Euer Glück zu erzwingen. Eurem Verhalten nach zu schließen, mit wenig Erfolg.«

»Ich wüsste nicht, was Euch das angeht«, erwiderte von Bremer zugeknöpft.

Johannes zog vielsagend die Augenbrauen hoch und sagte nichts.

»Nichtsdestotrotz bin ich an einem guten Geschäft immer interessiert, mein lieber Herr Weber.« Der Stadtrat gab sich nun wieder ganz staatsmännisch.

»Ich habe da von einer Beteiligung gehört, die uns einiges an Gewinn bescheren könnte«, sagte Johannes.

»Wie schnell?«

»Das kommt ganz darauf an.«

»Ich will ehrlich sein, Herr Weber.« Plötzlich fiel die Fassade vom Kämmerer ab. »Mir steht das Wasser bis zum Hals.«

Na also, dachte Johannes und unterdrückte eine Regung.

»Also stimmt es, dass Ihr Euch Geld geliehen habt, um zu spielen«, schoss Johannes ins Blaue. Was er aber nun zu hören bekam, übertraf seine Erwartungen.

»Ich gebe zu, mir ein wenig Geld von den Juden geliehen zu haben, aber ich kann es zurückzahlen.« Von Bremer wurde kleinlaut und rang plötzlich um Fassung. Scheinbar nutzte er den Umstand der intimen Umgebung, um sein Herz zu erleichtern. »Aber ich gebe auch zu, wenn es so weitergeht, bin ich bald ruiniert. Dennoch bin ich fest davon überzeugt, dass ich das Geld zurückgewinnen kann.«

»Da bin ich sicher«, stimmte Johannes zu. »Aber nicht am Spieltisch.«

»Wo denn sonst?«

»Das versuche ich Euch gerade zu erklären.«

»Ich höre.«

»Ich habe die Möglichkeit, mich an einer Diamantenmine zu beteiligen. Jedoch ist die Investition beträchtlich. Deshalb suche ich noch einen Partner für die Beteiligung.«

»Diamanten?«

»Ja, Diamanten.«

»Wo?«

»In Afrika.«

»Afrika!«

»Dort befinden sich reichhaltige Vorkommen, die enorme Gewinne versprechen.« Johannes wurde schwärmerisch. »Man spricht von mehreren Hundert Prozent. Fantastische Aussichten. Und das Beste ist, man muss nichts dafür tun, als Anteile zu kaufen. Je mehr, desto höher natürlich der Gewinn.«

Von Bremer wurde nachdenklich.

»Von welcher Investition reden wir?«

»Mindestens eintausend Gulden pro Mann.«

»Eintausend!« Der Stadtrat schnappte nach Luft.

»Könntet Ihr so viel auftreiben?«

»Ich weiß nicht.«

»Ich weiß, es ist eine enorme Summe«, gab Johannes zu.

»Ich bezweifle, dass ich mir eine solche Summe bei den Juden ohne Erklärung problemlos leihen kann.«

»Wer spricht denn von den Juden? Wozu seid Ihr der Kämmerer?«

Jetzt wurde von Bremer hellhörig.

»Ihr meint ...«

»Nennen wir es ... ein Darlehen an einen verdienten Bürger der Stadt.«

»Das kann ich nicht machen.«
»Wer führt denn die Bücher?«
»Ich.«
»Und wer kontrolliert sie?«
»Der Stadtrat – einmal pro Jahr.«
»Wann war denn die letzte Überprüfung?«
»Gerade letzte Woche.«
Johannes schaute von Bremer schweigend an und ließ das Gesagte wirken.
»Ist denn in einem Jahr mit Gewinnen zu rechnen?«, wollte von Bremer wissen.
Johannes lachte verächtlich und sagte: »In einem Jahr habt Ihr vielleicht zehntausend Gulden gemacht.«
»Zehntausend?«
»Wenn es schlecht läuft«, log Johannes ungeniert.
»Lasst mich darüber nachdenken.«
»Natürlich, aber ich würde Euch gerne das erste Recht einräumen, da ich Euch als verlässlichen Partner kennengelernt habe und ich bei solch einem Geschäft kein allzu hohes Risiko eingehen will.«
»Verständlich.«
»Gebt mir bis nächste Woche Bescheid, damit ich mich auf die Suche nach einem anderen Partner machen kann, falls Ihr ablehnt. Ich habe Zeit, mich bis Ende des kommenden Monats zu entscheiden.«
»Ich melde mich bei Euch.«

Die Offenbarung

Veritas odium parit –
Wahrheit schafft Hass

Es dauerte keine Woche, bis ein Bote eine Nachricht zu Johannes brachte, in der gebeten wurde, zu von Bremers Haus zu kommen, um die Einzelheiten des Geschäftes zu besprechen.

Johannes brach nicht sofort auf. Es sollte nicht so aussehen, als hätte er darauf gewartet. Erst am späten Nachmittag traf er bei von Bremers Haus auf der Zeyl ein.

Überraschenderweise wurde die Tür von Constanze geöffnet. Johannes bekam ein schlechtes Gewissen, ließ sich aber nichts anmerken. Er senkte den Blick und schob sich an ihr vorbei. Er ging ohne zu fragen in die Bibliothek, die sich gleich links von ihm befand. Zu seiner Verwunderung folgte ihm Constanze zielstrebig.

»Ich wollte mich eigentlich mit deinem Vater treffen«, sagte er deshalb.

»Er ist nicht mein Vater«, sagte sie kalt.

Johannes traute seinen Ohren nicht.

»Wie bitte?«

»Du hast schon richtig gehört. Tu nicht so scheinheilig.«

Johannes sagte nichts. Er war sprachlos.

»Ich habe den Boten geschickt. Mein … der Kämmerer ist nicht im Haus.«

Johannes verstand nun überhaupt nichts mehr.

»Mutter hat mich unterrichtet, was du vorhast.«

Johannes hielt die Luft an.

Wie würde sie reagieren?

Würde sie alles infrage stellen?

Wäre der Plan nun vereitelt?

Aber dann erinnerte er sich an die Worte, die sie eingangs gesagt hatte.

»Was hast du jetzt vor?«, fragte Johannes.

Statt zu antworten, brach Constanze in Tränen aus. Johannes stand im Raum und wusste nicht, wie ihm geschah. Hilflos besah er die weinende Constanze. Sie war auf einem Sessel zusammengesunken und schluchzte hemmungslos.

Da öffnete sich die Tür, und Martha kam herein. Sie ging wortlos zu Constanze und nahm sie in den Arm. Sie beachtete Johannes zunächst nicht. Als Constanze sich etwas beruhigt hatte, sah sie ihn traurig an.

»Was machst du hier?«, wollte sie wissen.

»Ein Bote schickte mir Nachricht, dass ich kommen soll.«

»Das war ich«, sagte Constanze mit verheulter Stimme. Sie schniefte und holte tief Luft.

»Aber warum hast du mich hierher bestellt?«

»Weil ich will, dass er leidet.«

Johannes war von der plötzlichen Kälte und Härte in Constanzes Stimme erschrocken. Er bekam eine Gänsehaut. Als er sich wieder gefangen hatte, fragte er: »Was bringt dich zu dem Entschluss?«

»Ich habe dir nicht die ganze Wahrheit erzählt, mein Junge«, meldete sich seine Mutter zu Wort. »August ist nicht der Vater von Constanze. Er glaubt zwar, er sei es, aber die Wahrheit ist, dass ihr beide denselben Vater habt. Dies war der alleinige Grund, warum ich damals mit August gegangen bin. Wenn ich mich getötet hätte, hätte ich Constanze auch getötet, und sie war das Letzte, was mir von Eurem Vater geblieben ist. Ich habe es nicht übers Herz gebracht, Bernwarts Andenken zu vernichten, indem ich mich selbst umbrachte. Ich habe Constanze nie davon erzählt … bis gestern.«

Johannes starrte sie an.

Er traute seinen Ohren nicht.

Dann war Constanze sogar seine leibliche Schwester. Nicht nur seine Halbschwester. Jetzt bekam alles einen Sinn. Er musste ein paar Mal tief Luft holen, um das Gehörte zu verkraften. Blass saß er in der Bibliothek seines Feindes und wiederholte im Stillen die Worte seiner Mutter. Dann fing er sich wieder, denn die Jahre als Verbrecher hatten ihm ein Gemüt beschert, das in besonderen Situationen besonnen reagierte.

»Und wie geht's jetzt weiter?«, wollte Johannes nur wissen.

»Du wirst ihn vernichten«, sagte Constanze. Ihre Augen waren zu engen Schlitzen geworden, ihre Nase kräuselte sich, und auf ihrer Stirn erschien eine steile Falte. Johannes bekam es fast mit der Angst, als er sie so sah. Hass spiegelte sich in ihrem Gesicht. Wie konnte es sein, dass sie den Mann, den sie noch vor wenigen Stunden als ihren Vater ansah, so sehr hasste?

»Er hat auch mich vergewaltigt«, sagte Constanze.

Johannes und Martha starrten sie an. Fassungslosigkeit zeigte sich in ihren Gesichtern. Martha nahm sie in den Arm. Constanze löste sich aus der Umarmung.

»Nein, nicht, wie ihr meint«, klärte sie auf. »Ich habe mich wohl falsch ausgedrückt. Ich meinte, dass er auch mich vergewaltigt hatte, als ich noch in Mutters Bauch war. Es war mehr eine Umschreibung meines Zustandes. Aber ich hasse ihn dafür, was er Mutter, dir und unserem

Vater angetan hat. Er hat mich all die Jahre belogen. Und für das, was er getan hat, muss er bestraft werden.«

»Ach so, ich dachte schon, er hätte sich an dir vergangen«, sagte Johannes erleichtert. »Dennoch ist es verwunderlich, dass du ihn so sehr verabscheust.«

»Das ist es nicht. Er hat mich schon oft geschlagen und Mutter ebenfalls. Er war weder ein guter Vater noch ein guter Ehemann. Ich wundere mich nun nicht mehr, warum ich keine Vatergefühle für ihn habe. Jetzt ist alles viel klarer.«

»Oh, mein armes Kind«, sagte Martha mit tränenerstickter Stimme. Sie nahm ihre Tochter wieder in den Arm und wiegte sie hin und her.

»Ich verspreche euch, dass er für all seine Untaten büßen wird«, sagte Johannes wütend. »Aber lasst es mich auf meine Weise machen. Ich habe ihn bald da, wo ich ihn haben will. Und dann ist er mir ausgeliefert. Bis dahin verhaltet euch bitte so wie immer, falls das jetzt noch möglich ist.«

»Wirst du ihn töten?«, wollte Constanze wissen.

»Oh nein, Constanze. Der Tod ist keine Strafe. Er soll zu Lebzeiten leiden. Für all das, was er uns angetan hat.«

Goldrausch?

In magnis et voluisse sat est-

Bei großen Dingen genügt es, sie gewollt zu haben.

Johannes war froh, dass Constanze nun wusste, warum er in den letzten Monaten so unterkühlt zu ihr gewesen war. Er war wie von Fesseln befreit. Endlich konnte er sich voll und ganz auf die Vernichtung August von Bremers konzentrieren.

Doch noch war er zum Warten verdammt.

Die Tage vergingen und Johannes wurde nervös. Wieso meldete sich der Kämmerer nicht bei ihm? Das Ultimatum, das er ihm gesetzt hatte, würde bald ablaufen. Johannes überlegte kurz, einen Boten zu schicken, um nachzufragen, entschloss sich dann aber, den Kämmerer persönlich aufzusuchen.

Wenig später wusste er, warum er keine Nachricht erhalten hatte. Wie er von einem Diener erfuhr, erfreute sich August von Bremer nicht gerade bester Gesundheit. Er lag danieder und quälte sich mit einer fürchterlichen Erkältung. Dennoch empfing er Johannes am Krankenbett.

Er sah erbärmlich aus. Blass wie sein Nachthemd, das er trug. Er war unfrisiert, seine Augen waren blutunterlaufen und seine Nase rot vom vielen Schnäuzen.

»Verzeiht, dass ich Euch noch keine Nachricht habe zukommen lassen, Herr Weber. Aber Ihr seht ja, in welch jämmerlichem Zustand ich bin.« Wie auf Kommando hustete der Stadtrat kräftig.

»Ich machte mir schon Sorgen um Euch«, log Johannes. »Ich wollte Euch nur erinnern, dass wir bald eine Entscheidung treffen müssen, sonst können wir das Geschäft leider nicht machen. Und es wäre sehr schade um den hohen Gewinn.«

»Ich war gerade im Begriff, Euch einen Boten zu schicken«, sagte von Bremer, wobei seine Stimme rau war und er sich sichtlich anstrengen musste. Er schien wirklich krank zu sein. »Ich habe mich gerade mit Semmelroth beraten. Er hat mir zugeraten, das Geschäft zu machen.«

»Er hat zugeraten?«, rief Johannes überrascht aus. »Aber er war doch sonst immer gegen meine Geschäfte mit Euch.«

»Diesmal ist er aber vom Erfolg überzeugt. Er war gerade eben noch bei mir, kurz bevor Ihr kamt. Ihr hättet ihn eigentlich treffen müssen.«

Johannes schüttelte den Kopf.

»Egal«, der Kämmerer hustete wieder. »Ich habe mit ihm ausführlich über die Sache gesprochen, und er war meiner Meinung, dass ich mir dieses Geschäft nicht entgehen lassen sollte.«

»Habt Ihr auch das mit der Stadtkasse erwähnt?«, fragte Johannes.

»Nein, nein«, beruhigte der Geschwächte. »Ich bin vielleicht krank, aber blöd noch lange nicht. Niemand außer uns weiß davon.«

»Dann bin ich beruhigt.«

»Keine Sorge. Ich treibe das Geld auf. Mir fällt schon was ein.«

»Bis wann habt Ihr es?«

»Gebt mir Zeit bis nächste Woche.«

»So sei es. Ich werde die Verträge bis dahin aushandeln, wenn Ihr nichts dagegen habt.«

»Ich vertraue Euch.«

Dein Fehler, dachte Johannes und musste ein Grinsen unterdrücken.

Wenig später traf sich Johannes mit Semmelroth in einer Schenke am Affentorplatz auf der anderen Mainseite.

»Da seid Ihr ja endlich«, begrüßte Semmelroth Johannes barsch. »Ich warte schon eine halbe Ewigkeit. Habt Ihr das Geld?«

»Auch Euch einen schönen guten Tag, werter Konstabler«, entgegnete Johannes zynisch. »Ihr kommt ja schnell auf den Punkt. Habt Ihr Geldsorgen?«

»Was? Nein, hab ich nicht ...« Semmelroth senkte den Blick und überführte sich somit selbst der Lüge.

Johannes wusste natürlich, dass Semmelroth ein Geldproblem hatte, sonst hätte er ihn niemals zum Verrat an seinem Freund von Bremer anstiften können. Der Konstabler war Opfer seines Geltungsdranges geworden und hatte sich bei verschiedenen Geldverleihern der Stadt hoch verschuldet, um einen gehobenen Lebensstil vorzutäuschen. Wie Johannes aus sicherer Quelle wusste, würden ihm die Geldverleiher keinen weiteren Kredit mehr gewähren.

»Ich kann Euch beruhigen, Konstabler«, sagte Johannes lächelnd. »Euer Geld ist hier.« Er öffnete seinen Gehrock und zeigte Semmelroth einen prall gefüllten Geldbeutel an seinem Gürtel. Der Konstabler bekam leuchtende Augen. Gier stand ihm ins Gesicht geschrieben. Johannes ließ den Beutel wieder unter dem Gehrock verschwinden und setzte sich. Semmelroth wurde ungeduldig.

»Wollt Ihr ihn mir nicht geben?«

»Erst möchte ich Euch noch eine kleine Geschichte erzählen.«

»Was soll das?«

»Wartet ab und hört mir zu.«

Der Wirt kam an den Tisch und nahm Johannes‘ Bestellung auf. Als der Wirt zurück zum Tresen ging, um das Bestellte zu holen, fuhr Johannes fort.

»Vor einigen Jahren hatte ich einen Mitarbeiter in meiner - nennen wir es ruhig Firma. Ihr erinnert mich an ihn. Er wurde für seine Dienste stets pünktlich bezahlt. Er leistete gute Arbeit und war immer treu ergeben. Doch eines Tages kam er zu mir und bat mich um einen Vorschuss. Ich sagte zu ihm, dass ich das nicht machen könne, da ich nicht wüsste, ob ich seine Dienste erneut in Anspruch nehme. Wisst Ihr, mein Geschäft ist sehr wechselhaft und ich bin gezwungen, für jeden *Auftrag* einen geeigneten Mitarbeiterstab zusammenzurufen. Jeder meiner Mitarbeiter ist ein Spezialist auf seinem Gebiet. Das macht es schwierig, jemandem einen Vorschuss zu geben, da ich nicht weiß, ob ich ihn jemals wieder benötige. Versteht Ihr?«

»Ich weiß, was Ihr tut, Herr Weber«, antwortete Semmelroth und verstummte, als der Wirt an den Tisch zurückkam, einen Krug Bier und zwei Holzbecher auf den Tisch stellte und wieder verschwand. Der Konstabler beugte sich nach vorne und sprach leise zu Johannes: »Ihr wisst aber auch, dass ich Konstabler bin. Und wenn ich über Euch Bescheid weiß, ist das sehr gefährlich für Euch. Auch wenn Ihr mich dafür bezahlt habt, meinem Freund, dem Kämmerer, zu einem Geschäft zu raten, von dem ich weiß, dass es ihn ruinieren wird.«

Johannes lächelte. »Wisst Ihr, was mich an Eurer Rede stört?«

Semmelroth schüttelte den Kopf.

»Zwei Dinge. Zum Einen nennt Ihr von Bremer Euren Freund. Wenn Ihr sein Freund wäret, dann würdet Ihr ihn nicht für ein paar Gulden verkaufen. Und das Zweite, was mich eigentlich am meisten beunruhigt ist, dass ich in Euren Worten eine Drohung entdecken kann.«

»Seht es, wie Ihr wollt. Ich nenne es nur einen Hinweis.«

»Lasst mich weitererzählen, ich hatte meine Geschichte über meinen Mitarbeiter noch nicht beendet.«

»Bitte!«

»Wie gesagt: Er wollte einen Vorschuss, und ich verweigerte ihm diesen. Er drohte daraufhin, mich bei der Obrigkeit wegen meiner *Geschäfte* zu melden.« Johannes machte eine kurze Pause, um seinen Worten Gewicht zu verleihen. Seine Stimme war eiskalt, als er weitersprach. »Ich bin ein Mann mit Prinzipien. Ich möchte Euch drei davon nennen: Erstens bezahle ich meine Mitarbeiter überdurchschnittlich, um auch überdurchschnittliche Leistung zu bekommen. Zweitens bezahle ich nur dann, wenn ich auch eine Leistung dafür bekomme. Ich bin ja kein Geldverleiher. Und drittens lasse ich mir nicht drohen.«

Konstabler Semmelroth schluckte trocken.

»Was ist mit Eurem Mitarbeiter passiert?«

»Er hatte einen Unfall.«

Eine weitere Woche später meldete sich von Bremer bei Johannes mittels eines Boten. Johannes las die Nachricht, in der der Kämmerer seine Zustimmung zu dem Geschäft wiederholte, und bat Johannes, zu ihm zu kommen, um die Details zu besprechen.

Also verließ Johannes am Nachmittag das Haus in Richtung Zeyl, wo er sich mit dem Stadtrat, Kämmerer, Vergewaltiger seiner Mutter und Mörder seines Vaters, treffen wollte, um ihm das Geschäft seines Lebens zu bescheren. Mit dem Mann, der den Befehl gab, ihn als Kindumbringen zu lassen.

»Bevor ich das Geschäft schriftlich besiegeln möchte, hätte ich noch ein paar Fragen an Euch.« Von Bremer lehnte sich in seinem Bett zurück und legte die Hände gefaltet vor seinen Bauch.

»Gerne«, erwiderte Johannes.

»Was beweist mir die Existenz der Mine, und wer sagt mir, dass sie ergiebig ist, so wie Ihr es mir versprecht?«

Johannes holte statt einer Antwort ein Bündel aus seiner Tasche. Er breitete das schwarze Tuch auf dem Tisch vor sich aus. Zum Vorschein kam eine Handvoll strahlend weißer Diamanten. Der Kämmerer staunte bei dem Anblick.

»Benötigt Ihr noch mehr Beweise, Stadtrat?«, wollte Johannes wissen, der keine Miene verzog.

»Ich bin durchaus beeindruckt«, erwiderte von Bremer. Sein Blick haftete an den glänzenden Steinen. Endlich konnte er sich losreißen. »Dennoch bleiben Zweifel.«

»Welche?«

»Warum finden sich keine anderen Geldgeber?«

»Es finden sich genügend. Jedoch konnte ich den Minenbesitzer davon überzeugen, uns den Erstzugriff zu gewähren. Die Bewerber stehen Schlange. Sollten wir uns bis nächsten Montag nicht entschließen, sind wir aus dem Rennen und jemand anders wird reich.«

»Aha.« Der Kämmerer schien aber immer noch nicht überzeugt. »Aber warum macht Ihr es dann nicht alleine?«

»Weil ich nicht die gesamte Summe aufbringen möchte, da ich noch weitere Geldmittel für andere Investitionen benötige. Deshalb brauche ich Euch.«

»Ihr hättet Euch das Geld leihen können.«

»Ich möchte mich nicht verschulden.«

»Was Ihr aber von mir verlangt habt. Ich habe die Stadtkasse geplündern.«

Johannes schnaufte hörbar.

»Warum zweifelt Ihr immer noch, Kämmerer?«, tat Johannes beleidigt. »Niemand wird es merken. In wenigen Wochen habt Ihr ein Vielfaches Eures Einsatzes in der Schatulle und könnt das Geld unbemerkt zurückbringen. Ich hätte jeden anderen in der Stadt fragen können, ob er mit mir das Geschäft macht. Aber ich bin zu Euch gekommen, weil ich Euch als verlässlichen Partner kennengelernt habe. Ihr solltet geschmeichelt sein. Stattdessen sucht Ihr nach Haaren in der Suppe. Aber wenn Ihr das Geschäft nicht machen wollt, suche ich mir jemand anderen. Ich werde schon bis Montag einen solventen Partner finden.« Johannes packte die Diamanten ein, stand auf und knöpfte seinen Gehrock zu.

»Was habt Ihr vor?«, fragte von Bremer.

»Ich gehe. Ihr seid ja nicht bereit, den Vertrag zu unterzeichnen.«

»Aber Herr Weber«, sagte der Kämmerer und sprang aus dem Bett. »Ich wollte Euch nicht beleidigen. Ich will nur sicher gehen, dass meine Fragen beantwortet werden, bevor ich solch ein Risiko eingehe.«

»Wollt Ihr nun das Geschäft machen oder nicht?«

»Ich …«, er zögerte.

Johannes wusste, dass dies der Moment von Erfolg oder Misserfolg war.

Sein Herz schlug schneller.

Entweder es gelang ihm, an diesem Punkt seine Rache in die entscheidende Phase zu bringen oder all seine Mühe war umsonst. In von Bremers Gesicht konnte man beinahe die Gedanken lesen, die in seinem Kopf das Für und Wider abwägten.

Dann endlich sprach er die Worte, die Johannes hören wollte:

»Wo muss ich unterschreiben?«

Johannes hielt mühsam seine Erregung im Zaum. Kommentarlos schob er dem Kämmerer das Vertragswerk über den Tisch und sagte nur: »Ganz unten, neben meinem Namen.«

August von Bremer unterzeichnete das fingierte Dokument.

»Wann soll ich Euch das Geld geben?«, fragte er dann.

»Sobald Ihr könnt, damit ich es an meinen Kontaktmann weitergeben kann, zusammen mit meinem Anteil.«

»Dann könnt Ihr es gleich mitnehmen.«

»Ihr habt das Geld hier?«

»Wo sonst?«

»Auf einer Bank natürlich.«

»Das würde auffallen. Ich möchte nicht, dass das geliehene Geld in irgendwelchen Büchern auftaucht.«

»Wie Ihr wollt. Dann gebt es mir, und ich bringe es auf meine Bank. Da sollte es dann sicher sein.«

Von Bremer händigte Johannes eine Schatulle aus, in der sich das Geld befand. Unbehaglich, als würde er einen brennenden Holzscheit in den Händen halten, nahm er es entgegen.

»Passt gut darauf auf, Herr Weber«, riet der Stadtrat.

»Keine Sorge.«

»Wann ist mit den ersten Zahlungen zu rechnen?«

»In ein paar Monaten schon.«

»Euer Wort darauf?«

»Ihr habt mein Wort. Ihr werdet bald die Früchte Eurer Taten ernten.«

Der Kämmerer schaute bei der seltsamen Bemerkung irritiert, sagte aber nichts. Johannes ermahnte sich, ein wenig mehr Zurückhaltung an den Tag zu legen.

Als er das Geld in Sicherheit gebracht hatte, fühlte Johannes sich erleichtert. Der Bankier zeigte sich beim Anblick der vielen Gulden unbeeindruckt. Als wäre es das Normalste auf der Welt, hatte er die Summe in den Büchern vermerkt und Johannes einen schönen Tag gewünscht. Johannes ging kurz darauf zu Walter ins Wirtshaus, um die frohe Kunde zu überbringen.

»Und du bist dir immer noch sicher, dass du damit durchkommst«, zweifelte dieser.

»Sonst hätte ich es nicht gemacht.«

»Ich hoffe, du unterschätzt nicht den Einfluss, den von Bremer in der Stadt hat.«

»Wie meinst du das?«

»Er kennt alle wichtigen Leute in Frankfurt. Er wird nicht ruhen, bis du ihm sein Geld zurückgezahlt hast, sobald er merkt, dass das Geschäft geplatzt ist.«

»Das glaube ich kaum.«

»Was macht dich da so sicher?«

»Da gibt es mehrere Gründe. Er müsste dann zugeben, dass er das Geld aus der Stadtkasse unterschlagen hat. Außerdem würde dann jeder wissen, dass er sich auf ein völlig unsicheres Geschäft eingelassen hat, von dem er wusste, wie riskant es ist. Und der allerwichtigste Grund ist, dass er sich den Vertrag nicht richtig durchgelesen hat.«

»Was meinst du?«

»Es wird nur von Gewinnen gesprochen, die verteilt werden. Die Einlagen sind als Investitionen deklariert.«

»Das heißt im Klartext, sie sind verloren«, sagte Walter nachdenklich.

Johannes grinste. »Du hast es erkannt.«

Johannes wartete geduldig drei Monate ab. Des Öfteren hatte von Bremer nachgefragt, ob es Kunde aus dem fernen Afrika gäbe. Johannes hatte ihn immer wieder vertröstet und auf die langen Nachrichtenwege verwiesen.

Endlich ging er dann zu von Bremers Haus. Doch bevor er um Einlass bat, sammelte er sich, denn jetzt waren seine schauspielerischen Fähigkeiten gefragt. Ein Diener öffnete die Tür und führte Johannes wieder in die Bibliothek des Hauses. Wenig später erschien der Hausherr. Ihm stand die Aufregung ins Gesicht geschrieben.

»Bringt Ihr Kunde aus Afrika?«

Johannes nickte.

»Endlich«, freute sich der Stadtrat. Doch dann sah er Johannes' Gesichtsausdruck. »Ihr seht aber nicht so aus, als wären es gute Neuigkeiten.«

»Ich fürchte, nein«, antwortete Johannes ernst.

»Was ist es? Sagt es mir. Lasst mich nicht länger im Unklaren.«

»Es gibt Probleme vor Ort.«

»Inwiefern?«

»Das meiste Geld ist für die Bestechung der Einheimischen ausgegeben worden. Aber das war einkalkuliert. Nachdem alles soweit geklärt war, hatte man auch schon mit den Arbeiten begonnen und sogar schon die ersten Steine gefunden.«

»Das sind doch gute Neuigkeiten. Wo liegt dann das Problem?«

»Es kam zu einem Aufstand der Minenarbeiter. Dabei wurden einige der Aufseher getötet.«

»Das ist doch immer noch kein Grund«, sagte von Bremer, der nun immer nervöser wurde. »Man kann einen Aufstand niederschlagen.«

»Das ist richtig«, gab Johannes zu. »Man hat das auch gemacht.«

»Dann ist doch alles in Ordnung.«

»Leider nicht. Die einheimischen Arbeiter weigern sich seitdem, in die Minen zurückzukehren.«

»Es wird doch wohl jemand zu finden sein, der die Diamanten aus den Minen holt. Schließlich sind es Sklaven, die dort arbeiten. Und diese verdammten Neger haben keine Rechte.«

Johannes gefiel nicht, wie von Bremer abfällig von den Menschen dort redete, er ließ es sich aber nicht anmerken.

»Ihr stellt Euch das so einfach vor, Herr Kämmerer. Aber wenn es einmal zu einem Aufstand gekommen ist, hat das fatale Auswirkungen.«

»Weshalb?«, wollte von Bremer wissen. »Man geht einfach in ein anderes Land und holt sich neue Sklaven. Das kann doch nicht so schwer sein.«

»Aber das kostet viel Geld.«

»Heißt das, dass meine tausend Gulden nicht genügen?«

»Das heißt es.«

»Ich kann unmöglich noch mehr Geld auftreiben.«

»Dann haben wir ein Problem.«

»Wieso?«, rief der Stadtrat. »Ich habe meinen Anteil bezahlt, also will ich meinen Teil vom Gewinn.«

»Wo kein Gewinn ist, gibt es keinen Anteil.«

Jetzt endlich hatte es von Bremer begriffen.

»Ich werdet mir dafür geradestehen«, brüllte er.

»Wieso ich?«

»Ihr habt mich zu diesem Geschäft gedrängt.«

»Von dem Ihr die Risiken kanntet.«

»Von einem möglichen Sklavenaufstand wusste ich nichts.«

»Das konnte niemand vorhersagen.«

»Ihr habt Euch für den reibungslosen Ablauf verbürgt.«

»Das habe ich nie gesagt«, entgegnete Johannes ruhig. »Ich habe lediglich gesagt, dass Gewinne von mehreren Hundert Prozent möglich sind.«

»Ihr habt nichts von einem totalen Verlust gesagt.«

»Ihr könnt unmöglich so dumm sein zu glauben, dass es bei einem solchen Geschäft kein Risiko gibt.«

Der Stadtrat war blass. Er setzte sich schwerfällig in einen Sessel.

»Ich bin ruiniert«, erkannte er.

»Aber, aber«, beruhigte ihn Johannes, was ihm schwer fiel, denn er war selbst sehr aufgeregt. Konnte es sein, dass er schon am Ziel war? »Ihr habt doch noch Euer Haus.«

»Das gehört mir schon lange nicht mehr«, sagte von Bremer erstaunlich gefasst. »Ich habe es an Blumenthal verpfändet.«

»Den Geldverleiher Blumenthal?«

»Ja, an diesen Blumenthal. An wen denn sonst?«

»Was ist mit anderen Werten? Habt Ihr denn gar nichts mehr?«

»Alles in Bornheim verloren.«

»Wirklich alles?«

»Alles.«

Johannes musste sich beherrschen, nicht laut zu lachen. Er hatte alle Mühe, einen betroffenen Eindruck zu machen.

Die Tür zur Bibliothek wurde vorsichtig geöffnet und ein Diener trat ein.

»Was ist?«, blaffte der Hausherr den Mann an.

»Herr Semmelroth wünscht Euch zu sprechen.«

»Der hat mir jetzt noch gefehlt.« Er machte eine Pause. »Dabei fällt mir ein …«, sein Gesichtsausdruck veränderte sich. Er grinste böse. »Eigentlich kommt er gerade recht. Ich lasse bitten.«

Johannes blieb gelassen sitzen.

Kurz darauf erschien Semmelroth im Zimmer. Er war nicht alleine. Zwei Büttel begleiteten ihn. Der Konstabler blickte ernst. Von Bremer bestürmte ihn sofort.

»Semmelroth, gut, dass Ihr kommt. Ich bin Opfer eines Betruges geworden. Nehmt diesen Mann fest.« Er deutete auf Johannes. Doch der blieb angesichts des Angriffes ruhig sitzen. Er schien sich über irgendetwas zu freuen. Von Bremer wurde unbehaglich.

»So? Davon weiß ich nichts. Ich …«, sagte Semmelroth.

»Natürlich wisst Ihr davon nichts«, unterbrach ihn von Bremer. »Weil ich es soeben erst erfahren habe. Deshalb sage ich es Euch ja.«

»Das klären wir später. Man wird Euch ohnehin keinen Glauben schenken.«

»Wie bitte?« Von Bremer war verblüfft und verärgert zugleich. »Wie könnt Ihr es wagen …?« Er unterbrach sich, denn ihm fiel etwas auf. Sein Gesichtsausdruck spiegelte es wider. »Weshalb seid Ihr überhaupt zu mir gekommen? Und warum seid Ihr in Begleitung von Bütteln?«

»Weil ich den Befehl habe, Euch zu verhaften.«

»Mich?«

»Ja, Euch.«

»Weshalb?«

»Wegen Diebstahls.«

»Das ist lächerlich!«

»Tausend Gulden aus der Stadtkasse zu entwenden, ist mitnichten lächerlich, Herr von Bremer. Wenn Ihr mir nun folgen wollt. Oder soll ich meine Begleiter bitten, Hand anzulegen?«

Die beiden Büttel strafften sich und schienen bereit einzugreifen. Johannes beobachtete die Szene mit einem Lächeln. Der Kämmerer gab sich jedoch noch nicht geschlagen.

»Wie kommt Ihr denn darauf, dass ich Geld aus der Stadtkasse unterschlagen hätte?«

»Sie fehlen nun einmal. Wir haben einen Hinweis bekommen, dass das Geld bei Euch zu finden sei. Ob Ihr es genommen habt oder nicht, ist mir einerlei.«

»Der Vorwurf ist lächerlich.«

»Das erzählt dem Richter. Meine Aufgabe ist es, Euch zu verhaften. Bitte macht mir keine Probleme, ich möchte nur sehr ungern Gewalt anwenden.«

»Er ist Schuld«, rief der Überführte verzweifelt und zeigte erneut auf Johannes, der immer noch entspannt in seinem Sessel saß. »Er hat mich angestiftet. Er hat gesagt, ich soll es nehmen.«

»Da müsst Ihr Euch täuschen«, sagte Johannes ruhig. »So etwas habe ich nie getan.«

»Mir sind die Hintergründe einerlei, Herr Kämmerer«, sagte Semmelroth, der nun langsam die Geduld verlor. »Mir wurde mitgeteilt, dass man Euch das Fehlen von eintausend Gulden zur Last legt und ich Euch verhaften soll. Mehr hat man mich nicht wissen lassen.« Er schaute zu den Bütteln und sagte: »Meine Herren, bitte.«

Die Büttel traten vor und packten von Bremer.

»Finger weg!«, protestierte der. »Ich bin Stadtrat und Kämmerer von Frankfurt. So lasse ich mit mir nicht umgehen.«

»Ihr seid ein Beschuldigter«, widersprach Semmelroth. »Nicht mehr und nicht weniger.«

Der Delinquent wurde trotz Widerstandes abgeführt. Johannes schaute mit tiefer Genugtuung zu, wie der Peiniger seiner Eltern und seiner selbst wie ein gewöhnlicher Strauchdieb abgeführt wurde. Dieser wusste nicht, wie ihm geschah. Er rief: »Verrat! Man hat mich verraten!«

»Oh ja, das hat man«, murmelte Johannes.

»Ist es vorbei?«, wollte Constanze wissen. Sie saß zusammen mit ihrer Mutter und ihrem Bruder in der Bibliothek.

»Fast«, sagte Johannes. »Wir müssen nun zusehen, dass ihr schnellstmöglich bei mir einzieht. Man kann nie sagen, wie lange

August in Haft bleibt. Er ist immer noch ein wichtiger Mann. Er wird nichts unversucht lassen, wieder herauszukommen.«

»Danke!«, sagte Martha leise. Auf ihrem Gesicht trockneten ein paar Tränen. Sie schien trotzdem erleichtert zu sein. »Ohne deine Hilfe hätte ich es nie geschafft.«

»Ich habe es für Vater getan«, sagte er. »Sein Tod soll nicht ungesühnt bleiben.«

»Verzeihst du mir?«

»Was soll ich dir verzeihen?«, fragte Johannes und antwortete selbst. »Soll ich dir verzeihen, dass du weiterleben wolltest? Oder dass du das Kind deines geliebten Mannes behalten wolltest? Oder dass du die einzige Möglichkeit gewählt hast, die dir blieb? Mutter, du musst dir nichts vorwerfen.« Johannes schaute Martha tief in die Augen. »Du hast recht daran getan, so zu handeln. Es war das Beste, was du tun konntest.«

Martha brach in Tränen aus und umarmte ihren Sohn.

»Er wird am Ende dafür büßen. Das habe ich dir versprochen. Und ich werde es halten. Und nun packt Eure Sachen. Ich lasse eine Kutsche kommen.«

Endlich

Obsequium amicus, veritas odium parit

Willfährigkeit macht Freunde, Wahrheit schafft Hass.

Zwei Tage später stattete Johannes August von Bremer einen Besuch ab. Da er ein Würdenträger der Stadt war, hatte er das Glück, nicht in einem der Kerker in der Stadtmauer zu verrotten wie dereinst Johannes' Ziehvater Paul Ehrmann. Johannes missfiel dieser Umstand zwar, aber er war dennoch zufrieden, dass sein Plan bis hierher funktioniert hatte. Er überredete den Wächter mit Hilfe von ein paar Groschen, ihn zum ehemaligen Stadtrat vorzulassen. Der Wärter schloss die Tür auf, zischte: »Ihr habt fünf Minuten«, und verschwand.

Johannes betrat die Zelle, die sich unter dem Dach der Hauptwache befand. Es war stickig, die Wände waren kahl. Durch das vergitterte Fenster fiel genug Licht, um die Zelle von von Bremer hell zu erleuchten. Der einst so stolze Mann schien gebrochen. Er trug ein einfaches, schmutziges Wams. Sein Haar war fettig und stand ihm wirr vom Kopf. Er sah übernächtigt aus.

»Was wollt Ihr denn hier?«, stieß er kraftlos aus. »Wollt Ihr Euch an meinem Unglück laben?«

»Genau das habe ich vor.«

Der Gefangene schaute ungläubig. Er hatte seine Bemerkung zynisch gemeint. Auf eine Bestätigung war er nicht gefasst.

»Wie meint Ihr das?«

»So, wie ich es gesagt habe.« Johannes' Stimme jagte dem Stadtrat einen Schauer über den Rücken. Eiskalt, die Augen zu Schlitzen verengt, sprach Johannes weiter. »Ihr habt nichts anderes verdient.« Er schaute sich um. »Obwohl das hier noch zu fein für einen wie Euch ist.«

»Was habe ich Euch denn angetan, dass Ihr so zu mir redet?«, jammerte der Gefangene.

»Wo soll ich anfangen? Bei dem Mord an meinem Vater? Bei der Vergewaltigung meiner Mutter? Bei dem Mordversuch an mir selbst? Dafür, dass Ihr mein Leben ruiniert habt? Sucht es Euch aus.«

»Was faselt Ihr da?«

»Euer Gedächtnis hat wohl ein paar Lücken. Ich werde sie füllen.« Johannes nahm sich einen Hocker und setzte sich vor von Bremer, der auf der Kante der Holzpritsche saß, die als Bett diente. »Denkt darüber nach, was Ihr Eurem eigenen Eheweib angetan habt.«

»Sie wollte es so.«

»Ach?« Johannes lachte spöttisch. »Sie hat Euch also gebeten, mitten in der Nacht in ihr Haus einzudringen, ihren Mann zu erschlagen, sie zu vergewaltigen und anschließend ihren Sohn in der Nidda ersäufen zu lassen?«

»Was redet Ihr da?«

»Sagt mir nicht, dass Ihr es vergessen habt.«

»Ich … das war doch alles harmlos.«

»Harmlos?«, rief Johannes und schaffte es nur unter großer Anstrengung, dem Gegenüber nicht ins Gesicht zu schlagen. Er sprang von seinem Hocker auf und stellte sich drohend vor von Bremer, der unweigerlich zurückzuckte. Er hielt die Arme schützend vor sein Gesicht. Er gab ein jämmerliches Bild ab.

»Nicht schlagen!«

»Du bist es nicht wert.«

»Wer seid Ihr denn nun wirklich?«

»Ich bin der Junge, den Ihr in der Nidda habt ersaufen lassen.«

»Edgar hat dich laufen lassen?«

»Ich wette, er hat Euch etwas anderes erzählt.«

»Allerdings.« Von Bremer schien wütend zu sein. »Naja, er ist ohnehin längst tot.«

»Wahrscheinlich durch Eure Schuld«, vermutete Johannes.

Der Kämmerer schwieg. Johannes wertete dies als Bestätigung.

»Wenn Ihr der Junge seid, der in der Nidda landen sollte, dann seid Ihr ja …«

»Marthas Sohn!«

Von Bremer starrte Johannes mit riesigen Augen an. »Und Ihr habt mich die ganze Zeit an der Nase herumgeführt. Wahrscheinlich habt Ihr mich sogar beim Konstabler wegen der tausend Gulden angezeigt.«

»Ihr habt es erfasst. Ich habe dem Bürgermeister einen kleinen Brief geschrieben, in dem er den Rat erhielt, die Stadtkasse zu überprüfen. Und falls etwas fehlen sollte, möge er doch bitte bei Euch nachsehen.«

»Dann waren die ganzen Geschäfte, die wir gemacht haben …«

»Es hat nie ein Geschäft gegeben.«

»Die Stoffe?«

»Selbst gekauft.«

»Der Wechsel?«

»Eine Fälschung.«

»Und die Kartenspiele?«

»Von Anfang hattet Ihr nicht den Hauch einer Möglichkeit auf einen Gewinn.«

»Und Bornheim?«

»Das war Eure eigene Schuld, aber absehbar.«

Der Stadtrat starrte ins Leere. Dann bekam er ein Leuchten in die Augen.

»Damit kommt Ihr nicht durch. Ich habe einflussreiche Freunde.«

Johannes lachte auf.

»So? Wo sind die denn jetzt? Und denkt Ihr, ich habe keinen Einfluss? Ich habe Geld. Viel Geld. Ich habe einen tadellosen Ruf in der Stadt. Und das unterscheidet mich von Euch.«

»Ihr seid ein Betrüger, Dieb und Taugenichts.«

»Aber ein sehr geschickter. Und deshalb werde ich Euch für alle Eure Taten bestrafen können, ohne dass es jemand bemerkt. Weil ich gelernt habe zu täuschen. Ihr hingegen seid nur ein jämmerlicher Emporkömmling, der aufgrund seiner Geburt zu Wohlstand gekommen ist. Aber den habe ich Euch genommen.« Johannes' Stimme klang verbittert. »Vielleicht habt Ihr Recht, und ich bin ein Taugenichts. Aber ich habe nun Euer Geld. Euer Weib und Eure Tochter wohnen nun in meinem Haus.« Johannes tat so, als fiele ihm etwas ein. »Ach ja. Ich frage mich, ob Ihr wisst, dass Constanze gar nicht Eure Tochter ist.«

Der Stadtrat sprang auf. »Was sagt Ihr da?«

Johannes blieb unbeirrt vor ihm stehen. Ganz dicht waren nun ihre Gesichter beisammen. Leise sprach Johannes: »Man sollte immer der Mutter glauben, von wem das Kind stammt. Und wenn ich meiner Mutter, die Ihr vergewaltigt habt, Glauben schenken darf, dann ist Constanze die Tochter meines Vaters, den Ihr ermordet habt.«

August von Bremer ließ sich auf die Pritsche fallen und starrte vor sich auf den steinigen Boden. Der letzte Schlag war zu viel für ihn.

»*Jetzt* seid Ihr ruiniert, August von Bremer«, sagte Johannes und ging.

Epilog

Als Johannes das Gefängnis verließ, erfüllte ihn ein warmes Gefühl der tiefsten Befriedigung. Er war glücklich. Seit langer Zeit das erste Mal. Es war ein ihm wenig bekanntes Gefühl. Trotz seines Wohlstandes hatte ihm immer der Zustand von Zufriedenheit gefehlt. Er hatte sich seiner Wurzeln beraubt gefühlt. Diese hatte ihm von Bremer in jener schwülwarmen Sommernacht 1636 genommen. All die Jahre hatte er nicht gewusst, was ihm fehlte. Was ihn immer weiter antrieb. Was ihn nicht aufhören ließ, nach irgendetwas zu suchen. Nach etwas Unbekanntem. Ohne es zu wissen, war er gehetzt von seinen schlimmen persönlichen Verlusten, dem Verlust seines Elternhauses und seiner Ziehfamilie in Dortelweil, die ihn so selbstlos aufgenommen hatte, und die am Ende dafür nicht belohnt worden war. Diese eine Nacht, die ihn zum Verbrecher gemacht hatte. Die ihn in die Abgründe der Menschheit geführt hatten. An allem hatte August von Bremer Schuld, der nun endlich dafür bezahlte.

Johannes schlenderte ziellos durch Frankfurt. Er schritt über den Roßmarkt und erinnerte sich an den Pferdehändler Sommernagel, den er dereinst betrogen hatte. Ein Lächeln huschte über sein Gesicht. Es war sein erstes *Geschäft* in Frankfurt gewesen. Er hielt nach dem Händler Ausschau. Kurz darauf sah er ihn. Der Händler stand vor seinem mit edlen Pferden gefüllten Gatter und sprach angeregt mit einem Kunden. Es sah alles danach aus, als hätte Johannes seinerzeit keinen armen Mann geschröpft. Es tat Johannes gut zu sehen, dass sein ehemaliges Opfer sich erholt hatte.

»Nehmt den Reichen und gebet den Armen«, murmelte Johannes leise. Wenig später sah er einen Bettler, der Passanten um ein Almosen bat. Johannes warf ihm eine Münze in den Hut. Der Bettler lobpreiste den edlen Spender in allerhöchsten Tönen. Johannes ignorierte ihn.

Er bog am Salzhaus ab und erreichte wenig später den Main. Er flanierte am Ufer entlang. Die Fischer flickten ihre Netze, Flößer wuchteten ihre Holzstämme an Land. Kinder spielten am Ufer. Alles schien so friedlich. Johannes seufzte und machte sich auf den Heimweg.

Als er nach Hause kam, fand er Martha und seine Schwester Constanze im Kaminzimmer. Sie tranken Tee und aßen Gebäck. Ebenfalls mit am Tisch saß Mathilde. Sie sprang auf, als Johannes das Zimmer betrat.

»Bleib nur sitzen, Mathilde«, sagte er und drückte die Haushälterin sanft zurück in den bequemen Ohrensessel. »Genieße den Tee und das Gebäck. Und natürlich die Gesellschaft der Damen.«

»Ich … verzeiht …«, entschuldigte sie sich. »Ich hatte nicht die Absicht zu schwatzen. Frau von Bremer hat mich förmlich dazu gezwungen, mich zu setzen.« Die Situation war ihr unangenehm.

»Es ist in Ordnung«, antwortete Johannes gütig. »Du hast dir auch einmal eine Pause verdient.«

Sich sichtlich unwohl fühlend, trank Mathilde ihren letzten Schluck Tee, nahm noch schnell ein Stück Gebäck und verließ den Raum, um ihren Pflichten im Haushalt nachzukommen.

»Warst du bei ihm?«, wollte Constanze wissen, als sie alleine waren.

Johannes nickte und nippte an einer Tasse Tee.

»Wie geht es ihm?«

»Viel zu gut.«

»Was wird nun geschehen?«

»Er wird einen Prozess bekommen. Ich hoffe, man wird ihn für schuldig befinden.«

»Das hoffe ich auch«, stieß Martha aus. »Er soll in der Hölle schmoren.«

»Das wird er ohnehin«, sagte Johannes beruhigend. »Das wird er.«

Einige Wochen später wurde August von Bremer der Prozess gemacht. Die Stadt war in Aufruhr. Als man erfuhr, dass der Kämmerer die Stadt um tausend Gulden erleichtert hatte, war das Bürgertum außer sich. Die Zunftmeister waren voller Zorn und wollten den Verräter ohne Prozess hängen sehen. Andere wollten ihm die rechte Hand abhacken, wie es sich für Diebe gehörte. Wieder andere wollten ihn vierteilen lassen.

Man hatte große Mühe, den ehemaligen Stadtrat vor dem wütenden Mob zu schützen und eine anständige Gerichtsverhandlung durchzuführen. Gleich zum Auftakt legte von Bremer ein umfassendes Geständnis ab. Dabei beschuldigte er immer wieder Johannes Weber, ihn angestiftet zu haben. Der Advokat von Bremers ließ Johannes vorladen. Doch dieser bestritt alle Vorwürfe, legte den Vertrag vor, der eindeutig darauf verwies, dass Gewinne und Verluste geteilt werden. Johannes führte an, dass auch er eintausend Gulden verloren habe. Man glaubte ihm.

Als auch noch der Konstabler von August von Bremers Spielsucht berichtete, war die Entscheidung gefallen.

Am 14. August 1659 wurde August von Bremer die rechte Hand abgehackt. Am 20. August 1659 starb er an den entzündlichen Folgen der Verletzung. Johannes Wagner ehelichte kein Jahr später Adelheid Auerswald. Er lebte fortan als rechtschaffener Mann, der höchstes Ansehen in Frankfurt genoss. Sein Reichtum gründete auf weitläufigem Landbesitz rund um Frankfurt, - so glaubte man zumindest.

Danksagungen

Ein Roman ist ein Gemeinschaftsprojekt. Ihn zu schreiben, bedarf es lediglich ein wenig Fantasie und eines Schreibgeräts. Das ist aber bei Weitem nicht die ganze Arbeit. Bis so ein Buch in den Händen des Lesers ist, hat es eine bewegte Geschichte hinter sich. Sehr viel Arbeit ist erforderlich, um einen Roman seiner Bestimmung zuzuführen. Man muss zuerst die Geschichte entwickeln, aufschreiben, korrigieren, nochmal korrigieren, lektorieren, ändern, nochmal lektorieren, setzen, designen, Cover entwerfen, Gesetze einhalten, Druckvorlagen herstellen, drucken lassen, bekannt machen und schließlich verschicken. Deshalb sei all den Helfern, die nicht auf der Titelseite stehen, mein Dank ausgesprochen. Allen voran Marcel Dax und Sonja Rudorf, die bei diesem Projekt unglaublich viel zum Gelingen beigetragen haben. Ohne die beiden wäre es nur ein Buch geworden. Jetzt ist es ein Roman. Auch danke ich all den Menschen, die mich immer wieder inspirieren. Meine *Muse* Reiner Michel, steht hier an erster Stelle.

Bedanken möchte ich mich auch bei denen, die nicht direkt an diesem Werk beteiligt sind, aber eine Erwähnung verdienen. Harald Andres, der mich immer zuverlässig bei meinen Lesungen an seiner Gitarre begleitet und so die Abende zu etwas Besonderen macht. Auch Pia Forkheim muss Erwähnung finden, die mit ihrem diplomatischen Geschick den Autorenverein ARS leitet, und mit ihrer Gewissenhaftigkeit und ihrem Organisationstalent den Verein immer wieder auf ein neues Level hebt.

Und natürlich Ihnen, lieber Leser, wenn Sie das Buch gekauft haben. Haben Sie es geliehen, bin ich zufrieden, wenn es aus einer Bibliothek kommt. Haben Sie es von einer Freundin oder einem Freund, bin ich nicht so glücklich damit, hoffe aber, dass es Ihnen gefallen hat und Sie das nächste Buch von mir kaufen. Haben Sie es illegal aus dem Internet, hoffe ich, dass Ihr E-Book-Reader vor der Lektüre kaputt geht. Haben Sie es aus einem Bücherschrank, bin ich traurig, weil irgendjemand es dort hineingestellt hat, also nicht mehr haben wollte. Aber auf jeden Fall freue ich mich, wenn Sie meine Bücher weiterempfehlen und Sie eine Rezension schreiben, wenn es Ihnen gefallen hat. Hat es Ihnen nicht gefallen, schreiben Sie es mir und posaunen Sie es nicht in alle Welt hinaus, denn nur dann kann ich es beim nächsten Buch besser machen.

Meddi Müller